Amanda Koch

Die Wächter von Avalon

Amanda Koch

Die Wächter von Avalon

Die Prophezeiung
Band 1

Roman

familia Verlag

MIX
Papier aus verantwortungsvollen Quellen
FSC® C083411
www.fsc.org

1. Auflage 2013

Umschlaggestaltung: Pixeltype 360 –
Agentur für Kommunikationsdesign, Leipzig
Illustration: Nico Schirmer, Leipzig
Lektorat: Mona Gabriel, Leipzig
Satz: Uhl + Massopust, Aalen
Druck und Bindung: CPI – Clausen & Bosse, Leck
ISBN 978-3-943987-14-0
Printed in Germany

www.familia-verlag.de
www.amandakoch.de
www.diewaechtervonavalon.de
www.facebook.com/DieWaechterVonAvalon

Für Ben Elijah

Inhalt

Dunkle Schatten erhoben sich über Amaduria,
Seit Zeiten schlichen Dämonen der Finsternis umher,
Erhoben die schwarzen Alben sich zur Macht.
Schwarze Nebel durchdrangen das Land,
Der kalte Lufthauch des Todes über dem Elfenland.
Zerstörung.
Die Wesen des Lichtes und des Waldes verschwanden,
Flohen ins Nirgendwo.

Zwei Wächter wurden geboren,
Vereint mit dem Geist von Avalon.
Sie trugen zwei Ringe als Symbol ihres Zaubers,
Verbannten die schwarzen Seelen nach Tamelos.
Dort sanken sie hinab in den Abgrund des Vergessens,
Zu erleiden Höllenqualen Tag für Tag.
Ihr Tor wurde verschlossen für die Ewigkeit,
Zu verhindern eine erneute Dunkle Zeit.

Sept. 1778
Gwydion M. Sutton, 1750 bis 1896

Doch es stellte sich heraus, dass die Ewigkeit
nur zweihundertzwanzig Jahre andauerte …

Die Rätselhafte Herkunft

Esmeralda saß auf der Terrasse und schloss die Augen. Es war noch früh am Morgen und die Sonnenstrahlen fielen matt schimmernd durch die grünen Blätter hindurch auf die Erde.

Der nahegelegene Wald duftete bereits nach dem beginnenden Sommer in England und Esmeralda spürte die Wärme der Junisonne auf ihrem Gesicht. Vom See wehte leise ein Windhauch herüber und verfing sich in ihrem langen kastanienbraunen Haar, das ihr lässig über die Schulter fiel und ihr Gesicht umspielte.

Esmeralda war achtzehn Jahre alt und hatte gerade erfolgreich die Highschool abgeschlossen. Ihre Familie war zu Recht stolz darauf, dass sie zu einem zielstrebigen jungen Mädchen heranreifte. Aber trotz all ihrer Bemühungen, trotz all ihres Ehrgeizes, spürte sie doch immer deutlicher, dass sie … in diesem Leben eine Fremde war.

Sie spürte eine innere Unruhe, dass sie unbewusst nach etwas suchte und suchte, und ab und an schien es ihr sogar, als sei das nicht allein ihre Suche. Eine innere Macht schien sie dazu zu drängen, nach einer Geborgenheit zu streben, die sich ihr stets entzog, und die sie doch an traurigen Tagen gleichzeitig beschützte.

Doch darüber sprach sie nie – weder mit ihren spärlichen Freunden noch mit ihrem sich immer weiter von ihr entfernenden Bruder, geschweige denn mit ihren Eltern.

So schmerzlich und seltsam es schien, Esmeralda fühlte sich seit Langem fremd in ihrer Familie, als unverstandene Außenseiterin, ja beinahe so, als wäre sie nicht von dieser Welt.

Ihre grünen Augen verrieten ihre beständig stärker werdende innere Zerrissenheit. Immer weiter zog sich Esmeralda in die Einsamkeit zurück, um sich mit den sonderbaren Träumen zu beschäftigen, die sie seit nunmehr zwei Monaten heimsuchten.

Anfangs hatte sich Esmeralda dagegen gewehrt, ständig darüber nachzudenken, schließlich musste sie sich auf ihre Prüfungen konzentrieren.

Doch es half nichts, denn je mehr sie versuchte, die Träume zu verdrängen, desto intensiver wurden sie. Und jetzt in den Ferien gab es kaum noch Ablenkung. Die Träume begannen beharrlich mehr Raum in ihren Gedanken einzunehmen.

In ihren Träumen folgte sie ihrer großen Sehnsucht nach Geborgenheit, und tagsüber fühlte sich Esmeralda umso zerrissener. Mit niemandem konnte sie darüber sprechen.

Auch heute Morgen war sie noch ganz in ihren Traum aus der vergangenen Nacht versunken. Seltsam plastisch und real erschien ihr das Gesehene darin: Sie stand an einem schmalen sandigen Ufer und blickte über einen mit dichtem Nebel verhangenen See. Seegras raschelte leise im Wind. Sie war nicht allein. Ein junger Mann hielt sie fest in seinen Armen, und obwohl Esmeralda ihn nicht kannte, spürte sie keine Angst, sondern tiefes Vertrauen zu ihm.

Der Nebel glitt näher und erreichte das Ufer, um ihre

beiden Körper wie ein geheimnisvolles Band zu umschlingen. Aus der Ferne drang der dumpfe Klang fast vergessener Kirchenglocken zu Esmeralda. Die Augenblicke vergingen und Esmeralda spürte die nasskalte Atemluft in ihren Lungen.

Mit einem Mal jedoch machte sich Schmerz in ihrer Brust breit. Der Schmerz, verlassen zu werden. Kam dieser Schmerz aus den dichter werdenden Nebelschwaden? Unerträglich wurde jenes Gefühl, ihre Brust schien zerspringen zu wollen… und schnell vergrub sie schützend ihr Gesicht an seiner starken Brust. Dann… verflog der Traum. Und sie hatte bis zum Morgen traumlos durchgeschlafen.

Aber als Esmeralda mit der aufgehenden Sonne erwachte, waren die starken Gefühle, die sie im Traum für diesen Unbekannten hegte, nicht verschwunden. Der Traum fühlte sich an wie eine wunderschöne Erinnerung an einen noch nicht lang vergangenen Tag. Nur was der Schmerz des Verlassenwerdens bedeutete, verstand sie nicht.

Dennoch spürte Esmeralda eine tiefe Liebe zu diesem Unbekannten in sich lodern, die sie ungewöhnlich berührte.

Schon seit Wochen sah sie immer wieder die gleichen Geschehnisse: Der Strand am See, aufsteigender kalter Nebel, die Glocken in der Ferne und dieser ihr unbekannte und zugleich so vertraute Fremde.

Und jedes Mal schmerzte mit dem Erwachen am nächsten Morgen die Erkenntnis, dass es dieses unendliche Vertrauen nur in ihren Träumen gab und sie in der Realität vergeblich danach suchte. An jedem Morgen wünschte Esmeralda sich, nicht geträumt zu haben. Gern wäre sie nach dem Erwachen nach unten gegangen, um ihn in die

Arme zu nehmen. Doch ... es war nur ein vergänglicher Traum und ihr blieb lediglich die Erinnerung und das quälende Nachdenken über die Bedeutung ihrer nächtlichen Gefühle. Es kostete Esmeralda ungeheuer viel Energie, daran nicht zu zerbrechen, und an manchem Morgen wäre sie am liebsten im Bett geblieben.

Doch jetzt in diesem Moment der Stille, die über dem See lag, hier in der wärmenden, strahlenden Sonne, wollte sie nicht länger darüber sinnieren. Daher schob sie all die schmerzlichen Erinnerungen beiseite. Es würde ein schöner Sommermorgen werden, hier in Loughrigg.

Esmeralda hatte lange überlegt, ob sie wirklich mit ihrer Mutter für ein paar freie Tage in das Landhaus fahren sollte. Schließlich hatte sie sich dafür entschieden, denn sie erhoffte sich an diesem ruhigen Ort in der Einöde der Natur, sich seelenruhig zurückziehen zu können. Vielleicht fand sie hier die Stille, die sie brauchte, um ihre merkwürdigen Träume zu verstehen.

Nun war sie hier. Das alte Haus lag direkt an einem kleinen Gewässer nördlich vom großen See Windermere in der Grafschaft Cumbria in England. Jack Breckett, Esmeraldas Vater, hatte dieses Haus vor gut zwanzig Jahren gekauft und seitdem kam die Familie, so oft es möglich war, hierher.

Jedes Jahr, wenn der Frühling sich dem Ende zuneigte und der Sommer begann, kamen sie für ein paar Tage ins Landhaus, um sich vom städtischen Treiben in York zu erholen.

Esmeraldas Mutter Caroline war eine bekannte Autorin und schrieb neben Romanen hin und wieder Theaterstücke, die im York Theatre Royal aufgeführt wurden. Ihre

Arbeit beanspruchte viele Stunden des Tages und daher konnte Esmeralda ganz in ihrer Zurückgezogenheit leben. Ihre Mutter nahm, so empfand es Esmeralda, nur wenig Anteil an ihrem Leben.

Ihr Vater war ein angesehener Psychologe, und wenn er nicht in seiner Praxis mit Patienten arbeitete, dann hielt er Vorlesungen an der Londoner Universität. Er kümmerte sich wenig um seine erwachsenen Kinder, und da er selbst sehr ehrgeizig war, erwartete er auch von ihnen, dass sie ihre Ziele zielstrebig verfolgten. Besonders Esmeraldas Bruder Eric bekam die großen Erwartungen immer wieder zu spüren und litt gelegentlich unter dem Druck.

Trotzdem konnte sich Esmeralda nicht daran erinnern, von ihrem Vater jemals ein bitteres Wort gehört zu haben. Und da er fast nie da war, gab es zwischen den beiden selten Streit. Esmeraldas schulische Leistungen waren gut, und damit war Jack zufrieden. Eigentlich war Jack ein guter Vater, fand Esmeralda, der sie nicht nervte, und wahrscheinlich sogar ein offenes Ohr für die Sorgen seiner Tochter gehabt hätte, wenn sie sich ihm nur anvertrauen würde. Doch das tat sie nicht.

Aus der Küche vernahm Esmeralda klirrende und klappernde Geräusche. Frühstück. Und dann hörte sie die beschwingt klingende Stimme ihrer Mutter.

»Esmé – möchtest du heute Nachmittag mit mir in die Stadt fahren? Eric hat gerade angerufen und ist auf dem Weg hierher. Er kommt um drei Uhr mit dem Zug in Windermere an«, rief sie.

Ihre Familie nannte sie eher selten bei ihrem vollständigen Namen. Meist bevorzugten alle die Kurzfassung Esmé, und die gefiel ihr viel besser, als der ein wenig altmodisch klingende, spanische Name Esmeralda. Ihre Großmutter stammte aus Spanien. Von ihr hatte sie zweifelsfrei ihr südländisches Aussehen geerbt, aber nicht ihr Temperament. Ihre Großmutter hatte sich in einen britischen Marineoffizier verliebt und war ihm nach England gefolgt. Nur die Pfingsttage verbrachten die Bracketts jedes Jahr in Spanien und besuchten ihre Verwandten in Asturien.

Der köstliche Duft von frisch gebackenem Brot kroch in Esmés Nase und auf einmal merkte sie, wie hungrig sie war. Barfuß lief sie in die Küche, die eine breite zweiflügelige Glastür von der Terrasse trennte. Esmé trug noch immer ihr Schlafhemd, ein rot-blau kariertes, viel zu großes, ausrangiertes Hemd ihres Vaters, lediglich eine Jeans hatte sie sich angezogen.

Esmé betrat die Küche. »Guten Morgen«, sagte sie. »Ich wusste gar nicht, dass Eric schon heute nach Loughrigg kommt.« Er hatte ihr nicht einmal eine SMS geschickt.

Caroline schaute kurz auf. Wie jeden Tag sah ihre Tochter sehr nachdenklich aus, doch sie ging nicht darauf ein. Sie fühlte sich nicht in der Lage, schon wieder über das seltsame Verhalten ihrer Tochter nachzudenken.

»Ich bin auch überrascht«, erwiderte sie und deckte dabei den Bartisch. »Er hat wohl eine Prüfung vorgezogen und deshalb früher frei.«

Ihre langen schwarzen Haare hatte Caroline heute zu einem lockeren Zopf geflochten, der ihr seitlich über die rechte Schulter hing. Sie war eine sinnliche Frau mit dunklen Augen, stets gebräunter Haut und trug, wie so oft, ein langes Kleid aus Leinen, das sie eher lässig und jung erscheinen ließ.

In letzter Zeit machte sie sich oft Gedanken über ihre Tochter, denn sie verhielt sich so sonderbar. Seit sie erwachsen wurde und besonders in den letzten Wochen war es immer schlimmer geworden. Schon als Kind war Esmé eher ruhig und ernst gewesen, ja beinahe bedachtsam, schien alles, was sie sah, stillschweigend in sich aufzusaugen. Auch erinnerte sich Caroline, dass ihrer Tochter als Kleinkind nie etwas geschehen war – kein Sturz ließ sie sich verletzen, nicht einmal eine Schramme hatte sie sich in all den Jahren zugezogen. Schon damals erschien ihr dieser Umstand sehr merkwürdig. Und nun, da sie älter wurde, verstärkte sich ihre Melancholie.

Caroline trat an den Tisch und bedeutete ihrer Tochter, sich zu setzen.

»Ich freue mich wirklich, dass Eric uns im Landhaus besuchen kommt. Wir haben uns schon seit ein paar Wochen nicht mehr gesprochen«, sagte sie. Sie vermisste ihren Sohn, auf den sie stolz war. Schon seit seiner Kindheit konnte sie sich stets auf ihn verlassen. Er war ein wissbegieriger Junge, der zielstrebig seinen Weg einschlug.

Dann setzte sich Caroline auf den Barhocker am schmalen hohen Tisch in der Küche, um ihren Kaffee zu trinken. Aber innerlich war sie schon auf dem Weg ins Arbeitszimmer, was Esmé nur zu gut wusste.

Trotzdem setzte sie sich kurz zu ihrer Mutter, trank ihren heißen Milchkaffee und dachte dabei an ihren Bruder. Als Eric damals vor einem Jahr nach London gezogen war, um Jura zu studieren, hatte sie sich anfangs ziemlich verloren gefühlt. Sie beide hatten immer ein vertrauensvolles Verhältnis zueinander gehabt.

Eric war drei Jahre älter als seine Schwester, und da

Esmé ihm immer so zerbrechlich und empfindsam erschien, nahm er seine Rolle als großer Bruder sehr ernst. Er sah sich als ihren Schutzengel, und eine tiefe Freundschaft verband die Geschwister.

Als Eric auszog, hinterließ er eine große Leere in Esmés Leben, bis sie verstand, dass er seinen eigenen Weg gehen musste und sie den ihren. Doch in diesem Punkt kam sie nicht weiter, verfing sich immer wieder in dem Gedanken – anders – zu sein, hier nicht herzugehören. Schließlich hatte sie nur die eine Möglichkeit gesehen – sich zielstrebig in die Aufgaben der Zukunft zu stürzen, um sich und damit allen anderen zu beweisen, dass auch sie es schaffen konnte – trotz all der widersprüchlichen Gefühle in ihrem Inneren. Sie hatte gehofft, sich selbst davon überzeugen zu können, wenn sie nur stark genug daran glaubte.

Doch darin hatte sie sich getäuscht.

Esmé stand auf, hielt in der einen Hand ihren Becher und in der anderen eine dicke Scheibe frisch gebackenes Weißbrot, auf dem die Butter schmolz. Noch immer barfuß lief sie über die warmen Holzbohlen der Terrasse und setzte sich an den Tisch, um ihr Frühstück zu genießen. Ihr Blick fiel auf die Staffelei ihres Vaters, die sich Esmé hin und wieder auslieh, um daran zu zeichnen. Aber das noch unfertige Bild mit dem weißen Sandstrand, dem See, ein paar angedeuteten Bäumen … wollte sie heute nicht beenden. Das stand definitiv außer Frage.

Bis sie losfuhren, um Eric vom Bahnhof abzuholen, blieben ihr noch ein paar Stunden.

Ihr Blick schweifte über den hauseigenen Bootssteg, betrachtete das glitzernde Wasser, dann wieder ihr unfertiges Bild. Dabei horchte sie unweigerlich in sich hinein, spürte ihre Sehnsucht nach jener Vertrautheit, die sie im Traum erlebte.

Und dann veränderte sich etwas. Ganz deutlich, es fühlte sich fast an, als ob sie jemand umarmte. Um sie herum war plötzlich wohltuende Wärme, die sie einhüllte und sie ... verzauberte.

Esmé schloss die Augen. Was geschah hier mit ihr? Hatte sie das schon einmal gespürt, in längst vergangenen Tagen, immer dann wenn sie sich traurig gefühlt hatte – nur nicht in dieser Deutlichkeit?

Nach einem weiteren Augenblick besann sie sich, öffnete die Augen. Sie drehte sich ruckartig um und sah zu ihrer Verwunderung – niemanden. Aber gleichzeitig wusste sie, dass sie nicht allein war. Jemand oder Etwas stand neben ihr – unsichtbar, verborgen – sie spürte eine eigenartige Gegenwart, die sich bekannt anfühlte und sie darin bestärkte, Dinge wahrnehmen zu können, die andere nicht sahen. Das war dann wohl ein Beweis, dass sie entweder anders oder verrückt war.

Doch bevor sie weiter darüber nachdenken konnte, spürte sie einen inneren Drang nach oben auf den Dachboden des Hauses zu gehen. Schon lange war sie nicht mehr dort gewesen. An dem Ort, der einem nur Dinge aus der Vergangenheit zeigte.

Doch etwas drängte sie jetzt nach oben.

Sie stand auf und ging ins Haus. Die schmale Holztür zum Dachboden war abgeschlossen, aber der Schlüssel steckte. Esmé griff danach und zögerte. Sollte sie wirklich nach oben in den stickigen Raum gehen? Als Kind war sie ein- oder zweimal dort oben gewesen, um sich zu verstecken. Doch es hatte sie stets ein beklemmendes Gefühl ergriffen, in der Enge zwischen verstaubten Kommoden und alten Schränken.

Heute aber schien der Dachboden sie geradezu magisch anzuziehen, und sie drehte den Schlüssel herum, öffnete die Tür und schlich leise die knarrenden Treppenstufen hinauf.

Hier oben war es noch viel wärmer als in der Sonne auf der Terrasse. Die staubige Luft, angewärmt von den ersten vergangenen Sommertagen, wallte in ihrem eigenen Rhythmus um die Dachfenster.

Nur wenig Licht drang durch die beiden runden Luken in das Innere. Esmé zog unbewusst den Kopf ein, um sich nicht an den Holzbalken zu stoßen. Doch sie konnte gerade noch aufrecht stehen und fuhr mit den Händen über die spitz zulaufende mit Holz verkleidete Dachschräge.

Nacheinander aufgereiht standen auf der einen Seite der Schräge drei Kommoden. Dahinter waren Kartons zu einem Turm gestapelt, der sich bedenklich zur Seite neigte. Esmé ging darauf zu und hob den obersten Karton herunter. Es staubte, als sie den Deckel des Kartons öffnete. Darin lagerten alte Manuskripte ihrer Mutter.

Sie ergriff ein seltsam starkes Gefühl, dass sie nach irgendetwas suchen sollte. Aber nach was? Sie kauerte sich vor das schmale Regal gegenüber der Bodentür und stöberte in abgegriffenen Büchern. Die Titel sagten ihr nichts. Erneut wirbelte Staub durch die Luft und gedankenverloren las sie ein paar Zeilen aus einem Reisetagebuch ihrer Großmutter. Doch schon bald legte sie gelangweilt die Bücher beiseite – darin würde sie die Antwort nicht finden, wonach auch immer sie suchte.

Dann fiel ihr Blick auf den Schrank, in dem ihre Mutter alte Fotoalben lagerte. Sie öffnete die Tür. Leise quietschte das Holz.

Esmé nahm drei Bücher heraus, kramte ziellos in vergilbten Bildern und fand in einer Schublade Großmutters Tagebuch, das sie gleich wieder hineinlegte.

Was tat sie hier überhaupt? Wonach suchte sie? Mit dem Fuß stieß sie gegen ein Paar zerschlissene Schuhe. Esmé schüttelte den Kopf, doch gerade als sie die Schranktür wieder schließen wollte, formte sich im Schatten der Dachschräge ein Lichtstrahl. Eine der Schubladen im Schrank erschien ihr wie angestrahlt.

Verblüfft schaute Esmé zu den beiden Dachluken. Aber der Lichtstrahl war kein verirrter Sonnenstrahl, er kam nicht von draußen durchs Fenster. Nein – er schien direkt aus dem Nichts neben ihr zu kommen.

Und wieder spürte sie diese eigenartige Gegenwart neben sich, spürte die vertraute Nähe. Doch sehen konnte sie nichts außer dem Lichtstrahl.

Zwei Sekunden verstrichen und so plötzlich wie er aufleuchtete, war er wieder verschwunden.

Esmé zog ohne zu zögern die Schublade auf. Darin fand sie eine zerschlissene Holzkiste.

Sie kniete sich auf die staubigen Holzdielen und klappte vorsichtig die obere Abdeckung auf. Der Deckel löste sich aus der verzogenen Nut.

Zunehmend wurde sie neugieriger. Worauf hatte der Lichtstrahl sie gestoßen? Ihre Hand glitt über verblasste schwarz-weiße Fotografien. Eine nach der anderen holte sie heraus. Neugierig betrachtete sie die Fotos in ihrer Hand. Auf einigen von ihnen stand auf der Rückseite

»Sommer 1995« geschrieben. Esmé glaubte die Handschrift ihrer Mutter zu erkennen.

Die Bilder zeigten sie und Eric in früheren Kindheitstagen, wie sie unten am See spielten. In jenem Sommer war sie ein Jahr alt gewesen und ihr Bruder hatte aus Holz kleine Boote geschnitzt. Sie spielten vergnügt am Bootssteg.

Auf einem anderen Foto war ihre Cousine Marley. Esmé erinnerte sich an gemeinsame Sommertage Jahr für Jahr im Landhaus.

Interessiert kramte sie weiter in der Kiste und plötzlich wurde ein Bild von demselben hellen Lichtstrahl umrahmt, der sie eben auf die Schublade gebracht hatte. Unverzüglich griff sie danach. Als sie das Bild in den Händen hielt, verblasste der Lichtstrahl.

Auf dem Foto waren drei unbekannte Jungen, die neben Eric standen. Alle lachten glücklich in die Kamera. Die vier Kinder hatten einen großen Hecht gefangen und präsentierten diesen stolz. Dieses Bild legte sie gesondert beiseite.

Gespannt wühlte Esmé weiter, holte noch mehr Bilder aus der Kiste, die eine Sommerparty in ihrem Landhaus zeigten. Hierauf konnte sie ihre Eltern, Tante Katie, Onkel Collum und ihre Cousine Marley erkennen. Doch diese Fotos schienen unwichtig zu sein, stattdessen sah sie wieder eine grelle Umrandung um ein weiteres Bild, das sie offenbar aus der Kiste nehmen sollte.

Es zeigte die gleichen drei Jungen wie das letzte Bild. Die beiden Älteren spielten mit ihrem Bruder in einem selbst gebauten Indianertipi. Im Hintergrund stand eine gut aussehende Frau, die ein kleines Mädchen auf dem

Arm hielt und den Jüngsten der drei fest an sich drückte. Esmé drehte das Bild um, und auf der Rückseite stand: »Letzter Sommer mit Familie Sutton, Juli 1995.«

Nachdenklich blickte Esmé auf die tanzenden, staubigen Lichtstrahlen, die die Sonne in den Dachboden schickte und fragte sich, warum dort wohl »letzter Sommer« stand … und wer waren die Suttons? Noch nie zuvor hatte sie von ihnen gehört. Seltsam.

Schnell legte sie die anderen Bilder zurück in die Kiste, schloss den Deckel und verstaute sie wieder in der offenen Schublade.

Und dann begann sich irgendetwas zu verändern.

Esmé schloss für einen Moment die Augen. Noch immer spürte sie die wohltuende Gegenwart neben sich, doch sie wagte es nicht, ihre Hand danach auszustrecken. Obwohl sie sich danach sehnte. Sie spürte jemanden, der sie schützte, nah und doch ungreifbar.

Und plötzlich … ohne jeden Zweifel wusste sie, dass sie die Antworten auf ihre Fragen in der Vergangenheit finden würde.

Geräusche aus dem Haus drangen zu ihr und sie lief Gefahr entdeckt zu werden, mit den beiden Fotos in der Hand. Ihrer Mutter wollte sie so nicht begegnen.

Hastig schob sie mit dem Fuß die Schublade zu und steckte die beiden Fotos in ihre Jeans.

Als sie an der Treppe stand, blickte sie noch einmal in den Raum. Alles war beinahe wie vorher. Verstaubt, aber nicht unberührt.

Im Verborgenen suchte die Vergangenheit nach Antworten.

Noch heute Morgen hatte sich Esmé nur auf ihren Bruder gefreut, jetzt konnte sie es kaum mehr erwarten, mit ihm zu sprechen. Es war klar, dass sie ihn als Erstes befragen musste. Doch dafür musste sie den richtigen Moment abwarten. Wohl kaum konnte sie Eric gleich am Bahnhof mit den beiden Fotos konfrontieren. Obwohl sie sehr gespannt war, zwang sie sich daher zur Gelassenheit.

Esmé saß an ihrem Schreibtisch und starrte angespannt die Fotos an.

Gelassenheit.

Das war schwerer als gedacht. Unruhig stand sie auf, ging zum Fenster, um sich gleich wieder auf das Bett zu setzen.

Wieder und wieder blickte sie auf ihr iPhone. Konnte ihr Google eine Antwort geben? Obwohl sie instinktiv spürte, dass dies nichts bringen würde, griff sie jetzt doch danach.

Es kam Esmé komisch vor, den Namen einzutippen. Und es dauerte eine Weile, doch unter Sutton fand die Suchmaschine nicht wirklich das, wonach sie suchte. In ihr regte sich immer mehr der Verdacht einem unerklärlichen Ereignis auf der Spur zu sein. Und das Internet war sicher nicht der rechte Weg, um mehr herauszufinden.

Sie musste also warten.

Die Glocken von Langdale läuteten in der Ferne, als Caroline und Esmé am frühen Nachmittag den holprigen Feldweg entlangfuhren. Danach erreichten sie die Straße nach Windermere. Die quirlige viktorianische Stadt lag direkt an dem gleichnamigen See. Eric würde in einer Stunde auf dem Bahnhof eintreffen.

Die Fahrt dahin wäre unter anderen Umständen beschaulich gewesen. Doch Esmé war nervös. Fühlte sich einsam und fremd in der Nähe ihrer Mutter. Irgendwie beklommen.

Die Haare wehten ihr ins Gesicht und Esmé schloss das Fenster. Draußen zogen satt grüne Wiesen vorüber, die parallel zur Straße mit alten Steinmauern aus dem 16. Jahrhundert gesäumt waren. Die hügelige Landschaft ging in der Ferne in die höheren Bergketten der Cumbrian Mountains über, und die Straße schlängelte sich durch unzählige Wiesen und Wälder, in denen die Sonne mit den Schatten hinter den dicken Baumstämmen am Wegesrand spielte.

Esmé lauschte in sich hinein.

Nein – noch immer war jene einfühlsame Präsenz, die ihr Sicherheit gab, nicht zurückgekehrt. Seit sie den Dachboden verlassen hatte, war das Gefühl verschwunden. Aber das hatte es früher auch schon gegeben. Zeiten, in denen sie sich allein gelassen fühlte. Einsam. So sehr, dass es weh tat.

Und genau in jenen trostlosen Momenten hatte sie es wieder gespürt. Jemand behütete sie und gab ihr die Wärme, die sie hier nicht fand. Jemand kehrte zu ihr zurück. Es war also nur eine Frage der Zeit.

Nach einer unbehaglich stummen Autofahrt erreichten sie den Bahnhof, gerade als der Zug am Bahnsteig zwei einfuhr.

Endlich.

Eric stieg verschlafen und müde aus dem letzten Zugabteil. Er warf sich die Reisetasche über die Schulter, und schaute sich gespannt um, wer ihn wohl vom Bahnhof abholen würde.

Eric besaß eine große schlanke Statur. Seine halb lang geschnittenen Haare fielen ihm locker und ungekämmt in die Stirn. Er trug eine zerschlissene Jeans, graue Turnschuhe ohne Schnürsenkel und ein grünes Shirt.

»Eric!«, rief Esmé quer über den Bahnsteig, und ihr großer Bruder grinste vor Entzücken, als er sie entdeckte.

Esmé rannte ihm entgegen und lief in seine Arme. In einem Schwung wirbelte er sie herum, dann verharrten beide in einer festen und herzlichen Umarmung, bis auch ihre Mutter Caroline um einen Begrüßungskuss bat.

»Willkommen zu Hause«, sagte Caroline. Sie musste sich auf die Zehenspitzen stellen, um Eric an sich zu drücken. »Wie war die Fahrt?«, fragte sie.

»Sehr lang!«, antwortete Eric seiner Mutter müde. »Ich bin seit Stunden unterwegs und froh, dass ich endlich da bin.«

Gemeinsam liefen sie zum Auto zurück, das Caroline

direkt am Bahnhof geparkt hatte. Die Fahrt zurück nach Loughrigg verlief wieder in einem erdrückendem Schweigen. Esmé wusste nicht, woran das lag. Sicher, Eric war müde und hungrig. Aber sie konnte mit ihm nur unbefangen sprechen, wenn ihre Mutter nicht dabei war. Eric saß auf der Rücksitzbank, blickte gedankenverloren in die Landschaft. Ob die vorbeiziehenden Hügel bei ihm Erinnerungen weckten? An Geschehnisse aus der Vergangenheit?

Esmé beobachtete ihn im Seitenspiegel.

War er glücklich, dort wo er jetzt lebte? Weg von Zuhause?

In London hatte er sein eigenes Leben begonnen. Sein Studium.

Er wirkte abwesend.

Und mit einem Mal wusste sie, was er dachte.

Eric hatte Angst. Ihr großer Bruder hatte Angst, dass er dem Erwartungsdruck ihrer Eltern nicht standhalten konnte. In London hatte er gemerkt, dass er frei war und seine eigenen Erfahrungen machen konnte. Und obwohl er noch nicht genau verstand, was ihn im Leben glücklich machen würde, wollte er seinen eigenen Weg gehen und seine eigenen Fehler machen. Sein Ziel kannte er noch nicht. Aber in London fühlte sich sein Leben richtig an. Jetzt, da er wieder hier war und ein Essen im Kreis der Familie anstand, wurde er unruhig. Sein Vater würde da sein, und er wusste nicht, was er ihm über die vergangenen Monate berichten sollte.

Esmé spürte, wie angespannt und unbehaglich ihr Bruder sich fühlte. Deshalb schwieg er, und ließ die Fahrt mit starrem Blick aus dem Fenster über sich ergehen.

Unerwartet trafen sich ihre Blicke im Spiegel und Esmé schaute verlegen weg. Sie fühlte sich dabei ertappt, in seine Gedanken eingedrungen zu sein.

Warum war ihr das möglich?

Noch nie zuvor hatte sie Derartiges empfunden, obwohl sie sich immer sehr nahe gestanden hatten. Aber das hier war etwas ganz anderes. Sie hatte gefühlt, was er dachte.

Und nun wusste sie, dass Eric sich in Gesellschaft seiner Familie unwohl fühlte. Wenn auch auf andere Art als sie.

Am liebsten hätte sie jetzt gezaubert, nur um die folgenden Stunden nicht ertragen zu müssen. Und um sie Eric zu ersparen.

Doch es half nichts. Sie beide mussten da durch.

Esmé blickte nicht wieder in den Spiegel zu Eric, sondern auf den holprigen Weg. Sie waren gleich im Landhaus und sofort tauchten wieder die Fragen in ihrem Kopf auf, die sie an ihren Bruder hatte. Ihre erzwungene Gelassenheit schmolz dahin.

Die Fotos steckten noch immer in ihrer Jeans.

Wenn sie doch bloß den bevorstehenden Abend in Familie umgehen konnten. Gab es dazu keine Alternative? Sie dachte eine Weile darüber nach und dann … kam ihr der rettende Einfall.

Ja – so würde es gehen! Ganz ohne Zauber.

Kaum konnte Esmé ihre Aufregung verbergen. Es waren noch zehn Minuten bis sie die Auffahrt zum Landhaus erreichten und in ungeduldiger Erwartung faltete Esmé ihre Hände im Schoß, schlug dabei die Daumen permanent wechselnd übereinander.

Als sie den Vorhof erreichten, sah sie Jacks Auto. Ihr

Vater musste bereits heute Mittag von York gestartet sein, um so zeitig in Loughrigg anzukommen.

Etwas beklommen stieg Eric aus dem Auto, und Esmé folgte ihm. Sogleich kam Jack ihnen entgegen und begrüßte Esmé in einer liebevollen Umarmung. Regungslos ließ sie es über sich ergehen.

»Wir haben dich erst für den Abend erwartet«, begrüßte ihn Esmé. Er durchkreuzte ihre eben gemachten Pläne. Doch als Jack sie beleidigt ansah, lenkte sie sogleich ein.

»Das ist ja eine tolle Überraschung, dass du jetzt schon da bist.« Sie wollte ihren Vater nicht vor den Kopf stoßen. Immerhin gab er sich Mühe. Versuchte die wenige Zeit, die er nicht in der Praxis war, der Familie zu widmen. Ab und an unternahm er – mit dem Blick eines Psychologen – den Versuch in Esmés Innerstes zu sehen. Doch das ließ sie nicht zu.

Aus irgendeinem Grund konnte sie sich ihren Eltern nicht öffnen und ihnen sagen, was sie beschäftigte, wie sie sich fühlte.

Dann begrüßte Jack seinen Sohn, indem er ihn an die Schulter boxte. »Schön, dass du da bist«, sagte er zu ihm. »Alle Prüfungen geschafft?«

Esmé sah, wie Eric nickte.

Er wollte nicht über sein Studium sprechen.

Ihr Blick wanderte wieder zu ihrem Vater, der wohl eine ausführlichere Antwort erwartet hatte, und Esmé fiel auf, wie ähnlich sich die beiden waren. Jack war noch immer ein sportlicher Typ, sehr groß und schlank. Er hatte dieselben rotblonden Haare wie Eric.

Während er sich Caroline mit einem Kuss zuwandte, gab er bekannt, dass er gedenke, heute Abend zu grillen –

und zwar den frischen Saibling vom Markt mit Backkartoffeln. Er wollte pünktlich gegen sieben zu Abend essen.

Wieder nickte Eric nur, denn er wusste, was sein Vater von ihm erwartete. Sie würden gemeinsam den Fisch rösten.

Daraufhin drehte sich Eric unverzüglich um und verschwand im Haus.

Esmé beeilte sich ihm zu folgen. Noch bevor er sein Zimmer betrat, holte sie ihn ein.

»Eric, ich muss unbedingt mit dir sprechen, am besten jetzt sofort«, flüsterte sie. »Es ist wirklich wichtig!«

Ihr Bruder sah sie erstaunt an und warf seine Tasche durch die geöffnete Tür auf den Fußboden.

»Was gibt es denn so Wichtiges? Ich wollte eigentlich erstmal duschen und mich umziehen. Jack will grillen.« Den letzten Satz untermauerte er mit einem Zucken seiner rechten Augenbraue.

»Nein! Duschen kannst du später. Beeil dich.« Schon drehte sie sich wieder um und rannte die Treppe hinunter. »Ich kann es dir hier nicht sagen. Sei einfach in fünf Minuten unten am Bootssteg«, rief sie nach oben.

Sie wollte ihm weder eine Wahl lassen, noch die Gelegenheit geben, sich dagegen zu sträuben.

Er sollte einfach zum Bootssteg kommen.

Eric stand da und schaute ihr entgeistert nach. Zugegebenermaßen war er neugierig geworden, was seine Schwester so dringend mit ihm besprechen wollte. Und immerhin war ihm die Gegenwart seiner Schwester lieber als die vielen unangenehmen Fragen seines Vaters. So brauchte er wenigstens nicht mit ihm zu grillen.

Als Eric am Bootssteg ankam – er hatte in zwei Minuten geduscht und sich umgezogen – saß Esmé auf den Holzbohlen und ließ ihre Füße im kühlen Wasser baumeln. Der See schimmerte im Sonnenlicht hellgrün.

Esmé hatte ihn sofort bemerkt und stand auf. »Lass uns mit dem Boot auf den See fahren«, forderte sie ihn auf. Sie erlaubte ihm kaum Luft zu holen. Doch Eric hatte nichts dagegen, und sie stiegen in das kleine hauseigene Boot.

Eric nahm die Ruder in die Hand. Eines nach dem anderen tauchte ins Wasser und langsam glitten sie auf den See hinaus, weg vom Landhaus.

Am Westufer des Sees wuchs dichter Mischwald, daher umgab den See eine wundervolle Stille. Ringsum Wald, nur wenige Wiesen – lediglich ein weiteres Haus grenzte in einiger Entfernung an ihr Grundstück. Auch heute waren sie wie immer allein unterwegs.

Esmé saß auf dem Bootsboden und lehnte ihren Kopf an den schmalen roten Sitz. Das Boot schaukelte mit den Wellen hin und her, und Esmé hielt eine Hand in das Wasser.

Jetzt war es soweit! Der Augenblick war gekommen – sie wollte die Vergangenheit ans Licht bringen.

»Ich war heute auf dem Dachboden«, begann Esmé vorsichtig. »In Mutters Schrank habe ich eine alte Holzkiste mit Fotos gefunden.«

»Du warst auf dem Dachboden?« Eric legte die Stirn in Falten.

Ja. Es war untypisch für sie. Sie hasste staubige enge Räume. Doch sie hob lediglich ihre Schultern. Sie hatte nicht vor, ihm zu erzählen, warum sie nach oben gegangen war, und wie sie die Kiste gefunden hatte. Darüber würde sie auf keinen Fall sprechen, nicht einmal mit ihrem Bruder.

Wieder tauchte Eric die Paddel in das Wasser und schon bald erreichten sie die Mitte des Sees.

»Und?«, fragte er erwartungsvoll und lächelte. »Was willst du mich denn dazu fragen? Das schnelle Treffen, deine Geheimnistuerei. Wie ich dich kenne, schwirren dir tausend Fragen durch den Kopf, oder?«

Esmé zog ihre Hand aus dem Wasser und trocknete sie an dem schwarzen Shirt ab, das sie seit heute Mittag trug. Eric kannte sie wirklich gut.

»Nun … die Fotos sind von früher und auf einem bist du drauf. Du spielst mit Kindern, die ich nicht kenne.« Sie blickte kurz zu ihm auf, um vielleicht schon eine erste Reaktion zu erhaschen, doch Eric paddelte unbeeindruckt weiter.

Esmé tastete sich weiter vor. »Genau genommen sind es drei Jungen, und ich wüsste gerne, mit wem du da früher gespielt hast.«

»Warum gräbst du denn in der Vergangenheit?«, fragte Eric gelangweilt.

Gute Frage, dachte Esmé. Ließ sich aber nicht beirren. Nicht einmal von dem Anflug von Ärger in seiner Stimme. »Die Bilder sind hier aufgenommen und vielleicht stammen die Jungs aus der Gegend. Aber ich habe sie noch nie gesehen.«

Jetzt zog Esmé die Fotos aus ihrer Hosentasche. »Hier«, sie reichte ihm die Aufnahmen, »vielleicht erkennst du sie wieder.«

Er warf einen kurzen Blick darauf, und paddelte weiter.

Sie wollte unbedingt herausfinden, wer die Kinder waren.

Dann hielt Eric inne und blickte sie schweigend an. Noch einmal schaute er auf die Fotos in ihrer Hand.

»Wieso fragst du mich danach? Ich war damals noch ein Kind und kann mich nicht daran erinnern, dass ich bei uns mit anderen Kindern gespielt hätte.«

Wieder tauchte er die Paddel ins Wasser. Aber diesmal spritzte das Wasser nach oben, und Esmé spürte, dass er log. Er wusste etwas, doch seine Gedanken schienen ihn zu beunruhigen. Sie sagte nichts.

»Wieso ist das so wichtig? Warum willst du wissen, wer diese Kinder waren?«, fragte er unwirsch, als sie weiter schwieg. »Du kennst sie doch nicht einmal!« Esmé antwortete nicht und sah ihren Bruder nur weiter an.

Schließlich hörte Eric auf zu rudern und starrte über das grüne Wasser. Seine Stimme klang nachdenklich, beinahe traurig.

»Das ist alles lange her, und die Namen sagen dir sowieso nichts.« Er legte die Griffe der Paddel auf seine Oberschenkel und streckte ihr die Hand entgegen. »Zeig noch mal her!«

Esmé spürte es. Er musste die Bilder noch einmal sehen.

Ohne auf seinen Gefühlsausbruch einzugehen, reichte sie ihm beide Fotografien. Lange, ewig lange blickte er darauf, dabei schweifte sein Blick von einem Bild zum anderen. Er kniff seine Augen zusammen, und Esmé spürte, dass er sich langsam erinnerte. Sie musste behutsam vorgehen.

Ablenkend hielt sie wieder ihre Hand ins Wasser.

»Kannst du dich an diesen Sommer erinnern?«, bohrte sie vorsichtig nach, während sie ihren Bruder eindringlich betrachtete. Doch er zeigte keine Regung auf seinem Gesicht. Er schwieg beharrlich.

Nein. Sie würde es nicht dabei belassen.

»Auf der Rückseite, das ist, glaube ich, Carolines Handschrift – da steht: *Letzter Sommer mit Familie Sutton, Juli 1995.*«

Eric drehte die Fotos um und las es selbst. Er sah nachdenklich aus.

Die Stille dauerte an. Nur die Flügelschläge eines Wanderfalken waren zu hören, der über dem See kreiste.

Esmé aber spürte, wie seine Erinnerungen zurückkehrten. Mit jeder Minute, die verging, schien die Vergangenheit in ihm zu erwachen. Sein Herz begann zu klopfen. Es wurde schneller und schneller und mit einem Mal sah er auf.

»Ich kann mich erinnern«, sagte er leise. »Aber ich brauche Zeit, Esmé. Irgendwas ist damals passiert. Und …«, Eric schaute auf die Fotos.

»Woran erinnerst du dich?«

»Ich weiß es nicht.«

Und mit diesem Satz wandte er sich ab.

Esmé spürte, dass er erneut log. Er erinnerte sich an die drei Jungen. Damals war er sieben Jahre alt gewesen.

Sie lächelte zaghaft.

Für heute musste sie sich mit dieser Auskunft zufrieden geben. Doch Erics inneren Aufruhr zu spüren, machte sie nachdenklich. Schon wieder hatte sie seine Gedanken gefühlt und gewusst, welche Angst in ihm aufkeimte.

Warum nur konnte sie all das wahrnehmen?

Sie fühlte sich seltsam, irgendwie verändert. Und in diesem Augenblick wünschte sie sich nichts sehnlicher, als jene tröstende Gegenwart um sich herum, die nur ihr gehörte. Doch sie blieb allein in dem Boot.

Nur Eric war da.

Esmé atmete tief ein. Warum blieb es ihr fern?

Und plötzlich bemerkte Esmé, dass Eric sie ernst anschaute.

»Bitte sprich mit niemanden über diese Fotos und… stelle Caroline oder Jack nicht dieselben Fragen wie mir.« Eindringlich fügte er hinzu: »Versprich es mir!«

Esmé blinzelte verwirrt, bevor sie zustimmend nickte.

Ihre Gedanken begannen zu kreisen.

Warum soll ich nicht mit ihnen reden?, dachte sie im Stillen. Was ist in der Vergangenheit geschehen, und was hat es mit den Kindern auf sich?

Obwohl ihre Neugierde längst nicht gestillt war, stellte sie ihm lieber keine Fragen mehr. Dennoch beunruhigte sie seine Reaktion zutiefst.

Keiner sprach fortan mehr ein Wort und nach einer Weile begann Eric, völlig abwesend und in Gedanken versunken, das Boot wieder zurück zum Steg zu steuern.

Der Blick auf die Fotos hatte Spuren hinterlassen.

Als sie den Bootssteg am Ufer erreichten, brach bereits der Abend an – das Familienessen stand ihnen bevor, und der Grillgeruch zog von der Terrasse herunter.

Doch mit all den Emotionen, all den wiederkehrenden Erinnerungen, konnte Eric unmöglich daran teilnehmen. Schnell stieg er aus dem Boot, zurrte das Tau am Poller fest und wandte sich an Esmé, die auf dem Steg wartete.

»Ich kann jetzt nichts essen, tut mir leid.« Er berührte sie am Arm. Einerseits wollte er nicht, dass sie allein mit den Eltern zu Abend essen musste, doch andererseits fühlte er sich absolut außerstande, dies über sich ergehen zu lassen. »Ich muss jetzt allein sein. Das wühlt mich alles so auf. Bitte versteh' das!«

Esmé schaute ihn verwundert an, sagte aber nichts. Nur nickend signalisierte sie ihm, dass sie verstand.

Daraufhin drehte er sich um, stürmte eilig zum Haus hinauf und ging, ohne eine Erklärung an seinen Vater zu richten, nach oben in sein Zimmer.

Als Esmé die Terrasse betrat, sah sie ihr Vater fragend an. Doch sie zuckte nur mit den Achseln und ging zum Grill, um den Fisch zu begutachten, der schon in einzelne Stücke zerfiel.

Esmé wollte weder ihm noch ihrer Mutter irgendetwas erklären. Nicht nur weil Eric sie darum gebeten hatten, sondern auch weil ihr selbst eher nach Schweigen zumute war.

Doch als sie bemerkte, wie enttäuscht ihr Vater wirkte, lenkte sie ein.

»Das riecht köstlich«, lobte sie ihn. »Darf ich schon essen, ich habe Hunger.«

Jack schien sich gedanklich von seinem geplanten Familienessen zu verabschieden und gab seiner Tochter etwas Fisch auf den Teller.

Esmé ging zum Tisch und setzte sich. Sie kostete.

Und in diesem Moment betrat Caroline mit den Kartoffeln die Terrasse. Auch sie setzte sich auf einen der weichen Sessel am Tisch.

»Wo ist Eric?«, fragte sie und schaute dabei zu Esmé. Aber Esmé aß weiter. Sie gab ihr keine Antwort, sondern schüttelte lediglich den Kopf. Hilflos blickte Caroline zu Jack.

»Er hat keinen Hunger!« Seine Antwort klang missgelaunt.

Caroline zog die Stirn in Falten. »Aber er hat doch noch gar nichts gegessen? Ich geh'und hole ihn!«

»Nein! Bleib sitzen, wir essen zu dritt«, entgegnete Jack resolut. »Fisch?«, fragte er übertrieben höflich und reichte seiner Frau einen Teller. Damit war ihr Versuch, Eric doch noch zu einem gemeinsamen Abendbrot zu überreden, vom Tisch.

Nun saßen die drei in angespanntem Schweigen auf der Terrasse.

Und wieder bemerkte Esmé, wie fremd sie sich in der Gegenwart ihrer Eltern fühlte, wie beklommen ihr zumute war.

Aber genau dieses entsetzliche Gefühl bestärkte sie jetzt. Sie war sich plötzlich ganz sicher. Sie musste endlich herausfinden, was es mit der smaragdgrünen Sonne auf sich hatte, die sie fühlen aber nicht sehen konnte. Und deren Strahlen ihr weit mehr Hoffnung und Kraft gaben, als sie sich bisher eingestanden hatte. Das war nicht mehr zu leugnen. Sie merkte, dass sie sich immer mehr veränderte und sich dabei noch mehr von ihren Eltern entfernte. Sie wollte wissen warum.

Esmé blickte in das traurige Gesicht ihrer Mutter. Und obwohl sie ihre Eltern ungern absichtlich verletzte, signalisierte sie mit ihrem ablehnenden Verhalten, dass auch sie jetzt nicht in der Laune für ein Plaudergespräch war. Sie nahm zwar am Abendbrot teil, aber das bedeutete noch lange nicht, dass sie auch mit ihnen reden wollte.

So aß sie ihren Fisch zusammen mit den Kartoffeln aus dem Ofen, trank ihre Cola und konnte es doch kaum erwarten, danach ebenfalls nach oben zu gehen.

Jack versuchte sie in ein Gespräch zu verwickeln.

»Marley wird morgen für zwei Tage zu uns kommen. Sie hat frei, und ich habe ihr erzählt, dass wir für ein paar Tage hier sind.« Er sah seine Tochter an. »Ist das o.k. für dich?«

Esmé schaute von ihrem Teller auf. Sie verstand nicht, warum ihr Vater sie fragte, wenn doch alles geklärt war.

»Ich habe Marley schon lange nicht mehr gesehen. Natürlich kann sie uns besuchen. Eric hat sicher auch nichts dagegen.« Und dann fiel ihr ein: Marley war ihre Cousine und früher hatten sie viel Zeit miteinander verbracht, auch hier im Landhaus. Vielleicht war es ganz hilfreich, wenn sie sie besuchte. Immerhin war Marley ein Jahr älter als Eric und konnte sich mit Sicherheit an den Sommer 1995 erinnern.

Die Fotos spukten erneut in ihrem Kopf umher.

Esmé stand auf. Doch bevor sie nach oben verschwand, nahm sie Erics Teller, befüllte ihn mit Kartoffeln und einem Stück Fisch.

»Das ist für Eric!«, erklärte sie. »Ich bringe es ihm und lege mich dann hin. Ich bin müde.«

Doch als sie an der Terrassentür stand, drehte sie sich noch einmal um.

»Danke für das leckere Essen!«, fügte sie möglichst nett hinzu, so als würde sie den Abend damit ein wenig retten wollen. So viel Ignoranz hatten ihre Eltern eigentlich nicht verdient. Aber sie konnte nicht anders. Sie hielt die deprimierende Atmosphäre einfach nicht mehr aus.

Caroline blickte ihr resigniert nach.

Warum nur war alles so überaus kompliziert mit Esmé? Aus welchem Grund verhielt sie sich so seltsam und schottete sich dermaßen ab? Und seit sie in Loughrigg waren, schien alles noch schlimmer zu werden.

Caroline schaute traurig zu ihrem Mann, der nur noch auf seinem Teller herumstocherte, seit Esmé die Terrasse verlassen hatte. Vorwurfsvoll sah er seine Frau an.

Eric lag auf dem Bett und starrte an die Zimmerdecke. Dann zog er die beiden Fotos aus der Tasche, die ihm Esmé auf dem Boot gegeben hatte.

Allmählich tauchten immer weitere Erinnerungen auf – Bruchstücke, die ein Bild ergaben. Schon so lange hatte er nicht mehr an Ian und Raven Sutton gedacht.

Früher, als er noch ein Kind war, waren sie oft zusammen gewesen. Sobald die Familie nach Loughrigg kam, hatten sie jeden Tag miteinander gespielt. Das lag jetzt siebzehn Jahre zurück und nun tauchten Erinnerungen aus dieser Zeit auf, die er bisher offensichtlich verdrängt hatte – die tragischen Ereignisse aus jenem Sommer.

Längst vergessener Schmerz von damals war auf einmal in seiner Brust, und erinnerte ihn an eine unerwartete Trennung. Die Suttons waren weggezogen, ohne sich zu verabschieden. Für immer?

Eric schloss die Augen. Die Tage damals wurden wieder lebendig – fügten sich wie Puzzleteile zusammen: Es war ein warmer Sommertag gewesen, und er hatte mit Ian Sutton und seinem jüngeren Bruder Raven im nahegelegenen Wald hinter dem See gespielt. Ihre Gesichter waren mit Farben bemalt – Kriegsbemalung. Bewaffnet mit selbst gebauten Pfeil und Bogen rannten sie durch den Wald, denn an diesem Tag waren sie auf der Jagd. Sie verfolgten einen Adler, den sie vorher noch nie gesehen hatten. Der Adler hatte rabenschwarzes Gefieder und faszinierte die Jungen ungemein. Er flog immerzu dorthin, wo sie gerade spielten, verschwand dann in den Baumwipfeln, um wenig später wieder durch die Luft zu gleiten. Dann ließ sich der schwarze Adler in einer mächtigen alten Eiche nieder. Die Jungen kletterten hinauf, Ast für Ast, gepackt vom Jagdfieber.

Erics Körper begann zu zittern. Er fror plötzlich, als er sich endlich erinnerte. Er wusste, was damals geschehen war.

Ein lautes Knacken, ein Schrei, und Raven stürzte wie ein Stein zu Boden.

Eric zuckte zusammen, sein Herz klopfte, doch er blieb mit geschlossenen Augen liegen. Er hatte Angst.

Genau in diesem Moment klopfte Esmé an die Tür.

Sie musste noch einmal klopfen, denn beim ersten Mal erhielt sie keine Antwort. Dann vernahm sie ein klägliches »Ja?«.

»Darf ich rein kommen?«, fragte Esmé. »Ich bringe dir noch eine Kleinigkeit zu essen«, und ohne eine Antwort abzuwarten öffnete sie die Tür, trat ein und sah ihren Bruder blass auf dem Bett liegen.

»Ich habe keinen Hunger!«, sagte er leise.

Esmé stellte trotzdem den Teller ab. »Dir geht es nicht gut, oder? Sind deine Erinnerungen an damals so schlimm?«

Vorsichtig trat sie an sein Bett heran und Eric richtete sich auf, bis er saß.

Erneut spürte sie, wie er sich gerade fühlte, vernahm sein Entsetzen. Seine Erinnerungen hatten ihn erschreckt.

Fragend blickte sie ihn an.

»Ich weiß jetzt wieder, was damals passiert ist. Zumindest einen Teil davon.« Eric lehnte sich an die Rückwand des Bettes. Sein Kopf reichte mittlerweile genau bis unter das Regal, auf dem seine alten Bücher und das ferngesteuerte Flugzeug aus seiner Kindheit standen.

Ohne sie anzusehen, sprach er weiter. »Trotzdem ist da noch mehr. Etwas, das ich noch nicht erkennen kann.«

»An was kannst du dich erinnern?«, fragte Esmé behutsam und sah ihn ernst an.

»Das … kann ich dir noch nicht sagen«, antwortete er betrübt. Er wirkte so hilflos.

»Weißt du, was ich nicht verstehe?«, fragte er nach einer Weile.

Esmé schüttelte den Kopf.

»Warum habe ich mich all die Jahre nicht daran erinnert? Warum?«

»Ich weiß es nicht und kann dir dabei auch nicht helfen.« Sie setzte sich zu ihm auf die Bettkante. Seine Fragen fühlten sich seltsam an. Wie konnte es sein, dass jemand ein scheinbar dramatisches Erlebnis vergaß? Hatte es äußere Einflüsse gegeben?

Esmé zwang sich, klar zu denken. Eric brauchte ihre Hilfe.

Sie legte ihre Hand auf seinen Unterarm, der sich kalt anfühlte. »Morgen kommt Marley, vielleicht erinnert sie sich an damals und du verstehst dann mehr.«

Und damit hatte Esmé intuitiv recht, denn auch Marley hatte das verdrängte Ereignis in der Vergangenheit der Familie Breckett maßgeblich geprägt.

Eric sah sie daraufhin hoffnungsvoll an. Er lächelte.

Zumindest bemühte er sich, wieder stark zu sein.

»Das ist … einen Versuch wert. Ich werde mit ihr reden,

sobald es sich ergibt. Und ... wenn ich alles verstanden habe, werde ich es dir erzählen. Versprochen.«

»Gut!«, antwortete Esmé mehr oder weniger zufrieden und stand auf.

Sie war ziemlich aufgewühlt. Was nur war damals geschehen? Und warum konnte sich Eric trotz der Heftigkeit seiner Gefühle nicht vollständig erinnern? Was nur blieb ihm verborgen?

Das alles war mehr als seltsam.

»Ich lass dich jetzt allein«, sagte Esmé und stand auf.

»Danke, für dein Verständnis ... und das Essen«, antwortete er mit bemüht fester Stimme.

Daraufhin verschwand Esmé in der Tür.

Sie war irgendwie keinen Schritt weiter gekommen.

Nachdenklich schlich Esmé in ihr Zimmer. Ihren Bruder so zu sehen, bekümmerte sie zutiefst. Gleichwohl war sie ziemlich gespannt, was in der Vergangenheit Rätselhaftes geschehen war.

Aber da war noch mehr. Sie spürte auf seltsame Art, dass auch für sie in der Vergangenheit eine Antwort lag. Eine Antwort auf eine Frage, die sie noch nicht einmal genau kannte.

Sie selbst war damals viel zu klein gewesen und dennoch gab es scheinbar eine mysteriöse Verbindung zu ihr. Anders konnte es gar nicht sein. Nicht ohne Grund war sie heute Morgen auf den Dachboden geschlichen, wo dieses seltsame Licht sie zu den Fotos geführt hatte.

Esmé trat ans Fenster und schaute auf den See hinaus. Der Abendhimmel verfärbte sich gerade in ein orangerotes Firmament und spiegelte sich im Wasser.

Ihre Eltern saßen noch immer auf der Terrasse und unterhielten sich. Wie betrübt ihre Mutter in dem Sessel versank, während ihr Vater redete und redete. Esmé konnte nicht alles verstehen, doch sein Ton klang vorwurfsvoll. Jack gab Caroline die Schuld, dass ihre Kinder sich zurückzogen. Bei Eric konnte er es verstehen. Aber warum Esmé, die in ihrem Wesen so verletzlich, so zerbrechlich war? Warum wandte sie sich von ihnen ab?

Esmé horchte auf, als sie die Worte ihres Vaters hörte. Was meinte er damit?

Langsam wandte sie sich vom Fenster ab. Der Vorhang bewegte sich leise im aufkommenden Luftzug.

Sie ging zu ihrem Bett und setzte sich. Dabei kam ihr noch einmal das seltsame Gefühl von vorhin in den Sinn. Wie komisch sich Erics Frage angefühlt hatte. Wie hatte er alles vergessen können? Gab es hier möglicherweise einen Zusammenhang?

Doch sie wusste keine Antwort darauf.

Müde und nicht mehr willens über all das nachzudenken, zog sie ihre Hose aus und legte sich hin.

Erschöpft schloss sie die Augen, drehte sich auf den Bauch und vergrub ihr Gesicht im Kissen. Die leichte Bettdecke zog sie dabei bis über die Schultern. Nach einer kurzen Weile schlief sie erschöpft ein.

Aber ihre Hoffnung, dass die Welt im Schlaf hinter ihr zurückbliebe, erfüllte sich nicht. Stattdessen tauchten intensive Bilder auf, und in dieser Nacht zeigten ihr die Träume mehr von ihrem Inneren, das tief in ihr schlummerte und langsam erwachte.

Wieder träumte Esmé von dem Strand, dem fremden Seeufer und fühlte wie so oft die vertraute Berührung. Er stand vor ihr. Umarmte sie. Dabei gab er ihr Zuversicht mit seiner bedingungslosen Liebe. Und diesmal konnte Esmé sein Gesicht deutlich sehen. Lange dunkle Haare fielen über seine hohen Wangenknochen. Seine braunen Augen strahlten voller Zuneigung. Er war so faszinierend, makellos und stark. Doch … dieser Augenblick währte nicht lange. Mit einem Male begann Esmé zu frieren, denn kalter Nebel stieg auf. Wurde dichter und dichter. Und plötzlich erschien aus den Nebelschwaden eine Reiterin. Sie saß auf einem Schimmel und trug ein langes, schwebendes Gewand. Sie griff nach Esmeralda, zog sie zu sich aufs Pferd und verschwand mit ihr im Nebel. Eisige Kälte rann durch ihren Körper. Sie ritten über eine Wiese, erklommen einen schmalen Pfad, der sie auf einen Berg führte. Hier setzte die Reiterin sie ab und ließ sie zurück – ohne ihn. Allein.

Zitternd erwachte Esmé aus diesem Traum.

Was hatte sie da nur wieder geträumt?

Verschreckt richtete sie sich auf. Sie konnte nicht länger liegen bleiben, denn noch immer spürte sie die eisige Kälte. Sie stand auf, doch ihre Knie waren weich und ihre Beine trugen sie kaum.

Esmé horchte in die Stille der Nacht, die sich über dem See ausbreitete. Kein Geräusch war von draußen zu hören. Frierend stand sie am geöffneten Fenster und blickte in die dunkle Nacht hinaus. Sterne funkelten am schwarzen Himmel, während Esmé versuchte, ruhig zu atmen.

Dann … endlich geschah es wieder. Sie spürte die ersehnte warme Umarmung und ein Gefühl des Beschütztseins durchströmte ihren Körper. Um sich herum fühlte sie die vertraute Geborgenheit, so stark, dass ihre Angst wich. Sie war nicht allein! Jetzt nicht mehr.

Esmé schloss die Augen.

Und abermals veränderte sich etwas in ihr. Es war fast so, als würde sich ihr Bewusstsein ausdehnen, damit sie verstehen konnte.

Eine unheimliche Stille verschlang ihre Gedanken, bevor dann – völlig unerwartet – eine Stimme durch ihren Kopf hallte. Eine Stimme mit einem besonderen Wohlklang.

Ängstige dich nicht!, hörte Esmé diese sagen. Sie hielt erwartungsvoll den Atem an und lauschte den geheimnisvoll klingenden Worten.

Durch deine Träume betrittst du den Pfad des Verstehens. Betrete ihn und du wirst deine Bestimmung finden!

Esmé schlug die Augen auf. Ihre Brust senkte sich und sie nahm einen tiefen Atemzug. Dann setzte sie sich auf.

Und obwohl sie außer der nächtlichen Dunkelheit nichts um sich herum sah, spürte sie noch immer die vertraute Gegenwart. Sie war da. Und sie besaß eine Stimme. Jetzt war sich Esmé ganz sicher. Die Stimme zog ihre Kraft aus derselben Macht, die dafür sorgte, dass Esmé sich hier so fremd fühlte. Die sie auf den Dachboden geschickt hatte und die ihr Kraft und Zuversicht gab, wenn sie nicht weiter wusste.

Doch was hatten ihre Worte zu bedeuten?

Eine Bestimmung? Wofür war sie bestimmt?

Dieser Pfad führt dich zu dir selbst, hörte Esmé die Stimme weitersprechen. *Ergründe das Geheimnis aus der Vergangenheit. Dann wirst du erkennen.*

Esmé versuchte sich jedes Wort einzuprägen und spürte plötzlich wie ein Hauch von Wärme über ihren Kopf fuhr, so als würde eine liebende Mutter behutsam ihr Kind berühren. Liebe und Geborgenheit erfasste ihren Körper. Wie Wellen unsichtbarer Lichtstrahlen einer smaragdgrünen Sonne strömte das Gefühl in sie hinein und berührte ihre Seele.

Ihr Herzschlag veränderte sich. Er wurde langsamer. Und das war der Moment, in dem Esmé zum ersten Mal die Gewissheit in sich spürte, nur einen menschlichen Körper zu besitzen, der dazu diente, ihr wahres Wesen zu umhüllen, das in Wahrheit einer anderen, sehr magischen Welt entstammen musste.

Magie hatte sie berührt. Esmé ging zurück zu ihrem Bett und legte dankbar ihren Kopf auf das weiche Kissen. Die Dunkelheit im Zimmer war eine andere geworden, und Esmé blieb noch lange wach. Sie dachte nach.

Sie musste einen Pfad des Verstehens beschreiten und dazu musste sie einem Geheimnis in der Vergangenheit auf die Spur kommen.

Ob das Geheimnis etwas mit den gefundenen Fotos zu tun hatte? Mit den Jungen, die sie nicht kannte, und die Eric in seiner Erinnerung Angst eingejagt hatten?

Sie musste es herausfinden.

Irgendwann in der Nacht schlief Esmé doch wieder ein. Schlief traumlos bis zur Morgendämmerung. Und als sie mit dem Aufgehen der Sonne erwachte, fühlte sie sich unausgeschlafen und matt.

Doch mit Anbruch des neuen Tages wurde ihr bewusst, dass ihre Träume eine Bedeutung besaßen und ihr anscheinend so ein Teil einer anderen Welt gezeigt wurde, von der sie überhaupt noch nichts verstand und zudem keine Vorstellung besaß, wo diese existierte.

Je mehr sie wusste, umso mehr veränderte sie sich.

Schon seit geraumer Zeit entwickelten sich ihre intuitiven Fähigkeiten rapide. Fähigkeiten, die tatsächlich zu ihrem wahren Wesen gehörten.

Benommen von der Müdigkeit und den Erkenntnissen dachte sie an den jungen Mann aus ihren Träumen. Gehörte er zu der anderen Welt? Ob sie ihm jemals so wie in ihren Träumen begegnen würde, oder war er lediglich ein Sinnbild für ihre Suche nach Liebe und Geborgenheit?

Insgeheim wünschte sie sich sehr, dass es ihn wirklich gab, er zu ihr gehörte und ihr Schicksal sie eines Tages zusammenführen würde.

Noch einmal rief sich Esmé seine starken Arme, mit denen er sie umschlossen und fest an sich gedrückt hatte, in Erinnerung – so gern spürte sie im Traum seine Nähe.

Und mit diesem Gedanken schlummerte Esmé wieder ein und schlief bis die Sonne hoch am Himmel stand.

Während dessen war Jack in aller Frühe in die Cumbrian Mountains aufgebrochen. Wie so oft versuchte er dort seinen Kopf von all den Ärgernissen, Vorwürfen und den Sorgen in der Familie frei zu bekommen. Dass seine Tochter sich zurückzog und niemanden an sich heranließ, berührte ihn mehr, als er sich bisher eingestanden hatte. Ihr merkwürdiges Verhalten wurde immer schlimmer. Das hatte er gestern deutlich gemerkt. Doch er wusste nicht, wie er ihre Unnahbarkeit brechen konnte. Selbst sein Wissen über die Psyche des Menschen versagte bei ihr.

Caroline hingegen vergrub sich nach der abendlichen Unterhaltung mit ihrem Mann lieber in der Arbeit. Ausdrücklich wollte sie nicht gestört werden. Von keinem. Auch sie war in Bezug auf ihre erwachsenen Kinder an einem Punkt angelangt, wo sie nicht weiter wusste. Sie machte sich tatsächlich Vorwürfe, dass Jack, mit all dem, was er ihr gestern Abend an den Kopf geworfen hatte, vielleicht recht hatte. Und bald mussten sie etwas ändern.

Aber jetzt wollte sie schreiben, schreiben, schreiben.

In den frühen Morgenstunden war Marley in Loughrigg angekommen, und da Eric seit Tagesanbruch keine Ruhe mehr fand, begrüßte er sie als Erster. Spontan nutzte er die Abwesenheit aller anderen, um mit ihr ungestört über die Vergangenheit sprechen zu können. Über das, was an jenem Sommertag geschehen war, und das ihn, seit er die Fotos gesehen hatte, nicht mehr losließ. Seit gestern beschäftigte ihn nichts anderes mehr.

Er war mit Marley an den nahegelegenen Waldesrand gegangen, der an das Grundstück grenzte. Auf dem Weg hatte er ihr von den Fotos erzählt, und woran er sich erinnern konnte. Zufällig befanden sie sich ganz in der Nähe der Eiche, die in der Vergangenheit zu dem verhängnisvollen Unfall geführt hatte. Doch so sehr er sich auch anstrengte, er fand einfach keine Antwort darauf, ob Raven den Sturz überlebt hatte.

»Was ist damals passiert, nachdem wir aus dem Wald zurückgekommen sind?«, fragte Eric seine Cousine.

Marley sah ihn ernst an. »Du meinst, als ihr den Jungen aufs Gras gelegt habt?«

»Ja!«

»Ich stand am Fenster, drinnen im Haus und habe sehen können, wie seine Eltern neben ihm kauerten. Sie haben mit dir und seinem Bruder Ian gesprochen. Alle waren entsetzt.« Marley lehnte sich an einen Baumstamm.

»Hat er den Sturz überlebt?« Erics Worte klangen ängstlich.

Marley schüttelte den Kopf. »Ich weiß es nicht«, antwortete sie und blickte starr geradeaus. »Ich sehe die erschrockenen, blassen Gesichter noch vor mir. Niemand konnte Raven helfen. Sein Körper lag leblos am Boden. Und keiner wusste, was zu tun war. Ich glaube, es war diese Hilflosigkeit, die mich so schockiert hat und in dem Moment ist es mir klar geworden – ich wollte Ärztin werden, um Kindern das Leben zu retten.«

Eric blickte seine Cousine erstaunt an.

Der Unfall hatte das Leben seiner Cousine geprägt? Eric war sprachlos. Nervös hob er einen Stein auf und warf ihn in den See.

Wieso hatte er alles vergessen? Irgendetwas stimmte an der Geschichte – oder an seinen Erinnerungen – nicht.

»Aber was ist danach passiert?«, bohrte er nach. Marleys Antwort reichte ihm keineswegs aus. Er hatte gehofft, etwas anderes in Erfahrung zu bringen.

»Danach?«, fragte Marley und schaute ihn ungläubig an. »Die Suttons sind alle zusammen mit dem Auto weggefahren. Sie standen unter Schock.«

Eric legte die Stirn in Falten. »Und weiter?«

Marley sah ihn traurig an. »Nichts mehr. Wir haben die Suttons danach nie wieder gesehen.«

Gegen Mittag weckte das laute Geschnatter der Wildgänse Esmé aus ihrem Schlaf.

Ein neuer Tag lag vor ihr.

Die Vergangenheit!, schoss es ihr durch den Kopf.

Schnell streifte sie ihre Chinohose über und zog ein schulterfreies Shirt über. In ihrer Erinnerung spürte sie noch immer die magische Berührung.

Dann ging sie nach unten und betrat im selben Moment wie Eric und Marley die Terrasse.

Sofort fühlte sie, wie aufgewühlt Eric war.

Ihre Blicke trafen sich, und Eric starrte sie den Bruchteil einer Sekunde lang wie versteinert an. Dann schien er sich zu besinnen und versuchte seine Gefühle zu überspielen. Was ihm aber gründlich misslang.

»Guten Morgen, Esmé«, sagte er übertrieben lässig.

»Ausgeschlafen zur Mittagszeit?«, verlegen griff er nach einem Apfel aus der runden Holzschale auf dem Tisch.

Esmé blinzelte in die hoch über dem Zenit stehende Sonne.

»Guten Morgen!«, entgegnete sie ihm und lächelte.

Dann wandte sie sich an Marley. »Hey! Schön, dich zu sehen. Seit wann bist du hier?«

Marley kam auf sie zu und umarmte sie. »Noch nicht so lange. Stecke immer noch in meinen alten Klamotten.« Sie warf Eric einen vielsagenden Blick zu.

Ihre Cousine trug einen dunkelblauen, knielangen Rock mit einem legeren Shirt. Sie wirkte darin überaus erwachsen, genau wie eine Oberärztin. Ihre blonden Haare fielen in einem korrekten Schnitt über die Schultern.

»Ich bin gleich nach meiner Nachtschicht in den Zug gestiegen«, fügte sie hinzu.

Esmé nickte.

Sie konnte sich kaum auf den Smalltalk konzentrieren. Ständig musste sie zu ihrem Bruder schauen, der mehr als angespannt wirkte. Er wollte mit ihr sprechen, das spürte sie deutlich. Und sie wollte ihn auf keinen Fall warten lassen.

Wie auf Bestellung klingelte in diesem Moment Marleys Handy. Schnell trat Esmé zu ihrem Bruder und sah ihn auffordernd an.

»Wir müssen reden – aber ungestört!«, flüsterte er. »Ich kann mich an alles erinnern. Lass uns zur Slater Bridge hinübergehen – jetzt sofort.«

Schon war er im Begriff zu gehen, aber dann fiel ihm ein: »Willst du vorher noch was essen? Wir sind wahrscheinlich nicht so schnell zurück.«

Eric musste seinen Blick von Esmé abwenden. Er brauchte einen Moment, um zu überlegen.

Es waren ihre Augen.

Sie zogen ihn in einen seltsamen Bann und beinahe versank er in diesem strahlenden Grün. Diesen intensiven Ausdruck hatte er noch nie bei ihr gesehen.

»Ich hole mir schnell einen Toast. Essen kann ich unterwegs«, riss ihn Esmé aus seinen Betrachtungen.

Darauf verschwand sie eilig nach drinnen.

In der Zwischenzeit hatte Eric die Fahrräder aus dem Schuppen geholt. Der Weg zur Slater Bridge führte sie über Little Langdale, von dort aus gingen sie zu Fuß weiter. Eric schwieg den ganzen Weg beharrlich. Er hatte sich genau überlegt, wo er Esmé über die Vergangenheit aufklären wollte.

Wortlos überquerten sie Wiesen, die hin und wieder mit alten Steinmauern durchzogen waren, liefen auf einem schmalen Pfad entlang, an dem sie einer kleinen Schafherde begegneten, die freilaufend auf einer Wiese graste.

Doch Esmé nahm die Landschaft kaum wahr. Sie konnte spüren, wie Erics Herz klopfte, und wie sich seine Gedanken permanent im Kreis drehten. Sein Schweigen war unerträglich bedrückend.

Endlich erreichten sie ihr Ziel: die Slater Bridge, eine kleine alte Steinbrücke.

»Ich liebe diesen Ort«, sagte Eric. »Lass uns da hinübergehen!«, und zeigte auf das Ufer jenseits der Brücke.

Moosbewachsene Steine umrankten die verwitterte Slater Bridge und an deren anderem Ende schloss sich ein uriger Baumhain an. Genau genommen waren es zwei Brücken, denen man ihre alte Geschichte anhand mehrerer aufeinandergebauter Steinschichten ansah. Esmé folgte Eric über die schlichte Steinplatte der anderen Brücke, um den Fluss zu überqueren.

Sie konnte das Schweigen kaum noch ertragen. Warum fiel es ihm so schwer, ihr von der Vergangenheit zu erzählen?

Fragend blickte sie ihren Bruder an.

»Du hattest recht!«, begann Eric und setzte sich in das weiche Ufergras. »Marley konnte sich auch an den Sommer erinnern, ziemlich deutlich sogar!«

Esmé nickte. Ihre Intuition hatte sie nicht betrogen.

»Was ist damals passiert?«, fragte sie vorsichtig und setzte sich neben ihn. Er durfte es sich keinesfalls anders überlegen. »Bitte erzähl mir, woran du dich erinnerst. Es hat mich erschreckt, dich gestern Abend so bedrückt zu sehen.«

Als Eric ihre Worte hörte, drehte er sich zu ihr und sah ihr direkt in ihre Augen.

Doch Esmé wandte ihren Blick ab. Für einen winzigen Augenblick war es ganz still zwischen ihnen. Es kam ihr vor, als könne er tief in ihr Innerstes blicken, und das wollte sie auf keinen Fall.

»Es war ein Tag, der alles veränderte«, begann er und wandte den Blick auf das Wasser. »Auf den Fotos ist die Familie Sutton. Unsere Eltern waren viele Jahre lang befreundet. Ich glaube, sie haben hier ganz in der Nähe gewohnt.«

Eric zog die Fotos aus der Tasche.

»Die beiden hier sind Ian und Raven«, dabei zeigte er auf die Jungen, die neben Eric standen.

Esmé griff nach dem Foto mit dem Indianertipi und betrachtete es noch einmal ganz genau, während Eric weitersprach.

»Ian war der Älteste. Er war so alt wie ich. Raven war ein Jahr jünger.« Nervös fuhr sich Eric mit den Händen durch die struppigen Haare.

»Wir haben oft im Wald unten am See gespielt…«, fuhr er fort. »…dachten, wir wären Indianer auf dem Kriegspfad. Dabei schossen wir unsere selbstgemachten Pfeile mit einem Bogen hinauf in die Baumwipfel. Wir hatten Kriegsbemalung und sahen wie echte Krieger aus, und Ian war unser Häuptling… natürlich waren wir mutige und tapfere Krieger, die oft auf die Jagd gingen.«

Während dieser Worte huschte Eric ein Schmunzeln über die Lippen, und Esmé spürte, dass er sich gern an die unbeschwerte Zeit erinnerte. Sie unterbrach ihn nicht.

Doch dann wurde Eric wieder ernst. »An jenem Tag… sind wir auf einen hohen Baum im Wald geklettert, obwohl es verboten war.«

Eric verstummte. Und Esmé bemerkte seine Zweifel.

Schnell hakte sie nach. Für einen Rückzieher war es jetzt zu spät.

»Und dann?«

»Willst du wirklich wissen, was passiert ist?«

Esmé nickte.

»Wir sind auf die hohe Eiche geklettert, einem Adler hinterher. Und als wir schon weit in der Baumkrone waren, hat es plötzlich geknackt, über mir. Ich habe sofort nach oben geschaut und Raven sah mich ängstlich an. Dann hat er das Gleichgewicht verloren und ist heruntergefallen. Ich schrie verzweifelt: ›Halte dich an einem Ast fest!‹. Doch er schaffte es nicht. Er war ja erst fünf Jahre alt.«

Eric vergrub sein Gesicht in den Händen, und Esmé starrte auf das Foto, während sie spürte, wie in Eric die Erinnerung überaus lebendig war. Dann sprach er weiter. »Es gab einen dumpfen Aufprall und … plötzlich war es ganz still. Ian hat sich als Erster gefangen und ist schnell runtergeklettert. Er rief mir zu, ich soll ihm helfen, Raven aufzuheben. Doch meine Beine waren starr vor Entsetzen, und ich konnte mich erst gar nicht bewegen. Irgendwie muss ich dann doch heruntergeklettert sein.« Erics Blick war jetzt starr auf das plätschernde Flusswasser gerichtet. Noch heute stockte ihm das Blut in den Adern, und Esmé bemerkte, wie sie selbst zu zittern begann, als sie das fühlte.

»Eric, es tut mir leid …«, flüsterte sie und berührte die kalten Hände ihres Bruders. »Ich hatte ja keine Ahnung.«

»Das konntest du unmöglich ahnen. Woher solltest du wissen, dass sich hinter den Fotos eine traurige Geschichte verbirgt? Dennoch … ist es unglaublich, wie intensiv die Erinnerungen daran jetzt auf einmal sind.«

Er strich sich nachdenklich über den Kopf. Dann fuhr er fort.

»Als ich endlich den Waldboden unter meinen Füßen spürte, kniete Ian schon bei seinem Bruder. ›Er atmet leise‹, hat er gefasst erklärt. ›Wir müssen ihn nach Hause tragen!‹ Er hat Raven vorsichtig hochgehoben, hielt ihn dabei unglaublich sicher in seinen Armen. Ian war so stark und vernünftig in dieser Situation! Ich dagegen … tat, was er zu mir sagte, lief nebenher und stützte Ravens Schultern und den Kopf. Es war schwer, ihn so zu halten. An meinen Händen fühlte ich sein warmes Blut.«

Esmé konnte ihren Blick nicht von dem Foto abwenden.

Sie hörte, was Eric ihr da aus der Vergangenheit erzählte und spürte seine Angst. Ihre Hände zitterten noch immer.

Und sie konnte es kaum glauben. Es hatte in ihrer Familie einen so tragischen Unfall gegeben? Das war ihr offenbar sorgfältig verschwiegen worden.

Der Unfall lag viele Jahre zurück und wühlte Eric trotzdem noch heute unfassbar stark auf. Wie musste es ihm dann wohl ergangen sein, als es passierte?

Noch ganz verwirrt von diesen Gedanken spürte sie mit einem Mal unerwartet die ihr vertraute Gegenwart um sich herum. Wieder breitete sich ein Gefühl der Wärme in ihr aus, und abermals kam es ihr so vor, als würden unsichtbare Lichtstrahlen einer smaragdgrünen Sonne in sie hineinströmen. Sie spürte neue Zuversicht und ihre Gedanken wurden klarer. Sie sollte nicht traurig sein.

Verlegen blickte Esmé zu ihrem Bruder. Hatte er bemerkt, was eben mit ihr geschah?

Doch Eric saß im Gras neben ihr. Er schaute sie gar nicht an.

Und Esmé atmete erleichtert auf. Er hatte die magische Berührung nicht bemerkt. Ihr Bruder spürte nichts von dem, was sie besonders machte. Es blieb ihm verborgen.

Ohne ein Wort zu sagen, stand Eric einen Moment später auf und lief auf die steinerne Brücke. Esmé folgte ihm erst nach einer Weile.

Als sie die Brücke betrat, wirkte sein Gesicht eingefallen. Sämtliche Farbe war daraus gewichen.

Esmé dagegen fühlte sich stark. Sie blickte ihren Bruder an und stellte ihm die wichtigste Frage.

»Ist Raven nach dem Sturz gestorben?« Aber noch während sie dies formulierte, wusste sie die Antwort. Sie konnte nur ›nein‹ lauten.

Eric jedoch starrte in das klare Flusswasser, bevor er niedergeschlagen darauf einging.

»Das weiß ich nicht, Esmé. Ich habe versucht mich zu erinnern – aber ich weiß es einfach nicht.«

Wieder strich er sich über seine fahle Stirn. Er wusste es nicht. Alles woran er sich erinnern konnte, hatte er seiner Schwester erzählt.

Esmé trat näher und legte ihre warme Hand auf seinen Arm.

Eric schaute sie an.

»Da … ist nur noch eines: Als wir am Landhaus ankamen, hatte sein Vater William uns bereits gesehen. Er kam uns entgegengerannt. Ava, seine Mutter, stieß einen Schrei aus und kam sofort hinterher. Wir legten Raven ins Gras und sein Vater schaute sich vorsichtig die Kopfverletzung seines Sohnes an. Dann hat er seine leblosen Beine untersucht, die Arme und den Rücken. Ich kann mich noch genau an seinen Blick erinnern, als er uns gefragt hat, wie es passiert ist. Ich stand vor ihm und mir fiel keine Antwort ein. Ian hat ihm erzählt, dass Raven von der Eiche gefallen ist, und dass wir alle hochgeklettert waren, um einem Adler zu folgen.

William hat kurz zu seiner Frau Ava geschaut, die zitternd neben ihm kniete. Tränen rannen ihr übers Gesicht und sie war ganz blass. Dann hat William Raven auf den Arm gehoben und zum Auto getragen. Ava zerrte Ian hinterher. Dann hat sie die beiden Jüngeren auf den Rücksitz geschnallt. Niemand sprach mehr ein Wort.

Unsere Mutter stand stumm vor Entsetzen neben mir und nahm mich zitternd in den Arm. Die Suttons sind in aller Eile weggefahren. Danach habe ich Ian und seine Familie nie wieder gesehen.«

Eric wirkte müde. Dieser überhastete Abschied machte ihm noch immer zu schaffen, und Esmé wusste nicht, wie sie ihn trösten konnte.

Doch ungeachtet dessen... musste sie jetzt noch mehr wissen. Auch wenn Eric mit seinen Kräften am Ende schien, drängte sich in ihrem Kopf noch eine weitere Frage auf. »Eric! Wo waren Jack und ich zu dieser Zeit?«, fragte sie ihren Bruder. Noch immer war ihr nämlich nicht klar, welche Rolle der Unfall in ihrem Leben spielte, und sie fragte sich, ob dieser tragische Unfall wohl das gesuchte Geheimnis aus der Vergangenheit war.

Eric antwortete ihr leise. »Ich glaube Vater hatte dich mit auf den Markt genommen. Als wir nach dem Unfall aus dem Wald kamen, warst du nicht zu Hause. Aber selbst wenn. Du warst damals gerade erst ein Jahr. Du hättest unmöglich Erinnerungen daran.«

Genau das dachte Esmé auch.

Das Geheimnis war noch nicht entschlüsselt.

Gedankenversunken und schweigend sahen nun beide dem klaren Wasser zu, wie es unaufhaltsam über die Steine floss.

Dann jedoch blickte Eric sie entschlossen an. »Mir ist gerade etwas klar geworden«, sagte er. »Jetzt, da du über die Vergangenheit Bescheid weißt, können wir beide doch herausfinden, ob Raven damals überlebt hat, und wohin die Suttons gegangen sind. Was denkst du?«

Esmé schaute ihn überrascht an. In Eric loderte geradewegs der Drang, mehr über die Vergangenheit zu erfahren. Er war wie verwandelt.

Esmé lächelte unschlüssig.

Auch sie wollte Gewissheit, ob Raven den Sturz überlebt hatte, obwohl sie innerlich deutlich spürte, dass er noch am Leben war. Zudem waren die Umstände, unter denen die Familie Sutton verschwunden war, äußerst seltsam und weckten daher ihre Neugierde.

Vielleicht lag darin das Rätsel, dem sie auf die Spur kommen sollte? Doch wo war der Zusammenhang zu ihr? Das war nicht logisch.

Aber noch mehr empfand sie es als ihre Pflicht, ihrem Bruder zu helfen. Immerhin hatte er sich erst durch die Fotos wieder an alles erinnert. Dass er jetzt herausfinden wollte, was damals geschehen war, verstand sie nur zu gut. Und da war immer noch die Tatsache, dass Eric die ganze Geschichte verdrängt hatte. Ob Jack da nachgeholfen hatte? Eine Therapie mit Eric, damit er ohne kindliche Schuldgefühle aufwachsen konnte, lag durchaus im Bereich des Möglichen. Da war sie sich ziemlich sicher.

»Ich werde dir dabei helfen«, sagte sie deshalb.

In Erics Gesicht erstrahlte ein Lächeln. »Danke!«, sagte er. »Das bedeutet mir viel.«

Esmé überlegte. »Ich bin dafür, dass wir Caroline … oder Jack danach fragen sollten. Das liegt doch nahe.«

Aber Eric schüttelte den Kopf.

»Ich weiß nicht, ob das eine gute Idee ist. Was, wenn Raven gestorben ist? Du siehst ja, was meine Erinnerungen mit mir gemacht haben – sicher ist der Unfall auch bei ihnen mit Schmerz verbunden.«

Esmé schaute Eric stirnrunzelnd an. Davon war sie ausgegangen. Aber anscheinend hatte sie weit weniger Hemmungen danach zu fragen. Immerhin war es nur fair, dass sie beide endlich darüber aufgeklärt wurden.

»Ja, aber sie werden schon damit fertig werden. Ich wüsste sonst niemanden, der uns da weiterhelfen kann. Oder hast du eine bessere Idee?«

Eric gab ihr keine Antwort. »Lass uns zurückgehen. Mir fällt schon noch was ein«, sagte er schließlich.

Damit gab sich Esmé vorerst zufrieden.

Bei passender Gelegenheit würde sie trotzdem ihre Mutter danach fragen, so viel stand fest.

Esmé saß am offenen Fenster in ihrem Zimmer. Sie fühlte sich unruhig, weil ihr noch so vieles unklar war. Noch immer konnte sie sich nicht erklären, warum all diese verschiedenen Ereignisse dazu führten, dass sie sich unaufhaltsam veränderte.

Bislang gab es kaum mehr als ihre Träume, die ihr eine unbekannte Welt zeigten. So viel hatte sie verstanden.

In den Träumen traf sie stets den unbekannten Mann. Seine Nähe zu spüren und die vertraute Geborgenheit in seinen Armen machte sie glücklich.

Aber viel mehr als dieses Empfinden schien sie jetzt jede magische Berührung zu verändern. Da gab es nicht nur die Wärme, die sie spürte, und die Zuversicht, die ihre Ängste wegschob.

Da war noch mehr.

Mit jeder neuen Berührung schien es ihr, als ob sie auf dem Pfad des Verstehens ein Stück vorankam. Und diese Magie faszinierte Esmé auf sonderbare Art. Sie saugte sie förmlich in sich auf.

Hingegen hatte das Stöbern in der Vergangenheit bisher wenig gebracht. Sie hatte von dem Unfall erfahren. Und jetzt, als sie in Ruhe darüber nachdachte, wusste sie es mit einer nicht zu erklärenden Gewissheit: Der Unfall hatte überhaupt nichts mit ihr zu tun. Nein. Sie suchte nach etwas anderem. Etwas was mit dem Ursprung ihrer Seele zu tun hatte.

Ruhelos ging Esmé zu dem alten Holzschreibtisch, den ihr Großvater ihr vor Jahren vererbt hatte. Die Tischplatte war abgenutzt und das Holz fühlte sich weich und glatt an. Sie setzte sich auf ihren Stuhl, stütze den Kopf in die Hand und schlug ihr ledergebundenes Tagebuch auf, in das sie schon seit zwei Tagen keinen Satz mehr notiert hatte. Schon seit vielen Jahren schrieb sie all ihre Gedanken, Ängste und Gefühle in ihr Tagebuch – wenigstens hier konnte sie ihre innere Zerrissenheit festhalten und alles loswerden, was sie bedrückte. Außerdem half ihr das Schreiben dabei, ihre Gedanken zu ordnen.

Esmé schlug eine leere Seite auf, nahm ihren Tintenfüller in die Hand und begann zu schreiben: Es ist die vertraute Stimme, die mich jetzt deutlich leitet und ich merke, dass die Berührungen intensiver werden. Mich verändern. Wenn ich die Worte nur besser verstehen würde. Der Pfad des Verstehens… eine Bestimmung… das Geheimnis in der Vergangenheit?

Heute hat mir Eric von den Ereignissen des Sommers '95 erzählt. Es hat einen Unfall gegeben. Ein Junge namens Raven Sutton ist vom Baum gestürzt. Doch… mich beschäftigt nicht die Tragik des Unfalls… sondern vielmehr das unerklärliche Verschwinden der ganzen Familie.

Eric hat sie nie wieder gesehen!

Es gab keinen Abschied. Keine Erklärungen!

Welcher Umstand treibt eine Familie dazu, so zu handeln? Liegt darin vielleicht das Geheimnis, das ich in der Vergangenheit finden soll?

Ich weiß es nicht.

Eine Frage könnte sein: Was hat der Unfall von Raven in der Familie Sutton ausgelöst?

Sie hielt inne und schloss die Augen.

Doch es blieb still. Esmé bekam keine Antworten.

Sie musste es tatsächlich allein herausfinden.

Ihre Gedanken wanderten zu dem unbekannten Mann aus ihren Träumen. Wenn sie bei ihm war, war alles leicht. Seine Nähe war ihr so vertraut.

Sie öffnete die Augen und schrieb weiter: Ich möchte so gern meine Träume verstehen. Was sehe ich darin? Warum träume ich so real… von einem Unbekannten, den ich offenbar liebe…?

Dahinter stand ein großes Fragezeichen und ein immer größer werdender Tintenklecks breitete sich auf dem Papier aus, bis Esmé den Füller absetzte… und schließlich kopfschüttelnd das Tagebuch zuklappte.

Sorgfältig schnürte sie das Lederbändchen rundherum und verschloss damit fest das Buch.

Sie kam nicht weiter. Und mit einem Mal fühlte sie sich in ihrem Zimmer beengt. Esmé lauschte ins Haus. Auf keinen Fall wollte sie jemandem aus der Familie begegnen. Doch es war still geworden.

Esmé schlich nach unten. Sie hatte eine Kerze in der Hand und auch ihr Tagebuch trug sie bei sich. Sie wollte zum Bootssteg. Draußen war eine sternenklare Mondnacht. Die abnehmende Mondsichel stand über den Bäumen, und schwache Schatten fielen auf die Erde.

Im Garten empfing sie klare Sommernachtluft und je näher sie dem Wasser kam, desto kühler wurde es. Sie nahm ein paar tiefe Atemzüge, dann setzte sie sich auf den noch sonnengewärmten Holzsteg und zündete die breite

Kerze an. Mit etwas getropftem Wachs stand diese gut neben ihr auf den Holzbohlen.

Seit ihrem letzten Tagebucheintrag vorhin dachte Esmé ständig nur noch an ihn. Es kam ihr beinahe so vor, als hätte dieser Gedanke weit mehr Bedeutung als die Suche in der Vergangenheit – oder hing beides zusammen? Ein seltsames Gefühl stieg in ihr auf. Ein Gefühl, dass sie nicht beschreiben konnte.

Verwirrt schlug sie ihr Tagebuch erneut auf und begann dort weiterzuschreiben, wo sie aufgehört hatte. Der große, ins Pergament eingezogene Punkt des Fragezeichens sprang ihr entgegen, und sie schrieb noch zwei weitere Fragen dazu:

Warum träume ich von dir?

Wer bist du?

Esmé setzte den Füller ab und schaute auf das Wasser hinaus, das sich sachte im nächtlichen Windhauch bewegte, wie eine schwerfällige schwarze Masse. Dann brachte sie ihre tiefsten und sehnsüchtigsten Gedanken zu Papier: In meinen Träumen ist es wunderbar … dir nah zu sein. Ich kann es nicht vergessen. Deine Umarmung tröstet mich.

Doch … ich weiß nicht, wer du bist.

Gibt es dich wirklich? Oder nur wenn der Nebel uns berührt – an diesem unbekannten Strand?

Bei dir fühle ich mich geborgen, wie bei keinem anderen Menschen. Aber … es ist nur ein vergänglicher Traum. Ein Traum der mir etwas sagen will. Aber was?

Esmé hielt mit dem Schreiben inne und dachte kopfschüttelnd über ihre Zeilen nach: Oh! Was schreibe ich da nur? Welche Bedeutung haben meine Träume?

Es ist so seltsam.

Wenn ich morgens aufwache, fühlt es sich an, als wenn ich wirklich in einer anderen Welt gewesen bin. Nur um ihn dort zu treffen? Alles, was im Traum geschieht, ist so real, dass ich mich deutlich daran erinnern kann.

Was passiert da mit mir?

Grübelnd legte sie sich auf die mit der Nacht kühler werdenden Holzbohlen und blickte zu den Sternen hinauf. Kassiopeia und den großen Wagen erkannte sie.

Mit einem Mal vergrößerte sich der Lichtstrahl aus der Kerzenflamme und begann sich schützend um Esmé zu winden. Mehr und mehr umschloss sie das wärmende Licht. Sie spürte deutlich das vertraute Gefühl der Obhut, das in sie eindrang.

Und … dann vernahm Esmé wieder die geheimnisvolle Stimme: *Der Pfad, den du beschreitest, ist unwegsam und schwer. Doch die Zeit der Offenbarung rückt näher. Suche weiter nach den Suttons. Das Geheimnis liegt verborgen unter der Wahrheit!*

Dann verblasste der Lichtstrahl und nur das flackernde Kerzenlicht in der nächtlichen Dunkelheit umgab sie.

Esmé setzte sich auf. Wieder spürte sie ungetrübte Zuversicht und deutlicher denn je empfand sie die geheimnisvolle Gegenwart, die ihr die Sicherheit gab, nicht allein zu sein.

Ihre grünen Augen begannen zu strahlen. Sie war glücklich. Denn abermals hatte sie einen Hauch des Mysteriums aus der anderen Welt erblickt, das sie allmählich verwandelte und einer Welt näherbrachte, von der die Menschen nichts wussten.

Die Magie Avalons

Evolet Sutton ging mit ihrem Großvater Cranos durch den duftenden Rosengarten hinter dem Haus. Die Sonne strahlte vom tiefblauen Himmel und in nicht zu weiter Ferne hörten sie das tosende Meeresrauschen.

Bis hier oben im Garten konnte Evolet die salzige Luft aus der Bantry Bay schmecken.

Sie blickte hinunter zum Meer. Unzählige Steinwälle durchzogen die Wiesen entlang der kleinen Meeresbucht. Etwas weiter weg flimmerten weiß gestrichene Häuser mit rotbraunen Dächern.

Endlich war der Sommer bis zu ihnen gekommen! Hier auf der Halbinsel Beara in Irland mussten sie oft bis spät im Jahr auf die wärmenden Strahlen der Sonne warten. Mit ihren achtzehn Jahren war Evolet eine zierliche junge Frau von ätherischer Schönheit. Ihre Haut wirkte blass. In ihren dicken Zöpfen trug sie farbige Bänder durchsetzt mit Perlen und Muscheln.

Jeden Tag unternahm sie mit ihrer Großmutter Ilana lange Spaziergänge durch die Gärten des alten Familienanwesens, das im Süden bis zum offenen Meer reichte. Dabei sprach sie mit ihr über ihre Visionen, die sie seit vielen Jahren begleiteten, und deren Intensität beständig zunahm. Doch heute lief sie mit ihrem Großvater über die Düne. Sie waren auf dem Weg zum Meer.

Eingebettet zwischen schroffen Felsen, an deren Rändern Heidekraut wuchs, stand einige hundert Meter von der Küste entfernt das alte Herrenhaus des Familienanwesens Rocca Lovo. Der Name bedeutete in alter keltischer Sprache soviel wie Fels des Lichtes. Seit Jahrhunderten befand es sich in Familienbesitz.

Das Herrenhaus war aus Sandstein gebaut, an dessen Außenwänden wilder Efeu emporrankte. Der östliche Hausflügel jedoch war mit Wein bewachsen, der im Frühherbst diesen Teil des Hauses in schimmerndem Rot erleuchten ließ. Davor erstreckten sich viele einzelne Gärten, Überbleibsel des vor langer Zeit angelegten Parks.

Cranos ging voran. Evolet folgte ihm auf dem schmalen Pfad, der hinunter zum Meer führte. Wie pures Silber im Sonnenlicht glänzte die Wasseroberfläche heute Vormittag.

Hier unten wehte ein frischer Wind, und Evolet zog die Wolljacke enger. Über ihrer engen dunkelbraunen Hose trug sie leger einen halblangen Rock, der im Wind flatterte. Geschwind band sie ihre einzelnen Zöpfe in ein seidig glänzendes Tuch.

Der Spaziergang mit Cranos hatte einen Grund. In den Morgenstunden hatte Evolet eine Vision ereilt, in der sie einen großen Steinkreis sah. Und dieser wurde von steilen Felswänden wie von zwei Armen umgeben. Als sie Cranos davon berichtete, erstrahlten ihre Augen in einem saphirblauen Leuchten.

Cranos hatte sich die Schilderung seiner Enkeltochter angehört und sie zu diesem Spaziergang mitgenommen. Jetzt flatterten seine langen grauen Haare im Meereswind. Er war ein weiser Mann, doch trotz der Falten, die sein

Gesicht durchzogen, wirkte er jung. Seine Augen schienen von einem Quell ewiger Jugend zu sprechen.

Cranos war etwas größer als Evolet und blickte lange aufs Meer hinaus, ehe er etwas sagte.

»Den Steinkreis, den du in deiner Vision gesehen hast, ist der magische Steinkreis von Avalon. Ich denke es ist ein Zeichen, dass auch du schon bald gerufen wirst.«

Evolet lächelte. Sie sehnte sich sehr danach, endlich nach Avalon gehen zu dürfen.

Die im magischen Nebel verborgene Insel, befand sich am Rand der modernen Welt. Nur wenigen offenbarte sich der geheime Zugang, der an einem See in Britannien lag. Die Suttons sprachen noch heute von Britannien, so wie es früher in der alten Zeit genannt wurde.

»Doch vorher werden deine beiden älteren Brüder Ian und Raven von der Hohepriesterin nach Avalon gerufen«, fuhr Cranos fort.

»Ich weiß«, sagte Evolet und versuchte sich ihre Enttäuschung nicht anmerken zu lassen. Sie war noch nicht an der Reihe, ebenso wenig wie ihr jüngerer Bruder Quinlan. Und Raven – nun, für ihn schienen ohnehin ganz eigene Gesetze zu gelten.

»Die Unterweisungen müssen streng dem Ritual folgen«, erklärte Cranos weiter. »So geschieht es schon seit Jahrhunderten. Nur diesmal müssen sie den vollständigen Mondzyklus ausnutzen.«

Evolet nickte. Sie wusste, dass ihre Vorfahren seit der Alten Zeit mit den Priesterinnen von Avalon auf magische Weise verbunden waren. Die Hohepriesterin hütete das alte Wissen und spürte, wenn die Energie des Neumondes die magischen Kräfte für die individuelle Unterweisung heraufbeschwor. In dieser Generation aber waren die Geschwister zu viert.

Die Geschwister waren die jüngsten Nachfahren von Merlin, dem mächtigsten Zauberer und Wahrsager der Alten Zeit. Und obwohl sie in die menschliche Welt hineingeboren waren, und sich zunächst wie Menschenkinder entwickelten, wussten sie doch alle um die Existenz der magischen Welt. Amaduria – den Menschen auf ewig verborgen. Die Menschen kannten weder den Weg dorthin, noch glaubten sie an die Existenz des magischen Reiches.

Aber seit der Dunklen Zeit, in der der Dämon der Finsternis mit seinem Heer aus schwarzen Alben Amaduria zerstörte, rückte die magische Welt unaufhaltsam in die Ferne. Und mit ihr auch deren fünf Tore, die den Weg zwischen den Welten öffneten. Ihre Magie verblasste, mit jedem Tag, an dem Amaduria weiter entschwand. Für die magischen Wesen wurden die Tore unerreichbar und für die, die sich rettend in die menschliche Welt geflüchtet hatten, gab es kein Zurück mehr.

Eines der Tore jedoch wurde vor zwei Jahrhunderten durch die Magie Avalons für alle Zeiten verschlossen, um die Dunkle Zeit zu beenden. Das Thondan-Tor. Und nur die Wächter von Avalon besaßen die Macht, es geschlossen zu halten. Das Tor der schwarzen Alben.

Avalon war das heilige Land, die heilige Insel von Amaduria und von immenser Wichtigkeit für die andere Welt. Hier gab es einen magischen Steinkreis. Der Geist von Avalon. Und dort vereinte sich die Magie aller Nachkommen Merlins – den Wächtern von Avalon, die darin den Hauch der Magie hüteten, der seit zwei Jahrhunderten von Amaduria noch übrig war. Das Herz der magischen Welt schlug in Avalon.

Ein schicksalhafter Tag hatte das Leben der vier Geschwister verändert. Raven wäre wohl in der menschlichen Welt gestorben, hätte sein Vater nicht so schnell gehandelt. Um Raven zu retten und die Kinder zu schützen, musste er sich und seine Familie unverzüglich in den Schutz des bisherigen Wächters von Avalon stellen. Und dieser Wächter war Cranos, ihr Großvater.

Seither lebten sie auf Rocca Lovo unter dem Schutzzauber von Cranos. Das Anwesen war nach der Zerstörung Amadurias für die Wächter von Avalon ihre irdische Zufluchtsstätte geworden. Dorthin hatten ihre Vorfahren die alten Schriften und geheimen Bücher gerettet – in den Turm, der schon viele Jahrhunderte auf Beara stand.

Der Schutzzauber von Cranos beschützte die vier Geschwister so lange, bis sie ihrer Bestimmung folgen konnten. Es war das erste Mal in ihrer langen Familiengeschichte, dass gleich vier Nachkommen besondere Gaben und Fähigkeiten entwickelten, die sich noch dazu auf außergewöhnliche Weise ergänzten.

Im obersten Turmzimmer brannte noch Licht. Raven stand am Lesepult in der Mitte des Raumes und studierte das große Ahnenbuch.

Behutsam strich er mit der Hand über den ledernen Einband, fuhr dabei mit den Fingerspitzen die dünne Erhebung der beiden Symbole entlang: ein im Wachstum stehender Baum und ein golden schimmerndes Band, das sich um die Wurzeln wand. Die Symbole verkörperten die Schutzbedürftigkeit Avalons und erneuerten sich mit dem Heranwachsen jeder Generation. Es war das Ahnenbuch der Wächter von Avalon.

Eigentlich durfte Raven gar nicht hier sein, um das zu tun, was er jetzt vorhatte. Das Buch enthielt neben dem beachtlichen Stammbaum der Familie, den umfangreichen Aufzeichnungen aus der Vergangenheit auch magische Seiten. Mithilfe dieser Seiten konnte ein Wächter Kontakt zu seinen Vorfahren aufnehmen. Cranos hatte auf diese Weise schon oft um deren Rat gebeten.

Allerdings bedurfte es dazu einer magischen Ausbildung, einer Unterweisung auf Avalon, die den Wächter mit dem Geist von Avalon verband.

Andere Seiten ermöglichten dem Wächter eine Zeitreise in die Vergangenheit. Und um diese Seiten zu aktivieren, gab es eine Beschwörungsformel.

Raven kannte die Formel, ohne genau erklären zu können, woher. Eines Morgens, zwischen Wachen und Träumen, hatte er die Worte gehört. Als hätte sie jemand in sein Ohr geflüstert. Klar und deutlich und nur für ihn bestimmt.

Vorsichtig blätterte Raven Seite für Seite um. Das dünne Pergament war mit verschiedenen Handschriften beschrieben. Einige Blätter enthielten farbige Zeichnungen. Ravens Blick blieb an einem koboldhaften Wesen hängen.

S k a r o k stand in alten keltischen Buchstaben darunter.

Raven schlug noch weitere Seiten um, bis er die Ereignisse aus dem Jahre 1778 fand. Die Aufzeichnungen stammten von Gwydion Merlin Sutton.

Er hatte zusammen mit seinem Zwillingsbruder Arvalus die schwarzen Alben nach Tamelos in den Abgrund des Vergessens verbannt.

Mit Gwydion und Arvalus wurden in der Generationsfolge von Merlin das erste Mal zwei Wächter geboren. Denn es war die dunkelste Zeit, die Amaduria je erlebt hatte.

Die schwarzen Alben hatten Amaduria erobert.

Sie hatten das Land verwüstet, die Wesen des Waldes geknechtet, Brände gelegt und das Reich der Lichtelfen zerstört. Dann folterten sie die Lichtelfen, bis diese verschwanden. Nur einige wenige konnten sich über das Loran-Tor nach Avalon retten.

Skarok, der mächtigste der schwarzen Alben, der Dämon der Finsternis, hatte Amaduria überfallen, um die Magie von Avalon für sich zu nutzen. Doch die Ahnen hatten die Macht des Geistes von Avalon in Gwydion und Arvalus vereint. Fortan trugen sie als Symbol ihrer gemeinsamen Stärke einen Ring. Zwei Wächter. Zwei Ringe, die ihnen die magischen Kräfte ihrer Vorfahren übertrugen.

An dieser Stelle im Ahnenbuch gab es eine verborgene Seite, die Raven in die Vergangenheit führen sollte.

Raven fuhr mit dem Finger über das Pergament, und berührte ein kleines, unscheinbares Pentagramm am Ende der Zeile, die von den Ringen berichtete.

»Mit Hilfe der mir verliehenen Macht als Wächter von Avalon öffne ich die Pforte in die Vergangenheit.« Dann schloss er die Augen und sprach: »esmi kómaktajon«.

Aus dem Pentagramm im Buch wuchs vor ihm ein magisches Feld in den Raum. Es war so groß wie eine Pforte und reichte bis auf den Boden. Raven blickte hindurch und sah darin Gwydion und Arvalus am Trenganu-Tor, dem Tor der Wächter. Sie kamen aus Avalon.

Er zögerte nicht und trat in die Vergangenheit hinein. Die Pforte blieb nur für wenige Minuten geöffnet. Raven musste sich beeilen, denn er wollte den Abgrund des Vergessens in Tamelos sehen.

Durch die Vergangenheit zu gleiten war nicht besonders gefährlich. Aber dennoch konnte es vorkommen, dass jemand die außergewöhnliche Magie bemerkte, die notwenig war, um sich in der Vergangenheit zu bewegen.

Raven musste die Kraft seiner Gedanken benutzen, um Gwydion und Arvalus zu folgen. Eilig ritten sie auf sehnigen Pferden entlang des Flusses Selangore und betraten das Land der Lichtelfen. Beide Wächter trugen weiß-silberne Kettenhemden.

Raven folgte ihnen unbemerkt bis zur Furt Caranod. Dort blieben sie stehen.

Auf der anderen Seite des Flusses lagerte das Heer der Dämonen der Finsternis und Skarok war ihr Anführer. Der schwarze Alb hatte die Gestalt eines Zyklopen mit einem Stierkopf angenommen. Seine Hörner ragten furchterregend in die Höhe. In der Hand trug er ein matt schimmerndes Schwert.

Der Himmel über ihnen hatte sich verfinstert, und ein eisig kalter Windstoß erfasste Raven, als er das Heer der schwarzen Alben erblickte.

Die dunklen Wesen. Manche von ihnen waren menschlicher Gestalt in schweren Rüstungen, andere sahen aus wie Kobolde. An ihren Köpfen bemerkte Raven ihre langen, spitz nach hinten verlaufenden Ohren. Ihre Körper waren hager und sie trugen dunkle Gewänder, Schwerter und Dolche.

Raven stand hinter Arvalus und beobachtete, wie das Heer nach seinen Waffen griff, als sie die Wächter erblickten. Ihre Gesichter verdüsterten sich hasserfüllt und Skaroks gelb aufblitzende Augen weiteten sich. Hier an dieser Stelle konnte er den verzauberten Selangore nicht übertreten. Die Macht des magischen Wassers hinderte ihn daran. Nicht aber die Wächter. Raven konnte die Furcht der Kobolde vor Gwydion und Arvalus spüren. Trommelnd schlugen sie ihre Schwerter auf das Schild. Und noch ehe Skarok sein Heer zur Verteidigung auffordern konnte, hob Gwydion seine Arme. Unmittelbar fuhr den schwarzen Alben Eisregen ins Gesicht. Skarok setzte sein Schwert gegen den Zauber der Wächter und hielt dem mühelos stand. Er fing an zu murmeln, beschwor schwarzgrauen Nebel herauf. Doch als auch Arvalus seine Arme hob, war er machtlos gegen die vereinte Magie Avalons. Für einen

Augenblick blitzte das Silber ihrer Ringe auf. Wie ein Blitz den Himmel durchzuckt, formte sich aus den Ringen ein greller Lichtstrahl, der breiter und breiter wurde und die schwarzen Alben blendete.

Raven hörte die Alben schreien und kreischen, wie das Krächzen der Krähen, die vor der Sonne fliehen. Dann umgab der grelle Lichtstrahl der Magie Avalons das Heer der schwarzen Alben, schnürte es ein in Windeseile. Keiner konnte entkommen. Nicht einmal Skarok, der sich kämpfend und um sich schlagend dagegen wehrte. Er drohte den Wächtern und sein Toben glich einem Vulkanausbruch.

Aber dann war es still und Raven konnte kaum glauben, was er jetzt sah. Die Körper der schwarzen Alben sanken leblos zu Boden und aus ihnen erhoben sich schwarze Wirbel. Die Seelen der schwarzen Alben. Noch immer waren sie durch die Magie Avalons in dem Lichtstrahl gefangen.

Die Wächter überquerten den Selangore an der Furt. Als sie auf der anderen Seite standen, formte sich aus dem Strahl eine Lichtkugel und schloss die Seelen darin ein. Gwydion streckte seine Hand aus und die Kugel schwebte direkt auf ihn zu. Er griff danach und steckte sie unter seinen Umhang. Dann preschten sie mit ihren Pferden los. Arvalus legte seinen Kopf an den Hals seines Schwarzbraunen und sie stoben davon – mit den gefangenen Seelen nach Tamelos.

Raven dachte sich an diesen dunklen, verfluchten Ort und überschritt dabei die Grenze in die Unterwelt hinter dem Murtanmeer.

Im Schatten der Pelapurga Berge stand er am Abgrund

des Vergessens. Hier war die Welt fahlgrau. Kein Licht drang an diesen Ort Amadurias. Nichts als Geröll, Asche und Staub umgab den Abgrund.

Dann erschienen die Wächter. Gwydion brachte die Lichtkugel hervor und der grelle Lichtstrahl ihrer Magie zwang die Seelen der schwarzen Alben hinunter in die Tiefe. Körperlos wurden sie verbannt, in einen Abgrund, der unüberwindbar tief war.

Raven wusste, würde er einen Stein fallen lassen, brauchte dieser sieben Tage um das Ende zu erreichen. Dort hinab drängte die Magie Avalons die Seelen und raubte ihnen all ihre Zauberkraft. Das war das Todesurteil der Alben. Nie wieder würden sie aus eigener Kraft aus dem Abgrund des Vergessens heraufkommen können. Bis in alle Ewigkeit waren sie an diesem Ort der Leere gefangen.

Die Wächter von Avalon hatten die schwarzen Alben besiegt.

Raven starrte in die endlose Tiefe. Die Zeit schien still zu stehen, und plötzlich stand er ganz allein an dem Abgrund. Seine Vorfahren waren verschwunden.

Was war passiert? Er hätte doch mit ihnen gehen müssen!

Raven fuhr herum. Ein eisiger Lufthauch wehte aus dem Abgrund herauf. Dann hörte er ein Wispern.

Raven schauderte.

Er war noch kein Wächter, und obwohl es ihm gelungen war, in die Vergangenheit zu reisen, die verborgenen Seiten des Ahnenbuches zu öffnen, war er doch viel zu schwach, um an diesem Ort allein zu sein.

Was geschah auf einmal? Befand er sich noch immer in der Vergangenheit?

Raven ging zwei Schritte nach hinten und stolperte über Geröll. Er fiel und spürte einen Schmerz.

Die scharfkantigen Steine hatten ihm die Hände aufgeschürft. Wieder drang das Wispern aus der Tiefe nach oben. Diesmal klang es wie ein spöttisches Lachen. Das Lachen eines ganzen Heeres und … dann hörte er deutlich seinen Namen.

RAVEN drang es aus der Tiefe wie ein dunkles Grollen herauf.

Schnell kroch er weiter rückwärts. Steine rollten in den Abgrund, fielen in die Tiefe.

Für einen Moment war es unheimlich still. Dann hörte er wieder seinen Namen, diesmal böse und drohend. Und darauf folgten die düsteren Worte:

DU WIRST ES NICHT SCHAFFEN!

Die Stimmen gingen ihm durch Mark und Bein.

Raven versuchte sich dagegen zu wehren. Er musste sich konzentrieren.

Das konnte nicht möglich sein. Er war in die Vergangenheit gereist, über 250 Jahre zurück. In dieser Zeit wusste niemand von ihm. Das war unmöglich.

Raven nahm sich zusammen. Die Zeit lief ihm davon, denn er spürte, dass die Pforte sich bald wieder schließen würde. Er musste zurück nach Rocca Lovo.

»Hör nicht auf die Stimmen!«, sagte er zu sich selbst. Immer wieder. Und darin fand er die Kraft um aufzustehen. »Sie haben keine Bedeutung – denk an die Pforte.«

Und dann gelang es ihm seine Gedanken dort hinzulenken. Er achtete nicht mehr auf die Stimmen, die eisige Kälte und dachte nur noch an das Turmzimmer – das Lesepult mit dem Ahnenbuch.

Er schloss die Augen.

Und hatte es geschafft. Gerade noch rechtzeitig stolperte er auf den Teppich im Turmzimmer. Das Fenster in die Vergangenheit hatte sich geschlossen. Erleichtert trat er an das Ahnenbuch und als er sich davorstellte, war die Seite mit dem verborgenen Pentagramm umgeblättert.

Er betrachtete die aufgeschlagene Seite. Las dort, wie Gwydion und Arvalus das Thondan-Tor der schwarzen Alben von Amaduria in die irdische Welt verschlossen hatten. Die Seelen waren für immer im Abgrund des Vergessens gefangen. In Tamelos, der Unterwelt von Amaduria.

Amaduria aber rückte nach den Dunklen Tagen der Finsternis in die Ferne des Vergessens. Die Alte Zeit fand ihr Ende. Und über die Jahre blieb von Amaduria nur der Hauch eines magischen Zaubers zurück.

Raven wollte schon zurückblättern, doch er zögerte.

Was heute mit ihm geschehen war, hatte er noch nie zuvor erlebt. Noch nie war er bei seinen Reisen in die Vergangenheit angegriffen wurden. Offensichtlich wollten die schwarzen Alben verhindern, dass er zurückkehrte. Für immer in der Vergangenheit festsaß.

Doch woher kannten sie seinen Namen? Oder hatte er sich das alles nur in der Schattenwelt von Tamelos eingebildet?

Er hatte darauf keine Antwort und hielt es für besser, niemandem davon zu erzählen. Immerhin durfte er diesen Zauber eigentlich gar nicht anwenden, ja nicht einmal davon wissen.

Er klappte das Ahnenbuch zu. Schwer fiel der Deckel auf die Seiten und der goldene Riegel verschmolz wie von Zauberhand zu einem Verschluss. Raven löschte das Wandlicht und schloss hinter sich die schwere Holztür zum Turmzimmer.

Noch immer spürte er einen Hauch der dunklen Magie auf seiner Haut.

원수님 따라
한평생 끝까지

Der alte Turm stand in einem fast undurchdringlichen Garten auf Rocca Lovo, etwas abseits vom Herrenhaus. Wilder Wein rankte über die runden Außenwände nach oben, der mit dem Buschwerk des Gartens verschmolz. Der Garten war verwildert und im Laufe der Jahre waren die Wege, die zum Turm führten, immer enger geworden. Ein Labyrinth aus Hecken, Rosensträuchern und Hortensienbüschen prägte den Aufgang zu dem aus Sandstein gemauerten Turm, der sich in den Herbstmonaten blutrot färbte. Die Weinblätter tauchten ihn in diese Farbe, genau wie den Ostflügel des Herrenhauses. Das steinerne Dach des Turmes lief oben in einer Spitze aus.

Auch heute betraten Ian, Quinlan und Raven gemeinsam den Turm. Sie stiegen die schmale Wendeltreppe nach oben. Raven aber zögerte. Kurz blickte er nach unten. Dort gab es ein Gewölbe mit dem geheimen Zugang in die Belissphäre der Zauberer. Zu gern hätte er diese betreten. Die Magie, die dort unten konzentriert zu spüren war, zog ihn ungeheuer an.

Doch er ging mit seinen Geschwistern nach oben. Schließlich mussten sie studieren.

Im Gang der Wendeltreppe strömte nur wenig Tageslicht durch die schmalen Glasfenster herein.

Im Turm gab es zwei Räume direkt übereinander. Die Waffenkammer und das obere Turmzimmer, das ihnen zum Studieren der alten Schriften diente.

Raven betrat den Raum als Letzter. Absichtlich machte er heute einen großen Bogen um das Ahnenbuch. Zu groß war die Versuchung, die verborgenen Seiten zu öffnen, ungeachtet dessen, was ihm gestern Nacht passiert war. Doch auch jetzt wollte er Ian und Quinlan nichts davon erzählen.

Im hellen Sonnenschein sah das Studierzimmer heute Morgen ganz anders aus als letzte Nacht. Die vier kleinen Fenster, die in jeweils eine Himmelsrichtung zeigten, ließen ausreichend Tageslicht herein.

An den Wänden waren ringsum Holzregale eingepasst, die von oben bis unten mit alten Büchern und Pergamentrollen gefüllt waren. Die fünf schweren, mit Leder bezogenen Sessel standen ungeordnet im Raum verteilt, und in der Mitte stand das Lesepult. Sonnenstrahlen funkelten auf dem verschlossenen Riegel des Ahnenbuches.

Raven wandte seinen Blick davon ab und setzte sich. Er sah zu, wie seine Brüder in den Regalen kramten. Auch heute beschäftigten sie sich mit den magischen schwarzen Alben, denn Cranos hatte ihnen gestern von einer Bedrohung erzählt. Und obwohl es unmöglich war, hatte er davon gesprochen, die Macht der schwarzen Alben zu spüren.

Seit letzter Nacht ahnte Raven auch, warum. Er hatte den Abgrund des Vergessens gesehen. Irgendetwas war in der Gegenwart geschehen. Und gestern Abend hatte Cranos Rocca Lovo verlassen, um diesbezüglich Nachforschungen anzustellen. Er wollte der Bedrohung auf die Spur gehen.

In den nächsten Stunden sollte Cranos zurückkehren,

und bis dahin blieb den Geschwistern nichts anderes übrig, als sich die Wartezeit mit Lernen zu vertreiben.

Sie mussten so viel wie möglich über die schwarzen Alben herausfinden.

Ian warf Raven ein Buch zu und setzte sich neben ihn. Seine langen Beine hängte er über die Lehne und entfaltete eine alte Pergamentrolle.

Raven blätterte in dem Buch und schaute dabei immer wieder zu seinem Bruder. Ian schien niemals an irgendetwas zu zweifeln.

Seit dem Schicksalstag in Britannien, an dem Raven beinahe gestorben wäre, entwickelte sich bei Ian die besondere Gabe des Heilens. Anfangs waren es nur kleine Verletzungen gewesen, die er verschwinden lassen konnte. So wie bei Evolet. Sie hatte sich als Kind an der Dornenhecke im verwilderten Garten verletzt. Behutsam hatte Ian ihre zerkratzten Arme in seine Hände genommen, um die blutenden Stellen zu berühren. Und schon im nächsten Augenblick war ihre Haut wieder unversehrt. Heute war Ian dreiundzwanzig Jahre alt und konnte mittels seiner Gabe Geschwister oder Wesen der magischen Welt heilen. Er konnte sogar Leben retten.

Raven blickte auf, als Ian seine Schriftrolle hochhielt. Er hatte etwas entdeckt.

»Hört mal«, sagte er und auch Quinlan unterbrach seine Lektüre. »Hier steht, dass schwarze Alben die Macht des unvollkommenen Daseins verkörpern. Sie sind in der Lage, andere Wesen durch ihre Magie zu beeinflussen. Letztendlich erlangen die schwarzen Alben vollkommene Macht über deren Denken und Handeln.«

»Du solltest in der Vergangenheit sprechen«, entgegnete ihm Quinlan. »Das alles haben sie getan – vor ihrer Verbannung.«

Raven schaute zu ihm. Quinlan hatte das wohl gerade gelesen. Über die Verbannung wurde in vielen Schriften berichtet. Zu gern hätte er daran geglaubt. Aber seit er letzte Nacht an dem Abgrund gewesen war, spürte er eine seltsame Unruhe in sich.

»Sie verändern ganze Schicksale«, antwortete er daher Ian, ohne auf Quinlans Bemerkung einzugehen. »Vor allem Menschen sind für sie eine leichte Beute. Sie zu verzaubern oder sich ihrer Körper zu bemächtigen, bedarf es keiner großen Magie.«

Ian fuhr sich durch das kurze Haar, das ihm zerzaust in die Stirn fiel. »Dann verwandeln sie Menschen zu ihrem Zweck?«, fragte er Raven.

»Ja. Ich denke schon. Sie können sich sogar in der menschlichen Welt tarnen oder sich dort verstecken. Das alles ist für sie kein Hindernis.« Raven blickte verwundert auf sein Buch. Woher nahm er diese Gewissheit darüber? Hatte er das gelesen?

»In der Vergangenheit herrschten die schwarzen Alben auch über die Druiden, die Zauberer aus dem rauen Norden Amadurias«, erklärte er weiter. »Es gab unter ihnen Stämme, die Hass und Groll hegten, und diese Gedanken haben die Alben in ihrer Magie gestärkt. Es geschieht immer auf die gleiche Weise. Anfangs erscheinen sie den Druiden nur in Albträumen. Später nehmen sie dann eine Gestalt an und zuletzt haben sie vollkommene Macht über den Zauberer.«

Raven stockte. Woher nur wusste er das alles?

Er konnte sich nicht erinnern, so viel darüber gelesen

zu haben. Und wieder wurde ihm bewusst, dass er sich in gewisser Weise von seinen Geschwistern unterschied. Unbeabsichtigt. Er war nur ein Jahr jünger als Ian und spürte deutlich, dass er bereits jetzt am stärksten mit dem Geist von Avalon in Verbindung stand.

Auch besaß er eine Begabung, die bisher noch nie unter den Vorfahren aufgetreten war. Er war imstande sich blitzschnell von einer Stelle zur nächsten zu bewegen.

Schon kurz nach ihrer Ankunft in Irland war er plötzlich über einen Felsbrocken gestolpert, der noch vor einer Sekunde hundert Meter vor ihm gelegen hatte. Seit diesem Tag übte er sich ausdauernd im Umgang mit seiner Kraft. Er versuchte seine schnellen Bewegungen zu präzisieren, indem er sich stark darauf konzentrierte. Anfangs fiel es ihm nicht leicht, diese Fähigkeit bewusst einzusetzen. Und eine Zeit lang hatte er alle Bewegungen rasant und schnell ausgeführt. Erst nach und nach hatte er gelernt, sich trotz alledem auch in menschlicher Geschwindigkeit bewegen zu können.

Quinlan riss ihn abrupt aus seinen Gedanken. Er hatte in den Aufzeichnungen von Donal Mabon Sutton aus dem Jahre 1754 gelesen und auch einiges über die finsteren Magier der Vergangenheit in Erfahrung gebracht.

»Die schwarzen Alben waren ziemlich hinterhältig«, erklärte er. »Sie verliehen ihren Opfern vorübergehend Kraft, damit sie ihnen gehorchten und das erledigten, was die Alben von ihnen verlangten.«

Obwohl Quinlan es verabscheute, hier oben im Studierzimmer zu hocken und die Zeit mit Studieren zu verbringen, weckten die schwarzen Alben dennoch sein Interesse. Er suchte begierig nach Einzelheiten der Verbannung.

Raven blickte nachdenklich zu seinem Bruder. Auch Quinlan sprach beharrlich weiter in der Vergangenheit. Dennoch spürte Raven eine seltsame Vorahnung. Die Stimmen aus Tamelos kamen ihm wieder in den Sinn. Ihr dunkles Grollen.

Unruhig stand er auf und ging im Zimmer auf und ab, schritt über die vielen kleinen und großen Teppiche, die Zeugnisse vergangener Jahrhunderte waren. Wenn doch nur Cranos wieder hier wäre. Bestimmt hatte er schon etwas herausgefunden.

Ian bemerkte seine Unruhe.

»Worüber denkst du nach?«, fragte er.

Raven blieb stehen. Genau wie Ian beherrschte er noch eine weitere Fähigkeit: Er konnte drohende Gefahren erspüren. Sie waren beide in der Lage, das Herannahen bedrohlicher Druiden oder schwarzer Alben zu fühlen. In welcher Gestalt sie sich ihnen auch immer näherten.

»Spürst du das nicht?« Raven schaute eindringlich zu Ian. »Seit Cranos weg ist...«, log er, »...fühle ich mich so unruhig.«

»Das verstehe ich. Aber ich spüre nichts. Noch ist Cranos der Wächter von Avalon. Und außerdem solltest du nicht vergessen: Was auch immer unser Schicksal sein mag – wenn wir erst die Wächter sind, sind wir zu viert.«

Raven nickte. Aber das war genau das, was ihm Angst machte. Als das letzte Mal zwei Wächter geboren wurden, hatten die Ahnen ihre Kraft in ihnen vereinen müssen, um die schwarzen Alben zu bekämpfen. Einer allein hätte es nicht geschafft. Das hatte er deutlich letzte Nacht gespürt.

Mit ihm waren nun vier Wächter geboren, und er fragte

sich, was sie wohl erwarte, wenn sie ihr Schicksal antraten.

»Wenn Cranos zurück ist, wissen wir mehr.« Ian merkte, dass er Raven nicht beruhigen konnte. Er blickte zu Quinlan. Doch Quinlan schien sich keine Sorgen zu machen. Er war der jüngste der Brüder, und in Vielem völlig anders als sie. Mit seinen breiten Schultern und der hochgewachsenen Statur überragte er nicht nur seine zierliche Schwester.

Quinlan war außerdem mit einer äußerst seltenen Gabe gesegnet. Er konnte Gedanken lesen. Sobald jemand in seiner Gegenwart etwas dachte, hörte er diese Gedanken als Stimme in seinem Ohr. Leider funktionierte die Fähigkeit nicht bei seinen Geschwistern oder Cranos. Deren Gedanken blieben ihm verborgen.

»Wir sollten uns noch weiter mit den alten Schriften beschäftigen«, schlug Ian vor. »Nur so lange, bis Cranos hier ist.«

Quinlan schien einverstanden. Nur Raven setzte sich nicht wieder, sondern ging zu dem Ahnenbuch, das ihn noch immer magisch anzog. Er konnte das Verlangen nicht länger unterdrücken, darin zu blättern. Er berührte den goldenen Riegel und schon öffnete sich der Verschluss.

Schon wieder hatte er die magischen Worte im Kopf.

Doch diesmal war er nicht allein. Deshalb überblätterte er die verborgenen Seiten und blieb bei der langen Ahnentafel hängen, die über eintausendfünfhundert Jahre in die Vergangenheit zurückreichte.

Er kannte jeden Namen.

Mit Merlin, dem Sohn der keltischen Naturgöttin Mab, hatte ihre Familiengeschichte 430 n.Chr. begonnen. Merlin verfügte bereits in seinen Kindheitstagen über übernatürliche Fähigkeiten. Merlin war in der Alten Zeit ein mächtiger Zauberer und Wahrsager gewesen, der mit den Priesterinnen von Avalon sein Wissen teilte. Zu seiner Zeit aber hatte Avalon noch eine andere Bedeutung. Es war ein heiliger Ort der Stille, der Ort der alten Naturreligion und die Priesterinnen hüteten das Trenganu-Tor nach Amaduria wie den Eingang in einen heiligen Tempel.

Als Merlin 370 Jahre alt war, hatte ihm Nimoe, eine Priesterin Avalons, einen Sohn geschenkt. Der erste Nachkomme einer Familie, die bis in die heutige Zeit überlebt hatte. Melvin Belenus wuchs in völliger Abgeschiedenheit auf Avalon auf, denn Merlin hielt seine Existenz geheim, bis sich seine Fähigkeiten vollkommen entfaltet hatten. Hätten die Dämonen der Finsternis oder die Druidenstämme der dunklen Magie in Amaduria frühzeitig erfahren, dass der große Zauberer Merlin einen Nachkommen besaß, wäre dieser in höchster Gefahr gewesen. Denn Merlin selbst war es, der immer wieder verhinderte, dass die Macht der schwarzen Alben oder der Druiden aus dem Norden stärker wurde.

Melvin aber war nicht nur ein Zauberer, sondern wie sein Vater auch ein Seher. Er konnte die Zukunft Amadurias und die der menschlichen Welt vorhersagen und die Priesterinnen vertrauten ihm. Erst als Merlin im Jahre 804 n. Chr. starb, entstand mit seiner Seele der Geist von Avalon in dem magischen Steinkreis. Melvin Belenus schützte fortan das Trenganu-Tor von Amaduria vor Eindringlingen. Er war der erste Wächter von Avalon. Nach ihm sollte alle 120 Jahre ein bedeutender Wächter geboren werden.

Raven überflog die Namen: Bran Smertrios, Hafren

Gráinne, Juna Danuvios Sutton. Mit ihm tauchte 1030 zum ersten Mal ihr Familienname auf. Und sie alle waren mit dem Geist von Avalon verbunden, erhielten ihre magische Stärke von den Vorfahren. Auf diese Weise lebte die Magie von Avalon in jeder neuen Generation weiter, und die Unterweisung auf Avalon sorgte dafür, dass die Wächter gut auf ihre Aufgaben in Amaduria vorbereitet waren.

So war es bis heute.

Raven blätterte weiter. Überblätterte die Seiten mit den Nachfahren, die zwischen Melvin Belenus und Gwydion standen. Raven wusste, dass mit Gwydion und seinem Zwillingsbruder Arvalus die Alte Zeit endete. Mit der Zerstörung Amadurias bekam Avalon seine heutige Bedeutung – in dem heiligen Land überdauerte der Geist von Avalon die Vergangenheit und rettete den Hauch des Zaubers, der von Amaduria übrig geblieben war in die Gegenwart. Rettend verband sich der Zauber des magischen Landes mit dem Geist von Avalon. Die Wesen des Lichtes und des Waldes waren aus Amaduria geflohen. Die wenigen Lichtelfen, die sich nach Avalon retteten, vereinten auch ihren Zauber mit dem von Avalon.

Raven blätterte um.

Auf dieser Seite las er von der Geburt Cranos' im Jahre 1870. Er war der Sohn von Gwydion.

Cranos Talisien war heute der Wächter von Avalon.

Sein Sohn William hatte zwar die Gabe des Heilens erhalten, aber Williams Bestimmung lag nicht in Avalon. Erst seine Kinder sollten Cranos als Wächter ablösen.

Raven wusste, dass sich sein Vater von der Zauberei losgesagt hatte. Er wollte mit seiner Frau Ava das Leben einer menschlichen Familie führen. Dafür aber hatte er schwören müssen, nie wieder von seinen Fähigkeiten Gebrauch zu machen. Sollte er dem zuwiderhandeln, musste sich die Familie ihrem Schicksal beugen.

Dieses unmagische, lediglich geliehene Leben führten die Suttons nur wenige Jahre lang. In dieser Zeit wurden Raven und seine drei Geschwister geboren. Alles änderte sich, als Raven von dem Baum stürzte – im Juni 1995. Er war schwer verletzt und bewusstlos und William hatte nicht einen Moment gezögert – seine Gabe hatte Raven das Leben gerettet. Damit verwirkte er das Recht auf ein Leben ohne Magie. Und seine Kinder traten ihr Erbe an.

So war es vorherbestimmt.

Raven betrachtet noch einmal die Ahnentafel. Hier standen die Geburtsjahre der Wächter: Ian Talisien, geboren am 10. Mai 1989 – Raven Belenus, geboren am 12. September 1990 – Quinlan Lenus, geboren am 16. März 1992 – Evolet Aine, einzige Tochter, geboren am 18. Februar 1993.

Er war 1990 geboren. Genau 120 Jahre nach seinem Großvater.

Erstaunt klappte Raven das Buch zu.

»Was wissen wir noch über die schwarzen Alben?«, fragte Raven ohne die anderen anzusehen. Die Geburtsdaten brannten noch immer in seinem Kopf. Aber bevor ihm jemand antworten konnte, betraten Cranos und Evolet das Studierzimmer.

Raven drehte sich zu ihnen um.

Sein Großvater war zurück, aber ein dunkler Schatten lag über seinem Gesicht. Er wirkte erschöpft.

Raven stockte der Atem. Beunruhigt sah er erst zu Ian und dann zu Quinlan, der sofort auf Cranos zuging.

»Hallo Großvater. Ihr kommt gerade richtig. Eben

haben wir uns über die schwarzen Alben unterhalten. Kannst du uns noch mehr über sie erzählen?«, bat er. »Das ist spannender als Lesen.«

Raven rührte sich nicht von der Stelle und starrte Cranos an. Ian führte ihren Großvater zu einem der Sessel. Auch er schien zu bemerken, das Cranos geschwächt war.

Cranos setzte sich. Er schaute zu Raven, und ihre Blicke trafen sich. Seine blauen Augen wirkten müde, doch sein Blick war intensiv. Und in dieser Sekunde wusste Raven: Cranos hatte sie gesehen. Die schwarzen Alben, die Dämonen der Finsternis.

Benommen wich Raven seinem Blick aus, suchte im Turmzimmer nach Evolet. Seit zwei Tagen hatten sie kaum ein Wort miteinander gewechselt.

Wie viel davon konnte sie spüren? Hatte sie in einer Vision etwas darüber sehen können? Evolet hatte sich in den Sessel auf der anderen Seite des Zimmers gesetzt.

»Die schwarzen Alben sind unsere ärgsten Gegner …«, begann Cranos und bedeutete Quinlan, sich wieder hinzusetzen. »Es ist an der Zeit, dass ich euch alles über sie erzähle. Was ich heute beobachtet habe, beunruhigt mich zutiefst.«

Raven merkte, wie die Panik vom Abgrund des Vergessens wieder in ihm aufstieg. Und wieder traf ihn ein Blick von Cranos.

Er musste sich zusammenreißen. Hinsetzen und zuhören. Völlig verkrampft ging er zu dem Sessel neben Ian.

Nun saß der Wächter von Avalon mit seinen vier Nachkommen in einer beinahe kreisrunden Anordnung.

Cranos faltete die Hände. »Bevor ich mit euch über die schwarzen Alben spreche, muss ich von einem Druidenstamm namens van Urgh erzählen. Und darüber, was ich vor über hundert Jahren getan habe.«

Er nahm einen tiefen Atemzug.

»Die van Urghs sind Druiden der Alten Zeit. Sie lebten einst im rauen Norden von Amaduria, als das magische Land noch nicht in die Ferne entrückt war. Ihr Stammbaum begann mit Malcolm van Urgh. Er war ein machtvoller Magier und mit Merlin vertraut. Nach Merlins Tod erhob er Anspruch darauf, der wahre Wächter Avalons zu sein. Seine Nachkommen sollten das Tor nach Avalon fortan beschützen.

Es kam zum Streit zwischen Melvin Belenus und van Urgh. Doch die magischen Nebel verwehrten Malcolm den Zugang nach Avalon. Seither herrscht erbitterte Feindschaft zwischen unserer Familie und den van Urghs.

Im Laufe der Jahrhunderte gab es immer wieder Angriffe auf die Wächter. Und als Amaduria nach der Dunklen Zeit weiter in die Ferne rückte, zogen sich die van Urghs in die schottischen Berge zurück, denn auch das Senacul-Tor der Druiden nach Amaduria war unerreichbar mit dem magischen Land in die Ferne gerückt.

Zu meiner Zeit lebte Eloon van Urgh. Er versuchte mich in der menschlichen Welt zu vernichten. Immer und immer wieder kämpften wir gegeneinander. Feuerten uns Blitze entgegen, nutzten die Fluten des Meeres und kämpften wie die Titanen über den Wogen. Doch keiner konnte den endgültigen Sieg davontragen. Bis eines Tages etwas Merkwürdiges geschah. Ich hatte die Belissphäre betreten, um nach Avalon zu reisen. Doch anstatt zum See in Britannien zu gelangen, trat ich aus dem alten Trenganu-Tor und befand mich in Amaduria. Nach so vielen Jahren betrat ich den Wald von Saanan wieder. Das letzte Mal war ich als Kind an meinem Geburtsort gewesen. Und ich wusste, was ich zu tun hatte. Der Zauber von Amaduria hatte mir gezeigt, welche Macht ich als Wächter von Avalon besaß.

Über unser Tor gelangte ich zurück nach Avalon und machte mich von dort aus in die schottischen Berge auf. Ich überraschte Eloon van Urgh in der Dunkelheit. Mit der ganzen Magie des Geistes von Avalon, in der der magische Hauch Amadurias schlummerte, öffnete ich dort das Senacul-Tor der Druiden in das entrückte Land und verbannte ihn und seinen Stamm in die trostlosen Pelapurga Berge nach Tamelos, in die schneebedeckten Gipfel mit eisigen Stürmen. Das war 1898. Danach ging ich zurück. Das Senacul-Tor verschloss sich von selbst und die Druiden waren in Tamelos gefangen. Verbannt in die Unterwelt Amadurias. In Tamelos selbst gab es kein Tor und der Zauber der Druiden wurde betäubt durch diesen verfluchten Ort.

Doch Eloons Gedanken waren von Groll und Rache vergiftet, … und ich habe die Dämonen der Finsternis unterschätzt – die Seelen der schwarzen Alben im Abgrund des Vergessens am Fuße des Bergmassives.«

Cranos hielt einen Moment inne. Sein Mund war trocken und Ian reichte ihm ein Glas Wasser. Das Sprechen strengte ihn ungeheuer an.

Raven umkrampfte die Lehne seines Sessels. Cranos' Worte dröhnten in seinen Ohren, wie das Rauschen, das aus der unendlichen Tiefe des Abgrundes zu ihm gedrungen war. Erschrocken schaute er seinen Großvater an.

»Offenbar hörte Skaroks Seele im Abgrund des Vergessens die hasserfüllten Gedanken der Druiden, die nun ebenfalls von den Wächtern verbannt worden waren«, fuhr Cranos fort. »Und Tag für Tag haben diese Gedanken seiner Seele magische Kraft geschenkt. Kraft, die der Körperlose brauchte, um aus dem Abgrund heraufzusteigen.

Es war schließlich ein Adler aus den Pelapurga Bergen, der Skaroks Rufe erhörte. Der Dämon kroch in die Gestalt des Adlers und flog dorthin, woher die Gedanken des Hasses gekommen waren – in die Höhle von Saavaankala.

Skarok und der Druide verbündeten sich und schlossen einen Pakt. Nach einigen Jahren flohen sie aus Tamelos, überwanden das eisige Bergmassiv, das gefährliche Murtanmeer und schafften es bis in den rauen Norden Amadurias, die einstige Heimat des Druidenstammes. Skaroks Macht wuchs. Dennoch blieb er der Einzige, der aus dem Abgrund gestiegen war.

Doch dann muss irgendetwas geschehen sein. Genau vor achtzehn Jahren. Denn Amaduria hörte auf in der Ferne zu entschwinden. Das magische Land rückte wieder näher. Stück für Stück. Der Druide wartete geduldig ab, bis seine Magie stark genug war, um ihr Tor im Norden zu benutzen. Denn das Thondan-Tor der schwarzen Alben blieb weiterhin verschlossen.

Und so gelangten der schwarze Alb, Eloon van Urgh, und sein kleiner Sohn Umbra über das Senacul-Tor in die menschliche Welt.« Cranos schaute zu Ian und Raven. »Kurz darauf seid ihr einem Adler auf einen Baum gefolgt.«

Raven starrte Cranos an. »Der Adler! Das war Skarok.«

»Ja«, sagte Cranos. »Ich vermute, dass du seine dunkle

Magie gespürt hast und ihr ihm deshalb gefolgt seid. Immerhin bist du am höchsten geklettert.«

Raven fuhr zusammen. »Er wollte mich töten … bevor ich ihnen gefährlich werden kann.«

Cranos schloss für einen Moment die Augen. Dann nickte er. »Deshalb haben wir euch sofort in den Schutz von Rocca Lovo gestellt. Mein Schutzzauber hat euch über die Jahre behütet.«

»Was ist mit dem Adler und den Druiden? Wo sind sie jetzt?« Ian rutschte unruhig hin und her.

Quinlan versuchte ihn zu beruhigen. »Um zu den Menschen zu gelangen, bedarf es keiner großen Magie. Das hat Raven vorhin selbst gesagt. Also wovor fürchten wir uns?«

Raven holte tief Luft. Sein jüngerer Bruder war einfach zu naiv.

»Wo sind sie jetzt?«, wiederholte er die Frage und warf Quinlan einen tadelnden Blick zu.

»Wieder in den abgelegenen schottischen Bergen – in den Munros von Harris Island – in einer verlassenen, alten Burgruine. Ich habe sie belauscht und ihr Pakt, über dessen Inhalt ich nichts weiß, gilt noch immer. Ich ahne nur so viel, dass Eloon und auch sein Sohn Umbra durch das Bündnis mit dem schwarzen Alb magische Kräfte haben entwickeln können. Ihre Magie ist stärker geworden, das konnte ich spüren.«

Wieder erfasste Raven ein Schauder. Er blickte zu seiner Schwester, die blass in ihrem Sessel lehnte.

»Skarok hat in den Bergen die Gestalt eines Menschen angenommen«, fuhr er fort. »In diesem Jahr schenkte er Umbra zu seinem zweiundzwanzigsten Geburtstag eine magische Halskette. Sie ist besetzt mit magischen blutrotschwarzen Granatedelsteinen aus den dunklen Tälern von Mohador in Amaduria, und schmiegt sich als enges Band um seinen Hals, wie die Schlange um ihr Opfer. Die Halskette verbindet die Macht des Alben mit Umbra van Urgh. Zudem ist van Urgh in der Lage, den düsteren Pfeil der schwarzen Alben zu benutzen, der unweigerlich den Tod bringt. Seine Pfeilspitze ist aus Augitum – einem seltenen schwarzen Edelstein, den es nur in den Tälern von Mohador gibt. Dringt der steinerne Pfeil in sein Opfer, tötet er dessen magische Seele, nicht nur seinen Körper. Damit kann der Todespfeil den Wächtern gefährlich werden. Er kann uns töten, indem er uns unserer magischen Kräfte beraubt. Selbst unsterbliche Wesen kann der Todespfeil entzaubern.«

Cranos' letzte Worte drangen wie ein giftiger Skorpion in Ravens Ohr. Umbra van Urgh war genauso alt wie er. Im selben Jahr geboren. Erneut schaute er zu Evolet, die immer noch reglos dasaß. Ihre schlanken Finger umklammerten weiß vor Anspannung die lederne Armlehne. Starr blickte sie zu Boden.

Und Raven wusste, dass sie zu den Worten von Cranos deutliche Bilder vor Augen sah.

Dann begann sie zu sprechen – noch immer war ihr Blick auf den Boden geheftet.

»Ich kann ihn sehen. Er ist groß und mächtig. Er trägt ein Kettenhemd über seinen starken Muskeln. Seine Augen schimmern rot, und er schaut zu dem schwarzen Adler auf seiner Schulter. Sie wirken bedrohlich, und es scheint, als ob die dunklen, schulterlangen Haare des Mannes mit dem Federkleid des Vogels verschmelzen.«

»Die Beschreibung passt auf Umbra van Urgh. Und den Adler aus den Pelapurga Bergen. Er ist bei Skarok geblieben.«, flüsterte Cranos.

»Aber wo ist der schwarze Alb?«, ihre Stimme zitterte ängstlich.

»Seine Magie wird mit jedem Tag stärker. Er kann sich unsichtbar machen und mittlerweile verschiedene Gestalten annehmen. Vielleicht siehst du ihn deshalb nicht.« Cranos Stimme war nur noch ein Wispern.

Dann breitete sich Stille aus.

Und der Wächter wusste, dass seine Tage gezählt waren. Seine Kräfte schwanden. Doch er würde alles tun, um seine Nachkommen auf den einen Dämon der Finsternis und den Druiden vorzubereiten.

»Alles was ich bisher weiß, habe ich euch gesagt«, durchbrach Cranos die bedrückende Stille. »Doch ich spüre, dass da noch mehr ist. Sie haben etwas vor mir verborgen, als ich sie in den Munros beobachtet habe.«

Noch immer war Cranos im Besitz seiner magischen Fähigkeiten und über den Geist von Avalon mit ihren Ahnen verbunden. Seine magischen Kräfte und seine Intuition waren außergewöhnlich. Zudem besaß er die Gabe, die Zeit für einen Moment still stehen zu lassen, um Dinge in der Gegenwart so zu verändern, damit er Avalon schützen konnte. Er konnte sich mithilfe eines Zaubers unsichtbar machen und andere Wesen heilen, wie Ian. Außerdem hatte er Macht über Regen, Sturm und Schnee. Er war ein mächtiger Zauberer und Wächter von Avalon.

Raven lag schon seit Stunden wach. Er fand keine Ruhe.

Irgendetwas stimmte nicht.

Die Standuhr in der Empfangshalle schlug dreimal, als Raven an ihr vorbeiging. Es war mitten in der Nacht und still im Haus.

Unheimlich still.

Im Dunkeln schlich er die breite Treppe hinunter. Stufe um Stufe überlegte er, ob er zu Cranos in den anderen Flügel des Hauses gehen sollte.

Vielleicht spürte es sein Großvater auch und konnte ihm alles erklären.

Ohne ein Geräusch zu machen, lief er über die kalten Steinfliesen, und vergewisserte sich, ob alle Fensterläden geschlossen waren.

Dann lugte Raven durch eine Ritze im Holz. Am Himmel war keine Wolke zu sehen. Nur die Sterne funkelten in der Schwärze der Nacht.

Er ging weiter. Und noch ehe er den Westflügel zu Cranos betrat, hörte er ein Fenster klappern, das er gerade überprüft hatte.

Er drehte sich um und vernahm, dass draußen ein Rauschen vorüberzog. Zuerst dachte Raven an eine vom Meer heraufkommende Windböe, doch dann wurde das

Geräusch durchdringender. Es hörte sich an wie Flügelschläge von Vögeln, die über das Haus hinwegzogen.

Raven ging zurück in das Eingangsfoyer und blieb an der schweren zweiflügligen Haustür stehen. Im Haus war es immer noch still, und er schaute hinüber in den Westflügel. Hatte das Rauschen Cranos geweckt?

Nein. Er schien nicht wach zu sein.

Raven legte die Hand auf die eiserne Türklinke. Irgendetwas ging da draußen vor. Aber das Wissen um den Schutzzauber beruhigte seinen Herzschlag. Er war hier nicht angreifbar.

Leise drehte er den Schlüssel im Schloss und öffnete die Tür. Sofort wurde das Rauschen lauter. Raven trat über die Türschwelle in die Dunkelheit. Im Vorhof war alles in Ordnung.

Dann schaute er nach oben.

Er hatte sich nicht getäuscht. Über dem Haus sah er vielleicht zwanzig schwarze Adler kreisen. Er hatte tatsächlich ihre Flügelschläge gehört.

Ravens Nackenhaare stellten sich auf, und er spürte dasselbe unheimliche Gefühl wie am Abgrund des Vergessens.

Skarok!, schoss es ihm durch den Kopf, und er rannte los. Rannte über den Vorhof, dann durch den angrenzenden Rosengarten, um auf die Rückseite des Hauses zu gelangen.

Er traute kaum seinen Augen.

Über dem Meer war es pechschwarz. Ungewöhnlich düster, und die Dunkelheit kam direkt auf ihn zu. Immer näher quoll sie wie eine schwarzgraue Wolke dem Anwesen Rocca Lovo entgegen.

Und als sich die Entfernung allmählich verringerte, sah Raven, dass es unzählige Adler waren, die über ihn hinwegflogen. Sie kreischten und schrien. Ihre Flügelschläge brachten einen gewaltigen Sturm mit sich, der die Sträucher in den Dünen bog.

Doch der Schutzzauber wirkte wie eine Glocke über dem Anwesen. Die Adler kamen nicht an ihn heran, nicht einmal die magische Energie des Sturmes.

Raven war in Sicherheit.

Aber er spürte es deutlich. Skarok kreiste mit den Adlern über ihm. Er kniff seine Augen zusammen und durchsuchte die schwarzgraue Wolke der Adler. Und einen Moment später fuhr es ihm abermals durch die Glieder.

RAVEN, drang die Stimme des Alben düster in sein Gehör.

DU WIRST ES NICHT SCHAFFEN!

Es waren dieselben Worte, die er schon am Abgrund gehört hatte.

Raven ballte seine Hände zur Faust, sodass es schmerzte. Er brauchte den Schmerz, um sich abzulenken. Diesmal wollte er auf keinen Fall zulassen, dass Skarok ihm Angst einjagte.

Raven kniff abermals die Augen zusammen und schaute furchtlos nach oben.

Im nächsten Augenblick verzogen sich die Adler. Flogen auf und davon.

Aber dann drangen noch einmal Skaroks Worte in seinen Kopf, wie ein Nebelhauch, der ein Tal verlässt.

DU KANNST DICH NICHT EWIG VERSTECKEN!, knurrte der schwarze Alb. Dann war alles wieder still. Die schwarzgraue Wolke verzog sich, und wenig später funkelten die Sterne am nachtschwarzen Himmel über dem Meer. Raven blieb stehen. Blickte zum Horizont. Alles was er jetzt sah, war ein schmaler heller Streifen, der den neuen Tag ankündigte.

Aus dem Haus drang noch immer kein Geräusch.

Die Hohepriesterin von Avalon war Cranos im Traum erschienen. Und so erfuhr er, dass die Zeit der Unterweisung für Ian und Raven gekommen war. Sie wurden nach Avalon gerufen, und Cranos sollte sie begleiten.

Noch nie hatte es in der Ahnenfolge vier Wächter gleichzeitig gegeben, und ihre Unterweisung sollte innerhalb des kommenden Mondzyklus vollzogen werden. Die Tradition verlangte, dass Raven und Ian bei Neumond die Magie Avalons erfahren sollten. Dann floss alle Energie von Sonne und Mond in den Steinkreis. Evolet und Quinlan würden später aber dennoch innerhalb des gleichen Mondzyklus bei Vollmond Wächter werden.

Am Morgen nach Skaroks Angriff stand Raven wieder auf dem Hügel jenseits des Herrenhauses. Von hier aus blickte er über das im Sonnenaufgang funkelnde Meer bis hinüber zu den Skellig Rocks.

Raven fühlte eine bedrückende Leere in sich. Ein Gefühl der Machtlosigkeit hatte ihn erfasst, denn er wusste, dass es Cranos gewesen war, der ihn in der Nacht beschützt hatte. Seinen Schutzzauber hatte Skarok nicht durchbrechen können.

Jetzt spürte er eine warme Hand auf seiner Schulter. Cranos war unbemerkt zu ihm gekommen und schaute ebenfalls über das Meer in die aufgehende Sonne.

Beide schwiegen.

Raven aber ahnte, dass Cranos es wusste. Er hatte es mit Sicherheit bemerkt.

»Hast du seine Stimme letzte Nacht gehört?«, fragte er Cranos, ohne dabei seinen Blick vom Meer abzuwenden.

»Nein. Seine Worte waren nur für dich bestimmt«, antwortete Cranos und nahm einen tiefen Atemzug. »Aber ich stand am Fenster und habe alles gesehen.«

Jetzt schaute Raven ihn ernst an. Was wusste er noch?

»Skarok sucht nach dir. Das letzte Mal hast du Spuren hinterlassen. Du hast das Ahnenbuch benutzt, obwohl du noch kein Wächter bist.«

Raven runzelte die Stirn. Cranos wusste es und hatte ihn trotzdem nie daran gehindert?

Doch Raven hatte letzte Nacht noch mehr verstanden. »Am Abgrund des Vergessens haben die schwarzen Alben gespürt, dass Merlins Erben noch nicht mit dem Geist von Avalon vereint sind, nicht wahr?« Er wandte seinen Blick nicht von seinem Großvater ab.

Cranos nickte. »Doch er ist zu schwach, um gegen den Schutzzauber etwas auszurichten. Es ist an der Zeit, dass du nach Avalon gehst. In zwei Tagen ist Neumond, und wir brechen noch heute auf. Ian kommt mit uns.«

Und dann lächelte er. Es war ein warmherziges Lächeln, das Raven sagte, dass er alles verstand.

Raven war erleichtert. Nicht nur, dass Cranos ihm beistand, nachdem er ohne Erlaubnis das Buch benutzt hatte. Sondern auch, weil er bei aller Gefahr noch immer an Avalon und die Macht des Guten glaubte. Sie würden sich mit dem Geist von Avalon vereinen und damit die Macht ihrer

Vorfahren erhalten. Dann war auch er gewappnet, Skarok gegenüber zu treten. Dann war er ein Wächter.

Wenig später kam Ian den Hügel herauf und Raven verkündete ihm sogleich die Neuigkeit. »Wir wurden nach Avalon gerufen«, sagte er, und noch immer schwang seine Erleichterung darüber mit.

Ian trat heran. »Wann brechen wir auf?« Er schien nicht einmal überrascht zu sein.

»Heute!«

Jetzt war er doch überrascht. »Heute? Hast du denn schon herausgefunden, wie man nach Avalon gelangt?«, fragte Ian seinen Bruder, denn schon darin lag ein großes Geheimnis.

»Der See, der Avalon umgibt, befindet sich in Britannien. Aber ich glaube nicht, dass es eine Wegbeschreibung nach Avalon gibt.« Raven wusste lediglich von einem geheimen Zeichen. Vergebens hatte er bereits danach gesucht.

Hilfe suchend schaute er zu Cranos. »Es gibt keine Aufzeichnungen über die Wegbeschreibung oder das Ritual, das einen Avalon finden lässt. Um die Nebel über dem See zu beherrschen, benötigt man tiefes Vertrauen in unsere Magie.« Cranos stützte sich auf seinen Lorgos. Der Stab aus Ahornholz überragte ihn ein ganzes Stück, und am oberen Ende befand sich der geschnitzte Kopf eines Feuervogels. »Lautlos wird die Barke gerufen, die einen dann durch die geheimnisvollen Nebel führt. Doch Avalon erreicht die Barke nur, wenn in demjenigen, der sie gerufen hat, auch die Magie Avalons mächtig genug ist.«

»Also verleiht der Geist von Avalon uns die Macht die Nebel zu teilen«, fragte Ian nach.

»Ja«, antwortete Cranos. »Ihr seid von Geburt an mit ihm verbunden. Dennoch bedarf es der Unterweisung. Indem ihr den heiligen Steinkreis betretet, verbindet ihr euch mit all der Kraft und dem Zauber unserer Vorfahren.«

Raven wurde nachdenklich. »Was geschieht, wenn jemand auf dem See rudert, der nicht nach Avalon gelangen darf?«

»Dann irrt derjenige im Nebel umher. In der Nähe befindet sich die Abtei von Glastonbury, deren Glockenschlag durch den dichten Nebel dringt und ihn wieder an das Ufer in der menschlichen Welt leitet«, erklärte Cranos. »Nur Auserwählte gelangen nach Avalon.«

Und Raven verstand. Der Zauber von Avalon war unbeschreiblich machtvoll. Der Geist von Avalon ermöglichte ihnen die Verbindung zu ihren Vorfahren. Er war gespannt, was er spüren würde, wenn er Avalon betrat.

Bald war es so weit. Er würde als Wächter von Avalon zurückkehren. Die Unterweisung sollte für ihn und seine Geschwister der Abschluss sein, nach jahrelanger Vorbereitung.

Die Gewölbekammer war in völlige Dunkelheit gehüllt. Hier befand sich ihr geheimer Zugang zur Belissphäre der Zauberer, und Raven betrat das Gewölbe zum ersten Mal.

Cranos begleitete ihn und Ian. Er hielt eine Fackel in der Hand. Hier unten gab es kein elektrisches Licht, denn die Konzentration der magischen Sphäre hätte permanent zu Stromausfall geführt.

Raven stand dicht hinter Cranos. Er wusste, dass sie mit der Belissphäre zu unterschiedlichen Orten reisen konnten. Selbst in das entrückte Amaduria war Cranos gelangt. Aber dennoch führte es sie nicht direkt nach Avalon. Sondern nur nach Britannien.

Auf diese Weise zu reisen, war ziemlich sicher. Denn innerhalb ihrer eigenen Sphäre konnten sie keinem anderen Zauberer oder Druiden begegnen.

Cranos trat an die gemauerte Wand auf der anderen Seite des Gewölbes. Dort fuhr er vorsichtig über einen zollhohen Granitquader, der sich über einem in die Mauer eingebauten Bogen befand. Raven schaute genauer hin und erkannte eine Pforte, die in der Wand nur durch unterschiedlich angeordnete Mauersteine zu erkennen war.

Langsam öffnete sich eine Steinwand, die vorher in der Pforte verborgen gewesen war. Obwohl sie erst einen

Spaltbreit offenstand, drangen grell leuchtende Strahlen wie weiß blendende Blitze in den dunklen Raum.

Wie von Geisterhand öffnete sich die große Wand und tauchte das Gewölbe in ein Strahlenmeer. Der Lichtschein war so intensiv, dass Raven die Augen für einen Moment schloss. Auch Ian hielt sich schützend die Hand vor das Gesicht.

Cranos griff seinen Stab fester und löschte die Fackel. »Ich gehe voran«, sagte er. »Und ihr folgt mir, sobald ich darin verschwinde. Wir sehen uns am See.«

Cranos drehte sich in den Lichtschein aus der Pforte und verschwand augenblicklich.

Ian folgte ihm als Nächster in die Belissphäre. Dann trat Raven an die geöffnete Granitwand. Er trat über die Schwelle und sofort erfasste ihn ein Sog, der ihn rasch nach oben hob. Raven fühlte sich leicht, beinahe federleicht. Ringsum umgab ihn leuchtendes Licht, das schnell schimmernde Farbtöne hervorbrachte, wie in einer Röhre aus Perlmutt. Er schwebte in der Belissphäre, die ihn innerhalb von Sekunden an den See bringen würde, der Avalon umgab.

Neugierig streckte Raven seine Hand aus und spürte dabei deutlich einen warmen Luftstrom um sich herum. Vor sich sah er etwas verschwommen Ian. Seine Augen konnten hier nicht in der gewohnten Klarheit sehen, da der sphärische Sog sie in unglaublicher Geschwindigkeit bewegte.

Als Raven wieder festen Boden unter seinen Füßen spürte, betrat er den Marmorboden eines zerfallenen Pavillons. Der befand sich oberhalb des Sees. Vorsichtig stieg er die beiden Stufen herunter zu seinem Bruder und Cranos.

Noch einmal blickte er sich um, doch der Pavillon verriet in seinem maroden Zustand absolut nichts über seinen geheimen Ausgang. Laub bedeckte die brüchigen Platten, als ob ihn schon seit langer Zeit niemand mehr betreten hatte.

Gemeinsam liefen sie zum Ufer des Sees hinunter.

Im Wind raschelte das Seegras und bewegte sich sanft hin und her. Silbern funkelte das Wasser unter der hochstehenden Sonne.

»Ich werde die Barke rufen«, erklärte Cranos, als er an einer schmalen Stelle im Schilfrohr an das Wasser trat. Die Reise in der Belissphäre schien ihn nicht weiter geschwächt zu haben. »Alles, was nun geschieht, erfolgt durch die Macht meiner Gedanken.«

Dann wandte er sich zum See.

Ian und Raven standen direkt hinter ihm und Raven wusste, dass er die Augen schloss, um sich zu konzentrieren. Lautlos rief er nach der Barke aus Avalon, die sie sicher über den See bringen sollte. In die magische andere Welt – nach Avalon.

Plötzlich zogen Nebelschwaden über den See. Die bisher klare Sicht verschwand genau wie das Funkeln auf dem Wasser. Es dauerte nur wenige Augenblicke und aus dem Nebel tauchte ein schmales Boot auf.

Beinahe geräuschlos glitt es ans Ufer. Und Raven erkannte, dass die Barke von einer Frau gesteuert wurde. Zum ersten Mal sah er einer avalonischen Priesterin in ihr Gesicht. Auf ihrer Stirn war eine Mondsichel tätowiert. Die Priesterin senkte den Blick und wies schweigend auf den Steg, von dem sie auf die Barke gelangen konnten. Sie trug ein weißes Gewand, unter dem ihr zerbrechlicher

Körper nur zu erahnen war. Sie war noch sehr jung und strahlte eine überirdische Reinheit aus.

Raven stieg als Letzter in die Barke, und die Priesterin steuerte das Boot mit einer Leichtigkeit vom Ufer, als würde darin niemand sitzen. Auch während der Überfahrt sprach die Priesterin kein Wort.

Mühelos ruderte sie das Boot bis zur Mitte des Sees. Raven schaute sich noch einmal um und langsam verschwand hinter ihnen das menschliche Ufer im dichter werdenden Nebel. Raven spürte die feuchtkalte Luft in seinen Lungen.

Absolute Stille herrschte um sie herum. Lediglich das leise Eintauchen der Ruder ins Wasser war zu hören.

Dann erhob sich Cranos. In seinem braunen Umhang sah er wie ein mächtiger Zauberer aus. So hatte Raven seinen Großvater noch nie gesehen. Als Wächter von Avalon. Unter seinem Umhang trug Cranos ein langes cremefarbenes Gewand, das dem feierlichen Anlass ihrer Reise entsprach. Auf der Brust waren goldene Fäden eingestickt, die ein schmales Muster ergaben, und um seine Hüfte trug er eine dunkelbraune, geflochtene Kordel.

Andächtig stellte sich Cranos in die Mitte der Barke und hob seine Arme dem grauen Himmel entgegen. In der rechten Hand hielt er Lorgos. Er schloss die Augen, verharrte einen Moment lang und senkte langsam die Arme.

Für einen Atemzug geschah nichts – doch dann lichtete sich der Nebel wie durch eine magische Hand, bis er sich vollkommen auflöste.

Sofort war die Sicht klar. Der Himmel war strahlend blau, und die Sonne schien hell vom Himmel. Raven verschlug es den Atem.

Zum ersten Mal sah er Avalon, die heilige verborge Insel Amadurias, deren Zauber ihn mit seinen Vorfahren verband.

Raven blickte zu Ian. Auch er war fasziniert von diesem Anblick. Es war unfassbar. Beinahe unwirklich.

Vor ihnen lag Avalon: eine kleine felsige Insel mit hohen Bergen und grünen Wiesen. Und ein Strand, der von einem Wald umsäumt war. Alles wirkte friedlich, nahezu vollkommen.

Nach wenigen Ruderschlägen erreichten sie den sandigen Strand, und die Barke glitt knirschend an das Ufer.

Die Begegnung

Esmé erwachte am frühen Morgen. Die aufgehende Sonne blinzelte bereits durch das offene Fenster.

Heute fühlte sie sich großartig. Sie spürte deutlich noch immer die Stärke in sich, die sie letzte Nacht durch die magische Berührung erhalten hatte. Sie war nicht allein.

Esmé stand auf, zog sich einen flauschigen Pullover über und wanderte barfuß durch das stille Haus. Sie hatte einen Plan und war voller Zuversicht.

Sie würde ihre Mutter nach den Suttons fragen.

Denn sie vermutete, dass Caroline noch etwas aus der Vergangenheit besaß, womit sie vielleicht dem Geheimnis auf die Spur kommen könnte.

Sie ging nach unten.

Caroline hatte den Frühstückstisch auf der Terrasse gedeckt. Bei dessen Anblick bekam Esmé schlagartig Hunger. Doch bevor sie sich an den Tisch setzte, ging sie zu ihrer Mutter.

»Guten Morgen«, begrüßte sie sie und betrat die Küche.

»Oh! Guten Morgen!« Caroline freute sich so über das zeitige Auftauchen ihrer Tochter, dass sie sie umarmte. »Gut geschlafen?«

Esmé versuchte ihre Abwehr zu verbergen und ließ den Kuss folgsam über sich ergehen.

Dann trat sie einen Schritt zurück. »Können wir zusammen frühstücken? Ich würde gern mit dir über etwas sprechen.« Unbeholfen verschränkte sie ihre Arme vor der Brust.

Caroline holte den Kaffee. »Gern. Dein Bruder ist auch schon aufgestanden. Er ist laufen und wird sicherlich nicht vor einer Stunde wieder zurück sein … wir sind also ganz ungestört.«

Caroline war froh darüber, dass ihre Tochter die Initiative ergriff. Schon lange hatte sie auf ein Gespräch mit ihr gehofft, denn Esmés Einsiedlertum bereitete ihr Sorgen. Seit ihrer letzten Unterhaltung mit Jack hatte sie sich vorgenommen ihrer Tochter mehr Verständnis entgegen zu bringen.

Draußen setzte sich Esmé ihrer Mutter gegenüber. Die gemütlichen weichen Lehnsessel standen ringsum den Holztisch. Sie nahm einen Bissen von dem warmen Toast, auf dem die Butter schmolz.

»Kürzlich war ich auf dem Dachboden …«, begann sie kauend, »… und habe unter Großmutters alten Kleiderschrank eine verstaubte Holzkiste mit Fotos gefunden.« Sie bemühte sich, das als vollkommen natürlich darzustellen. »Auf zwei der Fotos sind Kinder zu sehen, die ich gar nicht kenne.«

Caroline hatte augenblicklich aufgehört ihren Kaffee zu trinken. Die Tasse klirrte auf dem Unterteller. Schweigend sah sie Esmé an.

»Nun …«, Esmé wich ihrem ernsten Blick aus. »Ich wollte herausfinden, wer die Kinder auf den Fotos sind … und habe Eric danach gefragt, der … «

Doch Caroline unterbrach ihre Tochter. »Was hast du getan?«, fragte sie kaum hörbar. In ihrer Stimme konnte

Esmé Furcht hören. Aber dann fragte sie eindringlicher: »Was konnte Eric dir über die Kinder erzählen?«

Jetzt schaute Esmé ihre Mutter mit festem Blick an.

»Er hat mir alles über die Familie Sutton erzählt, auch von dem Unfall im Wald«, schleuderte sie ihr unverblümt ins Gesicht.

Caroline wurde blass. Trotzdem wollte Esmé die Wahrheit wissen und herausfinden, was Caroline verheimlichte.

Sie ließ ihrer Mutter einen Moment Zeit.

»Caroline?«, fragte sie dann dringlicher, und ihre Ungeduld wuchs. Sie konnte einfach nicht Mom zu ihr sagen. »Was ist damals passiert, nachdem sie Raven aus dem Wald getragen haben und die Suttons weggefahren sind? Eric kann sich auch mit größter Anstrengung nicht daran erinnern.«

»Warum kramst du in der Vergangenheit?«

Esmé entging der vorwurfsvolle Unterton nicht. Aber sie gab ihr keine Antwort. Soeben betrat Eric die Terrasse. Caroline saß mit dem Rücken zur Tür und konnte ihn nicht sehen.

»Eric kann sich an Ian und Raven erinnern? Er hat es nicht vergessen?«, fragte Caroline. Ihre Stimme zitterte, und sie murmelte weiter: »Ich war mir so sicher, dass er all die Jahre keine Erinnerungen mehr daran hatte.«

»BISHER … konnte ich mich auch nicht an diesen Sommer oder die Suttons erinnern.« Eric schaute streng zu Esmé. »Du hast so einen Dickkopf!«

Doch sie zuckte nur die Schultern.

Erschrocken drehte sich Caroline um. »Du bist schon zurück?«

Erics Augen verengten sich. »Ja! Das bin ich. Und so leicht sind meine Erinnerungen auch nicht aufgetaucht. Es hat eine Weile gedauert. Aber dann … kamen sie dafür umso heftiger.«

Esmé sah, dass Caroline schon mit den Tränen kämpfte. Eric setzte sich unbeholfen neben sie.

»Ich hatte es so gehofft und … darauf vertraut, dass deine Erinnerungen nie zurückkommen«, sie legte ihre Hand auf sein Bein. »Eigentlich solltest du an den Tag des Unfalls keine Erinnerungen mehr haben.«

Esmé verstand sofort, was ihre Mutter damit sagen wollte. Jack hatte nachgeholfen, Erics Erinnerungen auszulöschen. Sie hatte es geahnt.

Und um Erics Willen hakte sie noch einmal nach. Aber innerlich war sie voller Ungeduld, endlich eine Antwort auf ihre Frage zu erhalten.

»Was bedeutet, du hast darauf vertraut? Wem hast du vertraut? Jack?« Esmé war wütend und konnte dies auch schwer verbergen.

Caroline schaute zu ihr. »Ach Esmé, du bist so aufmerksam. Vor dir kann ich nichts verheimlichen.« Sie seufzte tief und strich sich über die geröteten Augen.

»Euer Vater … hat Eric damals therapiert. Er half ihm, sich an nichts mehr zu erinnern. Der Unfall war so tragisch …«, ihr Blick fiel wieder auf Eric, »… und du hattest schreckliche Träume. Jede Nacht bist du schreiend aufgewacht und hast Ravens Namen gerufen. Dein Vater und ich wollten dir helfen … dir eine Chance geben, dass du ohne Schuldzuweisungen aufwachsen kannst. Deshalb haben wir beschlossen, nie wieder ein Wort über die Familie Sutton zu verlieren.«

Caroline strich sich mit der Hand über ihre Stirn und schob ihre langen schwarzen Haare nach hinten. Esmé schien es, als würde sie so die verstaubten Erinnerungen freiwischen.

»Der Unfall hatte dich verändert«, fuhr Caroline fort. »Daher entschieden wir uns für die Therapie, um all deine Erinnerungen auszulöschen. Jack war zuversichtlich, dass damit alle Bilder aus deinem Kopf verschwunden waren.«

Esmé rutschte ungeduldig auf ihrem Stuhl hin und her.

Alles war gesagt. Eric kannte die Wahrheit, und die Therapie hatte offensichtlich die Jahre nicht überdauert. Nun war es an der Zeit, endlich ihre Frage zu beantworten.

»Ist Raven damals gestorben?«, fragte sie daher ihre Mutter und hielt inne. Etwas war wieder seltsam. Während sie seinen Namen aussprach, erfasste sie ein eigenartiges Gefühl.

Doch Caroline reagierte ganz anders als erwartet. »Das ist eine gute Frage und die wichtigste, die mir seit Jahren im Kopf herumgeht«, antwortete sie. »Ich hätte selbst gerne eine Antwort darauf. Nicht nur, um sie euch zu geben, sondern auch damit ich endlich Ruhe finden kann.«

Eric und Esmé sahen sich ungläubig an. War das ihre Antwort?

Esmé war enttäuscht.

»DU WEISST ES NICHT?«, fragte sie vorwurfsvoll und wartete einen Augenblick, um dem Nachdruck zu verleihen. Ihre Augen blitzten auf. »Du weißt nicht, ob Raven damals gestorben ist oder den Sturz überlebt hat? Ich dachte, Ava war deine Freundin?«

Caroline blickte betroffen hinunter zum See. Und Eric warf Esmé einen strengen Blick zu.

»Was ist denn damals passiert, als sie von unserem Haus weggefahren sind?«, hakte er behutsamer nach.

Für einen Moment schwieg ihre Mutter. Doch schließlich begann sie zu erzählen: »Ich sehe es noch deutlich vor mir – sie sind ins Auto gestiegen. Ava hat Raven auf ihren Schoss genommen und seinen blutenden Kopf gestützt. Sie war sehr blass. Sie hat geweint und nichts mehr gesagt. William wirkte viel gefasster. Ein wenig hoffnungsvoller. Er kam noch einmal zu mir und gab mir einen Kuss auf die Wange. ›Es wird alles wieder gut‹, hat er gesagt. ›Macht euch bitte keine Sorgen, egal, was passiert. Vergesst die ganze Sache!‹ Dann … ist auch er eingestiegen und sie sind weggefahren. Noch am gleichen Abend hab ich sie angerufen. Doch keiner ging ans Telefon. Am nächsten Morgen versuchte ich es wieder. Wieder vergebens. Schließlich bin ich zu ihrem Haus gefahren. Die Tür war verschlossen.

Ava hatte mir schon vor langer Zeit einen Schlüssel gegeben. Und den hatte ich, keine Ahnung warum, eingesteckt. Ich schloss die Haustür auf und fand das Haus vollkommen leer und verlassen vor. Alle Sachen waren ausgeräumt. Merkwürdigerweise lag auf den zurückgelassenen Möbeln sehr viel Staub, so als würde das Haus schon jahrzehntelang leer stehen. Ich ging langsam nach oben, auf der Suche nach einer Nachricht von Ava oder William. Ich wollte unbedingt einen Hinweis finden – irgendetwas – um zu verstehen, was hier passiert war. Doch … ich fand keine Nachricht – keine einzige Spur, die mir eine Antwort hätte geben können.« Caroline holte tief Luft.

»Als ich das Haus dann wieder verließ, fühlte sich

meine Erinnerung an den Tag davor so an, als wäre es nur ein schrecklicher Traum gewesen. Beinahe so, als hätte es die ganze Familie nur in meiner Fantasie gegeben. Es war so seltsam, und ich verstand gar nichts mehr.

Die Ungewissheit über Leben oder Tod quälte mich. Als ich dann nach Hause kam, sah ich, wie traurig Eric war, wie er jeden Tag aufs Neue darunter litt. Ich war so verzweifelt.

Am nächsten Tag bin ich ins Krankenhaus gefahren, weil ich hoffte, dort einen Hinweis zu finden. Wieder ohne Erfolg. Die Suttons waren mit Raven nie im Krankenhaus gewesen. Ich konnte mir nicht vorstellen, was passiert war.

Wieso gab es keine Spur mehr von ihnen? Warum hatten sie keine Nachricht für uns hinterlassen? Sie waren einfach auf mysteriöse Weise verschwunden. Ich fing an, an allem zu zweifeln und … Jacks Vorschlag, Eric einer Therapie zu unterziehen, erschien mir als der einzige Ausweg aus diesem Grauen.«

Caroline war noch blasser geworden.

Ihre Hände waren eiskalt, und sie zitterte. Schon so lange hatte sie nicht mehr daran gedacht und wirklich gehofft, dieses Gespräch niemals führen zu müssen. Doch auch darin hatte sie sich getäuscht, wie in so vielen Dingen, die geschehen waren.

Sie schaute zu Eric, der bewegungslos in dem Sessel lehnte. Wie bitter musste ihm die Wahrheit erscheinen. Er sah aus, als könnte er das alles gar nicht fassen.

Anders dagegen Esmé.

Sie schien unerschrocken. Und Caroline bemerkte zum ersten Mal den Ausdruck in ihren Augen. Sie konnte sich nicht erinnern, schon einmal eine solche Intensität darin gesehen zu haben. Dieses leuchtende grüne Strahlen.

»Caroline, was ist mit dem Schlüssel? Hast du ihn noch?«, unterbrach Esmé das Schweigen und sah ihrer Mutter fest in die Augen. Diese ausweglose Situation konnte sie auf keinen Fall akzeptieren.

»Ja!«, antwortete Caroline vorsichtig. »Ich habe ihn oben in einer Schachtel.«

Sie verstand sofort, worauf Esmé hinaus wollte. Doch was sollte es nach so vielen Jahren schon schaden? »Warte, ich hole ihn dir.«

Caroline schob knarrend den Lehnsessel nach hinten und ging nach oben.

Auf Avalon wurden Cranos und seine Zöglinge bereits erwartet. Zwei Priesterinnen in beigefarbenen Gewändern standen am Ufer und hießen die Nachkommen Merlins willkommen.

»Wir grüßen Euch, ehrwürdiger Cranos Talisien!«, sprach die eine Priesterin und Raven sah, dass sich an ihrem Hals eine tätowierte Schlange nach unten ringelte. Sie verneigte sich vor Cranos.

Der tat es ihr gleich und sein Mantel berührte den Sand am Ufer. Dann trat er zu Ian und legte seine Hand auf dessen Schulter. »Das … ist Ian, der Erstgeborene meiner Enkelsöhne«, stellte er ihn vor.

Ian verbeugte sich, so wie Cranos es getan hatte. Er trug eine schlichte Tunika aus weichem Leder über seiner Stoffhose. Elegant verzierte Unterarmschienen aus festem Leder hatte er übergestülpt. Das war die Kleidung, die die Wächter schon jahrhundertelang anlässlich ihrer Unterweisung trugen.

Dann blickte Cranos zu ihm. »Und das … ist Raven, sein Bruder. In ihm ist die Macht des Geistes am stärksten!«

Raven zögerte eine Sekunde, bevor er die Priesterinnen mit derselben Geste begrüßte. Cranos' Worte erstaunten ihn. Obwohl er wusste, was er damit meinte, drangen diese tief in sein Bewusstsein. In ihm war die Macht am stärksten.

Verlegen suchte er den Blickkontakt zu seinem Bruder, doch dieser erwiderte ihn nicht.

Die Priesterinnen wiesen ihnen den Weg.

Vorbei an einem Waldeshain, der sich unmittelbar an das sandige Ufer anschloss, wurden sie zu einer Holzhütte geführt. Hier standen noch fünf weitere Bauwerke, die unregelmäßig auf der Wiese angeordnet waren. Kleine Holzhütten. Mit runden Fenstern, einem flachen Dach und schmalen Türen. Pappeln umgaben die Lichtung, die auf der anderen Seite an den Berg von Avalon grenzte. Den Tafelberg.

Die Priesterin mit der tätowierten Schlange wandte sich an Cranos. »Die erste Nacht auf Avalon werdet Ihr hier verbringen. Morgen mit den ersten Stunden des Neumondes beginnen die Unterweisungen für Ian und Raven, die zwei Tage dauern. Nach einer individuellen Vorbereitung entsprechend ihrer Bestimmung und ihren Fähigkeiten, schließt sich eine Meditation an. In vollkommener Ruhe sollen die Wächter erfahren, welche Macht der Geist von Avalon ihnen verleiht.«

Die Priesterin trug ihre schwarzen Haare zu einem langen Zopf nach hinten gebunden. Das beige Gewand ließ ihre Haut blass aussehen.

»In einer Stunde wird Euch die Hohepriesterin von Avalon empfangen«, und eher beiläufig fügte sie hinzu: »Zu Eurer Erfrischung findet Ihr im Haus einen Krug mit frischem Quellwasser.«

Darauf wandte sie sich um und ging ohne ein Lächeln eleganten Schrittes mit der anderen Priesterin davon.

Raven blickte ihnen nach, bis sie im Wald verschwanden. Dann wanderte sein Blick auf den Tafelberg hinauf. Schon bei seiner Ankunft hatte er es wahrgenommen. Er konnte die Magie deutlich spüren, die dort pulsierte. Ein schmaler Pfad führte nach oben.

Raven rieb sich an den ungewohnten Unterarmschienen. Sie zu tragen erfüllte ihn mit Stolz, obwohl sie kratzten.

Cranos und Ian waren bereits ins Haus gegangen, und Raven betrat als Letzter den unscheinbaren Raum: Zwei Fenster, drei Betten und drei Holzstühle – mehr gab es nicht. Neben einer Porzellanwaschschüssel standen drei Tonbecher. Für beides war das frische Quellwasser gedacht, das sich in einem Krug auf dem Boden befand.

Raven fühlte sich um Jahrhunderte zurückversetzt. Hier gab es nur die notwendigsten Dinge zum Überleben. Alles war karg eingerichtet und durch die beiden Fenster drang nur wenig Licht.

Schweigen erfüllte den Raum. Deutlich glaubte er den Blick seines Bruders zu spüren, der auf einem der Stühle saß.

Tief drinnen wollte er es seinem Bruder erklären. Ihm von dem Ahnenbuch erzählen, doch er wusste nicht, wie. Stattdessen fragte er Cranos nach der Priesterin.

»Wer war die Priesterin, die die Schlange am Hals trägt?«

»Sie steht der Hohepriesterin von Avalon am nächsten«, antwortete er und stützte sich auf seinen Lorgos. Er schien zu spüren, was in Raven vorging. »Doch sie besitzt nicht das allsehende Gesicht wie die Hohepriesterin selbst. Sie wusste nicht, wer von euch schon jetzt die Macht des Geistes von Avalon in sich spürt und Fähigkeiten besitzt, die es vorher noch nie in unserer Ahnenfolge gegeben hat. Morgen beginnt sie mit eurer Unterweisung.«

Raven blickte ihn dankbar an. Dass er so hervorgehoben wurde, gefiel ihm gar nicht. Er hatte nie darum gebeten etwas Besonderes zu sein. Das Schicksal hatte es so entschieden. Am Tag seiner Geburt. Und er brauchte seine Geschwister – nur zu viert waren sie die Wächter von Avalon. Hoffentlich wusste Ian das.

»Niemand von uns kann sein Schicksal selbst wählen«, wandte sich Ian in diesem Augenblick an Raven. »Ich fühle mich nicht benachteiligt.«

Cranos nickte. Ian hatte eine weise Antwort gegeben. »Ruht euch etwas aus. Die nächsten Tage werden sehr anstrengend für euch.«

Doch Raven fand keine Ruhe. Am liebsten wäre er wieder nach draußen gegangen. Hätte sich weiter umgesehen, denn Avalon war von einer einzigartigen Schönheit geprägt.

»Wo befindet sich das Trenganu-Tor?«, fragte er Cranos stattdessen.

Cranos hatte sich bereits erschöpft auf eines der Holzbetten gelegt.

»Es ist noch nicht an der Zeit, dir das Tor zu zeigen«, sagte er leise. »Die Säulen des Wassers werden sich vor dir erst erheben, wenn alle vier Wächter der Nachkommen Merlins die Macht des Geistes von Avalon gespürt haben.«

Cranos schloss die Augen.

Ravens Blick blieb nachdenklich auf Lorgos hängen, der neben dem Bett lehnte. Die Säulen des Wassers? Was hatte das zu bedeuten? Das Trenganu-Tor blieb demnach ein Rätsel, so lange bis auch Evolet und Quinlan unterwiesen wurden. Er würde das Tor der Wächter noch nicht sehen können.

Raven setzte sich auf einen der Holzstühle. Schweigend schaute er zu Ian. Woher nur nahm er seine Gelassenheit? Sein Bruder blickte in sich gekehrt aus dem Fenster.

Raven wartete.

Nur wenig später betrat die Priesterin ihr Zimmer.

Raven, Ian und Cranos folgten der Priesterin über die Lichtung bis an die Stelle, an der sich der Tafelberg gen Himmel streckte. Hier gab es einen Eingang in den Felsen und Raven vermutete dahinter eine Höhle.

Als sie eintraten, gelangten sie in ein großes Gewölbe, eine Art Eingangsfoyer, in der ein zarter süßlicher Duft hing.

Raven sah sich um.

Überall standen Tongefäße mit Blumen und dazwischen unzählige brennende Kerzen. Es fühlte sich an wie ein heiliger Tempel. An den Wänden erkannte Raven mehrere Zeichnungen, die direkt auf das nackte Gestein gemalt waren. Ein stetig wiederkehrendes Bild war ein imposanter Schimmel. Einmal trabte er über eine Wiese, ein anderes Mal trank er Wasser aus dem See und wieder ein anderes Mal galoppierte er davon. Der Schimmel war das heilige Tier, auf dem die Hohepriesterin in der Alten Zeit die menschliche Welt besucht hatte.

Schweigend folgten sie der Priesterin, und Raven entdeckte noch mehr Bilder und Symbole, die er daheim in Büchern und Schriftrollen schon gesehen hatte – den Leben spendenden heiligen Baum, eine gewundene Schlange um einen Zauberstock und den heiligen Brunnen. All diese Symbole erinnerten an die Alte Zeit.

Im hinteren Teil des Gewölbes wurden sie von der Hohepriesterin empfangen. Hier gab es eine Art Durchbruch durch den Felsen, der den Blick auf den See freigab.

Die Hohepriesterin trug ein purpurfarbenes Gewand. Ihr Name war Aeryn und sie unterschied sich auch äußerlich von den anderen – die kurz geschnittenen Haare ließen einen rotbraunen Schimmer erahnen. Nicht schwarz. Unwillkürlich fiel sein Blick auf die liegende Mondsichel auf ihrer Stirn. Das Zeichen der Priesterinnen von Avalon. An beiden Oberarmen trug sie aufgemalte Bänder und ihre Handgelenke zierten etliche verschiedenfarbige Perlenketten, die meisten davon in dunklen Rottönen.

Zur Begrüßung hob sie ihre Arme und das Gewand öffnete sich wie ein Fächer, der ihre grazile Gestalt verhüllte.

»Seid willkommen auf Avalon, Ihr Nachfahren Merlins!«, sprach sie förmlich und wandte sich zuerst an Cranos. »Es ist mir eine Freude, Euch nach langer Zeit gesund wiederzusehen.«

Aeryn trat zu ihm, nahm behutsam seine Hand in die ihre und küsste den weisen Mann auf die Stirn. Dabei umhüllten ihre zarten Finger die alten knochigen von Cranos.

Sie lächelte, neigte den Kopf und stellte sich dann direkt vor Ian.

»Ich begrüße Euch – den Erstgeborenen, der auch den Namen seines Großvaters trägt! Seid willkommen auf Avalon!«

Dabei strich Aeryn ihm über seine braunen Haare und berührte seine Stirn, als würde sie mit dem Zeigefinger einen zarten Strich darüberziehen.

Dann wandte sie sich an Raven. Trat vor ihn und empfing ihn mit derselben Geste.

»Ich habe bereits viele Visionen von Euch erfahren! Die Zeit ist gekommen. Der Steinkreis ruft nach Euch«, sagte sie mit einer klaren Stimme.

Raven nickte.

Dann drehte sich Aeryn um. All ihre Bewegungen waren anmutig, und sie schien mit jedem Schritt über die Erde zu schweben, denn ihr langes Gewand verbarg die Füße. Der seidene Stoff fiel weich auf den Steinboden.

»Setzt Euch.« Dabei wies sie auf ebenerdig arrangierte Sitzkissen, direkt unter dem Felsdurchbruch. Wie durch ein großes offenes Fenster konnte Raven auf den See blicken. Auf dieser Seite des Tafelberges war das Ufer sehr nah.

Cranos stützte sich auf den Lorgos, und Ian half ihm, damit er sich auf eines der roten und mit bestickten Blumen verzierte Kissen setzen konnte.

Raven ließ sich neben ihm nieder. Zu seiner Linken saß Ian.

»Nehmt von den Früchten Avalons!« Aeryn zeigte auf eine Schale mit frischen Äpfeln, Pfirsichen und einen Krug Wasser, der vor ihnen stand.

Auch die Hohepriesterin kniete sich auf ein purpurfarbenes Kissen.

Jetzt saßen sie alle einander zugewandt im Kreis auf dem Steinboden.

»Ihr seid nach Avalon gerufen worden, um Euch der Unterweisung zu unterziehen. Die Vereinigung mit dem Geist von Avalon im heiligen Steinkreis macht Euch zu Wächtern Avalons. Alle Magie, das Wissen und die Stärke Eurer Vorfahren wird auf jeden von Euch übergehen.«

Aeryn schaute zu Raven, der ihren Blick selbstbewusst erwiderte.

»In dem magischen Steinkreis wird ein Ahne zu Euch sprechen. Doch wer und aus welchem Jahrhundert er in Verbindung mit Euch tritt, vermag ich nicht zu sagen … auf diese Weise wird jedem seine Bestimmung offenbart werden.«

Raven verstand.

Die Hohepriesterin blickte mit einem leichten Kopfnicken in seine Richtung.

»Danach … werdet Ihr für einen Tag ein Schweigegelübde ablegen. Diese Zeit verbringt Ihr in tiefer Meditation, um die Magie in Euer Bewusstsein aufzunehmen. Fortan werdet Ihr Eure Aufgaben als Wächter übernehmen. Cranos wird Euch zur Seite stehen bis auch Eure beiden Geschwister nach Avalon gerufen werden. Dies wird in zwölf Tagen geschehen – wenn die Mondphase ihre Mitte erreicht.«

Zum Vollmond, dachte Raven. Hoffentlich hatten sie noch so viel Zeit.

Aeryn schien erneut seine Gedanken direkt aufzugreifen. »In meinen Visionen sehe ich vier starke Wächter, vereint mit der Magie von Avalon. Durch die magischen Ringe miteinander verbunden. Habt Vertrauen« fuhr sie fort.

Dann stand sie leichtfüßig auf. Sie hatte nichts mehr hinzuzufügen.

Ian half Cranos auf und Raven reichte ihm seinen Stab. Für Fragen war jetzt der falsche Zeitpunkt. Ihre Empfangszeit war vorbei.

Aber bevor Aeryn ging, wandte sie sich noch einmal an

Cranos. »Cranos Taliesien! Begleitet nun die zukünftigen Wächter zum Plateau. Sie sollen gut vorbereitet sein.«

Daraufhin erhob sie ihre Hand als Geste, dass ihr Gespräch beendet war.

Als Raven mit Cranos und Ian nach draußen trat, glitten über Avalon nur wenige Wolken. Sie verschmolzen in einem tiefblauen Himmel. In den Bäumen konnte er das muntere Zwitschern der Vögel hören. Raven blickte nach oben in die Baumkronen und fragte sich, ob die Vögel wohl immer nur auf Avalon lebten … oder ebenfalls wie er zwischen den Welten hin- und herwandern konnten?

Doch Cranos unterbrach seine Gedanken.

»Ich möchte euch zuerst die Seele von Avalon zeigen – den heiligen Steinkreis, der die magischen Kräfte besitzt, die sich morgen mit euch vereinen.«

»Das ist also die Antwort, nach der ich gesucht habe?«, fragte Ian seinen Großvater. »Der Geist von Avalon ist schon lange in meinen Gedanken. Aber ich konnte es mir bisher nicht vorstellen. Es ist ein Steinkreis?«

Cranos lächelte. »Du hast mich schon so oft danach gefragt, doch ich habe es dir absichtlich verschwiegen. Den Geist von Avalon – die Seele des Ortes, der uns mit unseren Vorfahren verbindet – kann man nicht erklären. Das muss man fühlen. Morgen wirst du erfahren, was es heißt, mit ihm verbunden zu sein. Wie es sich anfühlt, die Magie unserer Ahnen in dir zu spüren.«

Mit diesen Worten wies er ihnen den Weg nach oben zum Tafelberg.

Ohne zu zögern betraten Raven und Ian den schmalen

Pfad, der weiter oben direkt zum magischen Quellbrunnen führte.

Links und rechts säumten dicht wachsende Buchen und Eichen den Weg. Cranos ging voran und stützte sich gelegentlich auf den Lorgos. Auf der unteren Strecke stieg der Pfad nur sanft an. Nach zweihundert Metern gaben die Bäume mit einem Mal den Blick auf eine glatte Felswand frei. Sie standen auf dem Plateau.

Von hier oben konnten sie die Weite des Sees erblicken, der Avalon wie einen Ring umgab. Dichter Nebel wallte in einiger Entfernung und schloss die heilige Insel ein.

Aber dennoch ließ die Sonne das Wasser wie flüssiges Silber funkeln.

Als Raven sich neben Cranos stellte, warf der ihm einen kurzen Blick zu. »Du kannst bereits etwas spüren, nicht wahr?«, fragte er.

Raven nickte. Hier vor der Felswand war es noch deutlicher.

Von dem Plateau aus führte der Pfad links am Tafelberg entlang weiter zur Quelle hinauf. Das Felsgestein war von rötlicher Farbe und ragte mehrere Meter senkrecht in die Höhe. Der Fels reflektierte die Sonnenstrahlen, sodass es angenehm warm war.

Ian ging direkt auf die Felswand zu und entdeckte die seitlich gelegene, von Efeu umgebene Spalte im Gestein als Erster. Neugierig ging er darauf zu. Cranos und Raven folgten ihm. Als sie direkt davor standen, erklärte ihnen Cranos, dass sie dort hineinsteigen mussten.

Zuerst drängte sich Ian hindurch, schob den Efeu zur Seite und hielt sich an den feuchten Wänden fest. Raven folgte ihm.

Der gewundene Pfad durch die Felsspalte führte über glitschiges Gestein, und sie mussten sich festhalten. Gut dreißig Meter liefen sie durch den Felsen. Dann leuchtete ihnen vom Ausgang der Felsspalte Licht entgegen. Cranos ging als Letzter.

Als Raven aus der Spalte trat, sah er vor sich eine im Tafelberg eingeschlossene Lichtung.

Hier stand der magische Steinkreis – eingebettet in das umliegende Felsgestein. Nur auf der gegenüberliegenden Seite grenzte die große Lichtung an einen dichten Wald. Von hier aus konnten sie den See um Avalon nicht sehen.

Raven stockte der Atem.

Elf Steine ragten senkrecht in den Himmel und waren kreisförmig um eine Art steinernen Altar angeordnet. In der Mitte formten sich drei Steine zu einem Dolmen. Zwei senkrecht in der Erde stehende Steine trugen eine quadratische Steinplatte.

Es war unbeschreiblich.

Raven fühlte die Kraft, die aus dem Inneren des Kreises quoll. Unweigerlich trat er einen Schritt nach vorn. Er wollte den magischen Steinkreis betreten. Doch sein Großvater hielt ihn fest.

»Raven! Nicht! Das erste Mal darf ein zukünftiger Wächter den Steinkreis nur bei Neumond zu seiner Unterweisung betreten. Erst danach ist es dir gestattet, ihn zu betreten wann immer du willst.«

Vor einem großen, senkrecht aus der Erde ragenden Stein blieb Raven stehen. »Ich fühle die Magie«, flüsterte er zu sich selbst. »Es ist unglaublich. In ihrer Einheit sind sie unverwundbar … und dabei stehe ich außerhalb des Steinkreises. Noch nie war ich ihnen so nah.«

Jetzt trat Ian neben Raven.

Vorsichtig strich er über einen der Menhire, ohne den Steinkreis zu betreten.

»Das ist also der Geist von Avalon, dessen ganze Magie wir morgen in uns aufnehmen. Ich bin gespannt, wer zu mir sprechen wird.«

Raven sah ihn lange an.

Ja – morgen würden sie mehr wissen.

Auch für Ian war es ein eigenartiges Gefühl, an diesem heiligen Ort zu stehen, an dem vor über tausend Jahren schon Merlin gestanden hatte. In dem Steinkreis fügte sich die Stärke all seiner Nachkommen zusammen.

Der Gedanke erfüllte Ian mit Stolz. In diesem Augenblick bedeutete es ihm viel, dieser Blutlinie zu entstammen. Sie traten nicht nur ein mächtiges Schicksal an, sondern erfuhren die verborgenen Mysterien der anderen Welt.

»Alles auf Avalon ist magisch und erscheint einem anfangs überaus geheimnisvoll … bis man beginnt zu verstehen«, sagte Cranos der nun hinter ihnen stand.

Selbst für ihn war es immer wieder ein erhebendes Gefühl hier zu stehen. »Als ich zu meiner Unterweisung zum ersten Mal durch die Felsspalte trat, umgab mich nur ein Hauch der Macht. Erst in dem magischen Steinkreis fühlte ich die ganze Intensität und die Gegenwart der Ahnen. Meine Unterhaltung mit Merlin hat mich sehr geprägt.«

»Merlin hat zu dir gesprochen?« Ian war fasziniert, und eine leise Hoffnung schwang in seiner Stimme.

Cranos antwortete mit einem Lächeln, doch sein Herz war schwer.

Er konnte die Euphorie der beiden verstehen. Aber er sah noch mehr.

Besorgt starrte er auf den Dolmen.

Er hoffte für morgen inständig auf Merlins Unterstützung. Mit ihm war die Ahnenfolge der Wächter entstanden. Aber nun sollte es vier Wächter von Avalon geben. Vier Wächter wurden in eine Zeit geboren, in der Skarok es geschafft hatte aus dem Abgrund des Vergessens zu steigen. Er hatte sich aus der Verbannung befreit.

Vor vielen Jahren brachten die Dämonen der Finsternis dunkle Schatten über das Land und zwei Wächter wurden geboren, um sie zu verbannen. Doch nun vereinte sich die Magie der Ahnen in vier Wächtern. Welches Schicksal erwartete Ian, Raven, Quinlan und Evolet?

Die holprige Auffahrt zum Haus der Suttons in dem Ort Grasmere war ein schmaler unscheinbarer Weg. In den vergangenen Jahren hatten Büsche und Hecken alles überwuchert. Ab und an streiften üppig gewachsene Äste Carolines Auto, das Eric fuhr. So kamen sie nicht weit und daher ließen sie den Wagen weit unterhalb vom Haus stehen. Die Auffahrt war mit dem Auto nicht mehr passierbar.

Eric und Esmé bahnten sich den Weg bis zur Haustür zu Fuß durch das Gestrüpp. Der Garten sah ziemlich verwildert aus, aber dennoch schön. Wild durcheinander wuchsen bunte Blumen, und Esmé konnte Rosen, Malven und weiter hinten blauen Rittersporn erkennen.

Das Haus war teilweise von Kletterpflanzen überwuchert und die Ranken umschlossen bereits die Fenster. Es sah wirklich so aus, als ob die vergangenen siebzehn Jahre niemand hier gewesen war. Keiner hatte sich um das Haus oder den Garten gekümmert.

»Bist du bereit für das Abenteuer?«, fragte Eric seine Schwester, »Ich bin sehr gespannt, wie es drinnen nach so langer Zeit aussieht. Hoffentlich erschlägt uns der Staub nicht«, sagte er schmunzelnd. Worauf er gleich wieder ernst wurde. »Ich war vorher noch nie in einem Haus, das schon eine Ewigkeit leer steht und verfällt.«

Esmé aber hörte ihrem Bruder nur beiläufig zu.

Sie lief ein paar Meter hinter ihm. Wurde immer langsamer und berührte vorsichtig mit ihren Händen die wild gewachsenen und von hohem Gras durchsetzten gelben Rosenbüsche.

Irgendetwas war hier seltsam.

Sie wusste aber nicht, was.

Dann bemerkte sie, dass Eric bereits an der Haustür stand. Sie hatte ihm den Schlüssel gegeben.

Sie ging zu ihm und sah, dass der Schlüssel nur schwer ins Schloss rutschte. Eric probierte es immer wieder. Esmé kam es vor, als würde der Schlüssel sie hindern wollen, dort einzudringen.

Schließlich schaffte er es und drehte den Schlüssel herum.

Die Tür knarrte leise, als Eric sie öffnete.

Esmé stand direkt hinter ihm und folgte ihrem Bruder in das dunkle Haus. Dicke Vorhänge hingen über den Fenstern. Die kühle Luft im Haus roch muffig und teilweise modrig. Eric prüfte vorsichtig, ob die Lichtschalter noch funktionierten. Doch vergebens, es war nur ein Klicken zu hören, ohne dass es im Raum heller wurde.

Sachte tasteten sie sich zuerst in die Küche vor. Esmé zog die schweren Vorhänge zurück und Staub wirbelte auf. Die Abendsonne schien herein und ließ die Staubflocken wild durcheinandertanzen.

Esmé blickte sich um. Der Küchentisch und die Stühle waren mit weißen Tüchern vollkommen abgedeckt.

»Ich schaue mal im Schrank«, sagte Eric. Er schob das lange Tuch beiseite und begann alle Schubladen aufzuziehen. »Obwohl ich nicht weiß, wonach ich eigentlich suche.«

Esmé aber stand nur da und beobachtete ihren Bruder. Immer mehr Staub wirbelte auf. Und während sie ihm zusah, fühlte sie sich merkwürdig. Das Haus schien sie zu erdrücken. Sie konnte kaum atmen, wankte zum Küchenfenster und drehte am Griff. Vielleicht war es nur die stickige Luft hier drin?

Das Fenster öffnete sich.

»Geht es dir gut?«, fragte Eric besorgt. »Du siehst blass aus. Soll ich dir helfen?«

»Nein. Geht schon. Mir ist nur etwas schwindelig. Ich brauch frische Luft«, log Esmé und nahm einen tiefen Atemzug.

Plötzlich überkamen sie Zweifel.

»Eric?«, rief sie. Er kramte schon im Nebenzimmer. »Ich habe das Gefühl, dass wir nicht das Recht haben, hier einzudringen«, sagte sie zu ihm. »Hier alles zu durchsuchen, kommt mir falsch vor.« Esmé wusste nicht, wie sie ihrem Bruder ihr seltsames Gefühl beschreiben sollte, sie verstand es selbst nicht.

Aber Eric schien zu begreifen. »Ja – ich weiß, Esmé. Ich fühle mich auch nicht ganz wohl dabei«, antwortete er ohne in die Küche zurückzukommen. Esmé hörte eine Schranktür zuklappen. »Aber es ist die einzige Chance, die wir derzeit haben. Du willst doch der Wahrheit näher kommen, oder?«

Esmé nickte zögerlich und blickte bedrückt aus dem Fenster.

Ich verstehe das nicht, dachte sie. Warum macht mich das so traurig? Irgendetwas ist in dem Haus. Etwas Fremdes.

Inständig hoffte sie, eine Antwort zu bekommen. Doch

in ihrem Kopf blieb alles still. Sie spürte zwar die vertraute Gegenwart um sich, aber die Stimme blieb stumm.

War sie auf dem falschen Weg?

Alle Spuren waren ganz offensichtlich sorgfältig verwischt worden. Aber dennoch spürte sie in dem Haus etwas Seltsames. Etwas Unbeschreibliches.

In diesem Augenblick kam Eric in die Küche zurück. »Denke nicht so viel darüber nach – schließlich waren wir früher mit den Suttons befreundet. Ich denke, dass sie heute, nach so langer Zeit, nichts dagegen haben, dass wir uns Zutritt zum Haus verschaffen und nach einem Hinweis suchen…«, er stand vor ihr und klopfte sich den Staub aus der Hose, »… falls wir hier überhaupt etwas finden.«

Nachdem er schon in allen Räumen gewesen war, klang er nicht mehr so hoffnungsvoll. Er hatte rein gar nichts entdeckt. Nicht einmal Erinnerungen wurden wach.

Esmé aber wurde immer unruhiger. Ihr Herz begann schneller zu klopfen. »Eric, ich fühle mich nicht so gut«, sagte sie. Sie hielt es kaum noch aus. »Ich muss hier raus!«

Aber Eric legte seine Hand auf ihre Schulter und hielt sie zurück.

»O.k. Esmé. Ich kann dich verstehen. Aber ich möchte diese Chance nicht ungenutzt lassen und endlich verstehen, was damals passiert ist. Ich denke, ich habe ein Recht darauf.« Eric holte tief Luft. »Erwarte nicht, dass ich mitkomme. Es ist in Ordnung, wenn du an unserer Suchaktion zweifelst und nicht mit mir durchs Haus gehst. Warte einfach im Garten auf mich. Gib mir noch etwas Zeit. Ich gehe noch mal hoch. Vielleicht habe ich etwas übersehen.«

Esmé nickte. Obwohl sie ihren Bruder nicht gern im Stich ließ, befreite sie sich aus seinem Griff.

»In Ordnung. Ich werde draußen auf dich warten.«

Esmé stürmte aus dem Haus. Das Gefühl dort drin erdrückt zu werden, wurde immer stärker.

»Ich kann nicht einfach so umkehren«, hörte sie Eric noch rufen, doch sie blieb nicht stehen.

Draußen setzte sie sich auf die Türschwelle. Das Gefühl der Beklemmung ließ langsam nach.

Esmé zog ihre Beine heran, umschlang sie mit den Armen und legte den Kopf auf die Knie. Sie hörte die Bienen und Hummeln, die leise in der Abendsonne von Blüte zu Blüte summten.

Langsam wurde sie ruhiger.

Aber das Gefühl in ein anderes Leben eingedrungen zu sein, bohrte sich immer tiefer in ihr Herz.

Warum?

Natürlich wollte sie immer noch herausfinden, was damals geschehen war, und worin das Geheimnis der Suttons lag. Doch irgendetwas hielt sie vehement zurück, das Haus zu betreten.

Nach einer Weile hörte sie Schritte, und Eric trat aus der Tür. Bekümmert setzte er sich neben sie auf die Schwelle.

»Nichts …«, begann er frustriert. »Ich habe nichts gefunden, das uns bei der Suche nach den Suttons weiterhilft. Es gibt keine neue Spur.« Er schüttelte den Kopf. »Nichts … habe ich gefunden, gar nichts!«

Esmé konnte ihn nicht trösten. Sie wollte nur fort.

»Vielleicht … sollten wir die Suche aufgeben. Mir ist klar geworden, dass sie nicht gefunden werden wollen«, log sie ihn schon wieder an, aber sie hatte keine bessere

Erklärung parat. »Eric – sie haben damals wirklich alle möglichen Spuren verwischt, keine Nachrichten hinterlassen und seither war auch niemand hier. Wir kommen nicht weiter, es ist zu lange her.«

Ihre Worte klangen hart, aber sie wollte unbedingt hier weg. Sie konnte nicht länger bleiben. Es machte sie ganz verrückt, etwas zu spüren, was sie nicht verstand. Das Haus konnte sie doch nicht erdrücken. Oder?

Zudem kam es ihr so vor, als sei damals alles wie von Zauberhand verwischt worden, damit niemals jemand auch nur die kleinste Spur fand.

Doch das verschwieg sie Eric.

Es war ihre Intuition, die ihr das sagte – auf dem Pfad des Verstehens, wie die Stimme es genannt hatte.

Eric stand auf und zog seine Schwester an beiden Händen nach oben. Er wollte ungern gehen, denn er hatte sich mehr erhofft. Doch seine Hoffnungen verflogen soeben mit Esmés Worten.

»Aber ich muss wissen, ob Raven diesen Sturz überlebt hat«, sagte er gequält. »Seit ich mich wieder an diesen Tag erinnern kann, denke ich ständig an den Unfall. Wenn Raven noch leben würde, dann hätten sie doch irgendwann Kontakt zu uns aufgenommen, oder? Sie hätten ihr Verschwinden irgendwie erklärt. Aber … nichts ist geschehen. Kein Anruf! Kein Brief! Das kann nichts Gutes bedeuten.«

Esmé blickte betroffen nach unten. Sie spürte innerlich genau die Antwort. Und es gab keinen Zweifel. Aber das konnte sie ihrem Bruder nicht sagen.

»Lass uns gehen!«, drängte sie ihn stattdessen. »Hier findest du nichts mehr.«

Eric hörte auf sie und schloss die Tür ab.

Aber bevor sie zurückging, brach Esmé eine Ritterspornblume ab und roch daran. Sie duftete herrlich nach Sommer.

Dann legte sie diese auf die Schwelle. »Als Abschied von der Vergangenheit«, erklärte sie Eric.

Sie wusste nicht, warum sie das getan hatte.

Bereits in aller Frühe begann die Unterweisung von Raven und Ian. Es war ein klarer Morgen. Tiefblau lag der Himmel über Avalon und schon bald würde im Osten die Sonne aufgehen.

Nach einem kargen Frühstück mit Brot, Obst und Minztee, wurden die beiden von zwei Priesterinnen in verschiedene Hütten begleitet. Sie lagen in Ufernähe der Lichtung.

Ravens Priesterin trug ein blaues Gewand mit einem Umhang darüber. Sie hatte die Kapuze über den Kopf zurückgeschlagen. Die Priesterin war viel kleiner als er, und er versuchte einen Blick in ihr Gesicht zu erhaschen. Sie sah jung aus, und ihr schwarzer Zopf reichte über die Schulter bis zur Hüfte.

Sie führte Raven in einen Raum, der gänzlich leer war. Nur ein rundes Kissen lag auf dem Boden. Es roch nach Sandelholz, und um das Kissen war ein Kreis aus indigofarbenen Blütenblättern gestreut.

Das mondförmige Kissen, das die Priesterin bei sich trug, legte sie außerhalb des Blütenkreises ab und schloss das kleine Fenster, durch das die kühle Morgenluft hereindrang. Dann nahm sie auf dem Boden Platz, verschränkte die Beine zum Lotussitz und richtete sich gerade auf.

»Setzt Euch!«, forderte sie Raven auf und wies auf das Kissen in dem Blütenkreis. Raven befolgte die Anweisung und tat es ihr gleich. Seine Knie berührten den Holzboden.

Ein kurzer Augenblick der Stille erfüllte den Raum, und Raven verstand, dass es nichts gab, was ihn ablenken konnte. Nur die Priesterin und seine Gedanken waren hier.

Die Priesterin schloss ihre Augen und begann die Vorbereitung auf seine Unterweisung.

»Der Kreis der Blütenblätter wird Euch zur Konzentration verhelfen damit Ihr die höhere Erkenntnis erlangt – Ihr werdet verstehen, was die Ahnen Euch sagen.« Sie hatte ihre Augen wieder geöffnet, aber ihr Blick war leer.

»Heute werdet Ihr im magischen Steinkreis die Macht des Geistes von Avalon erfahren.«

Raven saß da und lauschte den feierlichen Worten. Sie war eine Dienerin der Hohepriesterin und empfing über ihre spirituelle Verbindung all die Gedanken, die für Raven bestimmt waren.

»Euch wurden nicht nur außergewöhnliche Fähigkeiten geschenkt, sondern in Euch liegt die Hoffnung Amadurias. In Euch liegt der Schlüssel für eine magische Verbindung zwischen den verlorenen Wesen des Lichtes und der Blutlinie Merlins.«

Dann schwieg die Priesterin.

Absolute Stille durchflutete den Raum.

Ravens Herz raste. Eine magische Verbindung zwischen den verlorenen Wesen des Lichtes und der Blutlinie Merlins?

Was hatte das zu bedeuten?

Und obwohl er keinen seiner Gedanken aussprach, antwortete die Priesterin darauf.

»Noch ist es nicht an der Zeit diese Fragen zu stellen. Ihr müsst diese Worte in Eurem Herzen tragen. Erst dann werdet Ihr verstehen. Der Tag wird kommen, an dem Ihr die Bedeutung der Wesen des Lichtes erkennt.«

Raven nickte.

Durch die Unterweisung würde er nicht allwissend werden. Die Worte der Priesterin heute waren so geheimnisvoll, dass er nur wenig verstand.

Dann folgte Raven der Priesterin auf das Plateau am Tafelberg. Die Stunden des Neumondes hatten begonnen.

Seit er den Raum in der Hütte verlassen hatte, wurde der Nebel um Avalon immer dichter. Allmählich kroch er an den Felswänden empor. Die Entfernung zum See konnte Raven nur erahnen. Alles verschwand im Nebel.

Schweigend gingen sie bis zur Felsspalte.

»Ich werde hier auf Euch warten«, sagte die Priesterin. »Avalon versinkt zur Unterweisung ganz in der Magie des Geistes von Avalon. Die Energie der Sonne und des Mondes verschmelzen darin.«

Raven schaute sie an und sah zum ersten Mal ein zartes Lächeln auf ihren Lippen.

Dann schob er den Efeu zur Seite und betrat den Felsen.

Nach wenigen Minuten stand er auf der anderen Seite. Am magischen Steinkreis. Die Magie und die Kraft seiner Vorfahren vereint in dessen Innerem. Er schaute nach oben und sah wie die Nebelschwaden über die Felswand wallten.

Er ging ein paar Schritte darauf zu, bis er vor den übermannshohen Menhiren stand. Schon spürte er wieder diesen unglaublich starken Energiestrom, der von den Steinen begrenzt wurde.

Seine Hand strich über die kalte Oberfläche des rauen Steins. Dann schloss er die Augen und betrat mit dem nächsten Schritt den magischen Steinkreis.

Es fühlte sich an, als würde er ein Magnetfeld betreten. Raven streckte die Hand aus, bewegte seine Finger. Wie ein starker Windstrom presste die Magie gegen seine Bewegung.

Dann öffnete er die Augen.

Im Steinkreis konnte er nicht mehr so gut sehen. Die Konzentration der Macht, die von jedem einzelnen Menhir ausging, umgab ihn wie ein gleichmäßiger hauchdünner Nebelschleier. Und als würde er sich in Zeitlupe bewegen, ging er auf den steinernen Altar zu.

Dort blieb er stehen.

Nur einen Atemzug später erschien vor ihm eine männliche Gestalt. Groß und markant. Ein brauner Umhang fiel über seinen Oberkörper, und eine Kapuze bedeckte seinen Kopf.

»Ich bin Melvin Belenus«, sagte er und schob mit einer Handbewegung seine Kapuze nach hinten.

Raven sah in sein Gesicht. Blondes Haar fiel bis auf seine breiten Schultern, und hohe Wangenknochen zeichneten sein Gesicht.

Der Sohn Merlins erschien wie ein Traumbild vor ihm und der Schatten der Illusion lag darüber. Seine Stimme jedoch hörte er deutlich.

»Ich werde Euch helfen, die Zeichen der Zukunft richtig zu deuten«, sprach er. »Die Dämonen der Finsternis sind nicht länger im Abgrund des Vergessens gebannt. Einer von ihnen – Skarok – der Anführer eines ganzen Heeres von schwarzen Alben ist den Höllenqualen entkommen. Er ist stark geworden und bedient sich der Magie der Druiden aus dem Norden. Doch er verbirgt etwas vor unserem Auge. Umgibt es mit einem Zauber, der uns nicht sehen lässt.«

Melvin Belenus trat einen Schritt auf Raven zu, ohne ihn zu berühren. Raven merkte wie sein Kopf schmerzte. Die magische Energie in dem Steinkreis war immens stark und umströmte ihn wie einen Schleier.

»Doch Skarok braucht die Magie Avalons, um das Thondan-Tor der schwarzen Alben zu öffnen«, sprach Melvin weiter. »Nur so kann er die anderen Seelen aus dem Abgrund des Vergessens befreien. Die andere Seite des Tores befindet sich in der menschlichen Welt. Auf der nördlichsten Orkney Insel.

Amaduria aber rückt unaufhaltsam näher, denn die Wesen des Lichtes tragen große Hoffnung in sich. Es ist Eure Aufgabe, eine noch nie dagewesene Verbindung zwischen den Wesen des Lichtes, den Lichtelfen und unserer Blutlinie zu knüpfen. Ihr seid auserwählt. Nun greift nach mir und spürt was ich bin. Lebt mit der Magie Merlins!«

Melvin hielt Raven seine Hand hin. Und Raven griff danach.

Seine Finger begannen zu pulsieren. Die Magie drang durch seinen Arm in seine Brust, bis sie den ganzen Körper erfasste. Als würde er sich mit der Unendlichkeit verbinden. Mit jedem Atemzug strömte sie in ihn hinein. Sein Kopf schwirrte. All seine äußeren Sinne waren nach innen gerichtet.

»Mein Wissen über die Kampfkunst geht viele Jahrhunderte zurück …«, drang Melvins Stimme in sein Gehirn, sodass es schmerzte, »… und ich werde Euch all das übertragen. Mein Wissen und das unserer Ahnen soll auf Euch übergehen, wie der Nebel das nächste Tal erreicht. So werdet Ihr reich an Erfahrung und über magische Kräfte verfügen. Auch werdet Ihr mit Pfeil und Bogen und dem Schwert umgehen können. Eure körperlichen Kräfte erstarken durch unsere Berührung. Habt Vertrauen in die Magie, der Ihr entstammt. Sie wird von nun an in Euch sein!«

Ravens Beine begannen zu zittern. Es war ihm, als söge er durch alle Poren in seinem Körper die Vergangenheit in sich auf.

»Doch da ist noch etwas, was ich Euch sagen muss«, fuhr Melvin Belenus fort. »Als ich der Wächter von Avalon war, träumte ich davon, den Herrscher der Feuerberge zu rufen. Doch das war nicht ich. Ich sah Euch in diesem Traum!«

Eine Woge der Erschöpfung fuhr durch Ravens Körper. Erstaunt blickte er in die braunen Augen von Melvin Belenus und glaubte in seine eigenen zu sehen.

»Nehmt das Symbol unserer Macht, als Zeichen unseres Bundes. Jeder der vier Wächter von Avalon wird einen Ring tragen.« Melvin Belenus ließ Ravens Hand los, wandte sich um und legte etwas auf den Altar. Dann verschwand er. Die Gestalt verschmolz mit den Menhiren des Steinkreises.

Raven sank auf die Knie.

»Ich werde in Euren Gedanken sein«, hallte es wie ein wisperndes Echo durch den magischen Steinkreis. »Vertraut auf die Visionen Eurer Schwester! Diese werden Euch leiten! Zweifelt nicht an Eurer Urteilsfähigkeit!«

Dann war es still.

Das Gefühl, inmitten eines starken Magnetfeldes zu stehen, war vorüber. Raven ließ den Kopf in den Nacken fallen und sah, wie die Nebel sich zurückzogen, auf dem gleichen Weg, wie sie gekommen waren. Raven hatte soeben den größten Zauber erlebt, der in Avalon möglich war. Die Übertragung der Macht all seiner Vorfahren.

Noch immer spürte er ein Pochen, das seinen ganzen Körper durchströmte. Das Leben als Wächter von Avalon pulsierte durch seine Adern. Er konnte seinen Herzschlag hören.

Der Geist von Avalon war größer und mächtiger, als Raven es geahnt hatte, und er selbst war nun ein Teil davon. Teil eines immer wiederkehrenden Kreislaufes der Macht.

Er hob den Kopf, und sein Blick fiel auf den steinernen Altar.

Dort lag der magische Ring. Er glänzte silberblau.

Raven stand auf. Seine Beine zitterten nicht mehr.

Er ging zu dem Altar, hob den Ring auf und legte ihn in seine Hand. Er fühlte sich kalt und schwer an. Die Oberfläche – glatt – funkelte wie ein Korund im Sonnenlicht.

Der Ring fügte sich aus drei Gliedern zusammen. Dabei umschlangen zwei silberne ein blaues mit einer Inschrift: *atmana dira avalon*. Das bedeutete *Wächter von Avalon.*

Raven steckte sich das Symbol der Wächter von Avalon an den Ringfinger der linken Hand. Ihm war, als durchdränge ein Blitz seinen Körper. Er fühlte sich bis in jede Faser seines Körpers magisch berührt. Und ein brennender Schmerz durchfuhr seinen Finger, schoss durch seinen Oberarm bis in sein Herz.

Er war ein Wächter. Seine Aufgabe war der Schutz Avalons und der magischen Welt, und dieser Aufgabe würde er fortan alles andere unterordnen.

Der magische Ring war ein Focus. Durch ihn konnte er seine Gedanken konzentrieren und die Magie Avalons steuern.

Als Raven aus dem Steinkreis trat, verschwand der letzte Rest der Nebel über die Felswand. Noch einmal blickte er zurück.

Er hatte sich verändert.

An seiner Hand spürte er den Ring, und jeder Herzschlag pumpte die Stärke und den Zauber seiner Vorfahren durch seine Adern.

Er war ein Wächter Avalons.

Genau wie Ian.

Es roch nach Staub. Überall im Haus wirbelte Staub. Esmé blickte auf den orangefarbenen Blumenstrauß auf dem Küchentisch. Die Vorhänge waren zurückgezogen, und sie stand in der Mitte des schlecht beleuchteten Raumes. Draußen hörte sie die Bienen und Hummeln summen.

Esmé lag in ihrem Bett und warf sich hin und her. War das ein Traum?

Sie spürte deutlich eine zärtliche Berührung auf ihrer Schulter. Verwirrt drehte sie sich um und… da stand er. Direkt vor ihr. Sein Atem war spürbar nah, und er lächelte sie an. Seine braunen Augen funkelten vor Freude.

»Wie geht es dir heute Morgen? Hast du gut geschlafen?«, fragte er.

Ihr verschlug es die Sprache. Nur zögerlich nickte sie.

Vergebens versuchte Esmé die Augen zu öffnen, doch es gelang ihr nicht. Sie konnte unmöglich träumen! Ein stechender Schmerz durchzog ihren Kopf, und sie versuchte sich wieder auf sein Bild zu konzentrieren… doch es gelang ihr nur schwer. Ihre Vernunft schien sie selbst zu stören.

»Ich habe bereits deine Sachen gepackt«, hörte sie ihn nach einer Weile sagen. »Wir müssen los, wenn wir heute noch ankommen wollen.«

»Wohin… gehen wir? Ich habe… alles vergessen! Du bist hier?«, gab sie ihm zur Antwort. Wieder warf sie sich hin und her. Die Kopfschmerzen wurden stärker, und dann spürte Esmé seine warme Hand in der ihren. Es tat gut, ihm nahe zu sein. Sie schmiegte sich an ihn und seine starken Arme umschlossen ihren Körper. Esmé durchströmte ein wundervolles Gefühl der Geborgenheit.

»Lass uns gehen«, drängte er. »Die Pforte öffnet sich in wenigen Minuten das letzte Mal!«

Esmé verstand nicht, was er damit meinte. Stirnrunzelnd sah sie ihn an und erblickte plötzlich ein leuchtendes Strahlenmeer, das aus dem Nebenzimmer im Haus kam.

Entsetzt schlug Esmé die Augen auf.

Minuten vergingen, und sie starrte an die Decke in ihrem Zimmer.

Durch das offene Fenster fluteten warme Sonnenstrahlen herein und sie merkte, dass ihre berstenden Kopfschmerzen verschwunden waren. Ihr Magen knurrte vor Hunger.

Doch sie wollte nicht aufstehen. Nicht bevor sie ihre Gedanken geordnet hatte. Ihr war klar, dass ihre Träume eine Bedeutung hatten, aber das, was ihr gerade passiert war, hatte nichts mit einem Traum zu tun. Es war viel zu real gewesen. Und doch wieder nicht. Esmé rieb sich die Augen.

Wieso traf sie ihn in dem Haus der Suttons?

Das war eine Frage, die sie schwer beschäftigte und auf die sie keine Antwort fand. Sie dachte an gestern. Nachdem sie zusammen mit Eric das Haus der Suttons verlassen hatte, hatte sie sich in Schweigen gehüllt und den Rest des Tages verkrochen. Das Haus hatte sie verwirrt.

Wieder und wieder hatte sie darüber nachgedacht, und die Stimme gab ihr keine Antworten. Stattdessen schien sich ihre Wahrnehmung zu verändern. Sie konnte Dinge spüren, die sich außerhalb der Realität befanden.

Magische Dinge? Ohne Erklärung. Das seltsame Gefühl im Haus. Der Traum im halbwachen Zustand.

Esmé drehte sich zur Seite und starrte aus dem Fenster.

Sie verstand das alles nicht. Sie fand einfach keine Antworten auf dem Pfad des Verstehens. Auch mit dem Geheimnis kam sie keinen Schritt weiter.

Traurig vergrub sie ihr Gesicht im Kissen und kämpfte gegen die Tränen an.

Und in diesem Augenblick spürte sie endlich den Hauch von Wärme, der ihren Körper wie eine Umarmung berührte. Wieder erfasste sie ein Gefühl der Liebe, getragen durch die unsichtbaren Strahlen der smaragdgrünen Sonne.

Sie wurde beschützt.

Deine Träume verwandeln sich in Visionen, hörte Esmé beim nächsten Atemzug die Stimme sagen. *Vertraue auf die Macht dieses Sehens! Deine Visionen weisen dir den Weg auf dem Pfad zu dir selbst.*

Dann war alles wieder still, und Esmé schloss die Augen.

Sie musste das verstehen.

Drei Tage nach Neumond verließen die Wächter Avalon. Raven, Ian und Cranos.

Sie hatten in der langen Meditation nach der Machtübertragung in der Stille erfahren, was es zu bedeuten hatte, dass Amaduria näherrückte. Die vier Tore öffneten sich bereits wieder und ließen sich mit der Magie ihrer Herren passieren.

Das Senacul-Tor der Druiden.

Das Fuentes-Tor der Wesen des Waldes, der Waldfeen.

Das Loran-Tor der Wesen des Lichtes, der Lichtelfen.

Das Trenganu-Tor der Wächter.

Und obwohl das Thondan-Tor der schwarzen Alben verschlossen blieb, hatte Skarok es mithilfe der Druiden geschafft, in die menschliche Welt zu gelangen. Dort in den schottischen Bergen war er machtvoller denn je geworden. Er hatte seine magischen Kräfte mit denen des Druiden van Urgh vereint.

Jetzt waren sie bereit den Kampf um Avalon erneut zu beginnen. Und er verbarg ein Geheimnis vor ihnen. Etwas Dunkles, das dem Gesicht Avalons verborgen blieb. Weder die Wächter noch die Priesterinnen konnten es sehen.

Raven hatte das alles verstanden.

Doch zwei Andeutungen blieben ihm auch nach der Meditation rätselhaft: Melvin Belenus' Traum über den

Herrscher der Feuerberge, über den es nur Legenden gab. Und seine geheimnisvollen Worte über die Lichtelfen, die denen der Hohepriesterin ähnelten. Wenn er doch nur schon einmal eine Lichtelfe gesehen hätte. Dann würde er vielleicht verstehen, was Melvin Belenus' Worte bedeuteten. Doch die Lichtelfen blieben den Wächtern fern.

Es waren noch elf Tage bis zum Vollmond. Erst dann sollten auch Evolet und Quinlan zu Wächtern werden. Und erst dann waren die Wächter in der Lage, gegen das Böse zu kämpfen.

Auch Ian hatte der Geist von Avalon verändert.

Und tatsächlich war es Merlin selbst gewesen, der ihm die Macht der Ahnen übertragen hatte. Ian trug selbstsicher das Symbol ihres magischen Bandes. Den magischen Ring.

Knirschend verließ die Barke das Ufer Avalons.

Von hier aus war das weltliche Ufer nicht zu verfehlen. Sie konnten nirgends anders an Land gehen als in Britannien.

Wieder ruderte die Priesterin die Barke, und lautlos glitten sie über den See. Cranos saß am hinteren Ende des Bootes und beobachtete schweigend das Geschehen. Seine Augen wirkten müde.

Alles nahm nun seinen Lauf.

Als die Barke das andere Ufer erreichte, betrat Raven als Erster die menschliche Welt. Ein Windstoß raschelte durch das Schilf, und es schien, als ob damit ein Gedanke in seinen Kopf drang, der ihn nicht wieder losließ.

Er zog ihn geradewegs an den Ort in Britannien, mit dem er in seiner Kindheit verbunden war. Raven konnte seinen Wunsch selbst nicht verstehen, zumal er vorher noch nie das Verlangen gespürt hatte, dorthin zurückzukehren.

Er war doch jetzt ein Wächter von Avalon. Der nur heimkehrte, um die Tage bis zum Vollmond abzuwarten.

Cranos war bereits auf dem Weg zum Pavillon, als Raven ihn deshalb ansprach.

»Ich würde gern nach Grasmere gehen«, sagte er ganz offen zu ihm. »Ich weiß nicht warum, aber ich sehne mich danach, noch einmal das Haus zu betreten, in dem wir früher gelebt haben. Es mag sich seltsam anhören, aber ich glaube, dass ich dort etwas finden werde.«

Cranos blieb stehen, als er seine Worte hörte. Er stützte sich auf den Lorgos und schaute Raven lange an.

»Ich habe schon erwartet, dass einer von euch diese Frage stellen würde.« Cranos klang müde. »Allerdings hatte ich vermutet, Ian würde es nach Grasmere ziehen, sobald wir in diese Gegend kämen. Immerhin kann er sich noch an vieles aus dieser Zeit erinnern. Nun denn. Wenn du noch einmal dorthin zurück möchtest, dann solltest du es tun. Auch im Haus deiner Eltern befindet sich eine Pforte der Belissphäre. Du kannst direkt von hier aus nach Grasmere reisen.«

Cranos spürte, dass er selbst nicht die Kraft hatte, ihn zu begleiten. Seine Kräfte verließen ihn zusehends. Er musste sich ausruhen. Schon bald würde er mit Evolet und Quinlan erneut nach Avalon aufbrechen.

»Ich kann dich nicht begleiten«, sagte er matt und blickte zu Ian, der neben Raven stand. »Aber vielleicht kann dein Bruder mit dir gehen. Es ist ja nur für eine kurze Zeit. Um nach Irland zurückzukehren, betretet ihr nur die Belissphäre.«

Ian nickte und schaute Raven an. Er bemerkte die Unruhe, die Raven erfasste hatte, schenkte dem aber keine allzu große Beachtung.

»Ich komme gerne mit. Aber was müssen wir tun, um über die Belissphäre wieder im Kellergewölbe des Turmes herauszukommen? In Irland hast du die Pforte geöffnet«, fragte er Cranos.

»Das ist einfach. Die Belissphäre erkennt euch als die Wächter von Avalon. Sie wird euch dorthin bringen, woran ihr denkt. Das erste Mal seid ihr hierhergekommen, weil ich euch begleitet habe. Doch jetzt seid ihr selbst Wächter, und der Sog wird euch aufnehmen.«

Cranos band sich seinen Umhang fester. »Um die Pforte im Haus eurer Eltern zu öffnen, müsst ihr lediglich den lockeren Stein über dem Kaminsims herausziehen. Dann wird sich die Steinwand im Wohnzimmer öffnen. Auf diese Weise sind Ilana und ich früher zu euch gekommen.« Er schmunzelte bei dem Gedanken an die Vergangenheit.

Dann wandte er sich um.

Raven und Ian folgten ihm. Von dieser Seite aus stand der Pavillon versteckt auf einer kleinen Anhöhe hinter Bäumen. Lange Äste verdeckten die fünf Säulen, die das Dach trugen. Kein sichtbarer Weg führte hinauf.

Schließlich erreichten sie die verwitterten Steinstufen und Raven wunderte sich wieder über seinen verwilderten Zustand. An vielen Stellen bröckelte die einst beigefarbene Oberfläche der Säulen ab.

Cranos schob einen kleinen Granit zwischen zwei Stufen zur Seite. Damit öffnete er die Pforte der Belissphäre.

Sogleich flutete das helle Strahlenmeer aus den Marmorplatten heraus und erhellte den Pavillon bis zum Dach. Cranos stieg nach oben, doch bevor er im Sog verschwand, drehte er sich noch einmal um.

»Wenn euch die Belissphäre aufnimmt, verschließt sich die Pforte von selbst. So wird es auch in eurem alten Haus geschehen.« Er räusperte sich. »Ach, übrigens. In der Küche unter der Schwelle zum Flur liegt ein Schlüssel für die Haustür. Nur für den Fall, dass ihr in den Garten gehen wollt.«

Und mit einem Lächeln versank Cranos im Strahlenmeer.

Ian trat als Nächstes über die Stufen und Raven folgte ihm, beide mit dem Gedanken – Grasmere, unser altes Haus – im Kopf.

Dann waren sie verschwunden.

Als nichts mehr von ihnen zu sehen war, erloschen die blendenden Strahlen in den brüchigen Marmorplatten, und der Stein zwischen den Stufen bewegte sich wie von Geisterhand zurück an seine alte Stelle.

Ein Windstoß wehte heruntergefallenes Laub auf und bedeckte damit die Marmorplatten und die Stufen. Alles schien unberührt.

Als Esmé die überwucherte Auffahrt zum Haus der Suttons hinauflief, konnte sie noch die Spuren sehen, die Eric gestern mit dem Auto hinterlassen hatte. Heute war sie mit dem Rad gekommen. Das stand unten an der Straße, angelehnt an einem Baum.

Sie war hier, weil sie einer Vision folgte.

Langsam ging sie zum Haus hinauf. Berührte abermals die dunkelrot blühenden Malven, die sich am Wegesrand mit den wuchernden Sträuchern zu einem Tunnel formten. Und dabei überkam sie ein seltsames Gefühl. Das hatte sie gestern doch nur im Haus selbst wahrgenommen? Dieses erdrückende Gefühl. Jetzt spürte sie es schon hier.

Esmé blieb stehen. Etwas war anders.

Sie schaute sich um und ihr Blick fiel durch das Gestrüpp zur Vordertür des Hauses.

Was war das?

Vorsichtig schob sie ein paar Äste zur Seite und ihr Herz begann zu pochen.

Die Haustür stand offen.

Plötzlich drang das Surren der Bienen laut in ihr Ohr und verstärkte sich mit ihrem Herzschlag zu einem Rauschen. Regungslos verharrte sie hinter den Ästen.

Doch bevor sie den Rückzug in Erwägung ziehen konnte, spürte sie die vertraute Umarmung. Die unsichtbaren Lichtstrahlen der smaragdgrünen Sonne. Esmé schloss die Augen und sog alles in sich auf. Und dann durchströmte Ruhe ihren Körper, vertrieb die Angst und sie atmete weiter.

Sie war hier, weil sie einer Vision folgte.

Als sie dann ihre Augen öffnete, schaute sie erneut durch die Äste auf die geöffnete Vordertür. Wieder versperrten Blätter ihre Sicht. Doch sie sah es ganz genau.

Dort stand jemand! Und betrat soeben die Auffahrt.

Sie schaute noch einmal genauer hin. Schob die Äste beiseite.

Das konnte unmöglich wahr sein.

Esmé wurde schwindelig.

Nein. Es gab nicht den geringsten Zweifel.

Sie sah den unbekannten Mann aus ihren Träumen. Aus der Vision.

Wie er sich bewegte, groß und schlank, seine schwarzbraunen Haare glänzten in der Sonne – all das kam ihr so vertraut vor.

Er war es!

Esmé ließ erschrocken die Zweige los.

Und im nächsten Moment schon hörte sie seine Stimme.

Er hatte sie entdeckt.

»Kann ich dir helfen?«, fragte er und blickte sie irritiert an. »Hast du dich verlaufen?«

Esmé spürte, wie ihre Knie weich wurden. Es war kein Traum.

Schwindelig drehte sie sich um.

»Nein …«, sie stockte. Was sollte sie ihm sagen? Ihre Hände wurden kalt. »Nein, ich habe mich nicht verlaufen«, antwortete sie wispernd. »Es … es tut mir leid, ich dachte, hier wohnt niemand. Ich … wollte mich nur kurz umsehen.«

Esmé sah seinen ungläubigen Blick. Er trug eine seltsame Tunika wie aus einem vergangenen Jahrhundert.

»Ich wollte dich nicht erschrecken. Ich habe hier nur niemanden erwartet … du hast mich überrascht«, seine Stimme wurde mit jedem Wort weicher. »Kommst du hier aus der Gegend?«, fragte er schließlich. Denn Esmé konnte ihn nur anschauen.

Und dann trafen sich ihre Blicke. Es war als berühre er damit ihr Herz.

Verlegen wandte sie ihren Blick ab.

Ihr Gespräch kam ins Stocken. Und sie merkte, wie unruhig er wurde.

Sie musste etwas sagen. Auf seine Frage antworten.

Angestrengt versuchte sie einen klaren Gedanken zu fassen, doch seine Gegenwart verunsicherte sie viel zu sehr.

Das Schweigen wurde unerträglich, und jetzt spürte sie wieder dieses seltsame Gefühl der Beklemmung, das sie schon aus dem Haus kannte.

Das hatte sie in ihren Träumen nie empfunden. Auch nicht in der Vision.

Sie wagte es nicht, ihn noch einmal anzusehen. Trotz all ihrer Intuition fand sie keine Erklärung dafür, was mit ihr geschah.

»Meine Eltern … haben hier in der Nähe ein Landhaus«, murmelte sie und blickte weiter auf das zertretene Gras unter ihren Füßen. »Ich bin nur ein paar Tage hier …«, und suche nach Antworten in meinem Leben, dachte sie den Satz zu Ende.

»Also nicht aus der Gegend …«, er nickte und schien mit der Antwort zufrieden zu sein.

Daher schaute Esmé langsam auf. Spürte in sich hinein. Sie hatte gar nicht bemerkt, dass das vertraute Gefühl der smaragdgrünen Sonne verschwunden war.

Aber ihm gegenüberzustehen, raubte ihr den Atem.

Und plötzlich begann sich alles um sie herum zu drehen. Sie schwankte und er griff nach ihrem Arm.

Ungeheuer schnell!

Es fühlte sich an wie eine Sturmflut, die ihren Körper erfasste. Seine Berührung durchströmte Esmé in einer unwirklichen Intensität. Es lag so viel Vertrauen darin. Ein Gefühl unendlicher Geborgenheit.

Erschrocken schaute sie ihn an, und sofort zog er seine Hand zurück.

»Geht es wieder?«, erkundigte er sich.

Esmé nickte und sah, dass er eine Faust ballte. Hatte er das auch gespürt?

»Ich kann dir leider nichts zu trinken bringen. Das Haus ist leer. Vielleicht solltest du dich in den Schatten setzen.«

»Nein …!«, schoss es aus Esmé heraus. Sie wollte in seiner Nähe bleiben. »Es geht schon. Mir geht es gut. Danke.«

Für einen Moment schaute sie verstohlen in sein Gesicht. Es war ihr so vertraut.

»Was … machst du hier?«, fragte sie ihn. »Ich dachte das Haus steht seit vielen Jahren leer?« Schnell wandte sie sich von ihm ab. Angestrengt versuchte sie klar zu denken.

»Ich bin mit meinem Bruder hergekommen. Früher haben wir hier gelebt.« Dabei deutete er auf das alte Haus hinter ihm und den Garten. Er wirkte angespannt.

Esmé wurde blass. »Ihr habt in dem Haus gewohnt?«

Ihre Gedanken überschlugen sich, doch sie zwang sich, ruhig zu bleiben. Er sollte nichts davon merken.

»Das ist schon ziemlich lange her. Ich war noch ein Kind, als wir nach Irland umgezogen sind.« Er lockerte seine Faust. »Es ist merkwürdig, nach so vielen Jahren hierher zurückzukehren. Obwohl ich mich kaum erinnere, kommt mir vieles vertraut vor.«

Erneut wich Esmé seinem Blick aus. »Das kann ich mir vorstellen. Immerhin sind viele Jahre vergangen.« Dann schaute Esmé durch die Zweige. »Ist dein Bruder im Haus?«

Esmé spürte, wie er sie anstarrte.

»Ja – Ian ist drinnen. Ich glaube, er stöbert gern in alten Schränken.«

Es schien ihr, als hätte er nur darauf gewartet, endlich einen Namen zu verraten. Doch Esmé brauchte nur einen Moment um sich zu fassen. Es war tatsächlich wahr. Sie waren zurückgekehrt, nach so langer Zeit.

Sie holte tief Luft und war bereit sein Spiel mitzuspielen.

»Ich bin Esmeralda. Esmeralda Breckett«, stellte sie sich vor und reichte ihm erneut die Hand. »Meine Familie nennt mich Esmé.«

Er zögerte. Wieder trafen sich ihre Blicke und diesmal schaute sie direkt in seine braunen Augen. Hielt dem stand.

Dann gab er ihr seine Rechte. »Mein Name ist Raven Sutton.«

Zuerst berührten sich nur ihre Finger. Langsam glitt ihre Hand in die seine, bis sie ineinander verschmolzen.

Esmés zarte Hand in seiner kräftigen. Die Zeit schien still zu stehen.

Sie spürte seine Wärme und wieder durchströmte sie das wundersame Empfinden von Vertrauen und Geborgenheit, als wären sie seit Jahrhunderten miteinander verbunden.

Doch mit einem Mal zog er in einer ungeheuren Schnelligkeit seine Hand zurück. Er wich ihr aus, und Esmé wurde in die Realität zurückgeholt.

»Du bist Raven?«, fragte sie skeptisch. Sie liebte den Mann, der damals beinahe gestorben wäre?

Warum?

War das etwa das Geheimnis, das sie herausfinden sollte? Aber das ergab keinen Sinn. Was hatte das mit ihrem Pfad des Verstehens zu tun?

Sie merkte, wie er sie ungläubig anstarrte. Dann trat er einen Schritt zurück.

»Wer bist du, Esmeralda Breckett? Was suchst du hier, und was weißt du über unsere Familie?« Seine Fragen klangen eindringlich.

Raven war beunruhigt, denn das Mädchen zog ihn in seinen Bann. Die Berührung mit ihr war magisch gewesen. Und ihre Augen.

Irgendetwas stimmte mit ihnen nicht. Sie waren nicht menschlich.

Als er ihre Hand in seiner gespürt hatte, waren ihre Augen für den Bruchteil einer Sekunde in einem wundervollen Grün erstrahlt. Sie verrieten einen Hauch Magie aus der anderen Welt und beinahe wäre er darin versunken.

Er spürte deutlich die fremde Aura, die sie umgab.

Merkwürdigerweise war es dieselbe, die er heute bei der Ritterspornblume auf der Türschwelle wahrgenommen hatte.

»Ich …«, begann Esmé, doch in diesem Moment trat Ian aus dem Haus.

Und Raven drehte sich zu ihm um.

»Ian. Das hier ist Esmeralda Breckett«, erklärte er seinem Bruder.

Ian nickte zaghaft.

»Ich habe sie hier getroffen«, erklärte Raven überflüssigerweise, und mit einem Mal dachte er daran, dass sie etwas mit ihrer Vergangenheit zu tun haben könnte. Ihrer Vergangenheit hier! In der menschlichen Welt.

»Guten Tag …«, hörte er Ian sie begrüßen. Gespannt schaute Raven auf seine Reaktion, nachdem er ihr die Hand gegeben hatte. Spürte sein Bruder das auch?

Aber sein freundlicher Gesichtsausdruck blieb unverändert. Raven bemerkte stattdessen ihren fragenden Blick, als Ian Esmés Hand losließ.

Er lauschte dem Gespräch.

»… du kommst also hier aus der Gegend?«

»Nein, nicht direkt. Ich lebe in York. Wir haben hier in der Nähe ein Landhaus.«

Dem Mädchen schien es leichter zu fallen mit Ian zu sprechen. Raven blinzelte. Er musste herausfinden, wer sie war.

»Und was führt dich hierher?«, fragte sein Bruder. Ian tat vollkommen gleichmütig.

»Meine Mutter und mein Bruder haben mir erst kürzlich von euch erzählt. Die Geschichte von damals. Der Unfall im Wald. Und davon, dass sie euch seitdem nicht mehr gesehen haben. Ich war einfach nur neugierig.« Ihre Antwort klang unverfänglich, doch Raven konnte seinen Blick nicht von ihr abwenden. Sie verheimlichte ihnen etwas.

Das Gespräch verlief jetzt in anderen Bahnen. Es kam Raven wie ein Schachspiel vor. Jeder verfolgte ein Ziel und wollte gewinnen, indem er die Wahrheit über den anderen herausbekam.

»Und seitdem waren wir verschwunden?«, entgegnete Ian. »Das klingt ja beinahe mysteriös. Raven ist von einem Baum gefallen. Aber er war nicht schwer verletzt. Unsere Eltern haben entschieden nach Irland zu gehen, damit wir in der Obhut unserer Großeltern aufwachsen.«

Raven nickte. »Es war ein ganz normaler Umzug.« Dabei schaute er sie fest an. Würde sie diese Lüge akzeptieren?

»Mein Bruder hat mir das aber anders erzählt«, sagte Esmé gereizt. »Eric hat gesagt, dass Raven sehr schwer verletzt war, und dass er wahnsinnige Angst um ihn hatte.«

Raven blickte erstaunt zu Ian, der unruhig von einem Bein auf das andere trat. Konnte er mit dem Namen etwas anfangen?

»Dein Bruder? Eric… ist dein Bruder?«, hörte er Ian entgeistert fragen. »Er kann sich erinnern?«

»Ja!«, antwortete Esmé. »Und es quält ihn, dass er nicht weiß, ob Raven überlebt hat.«

Raven spürte wieder ihren Blick. Doch jetzt konnte er ihn nicht erwidern. Seine Gedanken kreisten.

Sie war nur eine Sterbliche. Das redete er sich die ganze Zeit ein.

Ian hingegen hatte sich gefasst. »Wir hatten damals

wirklich Angst um Raven. Dein Bruder und ich. Aber es sah wirklich nur schlimm aus. In Irland ist Raven schnell gesund geworden und … durch die Entfernung nach Grasmere haben wir einfach nicht mehr daran gedacht. Ohne damit eine Entschuldigung für unsere Eltern aussprechen zu wollen. Sie haben nur das Beste für uns gewollt.«

Raven schaute aus den Augenwinkeln zu Esmé. Würde sie ihnen das glauben? Diese Erklärung klang ziemlich platt.

Sie nickte bedächtig und schwieg.

Ihr Blick blieb an den roten Malvenblüten hängen. Beinahe tat sie ihm leid.

Doch plötzlich wurde die Aura um sie herum stärker, umgab sie wie einen schützenden Schleier. Raven konnte es deutlich spüren und schaute zu Ian.

»Nun, wenn das alles wirklich so war …«, flüsterte Esmé und wandte sich an Ian. »… dann möchte ich dich bitten, mit Eric zu reden. Euch hier zu begegnen, nach all den Jahren ist … Eric wird es mir nicht glauben.«

Und du?, fragte sich Raven.

Er musste wieder an ihre Berührung denken. Noch immer brannte seine rechte Hand. Doch es tat nicht weh. Es war faszinierend.

»Dann hat uns wohl heute das Schicksal zusammengeführt«, sagte Ian. »Und wir sollten das Beste daraus machen … und endlich alles aufklären. Ich werde mit Eric reden.«

Aber Esmé blieb ernst. »Ich fahre schon mal vor. Eric ist nur noch heute in Windermere. Sagen wir – in einer Stunde am Landhaus?«, fragend blickte sie zu Ian. Kannte er den Weg?

Ian nickte. »In einer Stunde!«

Esmé schaute dann zu Raven.

Es war nur ein flüchtiger Moment. Ein Abschied. Und dennoch war er hin- und hergerissen. Aus irgendeinem Grund wollte er nicht, dass sie ging. Und doch war sie zu geheimnisvoll, als dass er es wagen konnte, sie in seiner Nähe zu haben.

Noch einen Augenblick schaute er ihr nach, bis sie hinter den herunterhängenden Zweigen, dem blühenden Rittersporn und den Malven verschwand.

Dann spürte er Ians eindringlichen Blick. Ihm war nicht aufgefallen, dass sein Bruder ihn die ganze Zeit beobachtet hatte.

Ian war ernst. »Ich werde mit Eric reden, den Unfall weiter herunterspielen. Sie werden nichts über unser Geheimnis erfahren.« Dann trat er einen Schritt auf Raven zu. »Was meinst du? Schaffst du es noch einmal, in ihrer Gegenwart zu sein?«

Raven blickte seinen Bruder lange an.

Dann nickte er.

Der leichte Sommerwind fuhr Esmé durch die offenen Haare. Sie trat in die Pedale. Und alles drehte sich in ihrem Kopf. Die Begegnung mit Raven hatte sie aus der Bahn geworfen. Und nicht nur die Begegnung.

Nur bei ihm hatte sie es gefühlt. Nur mit ihm schien sie auf seltsame Weise verbunden zu sein. Vertraut.

Doch woher kam dieses Vertrauen? Diese Geborgenheit?

Sie dachte an ihre Träume. An den unbekannten Strand, das Seeufer und seine Berührung. Dann an die Vision an diesem Morgen.

Es passte so vieles zusammen und dennoch blieben unendlich viele Fragen offen.

Sie hatte gespürt, dass er anders war, als all die Menschen, denen sie bisher begegnet war.

Alles veränderte sich.

Die unsichtbaren Strahlen der smaragdgrünen Sonne drangen bei jedem Mal tiefer in ihre Seele ein. Aber die Berührung mit Raven hatte ihr Herz berührt.

Es fühlte sich seltsam an, so als würde die Liebe zu Raven ihr wahres, noch unergründetes Wesen aus dem Schlummer befreien. Ihr helfen sich zu finden.

Das war absurd.

Denn obwohl sie von Raven wenig Antworten erfahren hatte und die Suttons ganz offensichtlich etwas vor ihr verbargen, spürte sie, dass sie auf dem Pfad des Verstehens vorankam. Sie glaubte mehr denn je an ein übernatürliches Verschwinden der Familie. Das seltsame Gefühl, das sie in Ravens Gegenwart empfunden hatte, genau wie gestern in dem Haus – es hatte etwas zu bedeuten.

Als Esmé am Landhaus ankam, begegnete ihr Eric schon auf halbem Wege.

»Wo bist du so lange gewesen?«, fragte er ein wenig genervt.

Doch seine Schwester schwieg und stieg vom Rad ab.

Eric bemerkte keine Veränderung an ihr.

»Eigentlich wollte ich dich fragen, ob wir beide heute noch mal mit dem Boot rausfahren. Morgen muss ich zurück nach London.« Trotzig stemmte er seine Hände in die Hüfte. »Aber jetzt ist es schon zu spät dafür.«

Eric hatte bereits gepackt und war gedanklich schon in London. Er brauchte noch ein paar Tage für die Semestervorbereitungen. Außerdem begann er nächste Woche einen Nebenjob in einer Anwaltskanzlei. Das war vielleicht der erste Schritt in ein geordneteres Leben. Er war so mit sich beschäftigt, dass er erst jetzt bemerkte, wie aufgewühlt seine Schwester vor ihm stand.

»Wo kommst du denn her?«, fragte er noch einmal etwas weniger vorwurfsvoll. »Ist irgendwas passiert?«

Esmé legte ihr Rad auf den Schotter.

Was sollte sie ihm darauf antworten?

Für sie war sehr viel passiert. Aber für ihren Bruder war nur das Wissen über Ravens Überleben wichtig. Mehr nicht.

Darauf musste sie sich beschränken. Trotz ihrer geschwisterlichen Nähe, die definitiv stärker war als jene zu ihren Eltern, würde sie sich ihm nie anvertrauen.

Sie würde sich auf die Tatsachen konzentrieren und den Rest für sich behalten.

»Ich bin nochmal zum Haus der Suttons gefahren«, begann sie diese unglaubliche Begegnung nüchtern zu schildern.

Eric zog die Stirn in Falten. »Ich dachte, du hattest Bedenken?«

»Ich weiß. Hatte ich auch. Aber heute war es anders. Jedenfalls bin ich bis nach Grasmere gefahren und dann zu Fuß zum Haus hoch gelaufen und … und es war jemand dort.« Sie schaute ihren Bruder an, als müsse er doch erraten, wen sie dort getroffen hatte.

»Und weiter? Wen hast du getroffen?«, fragte er nichtsahnend.

Esmé sammelte sich. Sie wollte ihm so kühl und unbeeindruckt wie möglich eine Antwort geben. Nur keine Gefühle preisgeben.

»Ian Sutton und seinen Bruder Raven.« Sie ließ das kurz wirken. »Beide sind dortgewesen. Heute!«

Verblüfft runzelte Eric die Stirn. Die Falten wurden tiefer.

»WEN hast du getroffen? Das kann ich nicht glauben! Bist du dir sicher, Esmé?« Er schaute sie an, als hätte sie ihm eine Nachricht vom Mond überbracht. Fassungslos begann er auf und ab zu laufen.

»Es ist die Wahrheit! Ich habe wirklich mit beiden gesprochen. Ian wird herkommen, und dir alles erklären.«

Eric blieb stehen und schüttelte den Kopf. »Das ist unmöglich. Solche Zufälle gibt es nicht. Höchstens im Kino … aber nicht im wirklichen Leben.«

»In einer Stunde wirst du den Zufall treffen!« Sie schmunzelte und wurde gleich darauf wieder ernst. »Vielleicht kommt Raven mit«, sagte sie leise. Sie wünschte sich so sehr, ihn wieder zu sehen.

»Nach so vielen Jahren?« Eric konnte es kaum glauben. »Und dann kommen sie genau jetzt zurück, da du die alten Fotos rausgekramt hast und ich mich an alles erinnere … und wir erst gestern in ihrem Haus gewesen sind? Das kann nicht sein.« Er schüttelte vehement den Kopf. »Wieso bist du noch einmal hingegangen?«

Esmé schwieg. Sie konnte ihm unmöglich sagen, dass sie einer seltsamen Vision gefolgt war. Dass sie Träume erlebte, die eine Bedeutung besaßen.

»Ich weiß, es ist alles sehr verwirrend und unfassbar«, antwortete sie daher. »Aber es ist wahr.«

Eric schüttelte immer wieder den Kopf. Lief weiter unruhig über den Schotter. »Ich kann es nicht glauben, was du mir da erzählst. Wie ist das möglich?«

Esmé schaute ihn nur an und ließ seine Frage unbeantwortet.

Eine Stunde später standen urplötzlich und lautlos Ian und Raven auf dem Vorhof der Familie Breckett.

Eric hatte nur einen Moment nicht aus dem Fenster geschaut. Und da mussten sie gekommen sein. Einfach so.

Die Zeit des Wartens war eine Qual für ihn gewesen. Genau wie für Esmé. Im Schneckentempo waren die Minuten verstrichen, seitdem sie Raven im Garten der Suttons zurückgelassen hatte.

Unten am See war bereits ein Trampelpfad entstanden, da sie bestimmt hundert Mal am Ufer hin- und hergelaufen war. Doch alles hatte nichts geholfen. Ihre Aufregung war geblieben. Glücklicherweise war ihre Mutter noch immer unterwegs, sodass sie wenigstens keine neugierigen Fragen beantworten musste.

Und gerade eben hatte sie unerwartet wieder dieses seltsame Gefühl wahrgenommen. Sie konnte es schwer beschreiben. Merkwürdig. Bedrückend, wie eine Last.

Sie hatte die Augen geschlossen und es gewusst: Er war da!

Schnell rannte sie nach oben und bremste erst nach der Tür ab. Sie sah, wie Eric den Vorhof betrat. Die Kieselsteine knirschten, als er auf die beiden zuging. »Es ist wirklich wahr!«, rief er. »Esmé hat euch tatsächlich getroffen. Ich kann es kaum glauben.«

Dann blieb er vor Ian stehen.

Esmé beobachtete, wie er ihm die Hand reichte und dann umarmten sich beide wie zwei alte Freunde nach langer Trennung.

Im nächsten Moment traf ihr Blick auf Raven. Wie ein elektrisierender Stromschlag erfasste er Esmé, und sie rührte sich nicht mehr.

Raven verzog keine Miene. Sein Gesichtsausdruck wirkte ernst. Lediglich in seinen Augen konnte Esmé einen Hauch von Freude erkennen, die er nicht verbergen konnte.

Erics Freude hingegen war überschwänglich. Raven wandte seinen Blick von Esmé ab.

»Bist du es wirklich?«, fragte ihn Eric und rüttelte an seinem Arm. »Es ist so lange her!«

Raven nickte und versuchte sich ein Lächeln abzuringen. Die Angelegenheit aus ihrer Vergangenheit wollte Ian mit ihm klären. Raven aber war nicht deshalb hier. Unruhig suchten seinen Augen immer wieder nach Esmé.

Sie stand noch immer dort.

Ihr schlanker Körper in ein dünnes Kleid gehüllt. Die langen Haare fielen ihr offen über den Rücken.

Wieder nahm er ihre übernatürliche Aura wahr. Und die war noch stärker geworden seit ihrer Begegnung vor einer Stunde. Oder täuschte er sich?

Neugierig blickte er zu Eric. Nein – er besaß definitiv nur die Aura eines gewöhnlichen Menschen. Er war ein Sterblicher.

War Esmeralda wirklich seine Schwester?

Er begann zu zweifeln. Angespannt suchte er Ians Blickkontakt. Und die Augen seines Bruders forderten ihn auf, ruhig zu bleiben. Sie mussten das jetzt überstehen.

»Manchmal gibt es die tollsten Zufälle«, hörte er Ian sagen. »Deine Schwester hat uns heute Morgen gewissermaßen … gefunden. Lass uns doch reingehen, dann können wir in Ruhe über alles reden.«

»Natürlich«, antwortete Eric und drehte sich um.

Ian nutzte den Augenblick, um Raven etwas zuzuraunen. »Sie ist von Magie aus der anderen Welt umgeben«, flüsterte er leise. »Rede mit ihr und finde heraus, wer sie ist. Warum sie uns gefunden hat.«

Raven stockte. Auch Ian spürte es jetzt. Ihre Aura wurde tatsächlich stärker. Aber viel schlimmer war, wie sehr ihn dieses magische Mädchen faszinierte. Er brauchte sich nichts vorzumachen. Sie war keine Sterbliche. Oder zumindest nicht mehr. Geschickt verbarg er seinen Ring. Sie sollte ihn nicht sehen, bis er wusste, wer sie war.

Raven folgte seinem Bruder und Eric.

Als er an Esmé vorbeiging, schaute er direkt in ihre grünen Augen. Dieses intensive Strahlen. Sie erinnerten ihn an Evolet. Er konnte sich ihrem Blick einfach nicht entziehen. Was hatte das zu bedeuten?

Eric war mit Ian und Raven über die Küche nach draußen gegangen. Als Esmé auf die Terrasse trat, hörte sie, wie Ian Eric die Ereignisse von damals zu erklären versuchte. Wolken waren aufgezogen und das Licht der Sonne brach sich am Himmel in intensiven gelborangen Strahlen. Die Bäume leuchteten in einem unwirklichen Schimmer. Am anderen Ufer des Sees regnete es.

Esmé spürte Ravens Unbehagen, als er sich setzte.

Bewusst nahm sie seitlich von ihm Platz. Nicht zu nah und nicht gegenüber. Dann konzentrierte sie sich auf Ians Worte.

»... Ravens Verletzungen stellten sich als harmlos heraus. Als wir in Grasmere ankamen, war er schon wieder bei Bewusstsein. Aber wir hatten unseren Eltern einen gehörigen Schreck eingejagt. Vater hat dann entschieden, uns nach Irland zu bringen. Unser Großvater sollte Ravens Wunden verarzten. Aber, dass ... unsere Familie von da an für immer in Irland leben sollte, haben sie erst später entschieden.« Esmé kam es vor, als wolle er das leidige Thema schnell abhaken. Er zeigte kaum eine Regung.

Eric nickte die ganze Zeit verständnisvoll. Ihm schien es zu reichen, die beiden nach so langer Zeit wiederzusehen. Scheinbar hatte seine Freude darüber all seinen Kummer der Vergangenheit weggewischt. Was ihn noch gestern aufgewühlt hatte, war jetzt unwichtig geworden. Für ihn klärte sich gerade alles. Er bemerkte nichts von Ians Lügen, die er nett verpackte.

Doch Esmé konnte er nicht täuschen.

Sie kaufte ihm die erfundene Vergangenheit nicht ab. Esmés Hals fühlte sich zunehmend eng an. Die eigenartige Stimmung irritierte sie. Die Lügen waren unerträglich, aber dennoch schwieg sie. Für das Wohlbehagen ihres leichtgläubigen Bruders. Er spürte eben nicht die Dinge, die sie wahrnahm.

Doch mit einem Mal wirkte auch Ian nervös. Angestrengt vermied er es, in ihre Richtung zu schauen. Stattdessen sah Esmé, wie er einen vielsagenden Blick mit Raven wechselte.

Neugierig schaute sie ihn an. Er hatte seine langen Haare zu einem Zopf gebunden, trug ein beigefarbenes lässiges Hemd, nicht mehr die seltsame Tunika.

Dann wandte er sich ihr zu. »Esmeralda – hast du nicht Lust, mir euren Garten zu zeigen?«

Esmé horchte auf. Dass er sie mit ihrem vollen Namen ansprach, empfand sie als überaus fremd, und sie wünschte sich, er würde sie nicht so nennen.

Zaghaft nickte sie.

»Ich denke, kurze Zeit können wir die beiden allein lassen.« Raven stand bereits auf.

Hatten sie das abgesprochen? Esmé kam es so vor, als wollten nicht Ian und Eric allein sein, sondern er mit ihr. Immerhin gab es unzählige unbeantwortete Fragen zwischen ihnen.

Aber dennoch fühlte sie sich mit einem Mal unwohl. Mulmig.

In ihrem Bauch begann es zu kribbeln.

Sie würden gleich allein sein.

Noch immer spürte sie die Intensität ihrer Berührung, fühlte ihre Sehnsucht nach ihm in sich. Wie sollte sie all das verbergen, um sein Geheimnis aufzudecken?

Und sie fürchtete sich vor diesem seltsamen Gefühl. Es war ihr unbehaglich, denn es passte nicht zu den anderen Empfindungen – ihrer Sehnsucht.

Sie verstand es nicht.

Esmé stand auf. Sie blickte zum Bootssteg hinunter. Das gelborangene Licht vom Himmel war verschwunden. Genau wie die Regenwolken.

Jetzt schimmerte der See im fahlen Licht des angrenzenden Waldes.

»Gehen wir an den Bootssteg«, schlug sie vor. Sie liebte diese Stelle, und vielleicht verhalf das stille Wasser ihr zur Ruhe, denn die Strahlen der smaragdgrünen Sonne fehlten ihr.

Gemeinsam verließen sie die Terrasse. Eine bedrückende Stille begleitete sie, während sie hinunter zum See liefen. Erst als sie außer Hörweite von Eric und Ian waren, brach Raven sein Schweigen.

»Der Tag heute … und was alles passiert ist, das ist schon alles sehr seltsam, nicht?«, fragte er vorsichtig. »Manchmal geht das Schicksal wirklich merkwürdige Wege.«

Mittlerweile waren sie am Bootssteg angekommen und blieben stehen.

»Du meinst …«, erwiderte sie, »… es war Schicksal, was mich zu eurem Haus geführt hat?« Dabei sah sie ihn an. Wie schön er war. Locker fiel ihm eine Haarsträhne über die Stirn. Seine hohen Wangen betonten die Augen.

»Ja …! Ich denke schon, dass uns das Schicksal zusammengebracht hat.« Er hielt ihrem Blick nicht lange stand und schaute über den See.

»Vielleicht«, murmelte Esmé unbestimmt. Hatte er gerade zusammengebracht gesagt? Fühlte er das auch?

Verlegen schlüpfte Esmé aus ihren Flipflops und betrat barfuß die warmen Holzbohlen.

Raven folgte ihr. Aber er schwieg.

»Warum seid ihr wirklich zurück nach Grasmere gekommen?«, fragte sie ihn und ging nach vorn. Sie versuchte sich zu konzentrieren. Er wollte wissen, warum sie zu dem Haus gekommen war. Und gleichzeitig wollte er nicht verraten, warum sie selbst dort waren.

»Wir haben Bekannte in Südengland besucht«, antwortete er. »Seit damals waren wir nicht mehr hier. Ich wollte gern unser altes Haus noch einmal sehen.« Er wandte seinen Blick nicht vom See ab. »Nun ja! Und so … so sind wir uns heute begegnet.«

»Hm!« Esmé überlegte. »So unspektakulär?« Fordernd sah sie ihn an und setzte sich dann auf die Holzbohlen, ließ ihre Füße ins Wasser baumeln.

Sie wartete, bis er sich neben sie setzte. Aber er hielt Abstand.

Und Esmé spürte, dass sie weit davon entfernt war, von ihm die Wahrheit zu erfahren. Er würde es ihr nicht sagen. Auch jetzt nicht.

»Es ist sicher schwer für dich, das alles zu begreifen … und mit mir darüber zu sprechen«, sagte Raven. »Obwohl wir uns heute erst kennengelernt haben, scheint uns die Vergangenheit zu verbinden.«

Esmé schaute ihn an. Wie meinte er das?

»Ich habe keine Erinnerungen an damals«, antwortete sie. »Alles was ich darüber weiß, habe ich von Eric erfahren. Es sind seine Erinnerungen. Ich habe nur auf dem Dachboden ein paar alte Fotos gefunden.«

»Du hast Fotos gefunden? Einfach so?«, seine Stimme klang gespannt. Neugierig schaute er sie an.

»Nun, beinahe.«

»Willst du damit sagen, dass du sie nicht selbst gefunden hast?«

Esmé verneinte das, indem sie zaghaft den Kopf schüttelte. Auf keinen Fall konnte sie ihm von dem hellen Lichtstrahl erzählen. Darauf wollte sie das Gespräch nicht lenken, das verstand sie selbst noch nicht.

»Es war wohl eher eine Intuition. Mehr nicht«, antwortete sie stattdessen. Wieder wich sie seinem Blick aus. »Aber als Eric mir von dem Sturz erzählt hat und eurer überstürzten Abreise … wollten wir herausfinden, was geschehen war. Warum ihr einfach verschwunden seid. Deshalb sind wir gestern zu eurem Haus gefahren. Wir hatten irgendwie gehofft, noch irgendeine Spur zu finden. Aber da war nichts.« Noch immer spürte Esmé seinen Blick auf sich ruhen. Fühlte dessen Intensität. Aber die seltsame Beklemmung war trotzdem noch gegenwärtig.

»Aber ich habe es nicht lange im Haus ausgehalten. Wurde unruhig …«, fuhr sie fort, »… und bin lieber raus. Später als ich dann hier war, musste ich ständig darüber nachdenken. Vielleicht bin ich deshalb heute noch einmal hingefahren. Keine Ahnung warum.«

»Weshalb warst du beunruhigt?«, wollte er wissen. Dabei kniff er leicht die Augen zusammen. Er ließ einfach nicht locker.

»Ich ... ich weiß es nicht so genau. Ich konnte einfach nicht in dem Haus bleiben. Es war beinahe so, als würde es mich erdrücken.« Und mit einem Mal hatte Esmé das Gefühl, dass ihr Raven dabei helfen konnte, dieses seltsame Gefühl zu verstehen. Es musste mit ihm zu tun haben.

»Und das hast du gespürt, als du in unserem Haus warst?« Raven verzog die Stirn und schaute sie lange an.

Was konnte das bedeuten? War sie etwa in der Lage, die Magie der Belissphäre zu spüren?

Er musste es genauer wissen. »Wie genau hat es sich angefühlt?«

»Es war seltsam. Erdrückend. Ich habe vorher noch nie so etwas gespürt. Und ...«

»Und?« Sein Herz klopfte.

Esmé wandte sich ihm zu. »Ich fühle es auch bei dir und ... in der Nähe deines Bruders.«

Nun war Raven wirklich überrascht.

Sie spürte tatsächlich die Magie der Wächter von Avalon. Er war sich ganz sicher.

Aber wer war sie? Welchen Ursprungs war der Zauber, der sie umgab? Ihre Aura, die leuchtend grünen Augen und ihr Gespür – das alles deutete auf ein Wesen aus Amaduria hin. Wieso war sie in der menschlichen Welt?

Schweigen. Er merkte, dass sie schneller atmete. Sie suchte nach Antworten.

Doch er konnte ihr nicht helfen.

»Warum sagst du nichts?«, brach es aus Esmé heraus. »Du hast doch eine Erklärung für diese Dinge, oder?«, Esmé holte tief Luft. »Ich weiß nicht, was es bedeutet. Aber es macht mich unruhig. Denn in deiner Berührung spüre ich … so viel Vertrauen. Das konntest du doch auch spüren. Nicht wahr? Deshalb hast du deine Hand so schnell weggezogen. Weil es so vertraut war!« Um eine Antwort flehend sah sie ihn an.

Und Raven hätte in diesem Moment nichts lieber getan, als sie in seine Arme zu nehmen. Ihre Offenheit berührte ihn. Und unbedacht hob er seine Hand. Sie war greifbar nah. Doch er zögerte. Er konnte sie nicht noch einmal berühren. Es war zu gefährlich. Die kurze Berührung von vorhin brannte noch immer auf seiner Haut. Und er durfte nicht zu vertrauensselig sein. Er hatte keine Ahnung, welchem Zauber sie entstammte. Und auch die Macht der Ahnen, die er in sich trug, half ihm damit nicht weiter.

»Ich kann es dir nicht sagen, Esmeralda!« Raven stand auf und lief den Bootssteg zurück.

Esmé spürte Tränen aufsteigen. Doch sie wollte den Schmerz in ihrer Brust nicht zulassen.

Was konnte er ihr nicht sagen?

Sie wollte doch nur verstehen, wer sie war. Warum sie sich fremd bei ihrer Familie fühlte und bei ihm so geborgen.

Bitte geh nicht!, dachte sie. Aber Raven befand sich schon am anderen Ende des Holzsteges.

Sie wischte sich die Tränen aus den Augen. Schaute sich zu ihm um.

Noch einen Moment verharrte er, aber dann stieg er vom Steg herunter.

Esmé erhob sich und folgte ihm.

Und dann blieb er stehen und schaute sich zu ihr um. Er wartete.

Barfuß ging Esmé über das Gras bis zu ihm.

»Es tut mir leid!«, flüsterte er. »Aber … das, was du von mir wissen willst, darf ich dir nicht einfach so erzählen. Bitte versteh doch.«

Sie musste nach oben schauen, da Raven einen Kopf größer war als sie. Und als sie in seine Augen blickte, wusste sie es. Es war die Wahrheit. Es gab ein Geheimnis, das er nicht preisgeben durfte.

Doch sie sah auch Trauer. Schmerzerfüllte Trauer. Und wieder achtete er darauf, ihr nicht zu nahe zu kommen. Esmé spürte, wie er dagegen ankämpfte.

Noch einen Augenblick standen sie sich gegenüber. Nichts geschah. Und schließlich nickte Esmé.

Sie hatte erwartet, dass es einfacher wäre. Aber das war es nicht.

Dieses Vertrauen zu empfinden, bedeutete nicht, dass sie einander kannten. Was auch immer sie verband, es war noch zu schwach. Und mit einem Mal tat es ihr leid, ihn so gedrängt zu haben.

»Eric und Ian vermissen uns sicher schon«, sagte sie leise. Sie musste nachdenken. Sich vergraben.

Raven blickte auf die Terrasse. »Du hast recht. Lass uns zurückgehen.«

Ohne ein weiteres Wort liefen sie zum Haus. Doch diesmal begleitete sie bittere Enttäuschung. Kein erwartungsvolles Schweigen.

Als Raven und Esmé die Terrasse wieder betraten, unterhielten sich Eric und Ian noch immer. Sie lachten sogar.

Doch als Ian seinen Bruder sah, schien er die Situation sofort zu erfassen. Er stand auf.

»Wir müssen jetzt gehen«, sagte er ohne Umschweife.

»Morgen fahren wir zurück nach Irland.« Er ging Raven einen Schritt entgegen und warf Esmé im Vorbeigehen einen Blick zu. Sie konnte den Blick nicht erwidern.

Ian war anders als sein Bruder. Er zögerte niemals. Immer wusste er, was er zu sagen hatte. Und er schien Raven wortlos zu verstehen. Sie brauchten sich nur anzuschauen und wussten, was der andere dachte. So kam es Esmé zumindest vor.

»Ich weiß nicht, wann wir wieder nach Grasmere kommen«, hörte sie Ian sagen. »Sicherlich nicht so bald.« Erschrocken schaute Esmé zu Raven, doch er wich ihrem Blick aus. Schlimmer noch. Er erwiderte nichts. Nicht einmal eine Geste des Abschieds folgte.

Esmé spürte, wie sich der Schmerz durch ihre Brust bohrte. Wieder traten Tränen in ihre Augen, und sie wandte sich ab.

Es blieben nur noch Minuten, die er in ihrer Nähe war, und die Zeit, die Esmé mit ihm gehabt hatte, wäre verstrichen.

Er würde gehen.

Und sie hatte nicht verstanden, was sie mit ihm verband. Warum sie sich hier so einsam fühlte. Verlassen.

Dann reichte ihr Ian die Hand.

»Lebe wohl Esmeralda. Und lass es dir gut gehen!«, sagte er zu ihr. »Was für ein Zufall, dass du uns getroffen hast. Nicht wahr?« Bei diesen Worten schaute sie ihn jetzt doch an. Wieso sagte er so etwas?

Sie gab ihm die Hand. »Auf Wiedersehen.«

Ian überging geschickt ihren entsetzten Gesichtsausdruck, und Esmé wusste, dass er erleichtert war, das hier hinter sich gebracht zu haben.

Mit einem Kloß im Hals schaute sie zu Raven. Würde er sich von ihr verabschieden? Doch er blieb stehen. Sie sah nur ein Kopfnicken und dann formten seine Lippen ein leises »Lebe wohl«.

Das war alles.

Esmé hielt es nicht länger aus. Sie drehte sich um, rannte in die Küche und dann polternd nach oben.

Es war vorbei. Sie würde es nie erfahren.

Esmé schloss sich ein und warf sich weinend auf ihr Bett. Tränen rannen über ihre Wangen. Sie schluchzte, und ihre Lider wurden schwer.

Doch sie wollte die Augen nicht schließen, denn sofort sah sie wieder Raven vor Augen. Die Zeit stand still. Der Schmerz schien nicht enden zu wollen.

Alles fühlte sich so falsch an – Ravens Schweigen, der Abschied.

Sie konnte doch unmöglich in ihr groteskes Leben zurückkehren. Jetzt da sie wusste, dass er existierte.

Eine Gänsehaut überkam sie, als sie an York dachte. Übermorgen würden sie nach Hause fahren. Ohne ihn zu sein, machte alles noch schwerer.

Was soll ich tun?, fragte sie sich. Ich weiß, dass diese Leere in mir etwas mit ihm zu tun hat. Die Geborgenheit, die ich suche, finde ich bei ihm. Warum sonst reicht selbst die kleinste Berührung, um solch intensive Gefühle hervorzubringen?

Doch er hat mich verlassen, und die Tür, die sich gerade geöffnet hatte, schließt sich wieder.

Ich bin verlassen. Nicht nur von ihm.

Ihr Herz wurde schwer, und sie fühlte eine unendliche Leere in sich. Sie war voller schmerzlicher Trauer. Niemand war da, der sie beschützte. Was hatte sie falsch gemacht?

Esmé drehte sich auf die Seite und rollte sich auf dem Bett zusammen, wie ein Lamm, das schutzlos der Dunkelheit ausgeliefert ist.

Wo bist du?, dachte sie. Bitte hilf mir!

Und nachdem einige Zeit verstrichen war, spürte sie endlich wieder die wärmende Umarmung. Die unsichtbaren Wellen der smaragdgrünen Sonne. Es war immer das gleiche Empfinden. Es strömte in sie hinein, berührte ihre Seele und Esmé sog es in sich auf.

Danke, flüsterte Esmé in den Raum hinein.

Du musst an dich glauben! Vertraue darauf und nimm an, was mit dir geschieht. Es liegt nicht in meiner Macht, es zu beschleunigen. Deine Verwandlung. Die Zeit ist noch nicht gekommen. Du musst den Pfad des Verstehens allein bestreiten.

Werde ich Raven wiedersehen?, fragte Esmé vorsichtig. Doch sie bekam keine Antwort.

Stattdessen verschwand die schmerzliche Trauer. Sie war nicht verlassen worden. Nicht von allen.

Und obwohl sie noch immer wenig verstand, fühlte sie sich doch gestärkt von dem Hauch der Magie, die sie umgab.

Dennoch blieb sie im Bett. Sie wollte keinen aus ihrer Familie sehen. Als Caroline später leise an ihre Tür klopfte und sich nach ihr erkundigte, stellte sie sich schlafend.

Erst als die Nacht hereinbrach und es im Haus still geworden war, stand Esmé auf und schlich sich nach unten.

Es war beinahe Mitternacht.

Der Mond erleuchtete die Terrasse in einem dumpfen Lichtschein. Über ihr funkelten unzählige Sterne.

Barfuß tapste sie hinüber zu den Lehnsesseln. Wie kalt sich die bereits anfühlten. Die Nacht hatte alle Wärme des Tages herausgezogen. Alles war vergänglich!

Kaum zu glauben, dass sie noch vor ein paar Stunden hier zusammen mit Raven gesessen hatte. Es kam ihr bereits wie eine Ewigkeit vor.

Seufzend nahm sie einen tiefen Atemzug der Nachtluft und blickte wehmütig in den Sternenhimmel.

Es gab noch mehr als die Welt, in der sie jetzt lebte. Sie war hier fremd. Falsch geboren.

Sie gehörte nicht hierher. Doch sie kannte den Weg nicht, der sie von hier wegführen konnte in die magische Welt. Also musste sie vertrauen.

Und warten bis es Zeit war für ihre Verwandlung.

Ein kaum zu erkennendes Lächeln huschte über ihr Gesicht.

Sie setzte sich und zog die Beine heran.

Suchend blickte sie in den dunklen Himmel.

Sie dachte wieder an Raven und an das seltsame Gefühl. Und mit einem Mal konnte sie es spüren. Das eigenartig erdrückende Empfinden wurde deutlicher – als würde sie in klares kaltes Wasser eintauchen, erfasste es ihren Körper.

Esmé hob den Kopf und schaute sich um, doch hier war niemand. Nur Dunkelheit umhüllte sie.

Und wenige Augenblicke später, war es wieder verschwunden.

Ganz in ihrer Nähe, unten am Waldesrand am Ufer des Sees stand Raven – verborgen in der Dunkelheit.

Die Begegnung mit Esmeralda ließ ihm keine Ruhe.

Immer wieder hatte er sich die gleichen Fragen gestellt: Aus welchem Grund führte das Schicksal sie zusammen? Welche Bedeutung hatte sie in seinem Leben als Wächter von Avalon?

Als er heute am menschlichen Ufer angekommen war, hatte es ihn nach Grasmere gezogen. Um sie dort zu treffen? Aber warum?

In ihrer Nähe zu sein, erfüllte ihn mit unermesslich großem Schmerz und doch konnte er nicht ohne sie sein. Konnte die magische Berührung nicht vergessen. Die Faszination, die von ihr ausging.

Es musste einen Grund geben für ihre Begegnung. Er spürte, dass es kein Zufall gewesen war.

So etwas geschah in der Welt, in der er lebte, nicht einfach so, und schon gar nicht einem Wächter von Avalon, der von Skarok bedroht wurde. Er hatte die Stimmen der schwarzen Alben nicht vergessen. Skarok suchte nach ihm. Schon sein ganzes Leben lang.

Dass er so wenig wusste über den Zauber, der Esmeralda umgab, machte ihm Sorgen. Konnte er seinen Gefühlen überhaupt trauen?

Doch er musste sie noch einmal sehen. Zwischen ihnen stand so viel Unausgesprochenes. Warum nur half ihm Melvin Belenus nicht zu verstehen, wer sie war? Es kam ihm vor, als ob ihm diese Weisheit beharrlich verborgen blieb.

Und nun stand er bewegungslos hinter einem Baum und beobachtete sie. Er war außerstande auch nur einen weiteren Schritt zu gehen. Das was er sah, lähmte ihn. Esmé saß auf dem Sessel auf der Terrasse. Ein leuchtend weißes Strahlenmeer umgab sie wie eine Hülle, die sie beschützte. Sie war wunderschön, beinahe unwirklich. Ihre langen Haare flossen sanft über die schmalen Schultern und berührten ihre Brust. Ein paar Strähnen fielen ihr ins Gesicht, und sie schob sie mit einer anmutigen Handbewegung hinter ihr Ohr.

Wer bist du und was hat es mit diesem Zauber auf sich?, fragte er lautlos in die Nacht hinein.

Dann konnte Raven diese Qual nicht länger ertragen und wandte seinen Blick von ihr ab. Er besaß nicht die Kraft, zu ihr zu gehen.

Unbemerkt verschwand er in der Dunkelheit und verlor dabei jedwede Hoffnung die Qual jemals beenden zu können.

Esmé erwachte, als die Sonne schon hoch am Himmel stand. Sie war erst spät eingeschlafen. Begierig auf eine Vision hatte sie lange Zeit keinen Schlaf gefunden.

Doch jetzt als sie erwachte, konnte sie sich nicht einmal an einen Traum erinnern.

Schwerfällig stand sie auf. Sie musste packen.

Vor ihr lag der Tag des Aufbruchs. Eric würde wie geplant zurück nach London fahren. Sie morgen nach York. Und Raven?

Es war Mittag, und er hatte England bereits verlassen.

Wahllos schleuderte sie ein paar Hosen in ihren Koffer. Es fühlte sich an, als bewege sie sich in Zeitlupe. Sie suchte nach dem Sinn dessen, was sie gerade tat.

Esmé ging ins Bad. Wusch sich und zog das Kleid von gestern über, in dem sie ihm begegnet war.

Schnell ging sie nach unten.

Am Küchentisch saßen Eric und ihre Mutter. Sie frühstückten noch.

»Guten Morgen«, begrüßte Esmé die beiden und holte sich einen Kaffee. Nur nichts anmerken lassen.

Caroline lehnte sich zurück. »Guten Morgen«, antwortete sie freundlich. »Wie geht es dir heute? Hast du gut geschlafen?«

So viele Fragen. Sie hatte keine Lust zu reden. Aber Caroline klang besorgt.

»Der Tag war anstrengend …«, erklärte Esmé seufzend und setzte sich an die Stirnseite des Tisches. Weit weg von ihrer Mutter und Eric, »… und diese unglaubliche Begegnung hat mir alle Kraft geraubt.«

Das sollte als Erklärung für ihre gestrige Abwesenheit reichen. Sie schaute zu ihrem Bruder. Er hatte gestern bei ihrem Abschied zufrieden und gelöst gewirkt.

»Das glaube ich allerdings auch, Schwesterherz. Immerhin haben wir es deiner Hartnäckigkeit zu verdanken, dass jetzt alles geklärt ist. Raven ist am Leben. Und die Suttons wohnen in Irland. Ich bin so froh, dass ich die Vergangenheit endlich abhaken kann.«

Sehr schön!, dachte Esmé. Dann hätten wir das ja geklärt. Kann ich jetzt frühstücken?

Sie fand es so ungerecht. Sie war keinen Schritt weiter gekommen. Fast keinen Schritt.

Caroline rührte in ihrem Kaffee. »Ich kann es gar nicht fassen. Eric hat mir gestern Abend alles erzählt und …«, aber Esmé unterbrach ihre Mutter.

»Bitte! Ich kann das jetzt nicht hören.«

Caroline und Eric schauten sich verdutzt an. »Was ist los? Warum bist du so gereizt?«, fragte Eric.

Und im nächsten Moment tat es Esmé leid, so reagiert zu haben. Aber sie wollte wirklich nichts mehr davon hören. Sie hatten keine Ahnung, wie es in ihrem Inneren aussah.

»Habt ihr schon gepackt?«, fragte sie, um vom Thema abzulenken.

»Fast fertig«, antwortete Caroline, und Eric nickte. »Mein Zug geht in zwei Stunden.«

Esmé nahm sich von dem Rührei, den gebratenen Würstchen und Toast. Sie hatte lange nichts mehr gegessen.

Diese Art von Gesprächen waren genau jene, die sie in ihrer Familie verabscheute. Gequälte Höflichkeiten. Aber so war es nun mal. Die Kommunikation war überaus schwierig, und sie reagierte oft gereizt.

Sie schaute aus dem Fenster.

Es war also zu spät.

Oder? Vielleicht wusste Eric mehr.

»Eric...?«, fragte sie. »Hat dir Ian gestern gesagt, in welcher Region Irlands sie jetzt leben? Werdet ihr euch wiedersehen?«

Eric schlürfte seinen heißen Kaffee. Wie konnte er nur so unsensibel sein? Seine Antwort war wichtig.

»Ian hat mir nur gesagt, dass sie auf der Halbinsel Beara leben. Wo genau, weiß ich nicht.«

Esmé zog die Stirn in Falten.

»Ian hat vorgeschlagen, dass wir uns mal in London treffen könnten«, fügte Eric hinzu.

»Hast du keine Adresse von ihm?«

»Nein.« Wieder trank Eric von seinem Kaffee.

Merkte er nicht, worauf sie hinaus wollte? »Findest du das nicht... merkwürdig?«

»Ist mir nicht weiter aufgefallen, nein. Ich find's auch nicht merkwürdig.«

Doch dann lächelte er selbstgefällig und zog einen kleinen Zettel aus seiner Jeans. Er stützte seinen Ellenbogen auf und hielt ihn zwischen Zeige- und Mittelfinger nach oben.

Esmé schaute ihn fragend an.

»Was?«

»Ians Handynummer. Ich habe sie bereits gespeichert. Wenn du sie willst?«

Esmé starrte auf seine Hand. Was sollte sie mit Ians Handynummer? Er war ihr gegenüber so reserviert gewesen.

Ihr Blick schweifte aus dem Fenster. Wenn sie gewusst hätte, wo genau Raven lebt, wäre es einfacher gewesen. Doch Ian hatte Eric nichts verraten. Das passte ja hervorragend zu ihrer Geheimnistuerei. Und es ärgerte sie.

Aber es war besser als nichts. Wenigstens konnte sie Ian anrufen und nach Ravens Nummer fragen.

Esmé hörte auf zu essen. Sie hatte keinen Hunger mehr. Vor ihr stand ein Glas frisch gepresster Orangensaft, den sie unangerührt stehen ließ.

Eric hielt noch immer seine Hand nach oben. Der Kontakt zu den Suttons klemmte zwischen seinen Fingern.

»Ich gehe packen!« Esmé stand auf und griff nach dem Zettel. »Danke«, knurrte sie.

Sie fand das alles unerträglich, und mit einem Mal konnte sie keinen Moment länger in der Nähe ihrer Familie sein und ging nach oben.

Caroline schaute ihr traurig nach. Ihr fiel es schwer, das Verhalten ihrer Tochter zu akzeptieren. Sie entzog sich ihnen so vollkommen! Sie konnten kaum noch ein normales Gespräch führen. Esmés Reaktionen waren immer ähnlich. Sie war gereizt und gab ihnen das Gefühl, dass sie lieber allein war. Aber heute war es noch schlimmer. Caroline glaubte zu sehen, wie Esmé innerlich zerbrach.

Die Begegnung mit Raven schien sie viel mehr aufzuwühlen, als angebracht war. Schließlich hatte Esmé keinerlei Erinnerungen an den Unfall damals.

Doch jetzt war nicht der richtige Zeitpunkt, um mit ihr zu sprechen. Wenn Eric abgereist war, würde sich hoffentlich ein geeigneter Moment dafür ergeben.

Esmé schaute immer wieder auf ihr iPhone. Der Zettel mit der Nummer fühlte sich bereits warm an. Esmé holte tief Luft und speicherte schließlich Ians Kontakt doch ein. Aber sie schaffte es nicht, ihn anzurufen.

Was sollte sie ihm auch sagen? Es war alles geklärt.

Für Ian. Und für Raven?

Jedenfalls nicht für sie.

Dennoch. Sie schaffte es einfach nicht, die Tasten zu drücken. Irgendetwas hielt sie davon ab.

Ihre Hand fühlte sich feucht an und schließlich schleuderte sie ihr iPhone auf das Kopfkissen.

Sie musste packen.

Ihre Mutter hatte schon heute früh begonnen, das Landhaus für die Abreise herzurichten. Tische und Stühle wurden mit weißen Leinentüchern abgedeckt. Die Couch zierte bis zu ihrer Rückkehr im Herbst ein orange-brauner Überwurf. Die schweren Vorhänge an den Fenstern hüllten die meisten Räume im Haus bereits in schummriges Dämmerlicht. Morgen früh würden sie nur noch die Rollläden herunterlassen.

Esmé saß auf ihren gepackten Koffern.

Ihre Mutter hatte gerade verbittert das Zimmer verlassen. Nachdem sie erneut einen Versuch unternommen hatte, mit ihr zu sprechen, hatte Esmé es ihr mehr als deutlich gesagt. Sie wollte nicht mit ihr reden! Schon gar nicht über die Suttons.

Und sie wollte nicht zurück in ihr altes Leben, das daraus bestand, sorgfältig ihre Zukunft zu planen, um sich aus ihrer Zerrissenheit zu stehlen. Sie hatte in den letzten Tagen einfach zu viel erlebt. Sie musste etwas Grundsätzliches verändern.

Sie hatte es schon einmal gespürt und glaubte daran nur einen menschlichen Körper zu besitzen, der ihr wahres Wesen umhüllte. Doch woher kam ihre Seele? Wo war diese andere Welt?

Langsam schweifte ihr Blick durch das dunkle Zimmer. Schon in ein paar Stunden wäre sie nicht mehr hier.

Es war ihre letzte Nacht im Landhaus.

Schnell öffnete sie ihren Koffer und kramte nach ihrem Tagebuch. Als sie das letzte Mal all ihre Fragen und Gefühle darin festgehalten hatte, hatte sie einen magischen Hinweis erhalten. Unten am Bootssteg.

Mittlerweile schlug die Uhr elfmal.

Esmé zog es hinaus – in die Dunkelheit. Auf den Bootssteg, die Terrasse … egal wohin.

Leise schlich sie hinunter, zog die schweren Vorhänge auf und öffnete die Glastür, die auf die Terrasse führte.

Glücklicherweise fand sie noch eine Kerze. Sie stellte sie auf den Tisch und zündete sie an.

Sie setzte sich auf die Holzbohlen und warf die Decke über, die sie sich von ihrem Bett geschnappt hatte. Die Nacht war kühl. Das Tagebuch lag neben ihr und wartete darauf geöffnet zu werden.

Aber dazu kam es nicht.

Unten im Wald hörte sie ein Knacken und noch bevor

sie sich umdrehen konnte, sah sie eine Gestalt wie aus dem Nichts auf die Terrasse treten. Der Mond hinterließ seinen nächtlichen Schatten, und sie hörte eine Stimme, die leise ihren Namen flüsterte.

Es war das erste Mal, dass er Esmé sagte. Dann trat er in den Kerzenschein.

»Hab keine Angst. Ich bin es… Raven.«

Erstaunt sprang Esmé auf. Eine Woge des Glücks erfasste sie und sie ging ihm einen Schritt entgegen.

Raven sah, wie ihre Augen für einen Moment magisch aufleuchteten. Letztes Mal hatten sie diesen Glanz verloren, als er sie verlassen musste.

Doch das hier war unglaublich.

Sie erstrahlten in einem bezaubernden Grün, wie ein reiner Diopsid im aufgehenden Morgenlicht.

Zuneigung durchströmte ihn und mit einem Mal glaubte er zu wissen, welchem magischen Wesen sie ähnelte.

Es verbarg sich in ihr.

Aber so etwas gab es nicht. Hatte es noch nie gegeben. Esmé hatte viel zu viele menschliche Züge – aber diese Aura!

Ihr so nahe zu sein, erfüllte ihn dennoch mit Unbehagen. Es war seltsam. Er konnte seine Zweifel nicht hinter sich lassen.

Er spürte ihre Atemluft, die in der Kühle der Nacht warm zu ihm drang.

»Was machst du hier?«, flüsterte sie. »Ich dachte, du bist schon in Irland.«

»Ich weiß… wir haben die Abreise verschoben!«

Er versuchte seine Unruhe zu bezwingen. Schließlich

hatte er mühevoll Ian davon überzeugt, dass er noch einmal mit Esmeralda reden musste. Er brauchte die Antwort auf die eine Frage, die ihm im Kopf brannte. Vorher konnte er nicht nach Irland zurückkehren und sich seinem Schicksal als Wächter stellen. Das hatte er letzte Nacht begriffen.

Sie schien seine Sinne zu verwirren, und in sich spürte er Gefühle, die ihn zutiefst verwirrten.

Raven trat einen Schritt zurück in die Dunkelheit der Nacht.

»Ich … konnte keine Ruhe finden«, begann er, ohne seinen Blick von ihr abzuwenden. »Die letzten Stunden waren furchtbar. Es … es gibt so viel Unausgesprochenes. So viele Fragen.« Raven seufzte lautlos. Es tat auf wundersame Weise gut, ihr das zu sagen.

Doch in ihrem Blick sah er Verwirrung.

Dann endlich sagte sie etwas. »Ich muss ständig an unsere Begegnung denken. An unser blödes Gespräch am Bootssteg gestern«, ihre Stimme wurde leiser. »Alles verändert sich, und ich verstehe so wenig davon.«

Raven wusste, was sie damit meinte. Die Magie um sie herum veränderte sie allmählich.

»Esmé … bitte sag mir, was dich zu unserem Haus geführt hat!«, platzte es aus ihm heraus.

Für einen Moment starrte Esmé ihn nur an. Dann wandte sie sich ab.

Raven fühlte, dass ihre Aura stärker wurde. Aber er konnte es nicht sehen, so wie gestern Nacht. Reine magische Energie umgab sie.

Es kam ihm wie eine Ewigkeit vor, bis sie ihm endlich eine Antwort gab.

»Ich hatte … eine Vision!«, flüsterte sie sanft.

Raven horchte auf.

»Das war früh am Morgen, an dem Tag, als wir uns begegnet sind. Es war anders als sonst.« Kurz sah sie zu ihm auf.

»Was war anders?«, forschte Raven nach. Diesmal sagte sie es ihm.

»Es war kein Traum. Eher wie ein Schlummer und mit einem Mal entdeckte ich etwas Bekanntes und doch war es nicht wie in meinen Träumen.«

Raven spürte, dass sich das magische Wesen in ihr regte. »Was hast du gesehen?«, fragte er nach.

»Ich war in eurem alten Haus und ... du warst auch dort. Als ich später richtig wach war, hatte ich nur noch einen Gedanken. Ich musste noch einmal zu dem Haus.«

Raven war überrascht. Sie hatte eine Vision von ihm?

Er hatte schon mit einer mysteriösen Antwort gerechnet. Aber das verblüffte ihn.

Was hatte das zu bedeuten?

»Du denkst eine Vision hat dich zu mir geführt? Erzähl mir mehr darüber«, bat er sie. Er musste jetzt alles wissen.

»Ja, ich denke schon. Diese seltsamen Träume, die habe ich seit einigen Monaten. Sie sind so intensiv, dass sie mich ... auch tagsüber begleiten.« Nun ja – das war ziemlich untertrieben. Es gab Tage, da dachte sie an nichts anderes. »... und ich sehe dich in meinen Träumen. Jedes Mal.«

Raven blinzelte. »Wieso bist du dir so sicher, dass ich es bin?« Sein Herz pochte schneller.

»Ich habe es gespürt, als du mir die Hand gegeben hast.« In ihrer Stimme konnte Raven nicht den geringsten

Zweifel hören. »Und seit diesem Augenblick weiß ich es. Ich kenne dich aus meinen Träumen. Du bist es.«

Raven wurde nervös. Sein Blick schweifte zu der flackernden Kerze, die Esmés Haar im Dämmerlicht glänzen ließ. Er musste nachdenken.

Was sollte er damit anfangen? Sie glaubte, dass sie von ihren Träumen und einer Vision beeinflusst war, und so wie es aussah, besaßen sie durchaus eine magische Bedeutung.

Aber warum sah sie ihn darin? Einen Wächter von Avalon? Er versuchte sich zu konzentrieren. Er musste ihr jetzt die richtigen Fragen stellen.

»Was zeigen dir denn deine Träume?«, hakte er nach. »Kannst du dich immer an sie erinnern?« Er spürte, dass er der Wahrheit näher kam. Vielleicht konnte er so herausfinden, mit was für einem magischen Wesen er es hier zu tun hatte. Das hoffte er zumindest.

Esmé nickte. Sie würde es ihm erzählen.

»Ich sehe einen See. Ein sandiges Ufer«, begann sie. Und ihre Worte hallten in Raven Kopfs wider. Er ahnte wovon sie sprach. Was sie gesehen hatte.

»Wir beide …«, sie stockte und wich seinem Blick aus. »… wir stehen am Ufer. Dann steigt kalter Nebel auf. Er wird dichter und dichter, bis er rings um uns ist. Und plötzlich kommt aus den Schwaden der feuchten Luft eine Reiterin auf uns zu. Sie trägt ein langes Gewand und nimmt mich mit sich fort. Ich … ich spüre eisige Kälte in mir, friere und dann bin ich allein.«

Noch immer standen sie sich gegenüber, kaum mehr als einen Schritt voneinander entfernt. Raven nahm jedes Wort in sich auf. Eine Reiterin in einem langen Gewand. Ein See. Ein Ufer.

»Ich verstehe«, sagte er schließlich. »Kannst du mir sagen...«, aber weiter kam er nicht, denn Esmé wurde unruhig.

»Wirklich?«, fragte sie hoffnungsvoll.

Raven sah sie an und in diesem Augenblick schien sie so zerbrechlich. Sie war tatsächlich auf der Suche nach Antworten.

»Was geschieht mit mir? Warum habe ich Visionen?«, fragte sie ihn bittend.

»Nun...«, Raven spürte deutlich ihren Hilferuf, »...es gibt verschiedene Erklärungen. Lass mich kurz nachdenken.« Er brauchte einen Moment, um das zu ordnen, was sie ihm gerade gesagt hatte. Es schien ihm, als wären die Träume nur die Vorstufe zu ihrer Vision gewesen.

Er fuhr sich mit beiden Händen über den Kopf.

Wer konnte Träume beeinflussen oder besser gesagt, beeinflusste dieses Mädchen durch Visionen? Kamen schwarze Alben infrage?

Wenn sie nur ein Mensch war, dann gelänge es den Kreaturen mit Sicherheit. Sie würden versuchen, sie zu beherrschen.

Doch sie strahlte zu viel Liebe aus. Das war untypisch für die Dämonen der Finsternis.

Ein Zauber der Druiden? Auch sie waren in der Lage, so etwas zu tun. Aber dazu passen ihre Visionen von dem See, dem Nebel, der Reiterin im langen Gewand nicht.

Raven glaubte in ihren Träumen eine Spur nach Avalon zu entdecken. Der Schimmel war ein Symbol der Priesterinnen von Avalon. Konnte sie eine Priesterin Avalons sein? In der menschlichen Welt?

Er wusste es nicht.

Aber im anderen Fall: Angenommen Skarok und Umbra van Urgh hätten gelernt jemanden dergestalt zu beeinflussen, dass ein Wächter glaubte, das Wesen entspringe der Magie Avalons? Und er würde sich in sie verlieben?

Dann würden sie ihn schwächen und genau das wollte Skarok erreichen.

Raven wurde blass.

Zögernd schaute er zu ihr und sah wie sie zitterte. Es war kalt, und die Dunkelheit der Nacht lag schwer um ihre Schultern.

»Ist dir kalt?«, fragte er leise.

»Nein. Es geht. Weißt du, was meine Visionen bedeuten?« All ihre Hoffnungen lagen in dieser Frage.

Raven bückte sich. »Deine Decke!«, sagte er und gab sie ihr. Er traute sich nicht, sie ihr umzuhängen. Die Gefahr einer Berührung, die ihn wieder völlig aus der Bahn werfen würde, war zu groß.

Esmé nahm die Decke. »Raven! Rede mit mir!«, flehte sie ihn an.

Es war ihre sanfte Stimme, die ihm wieder ein Stück Vertrauen zurückbrachte. Immerhin konnte er keine Anwesenheit von schwarzen Alben spüren.

»Esmé«, begann er. »Diese Träume sind keine Träume, sondern Erinnerungen. Du sollst dich an etwas erinnern. Etwas, was tief in dir schlummert.«

Esmé horchte auf. Vielleicht konnte er ihr tatsächlich helfen.

Natürlich. Die Träume hatten ihr von dem Wesen erzählt, das in ihrem menschlichen Körper steckte. Dem magischen Wesen.

»Und weiter?« Ihre Augen begannen zu leuchten.

»Visionen werden dir von jemandem gesandt … zumindest in meiner Welt.«

Esmé nickte unsicher. »Ich glaube ich weiß, was du meinst.«

Die magischen Berührungen der smaragdgrünen Sonne. Die vertraute Stimme.

»Woher weißt du so viel darüber?«, fragte sie ihn neugierig. Sie war froh, dass sie endlich den Weg zur Wahrheit gefunden hatten.

»Auch in meiner Familie gibt es Rätsel und Mysterien.«

Rätsel. Mysterien.

Esmé hörte genau zu. Mit jedem Wort hing sie mehr an seinen Lippen.

Sprach er von der magischen Welt, nach der auch sie suchte?

»In welcher Welt lebst du?«, fragte sie schließlich und bemerkte, wie sich sein Blick in ihren Augen verfing.

»Es ist eine andere Welt, Esmé. Eine Welt voller Magie, Zauber und dunkler Bedrohungen. Verborgen und doch gegenwärtig in dieser Welt.«

Esmé lächelte. Nach diesem Hinweis hatte sie gesucht. Und sie würde ihren Weg dorthin finden, dessen war sie sich sicher.

»Danke«, flüsterte sie. »Ich habe schon lange gespürt, dass ich anders bin. Ich fühle mich so fremd hier – schon mein ganzes Leben lang. Ich gehöre nicht hierher. Und … nachdem du mich berührt hast, wusste ich, dass du mir helfen kannst.«

Sie gehörte zu ihm – zu Raven! In seine Welt. Esmé durchströmte ein unbeschreibliches Gefühl der Erleichterung.

Doch im selben Moment spürte sie seine Unruhe. Sein Atem ging schneller.

»Es tut mir leid, aber ich muss jetzt gehen«, sagte er abrupt. »Ich weiß nicht, was die Zukunft bringt. So etwas habe ich noch nie erlebt. Und obwohl es noch so viele Fragen gibt, kann ich nicht länger bei dir bleiben.«

Seine Worte schienen ihn fast zu ersticken, als würde es ihm den Hals zuschnüren.

Und Esmé stand da. Sie spürte, wie er dagegen ankämpfte. Warum?

Ihr Herz begann schneller zu pochen. »Sehen wir uns wieder?«, hauchte sie und versuchte die Angst, ihn zu verlieren, beiseite zu schieben.

»Ich würde es mir wünschen«, antwortete Raven. Er war so ernst.

Dann drehte er sich um, und lief die Terrassenstufen nach unten. Schon stand er in der kalten Nacht. Dort blieb er stehen.

Er zögerte einen Augenblick, bis er sich noch einmal zu ihr umdrehte. Und … dann mit dem nächsten Atemzug sprang er zurück auf die Terrasse.

Esmé spürte ihr Herz am Hals pochen. Jetzt stand er direkt vor ihr und nahm ihre schlanke Hand in seine.

»Es ist so merkwürdig, was mit uns geschieht. Ich … habe keine Erklärung dafür«, flüsterte er.

Esmé glaubte in seiner Berührung zu zerrinnen. Behutsam legte sie ihre andere Hand auf die seine.

»Deine Hände sind kalt«, flüsterte sie.

Raven bewegte kaum erkennbar den Kopf. Und Esmé erfasste eine Welle der Sehnsucht, als er sanft ihre Stirn berührte. Seine Fingerspitzen glitten über ihre Haut und

Esmé sah, dass er einen Ring trug. Er glänzte silbern und saphirblau in der Dunkelheit.

Einen solchen seltsamen Ring hatte sie gestern auch bei Ian gesehen.

Einen Moment lang verharrte ihr Blick darauf.

Aber dann fuhr er ihre schmalen Wangenknochen entlang bis hinunter zum Kinn. Mit einer kleinen Handbewegung strich er eine Haarsträhne aus ihrem Gesicht.

Esmé versank vollends in seiner Liebkosung, glaubte den Boden unter ihren Füßen zu verlieren, obwohl erneut das seltsame Gefühl in ihr aufloderte. Es war ganz nah. So wie Raven.

Der nahm ihre Hand und presste seine Lippen auf die Innenfläche.

Die Sekunden standen still, bis ihr Blick wieder auf den Ring fiel. Sie wollte ihn berühren.

Vorsichtig griff sie danach, strich über das kalte glatte Metall.

Und Raven ließ es geschehen. Beobachtete ihre Reaktion.

»Spürst du etwas?«, fragte er.

Esmé blickte ihn an. »Ja«, antwortete sie. Ihre Haut schien am ganzen Körper zu kribbeln, als sie darüberfuhr. »Was ist das?«

»Ein Gegenstand aus meiner Welt!«

Dann ließ er sie los. »Ich muss jetzt wirklich gehen.« Diesmal aber versetzte es Esmé keinen Schmerz. Sie wusste, dass sie sich schon bald wiedersehen würden.

Sie würde einen Weg finden. Alles fing gerade erst an.

»Ich verstehe, dass du gehen musst. Aber ich weiß, dass wir uns wiedersehen«, sagte sie deshalb.

Raven nickte.

Und einen Augenblick später konnte Esmé ihn schon nicht mehr sehen, obwohl das Mondlicht den Garten erhellte.

Mit einem Lächeln blickte sie ihm nach. Dann drehte sie sich um, löschte die Kerze, nahm alle Sachen mit ins Haus und verschloss leise die Tür hinter sich. Schnell brachte sie alles wieder in Ordnung, so wie es ihre Mutter heute hinterlassen hatte.

Esmé schlüpfte in ihr Zimmer. Kaum zu glauben, wie wunderbar sich die Wahrheit anfühlte – auch wenn es nur ein Teil dessen war, was sie noch entdecken musste.

In dieser Nacht verließen Ian und Raven über die Belissphäre Britannien zum letzten Mal. Nie wieder würden sie hierher zurückkehren.

Die Pforte war all die Jahre aktiv gehalten worden. Für den Tag der Begegnung von Raven und Esmé. Nun verschloss sich die Wand im Wohnzimmer für alle Ewigkeit.

Die Magie verschwand aus dem Haus.

Der Anbruch

Über der Bantry Bay war es kühl. Vögel begannen gerade ihren Gesang, und graue Wolken kündigten einen verregneten Tag an. Noch immer hafteten die Tautropfen der Nacht in den unzähligen Spinnennetzen, die in das Rosengesträuch eingewebt waren.

Erschöpft und müde traten Raven und Ian aus dem Kellergewölbe heraus, gingen nach oben und schlossen die Turmtür hinter sich. Über dem verwilderten Garten hing ein Dunstschleier. Beide schritten lautlos hindurch. Die Luft war so feucht, dass sie Haare und Kleidung benetzte. Leise schlichen sie sich ins Haus, in dem noch alles still war.

Sie waren viel später aus Britannien zurückgekehrt, als sie es vor zwei Tagen bei der Verabschiedung von Cranos geglaubt hatten. Müde verkrochen sie sich in ihre Betten für ein paar Stunden Schlaf.

Nur kurze Zeit später verschwanden im Osten die grauen Wolken. Evolet erwachte in dem Moment, als sich der Dunstschleier lichtete und die aufgehende Sonne den Himmel über Beara blutrot färbte.

Rasch zog sie sich an.

Sie spürte, dass ihr eine Vision bevorstand. Eine Vision, die sie nach draußen drängte, ans Meer. Doch das war nicht ungewöhnlich. Schließlich besaß Evolet diese Gabe schon lange Zeit.

Mit fünf Jahren hatte sie plötzlich einen alten Mann vor Augen gesehen. Er hatte einen schneeweißen Bart, der ihm bis zur Brust reichte, und war in einen braunen Mantel gekleidet.

Damals hatte sie dieses Bild erschreckt. Doch ihre Großmutter Ilana war bei ihr gewesen und ahnte, dass Evolet von nun an Dinge sehen würde, die anderen verborgen blieben. Merlin, der große Zauberer, war Evolet erschienen, und von dem Tag an entwickelte sich ihre Gabe der Zukunftsvisionen.

Heute gehörten die Visionen zu ihrem Leben. Sie wusste, dass ihr auf diese Weise Botschaften zuteil wurden. Mit der Zeit hatte Evolet gelernt, das Herannahen ihrer Visionen zu spüren.

Zuerst wurde sie unruhig. Ihr Gemüt kam in Aufruhr. So wie heute Morgen. Sie war davon aufgewacht. Dabei hatte sie eine blutrote Sonne vor Augen gesehen, die in Wirklichkeit noch gar nicht aufgegangen war.

Die Unruhe wurde stärker, bis sie einem tosenden Sturm glich. Wie so oft in diesen Momenten zog es sie nach draußen. Sobald sie frische Luft atmete, breitete sich Ruhe in ihrem Geist aus. Sie besaß das Gesicht, um in die Zukunft zu schauen.

Heute war Evolet dem schmalen Pfad gefolgt, der rückwärtig vom Haus direkt über die angrenzende Wiese zu den Dünen hinunterführte.

Sie stand unten am Meer und spürte den kalten Sand an ihren Füßen. Der viel zu große Wollpullover schlabberte an ihrem Körper. Ganz in sich gekehrt beobachtete sie die Wellen. Sanft rauschend floss eine nach der anderen an den Strand und wieder zurück ins Meer.

Die Minuten vergingen, bis die Sonne als riesiger, blutroter Ball aus dem Wasser auftauchte. Evolets Blick wurde starr.

Ungestüm kam ein braunes Pferd mit beigefarbener Mähne auf sie zu. Auf dem Pferd saß eine Frau und trug ein seidig glänzendes Gewand, das über ihre Beine fiel. Anmutig flatterte es im Galopp. Ihre langen Haare bewegten sich mit jeder Bewegung ihres Körpers. Sie war wunderschön. Elfenhaft. Langsam kam sie näher. Ritt direkt auf Evolet zu.

Dann schaute sie in ihre grünen Augen. Ihr Blick war klar. Und gerade wollte Evolet ihre Hand heben, ihr zuwinken, als sich plötzlich der Himmel verdunkelte. Graue Wolken türmten sich auf, aus dem ein schwarzer Adler herausschoss. Er schlug mit den Flügeln, die unnatürlich groß waren. Pfeilschnell näherte er sich dem Strand. Auf dem Meer folgte ihm sein dunkler Schatten.

Und noch ehe Evolet verstand, was er vorhatte, griff der Greifvogel die Reiterin von hinten an. Sie hatte ihn nicht bemerkt und stürzte im Galopp zu Boden. Lautlos fiel sie in den kalten Sand.

Evolet stockte der Atem. Es war unheimlich still, und der Körper lag leblos nur wenige Schritte von ihr entfernt. Dann erhob sich eine Welle. Bäumte sich kurz auf, sodass es schäumte, und nahm die Frau mit sich fort.

Evolet starrte weiter aufs Meer, und erst nach und nach kehrte ihr Bewusstsein wieder in die Gegenwart zurück.

Sie saß im Sand. Ihre Sachen waren nass, und Sandkörner bedeckten ihre Beine. Eine Welle leckte an ihren ausgestreckten Beinen.

Sie zitterte am ganzen Körper.

Während ihrer Vision musste sie hingefallen sein. Sie konnte sich nicht daran erinnern.

Ein kalter Schauer überkam sie. Sie musste aufstehen. Zurück ins Haus. Doch die nasse Kälte kroch beharrlich in ihren Körper.

Wieder schaute sie über das Meer. Die rote Morgenstimmung war verschwunden. Jetzt zogen dicke Regenwolken über den Himmel.

Was hatte die Vision zu bedeuten?

Sie wusste genau, dass der schwarze Vogel Skaroks Adler war. Sie hatte ihn schon einmal gesehen, als Cranos ihnen im Turmzimmer von den van Urghs erzählt hatte. Genau der hatte auf den Schultern des Druiden gestanden. Doch jetzt war er viel größer gewesen. Mächtiger. Seine Augen hatten gelb geglüht. Und er hatte die Reiterin getötet.

Wer nur war sie gewesen?

Wieder berührte eine Welle kalten Wassers ihre Füße. Ihr Kopf begann zu schmerzen. Die Vision hatte ihr viel Kraft geraubt. Noch nie zuvor hatte sie sich so erschöpft gefühlt.

Mühsam stand sie auf und schleppte sich den Pfad über die Düne zurück. Immer wieder strauchelte sie. Als sie endlich oben ankam, hatte das hohe Dünengras ihre Füße und Knöchel völlig zerkratzt. Doch Evolet spürte nichts von diesem Schmerz. Die Kälte in ihr betäubte alle anderen Empfindungen.

Evolet stolperte ins Haus.

Sie musste unbedingt zu Cranos und schwankte in die Küche.

Dort sank sie erschöpft ihrer Großmutter in die Arme.

Cranos kam sofort zu ihr und berührte ihren zittrigen Körper.

»Was ist geschehen?«, fragte er besorgt. »Was hast du gesehen?«

Doch als Evolet antworten wollte, schlugen ihre Zähne nur klappernd aufeinander. Sie brachte kein einziges Wort hervor.

Ilana wurde wütend. »Wie oft habe ich dir gesagt, dass du für den Empfang deiner Visionen nicht das Haus verlassen sollst. Du bist noch kein Wächter, und man weiß vorher nie, wie viel Kraft einem die Erscheinungen rauben.«

Doch Cranos warf seiner Frau einen strengen Blick zu. »Sie ist völlig unterkühlt«, sagte er zu ihr. »Du musst ihr einen Tee kochen. Mit Crataegus und Ribes nigrum.«

Sie setzten Evolet in den Lehnstuhl vor dem offenen Kamin. Cranos legte noch einmal dicke Holzscheite auf.

Der Geruch von frisch verbranntem Eichenholz stieg Evolet in die Nase, und allmählich kehrte die Wärme in ihren Körper zurück. Das Gefühl in den Füßen kam wieder.

Sie zog den feuchten Wollpullover und die Hose aus und wickelte sich in die Decke, die in dem Lehnstuhl lag.

Begierig trank sie große Schlucke Kräutertee aus Zaundorn und schwarzer Zeitbeere. Es gab nichts Besseres bei körperlicher Schwäche nach einer Vision und Unterkühlung.

Cranos hatte sich neben sie gesetzt. Besorgt sah er Evolet an. Sie hatte eine machtvolle Vision erfahren, und alles deutete daraufhin, dass die Zeit knapp wurde. Noch immer waren es acht Tag bis zum Vollmond und ihrer Unterweisung.

Skarok und van Urgh würden nicht so lange warten. Da war er sich jetzt ganz sicher.

Immer wieder blickte Cranos von den knisternden Flammen zu Evolet. Ihre Augen waren seinen so ähnlich. Sie strahlten in einem ungewöhnlichen Saphirblau. Sie sah die Welt mit den gleichen Augen, wie er es tat. Doch sie war so zerbrechlich. Zu schwach, um gegen das Böse, den Dämon der Finsternis und den Druiden zu kämpfen.

Evolet richtete sich in ihrem Lehnstuhl auf.

»Ich habe den schwarzen Adler gesehen …«, begann sie, und in ihrer Stimme hörte Cranos Furcht.

Der bedrohliche Greifvogel spukte durch ihren Kopf. »Er war es. Skaroks Adler aus den Pelapurga Bergen.«

Cranos starrte sie an. »Was hat er getan?«

»Er tötete«, flüsterte Evolet und erneut durchfuhr sie ein Schauer. Und dann erzählte sie ihm von der Vision. Alles, was sie gesehen hatte.

Cranos schaute sie lange an. Dann legte er die Stirn in Falten. »War in der Vision irgendetwas anders als sonst?«, fragte er schließlich.

»Ja«, antwortete Evolet nachdenklich. »Die Art wie ich sie empfunden habe. Ich konnte die Magie des Vogels spüren. Sie war eiskalt.« Sie lehnte sich nach vorn. »Was hat das zu bedeuten? Wer war die Reiterin?«

Cranos schloss für einen Augenblick die Augen. Es war ein magischer Augenblick, in dem er versuchte, die Bedeutung der Vision zu verstehen. Und als er sie wieder öffnete, hatten sie etwas an Leuchtkraft verloren.

»Dass … du die Macht des Adlers spüren konntest, ist … ist ein schlechtes Zeichen. Ich würde dir liebend gern etwas anders sagen. Aber es bringt nichts, die Bedeutung zu verheimlichen«, besorgt sah er sie an.

Evolet wurde blass. »Was …?« Sie schluckte. »Sag es mir! Werde ich sterben?«

Cranos schüttelte den Kopf. »Ich hoffe es nicht. Aber du bist schwach ohne die Magie Avalons. Ohne den magischen Ring.«

Seine Worte hallten durch ihren Kopf. Ihre Hände zitterten. »Werden wir die Unterweisung rechtzeitig schaffen?« Ihre Stimme war nur noch ein Krächzen.

»Ich hoffe es, Evolet. Ich hoffe es.«

Cranos stand auf und trat ans Fenster. Regentropfen liefen wie kleine Rinnsale die Scheibe hinab. In seinem Gesicht konnte Evolet Besorgnis sehen. Sie schaute zu Ilana. Ihre Großmutter hatte die ganze Zeit am Feuer gestanden. Jetzt ging sie zu ihm.

»Ihr müsst dringend mit Raven, Ian und Quinlan sprechen«, sagte sie. »Ich gehe und hole sie.«

Cranos nickte, und Ilana verschwand eilig aus der Küche.

Auch im Kamin des Arbeitszimmers knisterte ein Feuer, als Evolet eintrat. Der Raum war sehr groß und an einer Wand mit langen Fenstern versehen. Schwere Vorhänge aus dunkelgrünem Samt hingen daran herab. In der Mitte stand ein alter Eichentisch, dessen viele Kerben und Gebrauchsspuren von seiner langen Geschichte zeugten.

Evolet schaute aus dem Fenster. Über dem Meer zog sich gerade eine schwarzgraue Wolke zusammen. Sie näherte sich ungewöhnlich schnell dem Haus. Und schon im nächsten Augenblick zuckte ein grellgelber Blitz daraus hervor.

Evolet stutzte. Ein Sommergewitter bei diesen Temperaturen? Ein ungutes Gefühl überkam sie, und sie trat unwillkürlich einen Schritt zurück. Wo nur waren Cranos und ihre Brüder? Sie wartete. Vier Sekunden. Fünf. Sechs. Es folgte kein Donner.

Stattdessen wurde es draußen immer dunkler.

Schnell lief sie zur Tür. »Raven? Ian?«, rief sie in den langen Flur.

»Weg vom Fenster!«, hörte sie Cranos aus dem Eingangsfoyer schreien. »Ich suche nach Quinlan! Bleib im Haus!«

Sie hörte seine Schritte, die sich entfernten und leiser wurden.

Evolet schlotterten die Knie. Was ging da draußen vor?

Es war die Wolke. Bedrohlich schwebte sie über das Haus hinweg. Und dann hörte sie ein grauenvolles Raunen und Stöhnen. Keine Worte. Nur diese Geräusche, die ganz nah waren. Es schien als würde etwas über ihr Haus hinwegschweben.

Krampfhaft hielt sie sich am Kaminsims fest.

»Evolet?«, hörte sie Raven rufen. Er kam die Treppe heruntergerannt.

Sie wandte sich um. »Ich bin hier. Im Arbeitszimmer.« Ihre Stimme zitterte und sie hörte, wie er näher kam.

»Was passiert da draußen?«, fragte sie, als er den Raum betrat, gefolgt von Ian.

»Albengeister!«, erklärte er. »Sie sind nicht wirklich da. Es ist nur ein Zauber von Skarok. Ein Trugbild.«

»Sie können den Schutzzauber nicht durchbrechen. Daher schweben sie nur über uns.« Ian war ans Fenster gegangen und schaute nach oben. »Du bist hier sicher«, fügte er hinzu.

Raven stand neben Evolet. »Wo ist Cranos?«, fragte er.

»Er … er wollte nach Quinlan suchen!«

»Ok. Ich gehe raus und suche die beiden. Ian bleibt hier bei dir.«

»Nein!« Evolet versuchte Raven zurückzuhalten. »Cranos hat gesagt, wir sollen im Haus bleiben.«

Raven schüttelte den Kopf. »Du sollst im Haus bleiben. Du bist noch kein Wächter. Für dich ist es gefährlich. Aber nicht für mich. Doch wenn Quinlan irgendwo da draußen ist … dann …« Er sprach nicht weiter, sondern wandte sich an Ian. »Bleib bei ihr. Ich gehe raus.«

Und noch bevor sie etwas erwidern konnten, war er

schon im Flur. Er rannte zur Haustür und nach draußen.

Im Vorhof schaute er nach oben. Es war wie bei Skaroks letzten Angriff. Nur dass diesmal die Wolke schon über ihm war und keine Adler umherkreisten, sondern geisterhafte Gestalten über sie hinwegflogen. Von hier sah es so aus, als ob schwarze Umhänge körperlos über der Schutzglocke flatterten. Die Kapuzen aufgestellt, aber ohne Gesicht. Sie hatten keine Augen – nur Dunkelheit drang aus ihnen hervor.

Raven wandte sich ab. Er spürte, dass Cranos mit Quinlan hier draußen war.

Blitzschnell rannte er los. Ignorierte die Albengeister, die einen glaszersprengenden Ton ausspien.

Eine Sekunde später war er im verwilderten Garten. Hier hörte er Cranos murmeln. Er stand mit erhobenen Armen da, hielt seinen Lorgos in den Himmel und sprach unaufhörlich die gleichen unverständlichen Worte.

Quinlan lehnte schmerzverzerrt am Gemäuer des Turmes. Gequält hielt er sich die Ohren zu.

Raven ging zu ihm. »Du musst ins Haus…«, schrie er. Es war als kämpfte seine Stimme gegen einen wütenden Sturm. Aber es waren nur die Albengeister, die nach ihnen riefen. Ein Zauber, mehr nicht.

»Quinlan!« Er rüttelte ihn an der Schulter. »Höre nicht auf die Schreie. Es ist nur ein Trugbild.«

Sein Bruder war wie hypnotisiert von den Schreien der Geister, als würde er unter ihrem Bann stehen. Er konnte sich kaum bewegen. Der Zauber sponn seinen magischen Faden um seinen Willen.

Doch Raven schaffte es, dass Quinlan ihn ansah. »Ich

bringe dich ins Haus. Dort kannst du sie nicht hören«, wiederholte er und zog seinen Bruder mit sich.

Quinlan hielt sich noch immer die Ohren zu. Er schwieg, schaute erschrocken nach oben und ließ sich von Raven wegführen.

Sie gingen zu Cranos, der einige Meter von ihnen entfernt zwischen zwei Beeten stand. Noch immer hielt er die Arme nach oben. »Skaroks Zauberkraft ist stärker geworden. Schaffe Quinlan von hier weg!«, rief er. »Ich komme nach, sobald ihr im Haus seid.«

Raven nickte. Erschrocken sah er zu Cranos. Seine grauen Haare wehten wie durch einen Luftzug nach hinten. Doch es war windstill. Und sein ganzer Körper schien zu beben.

Dann brachte Raven Quinlan ins Haus. Die Albengeister verfolgten sie, blieben jedoch gebannt im sicheren Abstand des Schutzzaubers. Dennoch erschienen sie ihnen bedrohlich.

Als sie das Herrenhaus erreichten, verschloss Raven schnell die Tür hinter sich. Hier drinnen konnten sie die Schreie tatsächlich nicht hören.

Raven zog Quinlan die Hände von den Ohren. »Alles ok?«, fragte er. »Es ist vorbei. Die Albengeister sind nicht mehr zu hören.«

Quinlan starrte ihn an. »Was ist da draußen passiert?«

»Albengeister!«, wiederholte Raven. »Ein Zauber von Skarok. Los! Gehen wir ins Arbeitszimmer. Dort kannst du dich setzen. Ian und Evolet warten auf uns.«

Quinlan setzte sich in Bewegung, und Raven folgte ihm bis ans Ende des Flures im Westflügel.

Gerade als sie das Zimmer betraten, zog sich die Dunkelheit draußen zurück. Nur die grauen Regenwolken waren noch am Himmel zu sehen. Ian und Evolet standen am Kamin.

»Da seid ihr ja endlich«, sagte Ian erleichtert. »Aber wo ist Großvater?«

Raven wollte gerade antworten, als Cranos in der Tür stand. »Ich bin hier!«, sagte er, und alle drehten sich zu ihm um.

Seine langen Haare lagen ihm wirr um den Kopf. Es sah aus, als wären sie milchig geworden, ein grauer Schimmer lag darüber. Wieder hatten seine Augen an Leuchtkraft verloren und mühsam stützte er sich auf seinen Stab.

»Die Zeit läuft uns davon«, erklärte er und trat einen Schritt näher. Benommen hielt er sich an der hohen Rückenlehne fest und schob seinen Umhang nach hinten. Acht Stühle standen symmetrisch angeordnet um den Tisch. »Der Dämon weiß, dass ihr noch nicht alle als Wächter unterwiesen wurdet. Er versucht Quinlan und Evolet zu schwächen.«

Cranos zog den Stuhl zur Seite und setzte sich. Auf der Rückenlehne war der Feuervogel eingraviert. Sein langer Federschweif berührte ein Lindenblatt. Genau wie auf sechs anderen Stühlen. Das Symbol der Nachkommen Merlins.

Raven trat zu ihm heran. »Was ist mit dem Schutzzauber?«, fragte er nervös. »Geht es dir gut?«

Cranos schaute ihn müde an. »Ich musste den Zauber über Rocca Lovo der Magie des Dämon anpassen«, antwortete er gequält.

Ian setze sich jetzt neben ihn. »Warum? Was ist geschehen?«

»Skarok ist stark geworden. Stärker als ich dachte. Seine magischen Kräfte sind zurückgekehrt. Und er hat versucht, meinen Schutzzauber zu durchbrechen.« Cranos schaute zu Quinlan. »Quinlan wäre draußen ein leichtes Opfer gewesen. Genau wie Evolet.«

Quinlan nahm sich einen Stuhl, den von der Stirnseite, dessen Rückenlehne zwei ineinander verschlungene Ringe zierten. Er setzte sich und lehnte seinen Kopf zurück.

»Warum warst du draußen?«, fragte Ian ihn.

»Ich war im Turm, als die schwarze Wolke über dem Meer auftauchte.« Sein Blick haftete an der Decke. »Und als sie näher kam… wollte ich zu euch ins Haus. Euch warnen. Ich habe den Blitz gesehen, auf den kein Donner folgte. Deshalb habe ich den Turm verlassen. Ich konnte ja nicht ahnen, dass der Zauber mich angreifen kann. Hier auf unserem Anwesen.«

»Bisher wart ihr hier immer in Sicherheit«, sagte Cranos. »Doch jetzt…«, traurig blickte er zu Evolet.

»Ich hatte heute Morgen eine Vision«, flüsterte sie daraufhin. »Ich habe gesehen, wie der schwarze Adler eine Reiterin in einem langen Gewand tötet.«

Raven schaute erschrocken zu ihr. »Das hast du gesehen?«

Doch Cranos versuchte ihn zu beruhigen. »Ich denke, dass es nur bedeutet, dass Evolet schwach ist ohne die Magie Avalons.« Dann schwieg er und sein Blick traf sich mit Ravens. Er durfte keine Angst haben. Angst raubt einem die Kraft.

»Was schlägst du vor, was wir jetzt tun sollen?« Ian war aufgestanden und legte ein neues Holzscheit ins glimmende Feuer. Dann schaute er zu Cranos.

»Wir müssen einfach vorsichtig sein. Und wir sollten in drei Tagen nach Avalon aufbrechen. Aber trotzdem kann die Unterweisung von Evolet und Quinlan erst bei Vollmond vollzogen werden. Erst dann vereint sich die Magie Avalons in euch vier.«

Cranos räusperte sich. »Solange kann ich den Schutzzauber aufrechterhalten.«

Evolet nickte. »Das schaffen wir. Und einem Wächter kann der Zauber nichts anhaben.« Etwas beruhigter schaute sie zu Raven.

Ian ging zum Bücherregal, das mit alten Schriftstücken, Pergamentrollen, Büchern und Nachschlagewerken aus vergangenen Zeiten gefüllt war.

»Warum ...«, fragte er, »... wurde unsere Unterweisung getrennt?«

»Weil es noch nie vier Wächter gleichzeitig gab?«, vermutete Quinlan. »Ich habe mir heute Morgen auch schon den Kopf darüber zerbrochen.«

»Nein«, sagte Ian gedankenverloren und zog einen in Leder gebundenen Band aus dem Regal. »Neumond und Vollmond muss für uns noch eine andere Bedeutung haben.«

Raven horchte auf. »Nach alter Tradition findet die Unterweisung bei Neumond statt, wenn sich die Energie von Sonne und der unsichtbaren Lichtgestalt des Mondes im Steinkreis konzentriert.«

Ian nickte. »Bei Vollmond ist es anders. Dann stehen sich von der Erde aus gesehen Sonne und Mond gegenüber.«

»Sie sind gegensätzlich«, warf Cranos ein.

»Und das bedeutet?«, fragte Evolet.

»Dass … eure magischen Ringe mit gegensätzlichen Zaubern gewirkt sein werden.«

Quinlan sah Cranos erstaunt an und rutschte nach oben. »Und das bedeutet wiederum?«

»Genau kann ich das nicht sagen«, antwortete Cranos. »Aber gegensätzliche Zauber entsprechen der Magie sich unsichtbar zu machen oder andere Gestalten annehmen zu können.«

Quinlan huschte zum ersten Mal seit dem Angriff ein Lächeln übers Gesicht. »Dann kann ich es kaum erwarten nach Avalon zu kommen«, sagte er fröhlich.

Evolet musste schmunzeln. Und es schien, als würde ein Hoffnungsschimmer den Raum erhellen.

Dann stand Cranos auf. »Ich muss mich jetzt in die Stille zurückziehen. Da ist noch etwas anderes, was ich nicht sehen kann.«

Mit diesen letzten Worten verließ er das Zimmer, ohne dass ihm noch irgendjemand eine Frage stellte.

Tatsächlich spürte er etwas Seltsames, was er herausfinden und erfragen musste.

Raven jedoch machte sich auf den Weg ins obere Turmzimmer. Trotz des erneuten Zwischenfalls durch die Albengeister hatte er den Zauber, der Esmé umgab, nicht vergessen. Er musste herausfinden, welchen Ursprungs er war. Denn Melvin Belenus schwieg beharrlich dazu.

Nur langsam vergingen die Stunden, die Esmé in York verbrachte.

Unentwegt dachte sie an Raven, ihre Begegnung und den letzten Abend.

Nun wieder hier zu sein, war kaum auszuhalten.

Doch eines wusste Esmé genau: Nie wieder würde sie in ihr tristes, altes Leben zurückkehren – nicht nach dem Gespräch mit Raven und mit allem, was sie jetzt wusste. Sie musste lediglich auf den geeigneten Zeitpunkt warten. Nur so lange brauchte sie York erdulden.

Es war nur eine Frage der Zeit.

Doch seit sie nach Hause zurückgekehrt war, war nichts mehr geschehen. Kein Traum. Keine Vision.

Nicht einmal mehr eine neue Veränderung stellte sie an sich fest. Daher bohrte sich der Schmerz tief in ihr Herz. Jeder Atemzug fiel ihr schwer, und sie suchte nach einem Sinn, für den es sich lohnte, morgens aufzustehen. Sie hatte das Gefühl, sich selbst im Weg zu stehen. Sie wollte nicht hier sein und doch war sie es.

Dieser heutige Sonntagnachmittag zog sich ewig hin. Sie kramte in ihrem Schreibtisch, und die Anmeldungsformulare für ihr Medizinstudium fielen ihr in die Hand. Daneben lag der Zettel mit Ians Telefonnummer.

Wie grotesk.

Vor ihrer Reise nach Loughrigg hatte sie mühsam ihr Studium geplant, um sich nach dem Praktikum in der Kinderarztpraxis von Dr. Mansfield an der University of York einzuschreiben. Doch das war vor der Begegnung mit Raven gewesen. Jetzt war ihr sorgfältiger Plan absolut hinfällig.

Ihr Blick fiel auf den Zettel.

Schon oft hatte sie es probiert und dann kurz vor dem ersten Klingelton wieder aufgelegt. Es war seltsam. Mit Raven verband sie eine besondere … magische Verbindung … aber es gelang ihr nicht, ihn anzurufen.

Warum nicht?

Schnell schob sie die Unterlagen beiseite und schob sie zusammen mit dem Zettel in eine Schublade.

Niedergeschlagen stand sie auf und ging auf den Balkon.

Ihre Familie wohnte hier in der vierten Etage einer alten Stadtvilla. Ringsum gab es grüne Oasen, kleine Parks und direkt vor ihrem Haus standen zwei große Platanen, deren Zweige bis an die Küchenfenster reichten. Die Wohnung war großzügig geschnitten und geschmackvoll mit antiken Möbeln eingerichtet.

Sie war allein zu Haus. Ihre Eltern waren unterwegs.

Esmé setzte sich in die Hängematte auf dem Balkon und starrte leeren Blickes auf die Platanen. Langsam verschwammen die Blätter zu einem grünen Film vor ihren Augen.

Und mit einem Mal fühlte sich Esmé müde. Sehr müde. Erschöpft. Ein berstender Schmerz jagte ihr durch den Kopf.

Schwerer und schwerer wurden ihre Beine – sie konnte

nicht mehr aufstehen. War das die Krönung ihrer Lethargie angesichts der ausweglosen Lage, in der sie sich befand?

Esmé zog die Wolldecke hoch und verbarg ihr Gesicht darin. Ihr Wille wurde schwächer. Sie wollte gar nichts mehr.

Und dann stand sie in einem Wald. Erstaunt schaute sie sich um. Überall waren Bäume zu sehen, die wie Buchen, Eschen und Erlen aussahen. Doch irgendwie waren sie … anders. Es roch nach frischem Moos und Pilzen. Langsam, Schritt für Schritt, ging sie über den weichen Waldboden. Es knackte leise unter ihren Füßen. Und sie war sanft umgeben von einem Dunstschleier aus Sonnenstrahlen.

Sie schaute nach oben. Ein dichtes Blätterdach verdeckte ihr die Sicht in den Himmel. Sie konnte die Sonne nur erahnen und lief weiter durch den Schleier des Lichtes. Streckte ihre Hand danach aus. Es fühlte sich an wie ein Hauch zarter Schmetterlingsflügel.

Dann erweckte ein ungeheuer mächtiger Baumstamm ihre Aufmerksamkeit. Er war dicker als die anderen und an seinen Ästen hingen purpurrote Blätter. Vorsichtig näherte sie sich dem Baum, angezogen von dessen Schönheit. Heruntergefallenes Laub raschelte bei jeder ihrer Bewegungen.

Plötzlich trat eine weibliche Gestalt hinter dem Stamm hervor. Sie lächelte zaghaft und winkte sie mit einer Handbewegung näher. Irgendetwas funkelte in ihrer anderen Hand.

Zögernd ging Esmé auf sie zu und musterte sie dabei. Der Gestalt wuchsen Zweige und Äste aus dem Kopf. Anmutig bewegte sich ihr schlanker, kraftvoller Körper.

Sie trug ein schwarzblaues Kleid, das in Wellen über den Waldboden glitt. Ihre Haut war braun von Sonne und Wind, ein Echo der Erde des Waldes.

Ein paar Schritte vor ihr blieb Esmé stehen. Und mit einem Mal blitzten die Augen der Frau in einem orangeroten Leuchten auf.

Esmé schaute sich erschrocken um. Aber sogleich forderte die Gestalt erneut ihre Aufmerksamkeit. Sie begann mit ihr zu sprechen. Angestrengt versuchte Esmé die Worte zu verstehen, aber es war eine Sprache, die sie noch nie zuvor gehört hatte – mit merkwürdigen Silben und einer düsteren Tonfolge. Während sie gestikulierte, zeigte die Gestalt auf einen Gegenstand in ihrer Hand.

Dann war es vorbei.

Esmé schlug die Augen auf, und das Licht der Sonne, das auf den Balkon schien, blendete sie.

Sie musste nachdenken.

Sie hatte wieder eine Vision empfangen, und für einen ganz kurzen Moment lächelte sie. Die Zeit des Wartens war vorbei.

Aber dann wurde sie ernst. Was hatte sie eben gesehen?

Diese Bilder glichen überhaupt nicht den ihr bekannten. Es ging weder um den See, noch den Strand … und auch nicht um Raven. Nein. Das hier war etwas völlig anderes.

Der Wald war ihr magisch vorgekommen.

Und die seltsame Gestalt? Wer war sie? Was hatte sie zu bedeuten? Ihre funkelnden Augen hatten sie feindlich angeblinzelt. Aber trotz des Unbehagens hatte sie sich von den umstehenden Bäumen beschützt gefühlt. Oder hatte sie jemand begleitet? Sie konnte es nicht mehr sagen.

Esmé versuchte sich noch einmal den Gegenstand genauer ins Gedächtnis zu rufen. Glänzend, lang gestreckt hatte er in der Hand der Gestalt gelegen. Doch da war auch eine schwarz funkelnde Spitze gewesen. Es war ein Pfeil gewesen, wenn auch kein gewöhnlicher.

Esmé rieb sich die Augen. Zum Glück waren ihre Kopfschmerzen vorüber. Aber ihr Mund fühlte sich ganz ausgetrocknet an, und sie schmeckte einen bitteren Geschmack.

Esmé versuchte aus der schaukelnden Hängematte aufzustehen, doch die Vision hallte noch heftig durch ihren Körper. In diesem Augenblick spürte sie wieder die magische Berührung. Die unsichtbaren Strahlen der smaragdgrünen Sonne. Sie umhüllten ihren ganzen Körper.

»Bist du da?«, flüsterte Esmé leise und setzte sich auf.

Doch es blieb stumm.

Erst nach einer Weile hörte sie endlich ein klares Ja.

Dankbar schloss Esmé für einen Moment die Augen. »Wieso bist du so lange weg gewesen?«, flüsterte sie und öffnete wieder die Augen.

Es fühlte sich an, als würde jemand unsichtbar direkt neben ihr sitzen und ihren Arm berühren, denn dort empfand Esmé behagliche Wärme. Noch nie zuvor hatte sie dies so deutlich wahrgenommen.

Weil du hier in Sicherheit bist, vernahm sie als Antwort auf ihre Frage.

Esmé stutzte. »Ich bin hier in Sicherheit? Was bedeutet das?« Unweigerlich blickte sie in die Richtung, von der sie glaubte, dass dort jemand saß.

Doch da war nichts.

Behutsam hob sie ihre Hand. Vielleicht konnte sie etwas spüren.

Es war seltsam. Die Luft neben ihr fühlte sich tatsächlich anders an. Fassbarer, wie ein leichter Sog unter Wasser, der mit der Welle einherkam und eine Muschel vom Strand fortspülte.

Esmé zog ihre Hand wieder weg und legte sie in ihren Schoß.

Ihr Herz begann zu klopfen. »Ich bin hier in Sicherheit?«, fragte sie leise nach. »Heißt dass, wenn ich woanders wäre, wäre ich es nicht?« Sie spürte eine düstere Vorahnung. Raven hatte etwas über die andere Welt gesagt. Eine Welt voller Magie, Zauber und dunkler Bedrohungen. Verborgen und doch gegenwärtig in dieser Welt.

Sie erinnerte sich genau an seine Worte.

Und jetzt hatte sie eine neue Vision ereilt.

»Woher kommen meine Visionen? Und was bedeuten sie?«, wollte Esmé wissen. Ihre Stimme begann zu zittern.

Du schreitest weiter voran auf dem Pfad des Verstehens. Unsere Verbindung wird stärker. In deinen Visionen kannst du sehen, was ich fühle. Erzähle mir, welche Bilder dir erschienen sind!

Esmé wandte ihren Blick ab und stand auf. Dabei fiel die Hängematte locker in sich zusammen. Jetzt spürte sie den Sog des Wassers, der die Luft durchwallte, neben sich.

Langsam begann Esmé von der Vision zu berichten, erzählte von dem magischen Wald, der Gestalt, die wie ein Teil des Waldes aussah, von ihren roten Augen und der seltsamen Sprache. Zuletzt erwähnte Esmé noch den Pfeil, den die Gestalt in der Hand gehalten hatte. Sie konnte sich ganz genau an alle Bilder erinnern, so seltsam sie auch gewesen waren.

Dann wartete sie auf eine Antwort.

Das ist noch nicht alles. Du hast nicht alles gesehen, hörte Esmé die Stimme sagen. *Ich fühle etwas Bedrohlicheres. Etwas Machtvolleres als diese Gestalt.*

»Aber … da war nichts mehr. Wirklich!«

Esmé schaute betroffen in die Leere.

Es ist noch zu schwach, flüsterte die Stimme. *Daher kannst du es nicht sehen. Vielleicht wird die nächste Vision dir mehr zeigen. Kämpfe nicht dagegen an.*

»Aber …«, Esmé schluckte. »Ich weiß nicht, was ich machen soll. Ich verstehe so wenig.«

Lass es einfach geschehen.

Esmé starrte in die Luft neben sich. Die Antwort half ihr nicht weiter. Wie konnte sie etwas geschehen lassen, was sie nicht verstand. Zudem wünschte sie sich nichts mehr, als von hier zu verschwinden.

»Weißt du etwas über Raven?«, fragte Esmé jetzt mit wackliger Stimme. Sie machte sich plötzlich Sorgen.

Es gibt Hoffnung, die wir in uns tragen. Schon seit Jahrhunderten. Du musst deiner Verwandlung vertrauen und …, doch dann schwieg die Stimme.

Esmé blieb zurück mit diesen geheimnisvollen Worten, die sie nicht verstand. Sie wusste nicht einmal, ob es eine Antwort auf ihre Frage nach Raven sein sollte.

Der Sog neben ihr war verschwunden.

Esmé betrat die Küche, nachdem sie eine Stunde bewegungslos auf dem Balkon verbracht hatte. Sie verstand es einfach nicht.

Unglücklicherweise traf sie ihre Mutter dort an.

»Ich würde gern mit dir sprechen«, sagte Caroline.

»Bitte«, erwiderte Esmé gleichgültig. Insgeheim war sie

dankbar über eine kleine Ablenkung. Obwohl ihr eigentlich nicht nach Reden zumute war. Aber sie brauchte ja nur zuhören.

Caroline trat zu ihr heran. »Ich verstehe dich sehr gut ...«, begann sie.

Esmé blickte sie erschrocken an.

»Dich beschäftigt bestimmt sehr viel und vor dir liegt ein Neubeginn – dein Studium, neue Freunde ...«

Als Esmé das hörte, wandte sie sich wieder ab. Caroline wusste gar nichts.

»Bist du deshalb so still? So abweisend?«, fragte Caroline besorgt. »Wenn du reden willst, ich bin jederzeit für dich da. Ich hoffe, das weißt du.«

Esmé schnaubte enttäuscht. »Das weiß ich.«

»Ich möchte dir gern noch etwas sagen.« Caroline lehnte sich an den Küchenschrank. »Dad und ich sind sehr stolz auf dich. Du bist sehr ehrgeizig, und ich weiß, dass auch eine Phase der Selbstfindung zum Leben gehört. Du musst herausfinden, wer du bist. Was du willst und was du vielleicht erreichen möchtest.«

Esmé schaute ihre Mutter erstaunt an. Was kam denn jetzt? Noch nie zuvor hatte ihre Mutter so mit ihr gesprochen.

»Ich ... will dir damit sagen, dass ... es auch in Ordnung ist, wenn du eine bereits getroffene Entscheidung rückgängig machst.« Caroline schien sich genau überlegt zu haben, was sie Esmé sagen wollte. »Solltest du herausfinden, dass du etwas anderes willst und vielleicht doch nicht Medizin studieren möchtest, ist das in Ordnung. Nimm dir die Zeit, um herauszufinden, wer du bist und was du willst.«

Esmé starrte ihre Mutter schweigend an. Was sie ihr da gerade sagte, drang zum ersten Mal zu ihr durch. So mitfühlend hatte sie Caroline noch nie erlebt.

Und ihre Worte hatten eine ungeheure Wirkung. Es fühlte sich an, als falle eine Last von ihr ab. Eine Last, die sie ständig daran hinderte, genau das zu tun, was die geheimnisvolle Stimme ihr sagte.

Sie fühlte, wie sich Tränen der Erleichterung in ihren Augen sammelten. Doch sie kämpfte dagegen an. Sie konnte es Caroline nicht zeigen.

»Danke, Mom«, war alles, was sie in diesem Moment sagen konnte. Und sie schenkte ihr ein Lächeln.

Es war das erste Mal seit Langem, dass Esmé Mom zu ihr gesagt hatte. Caroline wusste, wie wichtig ihre Worte gewesen waren und war erleichtert. Esmé brauchte keinen Druck, sondern Zuspruch für die Möglichkeit einer neuen Perspektive. Dann würde sie auch wieder aus ihrer selbst gewählten Isolation auftauchen.

Auch Esmé fühlte sich erleichtert, fast als hätte sie die Freigabe ihrer Zukunft durch Caroline benötigt. Jetzt brauchte sie sich gedanklich nicht mehr mit dem Studium, ihrem Praktikum – ihrem Leben in York zu beschäftigen.

Sie war frei von der Last, die sie all die Jahre getragen hatte. Alle erlogenen Pläne für die Zukunft waren mit diesen wenigen Worten hinfällig geworden.

Vielleicht konnte sie jetzt die Dinge einfach geschehen lassen.

Zum ersten Mal seit sie wieder in York waren, zog es sie nach draußen.

Sie sehnte sich danach, durch den städtischen Park zu gehen.

Es waren kaum Leute unterwegs, und sie genoss die Stille. Sie war frei.

Leichtfüßig lief sie einen schmalen Schotterweg entlang. Sie merkte noch, dass ihr wieder ein berstender Schmerz durch den Kopf fuhr. Dann wurde ihr übel, und der Park verschwamm vor ihren Augen. Im nächsten Moment stand sie vor dem mächtigen Baum mit den purpurroten Blättern.

Sie blieb stehen. Jemand stand hinter dem Stamm. Nein. Jemand stand in dem Stamm und trat daraus hervor. Die seltsame Gestalt mit dem Pfeil. Doch diesmal war es anders. Esmé kniff die Augen zusammen. Für eine Sekunde nahm die Gestalt den Körper einer Frau an. Schwarzbraune Haare flossen über ihre Schultern. Mit ihren orangeroten Augen blinzelte sie Esmé an, doch ihre Miene blieb wie versteinert.

Dann verschwand sie. Der Baum löste sich in Luft auf, und Esmé sah wieder den Schotterweg im Park.

Eine neue Vision! Diesmal konnte sie es einfach geschehen lassen.

Die ganze Zeit in York hatte sie es nicht gekonnt. Endlich hatte sie es begriffen. Erst als sie sich von den Zwängen befreit hatte, blockierte sie sich endlich nicht mehr selbst.

Schon verschwanden die Symptome, die zu Beginn der Vision aufgetreten waren.

Diesmal war es ihr leichter gefallen, die Vision zu empfangen.

Esmé drehte sich um. Sie konnte die unsichtbaren Strahlen der Sonne nicht fühlen. Sie hob ihre Hand und griff um sich herum in die Luft. Da war auch kein Sog.

Esmé überlegte.

Die Gestalt hatte sich in eine merkwürdige Frau verwandelt. Kam sie aus der anderen Welt? Aus jener, von der Raven gesprochen hatte?

Esmé wusste es nicht. Doch das Waldwesen sah nicht bedrohlich aus. Eher ernst. Missmutig. Aber in keiner Weise bedrohlich – wie die Stimme es ihr gesagt hatte. Sie hatte also noch immer nicht alles gesehen.

Als Esmé am Abend in ihrem Zimmer saß, fühlte sie sich unerklärlich müde. Im Westen von York ging soeben der Mond auf und schaute mit einer zunehmenden Sichel durch einen dünnen Wolkenschleier auf die Erde.

Nach der Vision im Park war sie noch lange umhergelaufen. Ein seltsamer Spaziergang – sie hatte die Bäume im Park atmen gehört, ihre eleganten Bewegungen gesehen. Die Äste hatten ihr zugewinkt und die Vögel in den Baumkronen über sie gesprochen, jeden ihrer Schritte beobachtet.

Seit sie Erics Gedanken gespürt hatte, hatte sie keine derartig intensive Wahrnehmung mehr empfunden.

Jetzt saß sie auf dem Bett. Ihr Blick blieb an der gelb gestrichenen Wand haften. Abermals spürte sie die pochenden Kopfschmerzen, und die Wand vor ihren Augen verschwamm zu einem gelb leuchtenden Meer. Unentwegt starrte sie darauf. Es war still. So lange bis die Stille von den Silben der unbekannten Sprache durchbrochen wurde. Sie hörten sich an wie das Zischen einer Schlange, ein geisterhaftes Krächzen, das ihr mit einer ungeheuren Intensität durch den Kopf drang. Düster. Grollend.

Dann fügten sich die Silben zu Wörtern. Leise murmelnd drangen sie hervor. Perforatum… Makaosa…

Netruma. Die Stimme wurde drängender. Perforatum. Makaosa. Netruma. Das Grollen wurde lauter.

Perforatum. Makaosa. Netruma.

Immer lauter wurden die Worte, bis alles zu einem wütenden Donnerschrei verschmolz. Perforatummakaosanetruma.

Entsetzt schlug Esmé die Augen auf. Ein eiskalter Schauer ergriff ihren Körper, und sie zitterte. Erschrocken griff sie an ihre Ohren. Dort spürte sie einen stechenden Schmerz, als würde jemand mit einer Nadel ihr Trommelfell berühren. Kurz, aber quälend.

Dann wich der Schmerz. Sie hörte nur noch ihr Herz pochen, spürte wie das Dröhnen in ihrem Kopf nachließ.

Benommen schaute sie sich um.

Wieder hatte sie keine einzige Silbe verstanden. Doch das geisterhafte Krächzen, das Grollen, der wütende Donnerschrei – hatten ihr Angst gemacht.

Die Zeit schien still zu stehen. Und es war unnatürlich leise in ihrem Zimmer.

Unbeweglich saß Esmé auf der Bettkante.

Dann spürte sie, wie ein energetischer Hauch in ihre Lungen eindrang und sie tief atmen ließ. Mit jedem Heben des Brustkorbes durchdrang er alle Zellen ihres menschlichen Körpers. Die Angst wich aus ihren Gedanken.

Die Minuten verstrichen. Dann fiel Esmé erschöpft nach hinten.

Sie atmete weiter. Doch wieder hatte sich etwas verändert. Sie fühlte sich schwerelos. Und mit einem Mal leuchteten helle Strahlen rund um ihren ganzen Körper. Durchzogen von einem smaragdgrünen Schimmer umflossen sie Esmé wie ein Strahlenmeer aus unzähligen Sonnen. Es war ihre magische Aura.

Wie lange Esmé so gelegen hatte, wusste sie nicht. Erst die geheimnisvollen Worte holten sie in ihr Zimmer zurück.

Heute Nacht soll es geschehen. Denn die Zeit ist gekommen, hörte Esmé die vertraute Stimme sagen. *Unser Volk braucht dich!*

Esmé schlug die Augen auf. Schwang in den Worten eine hoffnungsvolle Erleichterung? Oder war es ihre eigene?

Wenig später stand Esmé auf dem Balkon. All ihre Bewegungen erfolgten wie in Trance. Als würde sie die Schwelle zu ihrer Verwandlung gleich überschreiten.

Sie schaute in den Nachthimmel hinauf und spürte die kühle Nachtluft auf ihrer Haut. Durch den Wolkenschleier waren die Sterne nur als kleine schimmernde Punkte zu sehen. Ihr Blick blieb daran haften. Wurde wieder starr. Und nur ein leichter Schmerz durchfuhr ihren Kopf.

Esmé stand auf einer großen Hochebene. Irgendwo in der Nähe rauschte das Meer. Wilde Blumen blühten zu ihren Füßen.

Esmé sah sich um. Um sie herum ragten regelmäßig angeordnet aufrecht stehende Steine aus der Erde. In der Mitte befand sich ein steinerner Altar. Daneben erblickte sie Raven.

Er hielt die Zügel eines Schimmels in der Hand und winkte ihr zu. Dann stieg er auf das Pferd und ritt langsam durch die hohen Gräser, direkt auf Esmé zu. Voller Freude lief sie ihm entgegen. Ihr Herz klopfte vor Aufregung bis zum Hals.

Doch plötzlich huschte ein Schatten hinter einem Stein hervor und verschwand. Esmé blieb abrupt stehen.

Und im nächsten Augenblick entdeckte sie die Gestalt von dem Baum mit den purpurroten Blättern. Abwechselnd blickte Esmé zwischen ihr und Raven hin und her. Er hatte die Fremde nicht gesehen.

Dann erhob sich neben dem Steinkreis ein undurchdringlicher Wald, warnende Rufe drangen aus ihm hervor. Doch Esmé konnte ihren Blick nicht von der Gestalt abwenden: Das seidenschwarze Kleid und ihre unnatürliche Schönheit waren unverkennbar.

Esmé ließ sie nicht aus den Augen.

Die Gestalt betrat den Steinkreis. Ihre schwarzen Haare wehten im Wind. Sie lächelte Esmé an, bevor ihre Augen bedrohlich aufblitzten.

Esmé spürte, wie sie ein eiskalter Sog erfasste und in die Mitte des Kreises zog. Doch sie kämpfte dagegen an. Nochmals traf ihr Blick den glühenden Blick der Fremden. Dann wandte sich die Gestalt ab, stellte sich in Position und straffte die Schultern. In den Händen hielt die Fremde den Pfeil mit der schwarzen Spitze und einen goldenen Bogen. Dann hob sie die Arme, spannte den Bogen und zielte auf… Raven.

Esmé gab einen Schrei von sich, der ihr lautlos im Hals stecken blieb. Raven konnte sie nicht hören. Sie rannte los. Doch es war zu spät.

Blitzschnell löste sich der Pfeil aus dem Bogen. Die schwarze Spitze blitzte auf, bevor sie sich in Raven bohrte. Im nächsten Augenblick zersplitterte Raven in abertausend Stücke. Sein Pferd fiel auf die grasbewachsene Erde.

Wie gelähmt stand Esmé da. Und die Blumen im Steinkreis verblühten. Die Blüten starben, und Raven verschwand mit den einzelnen Splittern spurlos im Nichts.

Esmé fehlte jegliche Luft zum Atmen. Sie rang nach Luft und hielt sich zitternd am Balkongeländer fest.

Erschrocken blinzelte sie in die Dunkelheit.

Die Sterne am Himmel waren jetzt deutlich zu sehen. Kein Wolkenschleier zog mehr über das Firmament, der ihre Sicht in die unendliche Weite des Universums hätte verdecken können.

Reglos starrte Esmé in den Nachthimmel. Sie zitterte immer mehr. Eine unnatürliche Eiseskälte umgab sie. Kaum noch spürte sie ihre Hände. Und doch schien die Kälte aus ihrem Inneren herauszukriechen.

Sie zitterte so stark, dass ihre Zähne aufeinanderschlugen, als ein heller Lichtstrahl sie berührte. Er kam aus dem Nichts direkt neben ihr wie damals auf dem Dachboden.

Langsam wurde er heller und intensiver. Dann schlängelte er sich um Esmé, hüllte sie ein wie ein wärmender Mantel. Immer und immer wieder wand sich das Licht um ihren zitternden Körper. Dabei teilte sich der Strahl in viele weitere und wogend berührten sie sanft ihren Kopf. Ein Hauch des smaragdgrünen Schimmers lag in der vertrauten Berührung.

Esmé schloss die Augen. Sie fühlte sich unheimlich geborgen. Beschützt. Dennoch war die eisige Kälte in ihrem Körper noch nicht verflogen.

Wieder schien die Zeit still zu stehen. Das Licht wirbelte immer stärker um sie herum. Selbst durch die geschlossenen Lider konnte sie die Helligkeit sehen.

Vorsichtig öffnete sie die Augen und sah, dass die Lichtstrahlen sich von ihr weg bewegten. Sie formierten sich neben ihr zu einer Lichtsäule. Strahlend schön. Und binnen zwei Sekunden entstand eine mannshohe Lichtsäule, die sie blendete.

Wieder musste Esmé blinzeln. Sie spürte, wie ihr Herz schneller pochte, doch sie konnte sich kaum bewegen, so kalt war ihr.

Sie wandte ihren Blick nicht von der Lichtsäule ab und sah, dass eine menschliche Gestalt daraus hervortrat. Wunderschön in einem seidenglänzenden langen Kleid stand sie vor ihr.

Esmé machte große Augen. Der Lichtstrahl. Die Berührungen der smaragdgrünen Sonne. Das alles war von diesem strahlenden Wesen gekommen?

Esmé verschlug es die Sprache. Sie schaute das magische Wesen wie gebannt an. Feenhaft bewegte es sich auf Esmé zu. Nur einen Schritt. Sie lächelte.

Ihre blond gelockten Haare fielen geschmeidig am Rücken hinab, umspielten ihren schlanken Körper.

Esmé blickte in ihr Gesicht. Sah ihre blasse Haut … und spürte die Stärke und Anmut, die sie ausstrahlte.

Dann begannen ihre Lider zu flattern. Esmé taumelte. Ihre Knie wurden weich, denn die eisige Kälte raubte ihr alle Kraft.

»Mir … ist so kalt!«, stotterte sie. Ihre Stimme war nur noch ein Flüstern. »Was …«, doch mehr konnte Esmé nicht sagen. Sie sackte in sich zusammen.

Blitzschnell reagierte das magische Wesen und kniete sich vor Esmé auf den Boden. Dann schlang sie ihre Arme um den kalten Körper. Esmé glaubte ihren Kopf an ein zartes Blütenblatt zu lehnen.

Sofort umgab die beiden wieder der Lichtstrahl, der sich langsam zu drehen begann. Bis er zu einer strudelnden Woge heranwuchs.

»Atme!«, sagte das strahlende Wesen leise zu ihr, und Esmé tat es. Und mit jedem Atemzug drehte sich die helle Woge schneller um sie.

Allmählich spürte Esmé, wie die Wärme in ihren Körper zurückfloss. Immer mehr verdrängte sie die Kälte aus ihrem Inneren.

Und noch ein Atemzug.

Esmé sah, wie die Woge aus Licht etwas Schwarzes umschloss. Es ähnelte einem Regentropfen. Nur um ein Vielfaches größer. Seltsam plastisch verformt schien er zu kämpfen. Wie ein gefangener Fisch im Netz wand er sich gegen das Licht, das ihn vollkommen einschloss.

Der Lichtstrahl stieg mit dem schwarzen Tropfen hinauf in den Himmel. Oben in weiter Ferne verschwand die Woge schließlich und hinterließ einen leuchtenden Halbbogen nach oben. Esmé erinnerte es an eine umgedrehte Sternschnuppe, die gerade verglühte.

Dann ließ das Wesen Esmé aus der Umarmung los.

»Das war knapp«, sagte sie in einer wohlklingenden Stimme, die Esmé bekannt vorkam.

Ungläubig schüttelte Esmé den Kopf. »Was war das?«

»Das war die Macht des Bösen. Die dunkle Bedrohung, wie wir sie nennen. Sie kommt aus der anderen Welt. Der magischen Welt, nach der du gesucht hast.« Das Wesen stand auf und zog Esmé vorsichtig an den Händen nach oben. »Die Macht des Bösen ist stark geworden«, fügte sie nachdenklich hinzu. »Und du bist noch schwach. Aber …«, sie schien eher sich selbst zu fragen, »… woher wissen sie von dir?«

»Wer … bist du?«, fragte Esmé flüsternd und streckte behutsam ihre Hand nach der Gestalt aus. Doch sie zögerte. Sie wagte nicht, sie zu berühren.

»Ich bin Yávem – eine Lichtelfe.«

Als Esmé den Klang ihres Namens hörte, durchströmte sie ein Gefühl des Vertrautseins.

»Bist du …?«, aber weiter kam Esmé nicht, denn die Lichtelfe nickte.

»Ja«, antwortete sie. »Wir Lichtelfen haben unseren Ursprung in dem magischen Land, dem auch du entstammst und dessen Zauber die ganzen Jahre in dir schlummerte. Dein Ursprung liegt in Amaduria.«

Esmé schaute sie an und runzelte die Stirn.

»In den letzen Wochen ist deine magische Seele in dem smaragdgrünen Licht, das uns umgibt, erwacht und ließ den Zauber der Lichtelfen in dir reifen. Du bist ein Teil von uns, dem Volk der Lichtelfen. Einst – vor Jahren – rettete ich dich.« Yávem nahm ihre Hand, und Esmé bemerkte, dass sie sich nicht wie eine menschliche Hand anfühlte. Nicht wie Fleisch und Blut, sondern zarter, weicher als die ihre, eher wie der Tautropfen auf einem samtigen Blütenblatt.

Sie selbst war nicht so wie sie.

Esmé blickte auf. »Was heißt das, du hast mich gerettet?«, fragte sie überrascht.

Die schrecklichen Bilder der Vision verblassten für den

einen Moment, in dem sie endlich die Wahrheit über sich erfahren sollte.

»Alle Hoffnung der Lichtelfen richtet sich seit Jahrzehnten auf eine alte Prophezeiung. Die Prophezeiung besagt, dass es einst eine Lichtelfe geben wird, hineingeboren in die menschliche Welt, um sie vor den Gefahren aus Amaduria zu beschützen. Diese Lichtelfe wird mit besonderen Gaben gesegnet sein, und ein ungewöhnliches Schicksal erwartet sie.« Yávem strich sanft mit ihrem schlanken Daumen über Esmés Handrücken. »Sehr lange haben die Lichtelfen darauf gewartet. Und in deiner Geburt erkannten sie die Erfüllung der Prophezeiung. Ich wurde an diesem Tag in die menschliche Welt geschickt. Unsichtbar. An den Ort, an dem du das irdische Licht erblicken solltest. Aber deine Mutter wurde unter den Qualen der Geburt zunehmend schwächer. Dein Leben war in Gefahr, noch ehe du geboren warst. Der lange Kampf, den deine Mutter austrug, hatte dich geschwächt. So lagst du vor ihr, zu schwach für deinen ersten Schrei.

Ich konnte nicht anders. Ich musste dich retten. Du warst unsere ganze Hoffnung. Deshalb berührte ich dich. Hauchte dir viel zu früh meinen Elfenatem ein, und das Leben in dir begann. Aber der magische Hauch war zu intensiv. Zu sehr wurde dein menschlicher Körper von der Magie erfasst«, nachdenklich blickte Yávem in Esmés leuchtende Augen. »Nur deshalb hast du dich dein ganzes Leben so zerrissen gefühlt, fremd in der Umgebung, in der du verborgen vor den dunklen Mächten Amadurias aufwachsen solltest. Und aus diesem Grund bin ich die ganzen Jahre bei dir geblieben. Immer wieder habe ich dir Kraft gegeben, dich berührt, damit du nicht daran zerbrichst. Deine Verwandlung in eine Lichtelfe war für den Tag vorgesehen, an dem deine Bestimmung anbricht.«

Esmé konnte nicht glauben, was sie da hörte. Es flößte ihr Furcht ein. All das sollte sie sein? Ein magisches Volk setzte all seine Hoffnungen in sie?

»Ich spüre, dass ich mit dir verbunden bin«, sagte Esmé zaghaft. »Aber bin ich wirklich diejenige, die du glaubst? Eine Lichtelfe?«

Yávem lächelte. »Noch bist du es nicht. Noch besitzt du nicht alle Gaben und bist daher verwundbar. Es wäre viel zu gefährlich, dich jetzt schon mit in die andere Welt zu nehmen.«

Esmé schaute sie verwundert an. »Erzähl mir von Amaduria und von den Lichtelfen«, bat sie. Raven hatte ihr darüber nichts gesagt.

»Amaduria ist ein Land voller Magie. Mystische Wesen leben dort, die von magischem Zauber umgeben sind. Doch Amaduria wurde vor Jahren zerstört.« Yávem schaute Esmé traurig an. In ihren grünen Augen brannte die Erinnerung des Schreckens.

»Das ist lange her. In dieser dunklen Zeit haben schwarze Alben viele Lichtelfen entzaubert und getötet. Manche von uns wurden in den Schutz des Waldes getrieben. Nur wenige retteten sich nach Avalon – die heilige Insel des magischen Landes. Sie liegt verborgen im Schutz des Nebels, und Avalon überdauerte die Zeit nach der Zerstörung Amadurias. Dort blieb unser Zauber bestehen und mit ihm unsere Hoffnung. Denn seit dem Tag deiner Geburt rückt Amaduria nicht weiter in die Ferne. Unser Loran-Tor hat sich geöffnet. Doch erst wenn du eine Lichtelfe bist, trägt auch das Volk der Lichtelfen wieder die Kraft der Liebe, des Vertrauens und der Geborgenheit, und wir kehren zurück.«

Esmé schwankte. Sie suchte nach Halt, denn Yávems Worte erzählten von einer Vergangenheit, die ihr seltsam bekannt vorkam und deren Hoffnung in ihr mündete. Doch sie konnte sich nicht erinnern.

»Warum verwandele ich mich in eine Lichtelfe?«, fragte sie zögernd. Ihre Stimme flatterte. »Du hast gesagt, dass sie für den Tag vorgesehen war, an dem die Bestimmung anbricht. Was bedeutet das?«

Yávem schaute sie ernst an. »Avalon ist in Gefahr. Und Amaduria. Der mächtigste schwarze Alb ist zurückgekehrt. Der Dämon der Finsternis. Und mit ihnen die Überlebenden eines gefürchteten Druidenstammes aus dem Norden. Gemeinsam trachten sie nach der Macht über Avalon und Amaduria. Aber seit Jahrhunderten beschützen die Wächter von Avalon das magische Land vor ihnen. Seit einigen Tagen werden sie aufs Neue von den dunklen Mächten bedroht.«

Yávem hielt inne und schaute Esmé an. »Raven und seine Geschwister sind die Wächter von Avalon. Sie sind die Nachfahren einer uralten Blutlinie eines der mächtigsten Zauberer, der je gelebt hat.«

Esmé wurde blass.

Das also war das Geheimnis, nach dem sie gesucht hatte. Raven war ein Wächter in der magischen Welt.

»Es war dumm von mir zu glauben, dass er dir das anvertrauen würde«, erklärte Yávem. »Sein ganzes Leben ist er dazu erzogen worden, dieses Geheimnis zu wahren.« Ihre Stimme wurde leiser. »Denn bevor sie zu Wächtern werden, können sie vernichtet werden. Es gibt genügend

Zauberer, Druiden und schwarze Alben, die danach trachten.«

Erschrocken schaute Esmé sie an. Sofort sah sie wieder die Bilder der Vision vor sich. Sie hatte gesehen, wie Raven in unzählige Splitter zersprang. Aber bevor sie Yávem davon erzählte, musste sie noch eines wissen. »Was sagt die Prophezeiung über meine Bestimmung?«, fragte sie flüsternd. Ihre Hände zitterten.

Yávem wandte sich ihr zu. »Du bist mit dem Schicksal der Wächter von Avalon verbunden. Noch nie hat es eine Verbindung zwischen der Blutlinie des Zauberers und den Lichtelfen gegeben.« Die Lichtelfe schwebte einen Schritt näher.

»Raven ist deine Bestimmung. Du lebst – um ihn zu retten. So ist es vorherbestimmt.«

Es war ihre Bestimmung ihn zu retten?

Esmé schloss die Augen.

Das ergab alles keinen Sinn. Sie hatte gesehen, wie der Pfeil ihn traf. Die Blüten waren daraufhin verwelkt. Sie hatte seinen Tod gesehen. Yávem musste sich irren. Sie konnte nicht diejenige sein, für die sie gehalten wurde.

»Ich soll die Macht haben, einen Wächter von Avalon zu retten?« Verzweifelt schüttelte Esmé den Kopf. »Ich bin schwach. Das hast du selbst gesagt. Ich bin keine Lichtelfe, und ich verstehe gar nichts von den Gesetzen und Mysterien der anderen Welt.«

»Nein! So darfst du nicht denken. Deine Verwandlung ist nur noch nicht vollendet. Ich dachte, dass es heute geschieht. Doch aus irgendeinem Grund…« Sie schwieg. Wandte sich ab und ging schwebend auf und ab. »Aber es besteht kein Zweifel. Du bist die Lichtelfe der Prophezeiung. Sieh dich an! Deine Gaben entwickeln sich – deine Intuition ist geschärft, deine schützende Aura wird mit jedem Elfenhauch mächtiger. Und unsere Verbindung ist stärker geworden. Durch deine Visionen können die Lichtelfen die Zukunft sehen.«

»Aber das ist es ja gerade. Ich habe in der Vision gesehen, wie Raven durch einen merkwürdigen Pfeil stirbt. Er verschwand im Nichts.«

Yávem verharrte. Angsterfüllt blickte sie Esmé an. »Das kann nicht sein!« Ihre Stimme begann zu flattern. »Erzähl mir, was du genau gesehen hast.«

Esmé erzählte ihr von der mystischen Frauengestalt, den rot aufblitzenden Augen, dem Steinkreis und von dem schwarzen Pfeil mit dem goldenen Bogen. Sie musste sich sehr auf ihre Worte konzentrieren, denn die Angst um Raven drohte ihre Gedanken zu vernebeln. Ihre Augen verrieten Yávem, wie sehr sie um den Mann bangte, der ihr Herz mit Liebe gefüllt hatte.

»Der Todespfeil der schwarzen Alben aus den Tiefen von Mohador«, hauchte Yávem erschrocken. »Es gibt jemanden, der ihn benutzt. Ich dachte, es sei nur eine Legende. Doch es ist wahr.« Nachdenklich blickte sie Esmé an. »Wir müssen nach Irland!«, sagte sie nach wenigen Sekunden. »Ich weiß, dass du es bist. Warum sollte der Dämonen der Finsternis sonst versuchen, dich zu zerstören, bevor du unsterblich wirst. Es war die Magie der dunklen Mächte, die vorhin in dich eingedrungen ist. Hätte der eiskalte Sog deine magische Seele erreicht, wäre es für mich nicht so einfach gewesen, dich zu retten. Doch er hat nur deine Verwandlung verzögert.«

Esmé hatte tausend Fragen im Kopf. Ihr Herz wummerte gegen ihren Brustkorb, doch sie brachte nur ein Wort heraus. »Unsterblich?«

Yávem nickte. »Lichtelfen sind unsterblich. Aber es gibt dennoch Gefahren. Der Todespfeil der schwarzen Alben ist eine Art uns zu zerbrechen. Sie haben ihn schon einmal benutzt. In der dunklen Zeit sind viele von uns gestorben. Der Todespfeil ist gefährlich ... nicht nur für uns Lichtelfen.«

Esmé blieb stumm.

Ihre Angst um Raven schwoll weiter an. Sie hatte ihn nicht gerettet! Und diesmal konnte die Gegenwart der Lichtelfe ihr keinen Trost spenden.

Verzweifelt blickte sie auf ihre nackten Füße.

»So darfst du nicht denken!«, hörte Esmé die Lichtelfe sagen und schaute erschrocken hoch. Wusste die Lichtelfe immer, was sie dachte?

»Vertraue auf deine Intuition, Esmé. Wir müssen sehr vorsichtig sein. Sowohl hier in der menschlichen Welt als auch in den Visionen. Von nun an werde ich immer bei dir bleiben. Aber ich denke, es ist das Beste, wenn wir uns zu den Wächtern von Avalon begeben. Sie müssen erfahren, was du gesehen hast.«

Yávem überlegte weiter. »Ich teile mit dir bereits übernatürliche Kräfte. Aber noch bist du zu sehr in deinem menschlichen Körper gefangen. Deine Zauberkraft reicht für das magische Fliegen noch nicht aus. Deshalb musst du auf irdischem Weg nach Irland gelangen.«

Esmé nickte, so überrumpelt war sie von der Wahrheit und ihrer magischen Bestimmung.

»Du musst dich von deinen Eltern verabschieden!«, hörte sie Yávem leise sagen und spürte, wie sie eine Hand auf ihre Schulter legte.

Esmé blickte auf. »Und ... einen Flug nach Cork buchen«, schloss sie.

Ein mulmiges Gefühl erfasste ihre Brust. Sie konnte spüren, dass sie ihre Eltern nicht wiedersehen würde, wenn sie eine Lichtelfe war.

Kaum traute sie sich diese Frage zu stellen, doch es musste sein. »Werde ich sie wiedersehen?« Ihre Stimmte wankte. »Und Eric?«

»Das kann ich dir nicht sagen. Aber eines weiß ich. Du wirst dich in eine Lichtelfe verwandeln, und deine Eltern, genau wie dein Bruder, werden dich nicht sehen können. Menschen wissen nichts über die magische Welt oder die Existenz von Lichtelfen.«

Esmé schloss die Augen.

Die Zeit war gekommen, da sie die Schwelle in die magische Welt überschritt. Unwiderruflich.

Es gab nur diesen einen Weg. Diese eine Tür, mit all den Konsequenzen.

Sie hatte keine Wahl. Und selbst wenn, sie würde sich nie gegen Raven entscheiden. Doch das bedeutete, ihre Eltern für immer zu verlassen.

War sie bereit, Eric nie wieder zu sehen?

Sie wusste es nicht, und es spielte keine Rolle mehr, denn Raven war in Gefahr. Sie hatte den Todespfeil gesehen.

Sie musste zu ihm.

Esmé sah Yávem an.

»Ich werde mich von ihnen verabschieden. Zumindest von meinen Eltern. Eric ist in London. Aber damit muss ich wohl leben.«

Yávem nickte. »Sie werden das Ausmaß der Endgültigkeit nicht verstehen, denn du musst ihnen die Wahrheit verschweigen. Aber vielleicht wird es dadurch einfacher. Ich bleibe im Verborgenen bei dir.«

Und mit einem zaghaften Lächeln auf den Lippen machte sie sich unsichtbar und verschmolz mit der Dunkelheit der Nacht.

Esmé starrte in den Nachthimmel. Sie spürte die magische Gegenwart von Yávem neben sich. Den Sog des Wassers, der die Luft durchwallte.

Die Bestimmung

Die Uhr in der Küche schlug gerade sieben. Für Esmé fühlte es sich seltsam an, den Raum zu betreten. Nach der letzen Nacht war sie nicht mehr dieselbe.

Doch sie musste noch eines tun, bevor sie zu Raven ging – in die magische Welt.

Deshalb war sie hier.

Esmé hatte gehofft, ihren Vater anzutreffen. Normalerweise war um diese Uhrzeit sonst niemand auf. Stattdessen saß Caroline am Bartisch und blätterte in der London Times.

»Ist Jack heute schon früher los?«, fragte sie ihre Mutter erstaunt. Sie hatte gerade unter skyscanner.com ihr Ticket von Manchester nach Cork gebucht.

Caroline schaute auf. Tiefe Ringe lagen dunkel unter ihren Augen. »Er ist gar nicht erst nach Hause gekommen. Irgendetwas Wichtiges in der Praxis.«

Esmé blieb stehen. Die kühlen Fliesen brannten unter ihren Fußsohlen.

Sie merkte wie sich ihr Brustkorb verengte.

Schon seit Tagen ging bei Jack die Arbeit vor. Für ihn gab es nichts Wichtigeres als die Praxis und seine Patienten. Aber diesmal würde es zu spät sein. Eine weitere Gelegenheit seine Tochter in den Arm zu nehmen, würde er nicht bekommen.

Wie konnte er einfach nicht da sein?

»Ich fliege heute nach Irland«, sagte sie ihrer Mutter, und obwohl sie es gar nicht wollte, klangen ihre Worte hart. Trotzig.

Langsam ging sie zu ihr. Sie brauchte einen Augenblick, um auf den erschrockenen Blick ihrer Mutter zu reagieren. Caroline hatte geräuschvoll die Zeitung zusammengelegt und schaute sie entsetzt an.

»Ich muss herausfinden, wer ich bin und was ich will…«, fügte sie hinzu, bevor ihre Mutter widersprechen konnte. »… und das … kann ich nicht hier.«

Sie sah ihrer Mutter ins Gesicht. Mit den eingefallenen Wangen wirkte sie blass. Esmé glaubte hinter den geröteten Augen nicht nur Traurigkeit zu sehen. Ihre Mutter fühlte sich verletzt.

Egal, wie zerrissen und fremd sie sich in der Vergangenheit bei ihr gefühlt hatte, so blieb sie doch ihre Mutter. Yávems Worte fielen ihr wieder ein, und mit einem Mal betrachtete sie Caroline unter einem ganz anderen Blickwinkel. Mitfühlender. Sie hatte ihr einen menschlichen Körper geschenkt, und nur wegen des Zaubers der Lichtelfen hatte sie ihre Mutter nicht so lieben können, wie es wohl eine menschliche Tochter getan hätte.

Esmé berührte sie sacht am Unterarm.

Und dabei fühlte sie sich ihr nah. So nah, wie noch nie in ihrem Leben. Sie spürte, dass ihre Mutter Angst um sie hatte, besorgt war.

»Aber warum so schnell? Wo willst du denn hin? Du…« Caroline klang verzweifelt.

Esmé versuchte, es ihr zu erklären. »Meine Entscheidung habe ich nicht so schnell getroffen, wie du glaubst«, log sie. »Es tut mir leid, wenn es dich überrascht. Aber ich muss gehen.« Esmé wich ihrem Blick aus. Was sollte sie ihr noch sagen? Sie hatte keine andere Wahl. Sie musste zu Raven. Er war in Gefahr.

»Mach dir keine Sorgen. Mir geht es gut«, sagte sie mit fester Stimme, bevor ihre Mutter an ihren Worten zerbrach.

»Sag Jack ›auf Wiedersehen‹ von mir. Ich muss gleich los.«

Esmé zögerte einen Moment, und dann umarmte sie ihre Mutter zum letzten Mal. Berührte ihre weichen Haare, die den Duft von Vanille ausströmten.

»Wann kommst du zurück?«, fragte Caroline ihre Tränen unterdrückend.

»Ich weiß es nicht.«

Esmé löste sich aus der Umarmung. »Danke«, flüsterte sie ihr zu und drehte sich um. Als sie an der Tür stand, drangen Carolines verzweifelte Worte zu ihr. »Ich hab dich lieb!«, rief sie ihr nach.

Esmé drehte sich zu ihr um. Der Kloß in ihrem Hals ließ sich nicht runterschlucken, und sie konnte nichts erwidern.

Vor der Tür faltete sie ihre Hände, und hoffte inbrünstig, dass ihre Mutter es verkraften würde, sie loszulassen. Für immer ließ sie ihre Mutter zurück. Genau wie Jack und Eric. Nur von ihr hatte sie sich verabschieden können. Es erschien ihr ungerecht. Die Familie Breckett war seit Jahren von Magie umgeben, die ihnen ständig eine Last aufbürdete. Die Last des Fortgehens, die Last der Lügen.

Feiner Nieselregen wehte Esmé ins Gesicht. Über dem Flughafen in Cork hingen graue Wolken, und sie zog den Kragen ihrer dünnen Jacke höher und die Kapuze tiefer in die Stirn.

Esmé stand auf irischem Boden. Ihr Leben in England hatte sie hinter sich gelassen. Es gab kein Zurück mehr, nicht einmal einen Anruf konnte sie machen, denn sie hatte absichtlich ihr iPhone in York zurückgelassen. Auf dem Schreibtisch. Als Zeichen ihres endgültigen Abschieds wurde sie unerreichbar. Und mit dieser Geste war es getan.

Esmé schaute sich um. Niemand beobachtete sie. Alle Menschen eilten an ihr vorüber.

Sie schulterte ihren Rucksack und ging in Richtung Busterminal. Als Nächstes musste sie ins Zentrum von Cork zum Zentralbahnhof. Von dort aus fuhren Busse in alle Richtungen.

Nach rund einer halben Stunde kam sie dort an. Sie spürte ein Gefühl unendlicher Freiheit, das ihr erst jetzt in der Entfernung zu ihren Eltern bewusst wurde. Auch wenn es ihr schwer gefallen war – mit ihrem Abschied hatte sie ihre magische Seele ein weiteres Stück befreit.

Neugierig suchte sie am Zentralbahnhof Parnell Place nach Zeichen von Yávem. Sie musste ihr hier den weiteren Weg weisen. Esmé fühlte, dass sie bei ihr war, wie ein Äther in ihrem Ohr, der ab und an mit ihr sprach oder wie jetzt für nur eine Sekunde das Wort Berehaven an einem vergilbten Hinweisschild aufleuchten ließ.

Das war also ihr neues Ziel.

Es gab eine direkte Buslinie, die sie nach Beara führte, und sie hoffte die Halbinsel in knapp drei Stunden zu erreichen.

Im Bus war es angenehm warm. Sie setzte sich auf einen der hinteren Plätze am Fenster, den Kopf gegen die Scheibe gelehnt. Ihren Rucksack neben sich, gepackt mit den nötigsten Dingen. Tagebuch, Klamotten und Zahnbürste – Dinge für ihre letzte irdische Zeit. Sie hatte keine Ahnung, was sie fortan als Lichtelfe benötigen würde. Aber solange ihre Verwandlung andauerte, wollte sie ihre menschlichen Gewohnheiten nicht ablegen.

Der Bus rüttelte und fuhr los.

Ihre Gedanken wanderten zu Raven.

Wie sollte sie ihm gegenübertreten? Jetzt nachdem sie erfahren hatte, wer sie wirklich war und von der Prophezeiung wusste.

Empfand sie ihm gegenüber deshalb so, weil ihre Schicksale eng miteinander verwoben waren? Diesbezüglich ergaben ihre Visionen einen Sinn. Aber was war mit ihren Gefühlen? Die Liebe, die sie tief in ihrem Herzen für ihn empfand? Das tiefe Vertrauen, als wären sie schon seit Jahrhunderten vereint?

Nachdenklich schaute sie aus dem Fenster. Sie ließen die Stadt hinter sich, und die Landschaft wurde grüner. Wiesen und Feldern zogen vorbei. Esmé schloss die Augen.

Bilder aus ihren Visionen huschten durch ihren Kopf. Raven, der vom Pferd stürzte, getroffen von dem Todespfeil.

Ein schmerzvolles Gefühl bohrte sich tief in ihren Körper und nährte ihre Zweifel an der Prophezeiung.

Doch sie musste stark sein. Für Raven.

Sie verwandelte sich in eine Lichtelfe und würde alles tun, um ihn vor der Gefahr des Dämons zu beschützen. Was auch immer das bedeutete.

Esmé spürte eine unsichtbare Berührung auf ihrer Stirn. Und genau an dieser Stelle, zwischen den Augen, fühlte sie ein Kribbeln. Der Elfenatem floss in sie hinein, durchströmte jede Zelle ihres Körpers mit dem smaragdgrünen Licht. Das Licht der Lichtelfen. Esmé spürte neue Kraft.

Dann öffnete sie die Augen.

Ihre Hände lagen im Schoß. Sie betrachtete ihre Finger. Sie konnte die Veränderung in sich fühlen, obwohl physisch nichts zu sehen war. Aber es strömte eine energiegeladene Leichtigkeit durch ihre Adern, die sich anfühlte wie die Flügelschläge eines Schmetterlings.

Enger presste sie sich in den Bussitz. Sie hatte eine lange Fahrt vor sich.

Ihr Blick fiel auf die Scheibe. Es regnete immer noch und die Regentropfen verliefen im Fahrtwind zu einem Rinnsal. Sie starrte auf die seichten Bewegungen des Wassers. Ihr Kopf brummte. Dann erfasste ein Frösteln ihren Körper. Aber es war kein beängstigendes Frösteln, sondern fühlte sich eher wie ein prickelndes Beben an.

Sie stand auf einem Hügel. Unterhalb blickte sie auf eine Bucht. Das Meer wogte in Wellen hin und her. Dann aber befand sie sich auf einem Innenhof inmitten eines herrschaftlichen Anwesens. Bunte Ornamentscheiben zierten die lang gestreckte Hausfront. Säulen umgaben die Eingangstür, aus der Raven trat.

Mit einem Lächeln auf den Lippen öffnete Esmé die Augen.

Sie war auf dem richtigen Weg.

Am späten Nachmittag erreichte der Bus das kleine Dörfchen Berehaven im Süden der Halbinsel Beara. Entlang der Main Street reihten sich rote, orange, beige und blaue Häuser aneinander. Der kleine Ort war der Hauptort auf Beara.

Als Esmé ausstieg, roch die Luft nach Fisch. Über ihr kreischten die Möwen, die sich auf den Fischerbooten im Hafen niederließen.

Außer ihr stiegen auf dem Square noch einheimische Leute aus dem Bus, ältere Frauen mit prallvollen Einkaufstüten. Keine von ihnen nahm von Esmé Notiz, und insgeheim war sie froh darüber. Sie vertraute Yávem, denn sie wusste nicht, woran sie die Dämonen in der menschlichen Welt erkennen sollte.

Sie wollte jetzt nicht an die Eiseskälte denken, die sie in York erfasst hatte.

Esmé schaute sich um, suchte nach neuen Zeichen. Der gepflasterte Platz war ringsum von Häusern umgeben. Vor ihr stand ein irisches Denkmal. Eine hohe Säule mit einer Inschrift.

Langsam ging sie in Richtung Hafen. Vorbei an zwei alten Fischern, die sich in der Sonne auf einer Bank unterhielten. Hier schien es heute nicht geregnet zu haben.

Dann spürte Esmé ein Prickeln im Nacken, so als würde sie beobachtet.

Sie blieb stehen. Erschrocken schaute sie sich um.

Am Rande des Platzes entdeckte sie ein junges Mädchen. Hatte sie vorhin schon dort gestanden?

Ihr Blick blieb an ihr haften, denn das Mädchen starrte sie mit einem erstaunten Gesicht an. Irgendetwas an ihr war merkwürdig. Esmé konnte es nicht beschreiben. Ganz unerwartet schlich sich wieder das seltsame Gefühl in ihren Bauch. Doch es war nur ganz schwach. Beinahe unmerklich. Aber sie hatte es schon einmal gespürt.

Was hatte das zu bedeuten?

War auch sie ein Wesen aus der magischen Welt?

Esmé schaute auf die Pflastersteine. Ihre Gedanken kreisten. Sie sollte vorsichtig sein!

Als sie wieder aufschaute, war das Mädchen näher gekommen und schaute sie fragend an. Ihre Miene war ernst.

Esmé fielen ihre strahlend blauen Augen auf, und das mulmige Gefühl rumorte weiter in ihr. Sie vertraute auf Yávem und wartete auf einen Rat. Doch sie blieb stumm und sprach keine Warnung aus.

Das Mädchen aber schaute sich immer wieder um, blickte angespannt zu den Häusern auf der anderen Straßenseite. Esmé folgte kurz ihrem suchenden Blick. Doch sie entdeckte nichts Ungewöhnliches.

»Du kommst nicht aus der Gegend?«, hörte Esmé sie zögerlich fragen. Sie war einen Schritt näher getreten.

Esmé verneinte. »Ich komme aus York, in England … und … bin auf der Suche nach jemandem. Hier in Irland.«

»Aus Britannien?«

Esmé stutzte. Das Mädchen benutzte eine längst veraltete Landbezeichnung und sah verwundert aus.

Esmé biss sich auf die Unterlippe. Das Mädchen war

die Einzige, die sie hier wahrgenommen hatte. Was sollte sie ihr sagen?

»Ich bin heute in Cork gelandet und seitdem mit dem Bus unterwegs«, entschied sie sich für die Wahrheit.

Das Mädchen nickte. »Und wohin willst du noch?«

»Ich… weiß es nicht so genau«, antwortete Esmé. War ihre Begegnung ein Zufall oder hatte Yávem dies vorausgesehen? »Ich habe keine Adresse. Nur einen Namen. Und… er weiß nicht einmal, dass ich unterwegs zu ihm bin. Aber ich muss ihn unbedingt treffen.« Esmé setzte ihren Rucksack ab. »Das ist bestimmt schwer zu verstehen. Ich habe eine Reise begonnen, von der ich nicht weiß, wo und wie sie endet.«

Esmé beobachtete das Mädchen genau. Wieder schaute sie sich unruhig um.

»Eine Reise mit unbekanntem Ziel«, wiederholte sie langsam, und ihr Blick schweifte über den Platz. »Dafür braucht man viel Mut.«

Ein Windstoß erfasste ihre langen Zöpfe. Dann reichte das Mädchen ihr die Hand.

»Ich bin Evolet Sutton«, stellte sie sich vor.

Esmé stockte der Atem.

Vor ihr stand ein weiterer Wächter von Avalon.

Und mit einem Mal begriff sie, dass dieses seltsame Gefühl offensichtlich mit deren Magie zusammenhing. Doch bei ihr war es ganz schwach.

»Was hast du?«, fragte Evolet vorsichtig nach. »Du siehst aus, als hätte ich dir etwas Gespenstiges gesagt.«

»Es tut mir leid. Es… ist nur…« Esmé besann sich. »Ich bin Esmé. Esmé Breckett.«

Aufmerksam griff sie nach ihrer Hand. Doch sie fühlte

sich ganz normal an, genau wie bei Ian. Raven war der Einzige, der diese Empfindung von Vertrauen in ihr hervorrief. Unauffällig suchte sie nach einem Ring an ihren Händen, fand jedoch nichts.

»Mir … geht es gut«, erklärte Esmé. »Es ist nur – dein Name. Ich kenne nicht viele mit dem Namen Sutton.« Eindringlich schaute sie Evolet an. »Eigentlich nur zwei und …«

Evolet unterbrach sie. »Du willst zu Raven, nicht wahr?« Ihre Stimme versagte beinahe. Dann schaute sie sich hastig um. Ihre Haut wirkte noch blasser als vorher.

Esmé nickte. »Bitte entschuldige …«, sagte sie beruhigend. »… ich wollte dich nicht erschrecken. Aber du hast recht. Ich muss unbedingt zu Raven. Kannst du mich zu ihm bringen?«

Esmé bemerkte, wie unruhig sie jetzt war.

»Ich kann es nicht glauben, dass ich dich hier treffe«, flüsterte Evolet. »Alles ergibt plötzlich einen Sinn … warum ich …«, sie sprach nicht weiter, sondern schaute wieder über den Platz. Esmé spürte das seltsame Gefühl stärker werden. Sie folgte ihrem Blick und sah, wie Ian schnellen Schrittes zwischen den Häusern auftauchte. Er zögerte einen Moment, als er Esmé sah. Dann kam er zu ihnen.

Er konnte sein Erstaunen nicht verbergen. »Esmeralda?« Seine Stirn verzog sich. »Was …?«

Doch Evolet unterbrach ihn.

»Sie ist der Grund, Ian!«, sagte sie aufgeregt. »Deshalb sind wir hier. Sie will zu Raven. Esmé ist vor wenigen Minuten aus dem Bus gestiegen.«

Esmé blickte sie erstaunt an. Was meinte sie damit?

»Du willst zu Raven?«, hakte Ian nach. Misstrauisch blickte er Esmé an.

Doch sie senkte ihren Blick. Bei ihm hatte sie das Gefühl einem echten Wächter gegenüberzustehen, dessen Vertrauen sie sich erst verdienen musste.

»Wir bringen dich zu ihm«, hörte sie Evolet sagen.

Esmé fiel ein Stein vom Herzen. »Danke«, flüsterte sie. »Es ist wirklich wichtig.«

Evolet wurde hektisch. Sie konnte nicht stillstehen, verschränkte ihre Arme und trat von einem Bein auf das andere. In ihrem Blick lag mit einem Mal Bestürzung. Furcht.

Auch Ian schien nervös zu werden. Angespannt beobachtete er seine Schwester.

»Lasst uns gehen«, sagte er schließlich. »Das Auto steht in der Seitenstraße zum Hafen.«

Esmé nickte und griff nach ihrem Rucksack.

Schweigend gingen sie in Richtung Hafen. Neben ihr lief Evolet und schaute verlegen zur Seite. Sie hatte unglaublich blaue Augen, doch Esmé sah darin eine Angst, die nicht weichen wollte.

Sie musste etwas sagen. »Ich bin froh, dass ich euch getroffen habe«, flüsterte sie.

Evolet blieb ernst. Sie schien nach den richtigen Worten zu suchen. »Das Schicksal lässt uns schon manchmal staunen«, antwortete sie.

Das Schicksal, dachte Esmé und nickte zaghaft.

Und eine dunkle Vision.

Ian steuerte den Rover über holprige, schwer zugängliche Wege. Draußen glitten hoch gewachsene Pappeln vorbei, die eine Auffahrt säumten.

Esmé zog es die Brust zusammen. Was für ein merkwürdiges Gefühl es war, mit zwei Wächtern in einem Auto zu sitzen.

Keiner sagte ein Wort.

Das Auto folgte einer Kurve nach rechts, und dann erkannte Esmé den Vorhof. Das großzügige Anwesen aus ihrer Vision. Es lag geschützt auf einem Hügel, eingebettet in die Landschaft, umgeben von Gärten mit blühenden Blumen.

Esmé wurde nervös.

Ihr seltsames Gefühl ging in ein Säuseln über, das ihren ganzen Körper erfasste, wie der Windhauch in den Blättern. Noch nie zuvor hatte sie es derart empfunden.

Dann fiel ihr Blick auf einen runden Turm, mit Efeu bewachsen, umringt von Buschwerk. Sie kniff die Augen zusammen. Je länger sie hinschaute, desto mehr begann er zu flimmern, als würde er unter einer Hitzeglut schmelzen.

Dann hielt der Rover an, und Esmé wandte ihre Aufmerksamkeit dem Haus zu.

Evolet stieg als Erste aus. Sie hatte vorn neben Ian gesessen und klappte die Lehne zurück, damit Esmé aussteigen konnte.

Esmé schwankte. Ihre Knie zitterten und energisch zwang sie sich zur Ruhe. Erwartungsvoll blickte sie zum Haus, an dem die Haustür geöffnet wurde. Raven trat heraus, und sein Erstaunen stand ihm ins Gesicht geschrieben, als er Esmé erblickte.

Dieser Moment fühlte sich eigenartig an, denn genau so hatte Esmé es bereits gesehen.

Schnellen Schrittes kam er auf sie zu. Esmé sah, wie er mit Ian und seiner Schwester einen fragenden Blick tauschte.

Evolet ging ihm entgegen.

»Ich hatte es nur undeutlich sehen können …«, hörte Esmé ihre Worte. Sie schien Raven etwas zu erklären, dabei klang ihre Stimme eigenartig verschüchtert. »… seltsam verschleiert. Und ich wusste nicht genau wo. Doch dann … fuhr der Bus weg, und sie stand auf dem Square.«

Raven blickte Evolet ernst an. So ernst, dass es Esmé einen Stich versetzte. Was war hier los? Wovon sprach Evolet?

Nervös schaute sie zwischen den beiden hin und her. Ihre Hände krampften sich in ihren Rucksack. Sie kam sich verloren vor. Die Luft war wie aufgeladen, und Esmé konnte kaum atmen.

Sie spürte, dass Ian hinter ihr am Auto stand und die ganze Situation beobachtete.

Die Sekunden vergingen wie in Zeitlupe.

Flehend sah sie Raven an. Sie musste unbedingt mit ihm sprechen. Ihn zu sehen war wundervoll und erfüllte sie dennoch mit Schmerz.

Am liebsten wäre sie ihm um den Hals gefallen. Hätte ihn geküsst.

Doch so einfach war es nicht zwischen ihnen.

Sie sah, wie er Evolet etwas zuflüsterte. Dann kam er näher. Seine braunen Augen ruhten auf ihr. Und mit jedem Schritt, den er näher kam, schlug Esmés Herz schneller.

Dann stand er vor ihr. Sie hielt den Atem an.

Raven berührte sie am Oberarm und schob sie beiseite. »Wie hast du uns …«, doch er brach die Frage ab. »Lass uns nach hinten in den Garten gehen. Dort kannst du mir alles erzählen.«

Raven blickte ihr tief in die Augen. Doch er war noch immer bedrückend ernst. Dann griff er nach ihrer Hand und zog sie mit sich fort. Über den Vorhof. Im Vorbeigehen konnte Esmé gerade noch einen alten Mann erkennen, der aus der Haustür trat. Evolet rannte ihm sogleich entgegen.

Raven eilte weiter, und Esmé spürte seinen festen Griff um ihre Finger. Seine Berührung kribbelte durch ihren ganzen Körper. Sie war so aufgeregt, dass sich ihre Sinne überschlugen.

Erst als sie hinter dem Haus waren, im Schutze eines Rosengartens, verlangsamte er sein Tempo.

Raven hielt noch immer ihre Hand, und sie spürte, wie nervös auch er war. Eine Windböe vom Meer erfasste sie, und Raven blieb stehen. Für einen kurzen Moment schaute er hinüber auf die zerfurchte Felsküste, an der die Gischt hoch in die Luft spritzte.

Dann wandte er sich Esmé zu, schaute sie eindringlich an und ließ ihre Hand los. »So schnell sehen wir uns wieder. Ich …« Er stammelte und fuhr sich durch die Haare. »Warum bist du hier?«, fragte er. »Wie hast du uns gefunden? Was ist passiert?«

Esmé senkte ihren Blick. Irgendetwas war hier nicht in Ordnung. Evolet. Ian. Alle waren so angespannt.

Sie umklammerte ihre Finger. Um sie gleich wieder loszulassen.

Der Zeitpunkt der Wahrheit war gekommen. Ohne Umschweife.

»Ich …«, begann sie. »Es ist nicht so einfach. Und ich weiß nicht, wo ich anfangen soll. In der Zwischenzeit ist viel passiert, und ich möchte, dass du mich verstehst.« Ihm alles zu erklären, war weitaus schwieriger als gedacht. Sie hatte sich die Worte lange zurechtgelegt, doch jetzt überwältigte sie die Situation.

»Erzähl mir einfach alles, ohne darüber nachzudenken. Ich werde es schon verstehen.« Er versuchte ein Lächeln, doch es misslang ihm.

Esmé holte Luft. »Erinnerst du dich an unser Gespräch? In der Nacht in Loughrigg?«

Raven nickte. Wie hätte er das vergessen können?

»Du hast mir von der magischen Welt erzählt. Und mir gesagt, dass ich mich durch meine Träume an etwas erinnern soll.« Esmé schaute ihn an. »Dass etwas in mir schlummert.«

Raven wurde hellhörig. Sah das Strahlen in ihren Augen.

»Jetzt habe ich es verstanden …«, fuhr Esmé fort. »Zumindest einen Teil davon. Ich verwandle mich in eine Lichtelfe. Deshalb habe ich mich immer und überall fremd gefühlt. Mein Ursprung liegt in der magischen Welt. Seit meiner Geburt werde ich von einer Lichtelfe begleitet und beschützt.«

Raven stockte der Atem. Er konnte nichts sagen, sondern schaute sie nur an.

Ein Wesen des Lichtes aus Amaduria!

Wie ein Sonnenstrahl durchbrachen ihre Worte seine Zweifel, die die ganze Zeit an ihm genagt hatten. Erleichterung durchströmte ihn. Es waren nicht Skarok oder der mächtige Druide, die versuchten, ihn mit einem magischen Zauber zu täuschen.

»Eine Lichtelfe«, sagte er leise. »Was ist in den letzten Tagen geschehen?«

»Ich konnte sie sehen, als …« Esmé sprach nicht weiter. Stattdessen trat sie zwei Schritte nach vorn und schaute auf das Meer hinaus. »Ihr Name ist Yávem. Und ich bin mit ihr verbunden. Durch meine Verwandlung kann ich die Zukunft sehen.«

Raven bemerkte ihr Zögern. Plötzlich konnte er ganz deutlich spüren, wie ihr Herz pochte.

»Was hast du in deinen Visionen gesehen, Esmé?«, fragte er inständig. »Bitte erzähl mir davon.«

Esmés Blick war noch immer zum Meer gewandt, das gerade in der untergehenden Sonne die Farbe eines tiefrot schimmernden Kraters annahm.

»Ich verstehe nicht, was meine Visionen bedeuten … sie machen mir Angst«, sagte sie niedergeschlagen.

Raven trat neben sie. Blind schaute auch er auf das Meer hinaus, denn er ahnte, dass er gleich etwas hören würde, was ihm ganz und gar nicht gefiel.

Gern hätte er Esmé in den Arm genommen, aber ihm fehlte der Mut dazu. Seine Liebe zu ihr verzerrte das Bild der Realität. Und er wusste, dass das genau der Grund war, warum es Esmé so schwerfiel, über ihre Vision zu sprechen.

»Deine Visionen … ich komme darin vor, nicht wahr?«, Ravens Stimme war leiser als sonst. Kaum noch ertrug er die Anspannung.

Aus dem Augenwinkel sah er ihr Nicken.

»Mit einem Wald hat es angefangen«, flüsterte Esmé. »Da war ein seltsamer Baum, aus dem eine Gestalt hervortrat. Anfangs war es eher ein merkwürdiges Wesen mit Ästen anstatt Haaren. Doch … dann wurde ihr Aussehen deutlicher. Sie veränderte sich und sprach mit mir in einer mysteriösen Sprache, die mir unheimlich vorkam. Ich habe das Gefühl, dass ich sie kenne, aber ich erinnere mich nicht.«

Raven horchte auf. »Hast du noch mehr gesehen?«, fragte er.

»Es ist eine Frau, und sie hält einen Gegenstand in der Hand. Einen Pfeil und später dazu einen goldenen Bogen. Yávem nannte ihn den Todespfeil der schwarzen Alben.«

Raven spürte ihren Blick, sah, dass ihre Augen weniger strahlten und von Angst gezeichnet waren.

»Und … dann sehe ich dich in einem Steinkreis. Alles passiert furchtbar schnell. Sie richtet den Pfeil direkt auf dich – du kannst meine Schreie und Warnungen nicht hören … und dann …« Esmé verstummte.

Heiße Tränen der Verzweiflung stiegen in ihren Augen auf, und sie wandte sich ab.

»Und dann …?«, wiederholte Raven ihre letzten Worte. Sie litt unendliche Qualen, und er konnte nichts dagegen tun.

»Dann … sehe ich, wie sich der Pfeil blitzschnell aus dem Bogen löst … und im nächsten Augenblick … sehe ich dich in unzählige schwarze Splitter zerspringen. Der Pfeil hat dich getroffen, und du bist verschwunden.«

Raven schaute sie entsetzt an. »Hast du auch einen Adler gesehen?«

Esmé drehte sich verwundert zu ihm. »Verstehst du die Vision?«, fragte sie mit zitternder Stimme. »Habe ich deinen Tod gesehen?«

»Ich weiß es nicht …«, flüsterte Raven. Er ballte die Fäuste. Doch er konnte es ihr nicht erklären. »Hast du einen schwarzen Adler gesehen?«, fragte er noch einmal.

»Nein – habe ich … nicht!«, stammelte sie und umschlang mit den Händen ihre Oberarme. »Was denkst du?«

»Ich bin mir nicht sicher. Aber irgendetwas an der Vision ist merkwürdig.« Er drückte seine Fäuste fester zusammen. Hatte ihre Vision mit den schwarzen Alben zu tun? Woher kam der Todespfeil in den Händen der seltsamen Frau?

»Was hat dir die Lichtelfe noch erzählt …«, lenkte Raven für einen Moment von der Vision ab. Er verstand sie nicht. »Über die magische Welt?«

»Sie hat mir erzählt, in welcher Gefahr Amaduria ist. Von dem Dämon der Finsternis und den Druiden aus dem rauen Norden. Und sie hat mir von Avalon erzählt.«

»Von Avalon?« Er stutzte. »Was weißt du darüber?« Es gelang ihm kaum noch, gelassen zu bleiben.

»Yávem hat mir vom Volk der Lichtelfen erzählt und … von eurem Schicksal als Wächter von Avalon.«

»Du weißt von den Wächtern?«

Esmé nickte. »Es ist das, wonach ich die ganze Zeit gesucht habe …« Ihre Stimme klang verzweifelt. Flehend. »… um zu verstehen, wer ich bin.«

»Aber … das ergibt keinen Sinn.« Raven wandte sich ab. »Ich kann deine Vision nicht deuten. Aber sie muss eine Bedeutung für uns Wächter haben, denn Evolet hat gesehen, dass du kommst. Deshalb war sie heute in Berehaven.«

»Evolet hat auch diese Gabe?« Esmé war erstaunt. Jetzt verstand sie ihre seltsamen Andeutungen.

Raven nickte. Dann sah er sie lange an.

»Du bist einfach so von deinen Eltern weggegangen?«, fragte er vorsichtig. »Was hast du ihnen gesagt.«

»Nicht die Wahrheit«, antwortete Esmé. »Ich habe sie im Dunkeln gelassen. Das machen doch die Wesen der magischen Welt gegenüber den Menschen, oder?«

Sie lächelte zaghaft, und dann sah Raven wie sie fror. »Lass uns reingehen. Es wird langsam kühl. Drinnen kannst du dich am Kaminfeuer aufwärmen.«

Zögernd legte er seinen Arm um sie. »Es tut mir leid«, sagte er. »Wir werden bald verstehen, was deine Vision bedeutet.«

Er spürte, wie zart ihre Schulter war. Sie schien ihm zerbrechlich, und das Gefühl in ihm, sie beschützen zu wollen, wurde stärker.

Esmé schmiegte ihren Kopf an seine Brust. Und eine Woge der Geborgenheit erfasste ihren Körper. Sie drückte sich fester an ihn. Sog seinen unvergesslichen Geruch in sich auf und umschlang seine Hüfte. Sehnsucht erfasste ihr Herz, und Raven strich ihr sanft über die Haare.

Esmé schloss die Augen. Versank in der Berührung und

mit einem Mal huschten ihr unzählige Bilder in rasender Abfolge durch den Kopf. Sie sah Raven als Kind. Sah, wie er vom Baum stürzte, sah einen heilenden Schleier um ihn. Dann den Steinkreis, ein flatterndes schwarzes Kleid, der Todespfeil und eine Sonne, die alles in einem grellen Licht erstrahlen ließ, bevor die Bilder verschwanden.

»Alles in Ordnung?«, fragte Raven und schob sie behutsam von sich.

Esmé biss sich auf die Unterlippe. »Ich weiß es nicht«, wisperte sie.

Er gab ihr einen Kuss auf die Stirn und strich ihr sanft über die Wange. Und er sah wie Esmés grüne Augen aufleuchten. Sie hatten eine magische Intensität, und für einen Moment versank er in der Tiefe ihres faszinierenden Strahlens. Ein Lächeln erhellte ihr Gesicht.

In dem Augenblick verstand Raven. Es war seine Liebe zu ihr und die ihrige, die sie vertrauensvoll verband – schon sehr lange. Behutsam nahm er ihre Hand: »Dass wir uns begegnet sind, war … vorherbestimmt«, seine Worte waren ein Flüstern. »Und doch verstehe ich es erst jetzt.«

Er war der Schlüssel für eine Verbindung zwischen den Lichtelfen und der Blutlinie Merlins. Liebevoll schaute er Esmé an.

Sie nickte zaghaft und wich seinem Blick aus.

Raven spürte ihre Beklommenheit. Es war Angst, die er in ihren Augen sah. Die Vision machte ihr Angst. Raven folgte ihrem Blick über die Weite des Meeres, dessen blutroter Schimmer sie auf dem Hügel einhüllte.

Welche Rolle nur spielte Esmé in seinem Schicksal als Wächter von Avalon?

Als Esmé zusammen mit Raven das Eingangsfoyer betrat, verschlug es ihr den Atem. In der Mitte der hohen Gewölbedecke hing ein riesiger Kronleuchter, der aus dem frühen 17. Jahrhundert stammen musste. Sie hatte Vergleichbares nur in einem Schloss in London gesehen. Ein angenehmes Licht ging davon aus. An den Wänden standen massive Eichenschränke, und auf dem Tisch befanden sich drei runde Kerzen in einem eisernen Ständer.

Sie schaute auf die breite Treppe, die nach oben führte.

Der alte Mann kam herunter. Er stützte sich auf einen dicken Stab aus hellem Holz. Lange graue Haare umrahmten sein Gesicht und flossen ihm über die Schultern.

»Herzlich willkommen auf Rocca Lovo«, begrüßte er sie. Er trat zu ihr und reichte ihr die Hand. »Ich bin Ravens Großvater.«

Sie lächelte. »Esmé Breckett«, antwortete sie etwas hilflos. Sie spürte, dass von ihm starke Magie ausging.

Erhaben und mächtig kam er ihr vor. Wie er den Stab in den Händen hielt. Seine knochigen Finger umschlossen ihn beinahe. Er trug ein graues Gewand, das seine Füße bedeckte. Und er sah aus wie ein Zauberer aus lang vergangenen Zeiten.

»Ava hat dir im Ostflügel ein Zimmer hergerichtet. Raven wird es dir zeigen«, sagte er. »Ich hoffe du wirst dich hier wohlfühlen.«

Dann wandte er sich ab und ging den langen Gang nach hinten. Esmé schaute ihm nach. Flackernde Kerzen ließen seinen Schatten an der Wand tanzen.

Esmé betrat ihr Zimmer. Es war sehr altertümlich eingerichtet, wie eine Kemenate. Das Bett besaß einen Himmel mit einem samtroten Vorhang, die Möbel waren aus massivem Holz und mit aufwendigen Schnitzereien verziert.

Draußen brach die Dunkelheit herein, und ein kühler Windstoß drang durch das geöffnete Fenster. Sie stellte ihren Rucksack an den Eichenschrank und schloss die beiden Fensterflügel. Vom Fenster aus konnte sie in die Gärten blicken. Der Turm schien sich in der Dämmerung zu verstecken. Sie versuchte ihren Blick zu schärfen, doch die Anwesenheit von Yávem brachte ihre Aufmerksamkeit nach drinnen zurück. Sie drehte sich um. Strahlend schön stand sie neben der Kommode.

»Warum hast du ihm nichts von der Prophezeiung gesagt?«, fragte sie enttäuscht.

Esmé schaute verlegen zu Seite. »Ich konnte es nicht«, antwortete sie. »Ich habe seinen Tod gesehen. Schwarze Scherben, die umherfliegen. Wie soll ich ihm Hoffnung geben, wenn selbst ich daran Zweifel habe?«

»Aber ich weiß, dass du es bist. Und um die Vision zu verstehen, sind wir hergekommen. Du musst es ihm sagen.«

Esmé schüttelte den Kopf. »Das kann ich nicht. Ich habe Angst, dass ich versagen werde.«

Yávem trat schwebend zu ihr. »Das wirst du nicht…«, sagte sie ermutigend, »… solange du an dich glaubst. An deine Verwandlung. Nur wenn du unsicher bist, bist du schwach und wirst verwundbar. Aber trotzdem brauchen wir das Wissen der Wächter von Avalon. Es reicht weiter zurück als das unsere. Ich kann nicht erkennen, wer den Todespfeil in deiner Vision benutzt. Nur du siehst die Frauengestalt, hörst ihre Stimme.«

Esmé sah sie lange an. Dann nickte sie zögernd. »Ich werde es ihm sagen, wenn sich die Gelegenheit bietet.«

In diesem Augenblick klopfte es an der Tür.

Esmé schaute zu Yávem.

»Ich lasse euch allein«, sagte sie. Und mit diesen Worten machte sie sich unsichtbar.

Esmé ging zur Tür und öffnete sie einen Spaltbreit.

Davor stand Raven.

»Cranos bittet uns zu ihm. Er möchte mit uns beiden sprechen. Aber … vorher muss ich dir noch etwas sagen«, sagte er ernst.

Esmé machte die Tür weiter auf und ließ ihn herein.

Schweigend sah sie ihn an. Yávems Worte kreisten durch ihren Kopf und dabei schlug ihr Herz kräftig gegen den Brustkorb. Doch sie konnte ihm auch jetzt nichts über die Prophezeiung sagen. Sie brachte die schmerzvollen Worte nicht über die Lippen.

Raven ging an ihr vorbei, trat ans Fenster und schaute in die Dunkelheit. Über dem Meer war es pechschwarz, und in der Scheibe zeichnete sich seine Silhouette ab.

Ohne sich zu ihr umzudrehen, begann er: »In den letzten Tagen gab es einige dunkle Zauber hier. Angriffe von einem schwarzen Alben namens Skarok.«

Esmé horchte auf. »Hast du mich deshalb nach dem Adler gefragt? Hat er etwas damit zu tun?«

Raven drehte sich um. »Ja«, antwortete er. »Ein schwarzer Adler ist mit dem Alben verbunden. Aber Cranos wirkt einen Schutzzauber über unser Anwesen. Und bisher waren wir hier immer sicher. Doch die Magie des Alben wird durch einen Druiden verstärkt. Daher befürchten wir, dass er Evolet und Quinlan gefährlich werden kann.«

Esmé zog die Stirn in Falten. »Warum ausgerechnet den beiden? Ihr seid doch zu viert.«

»Evolet und Quinlan sind noch keine Wächter. Nur Ian und ich wurden bisher unterwiesen. Auf Avalon. Nur wir tragen die Ringe.«

Kurz hob er seine linke Hand hoch.

Die Ringe. Esmé hatte auch deren Magie gespürt.

»Was bedeuten eure Ringe?«, fragte sie neugierig.

»Wir alle haben besondere Fähigkeiten. Die Ringe aber sind das Symbol unserer Macht als Wächter. Sie sind das Zeichen der Verbindung mit unseren Ahnen, und sie stärken uns in unseren magischen Fähigkeiten … doch das ist es nicht, was ich dir sagen muss.«

Raven trat einen Schritt auf Esmé zu. »Wir brechen morgen nach Avalon auf. Es sind nur noch wenige Tage, bis auch Evolet und Quinlan zu Wächtern werden. Dann vereinen sich die Kräfte der Jahrhunderte in uns vieren, und wir können den Dämon der Finsternis und den Druiden besiegen und wieder verbannen.«

Esmé spürte wie ihr Atem schnell wurde. Jetzt wäre eine geeignete Gelegenheit für die Wahrheit.

»Kann ich mit euch kommen?«, fragte sie stattdessen. »Einige wenige Lichtelfen leben auf Avalon.« Und noch bevor Raven ihr eine Antwort geben konnte, fragte sie in den Raum: »Yávem?«

Doch Yávem gab ihr keine Antwort. Sie blieb verborgen und stumm.

Fragend sah sie Raven an.

»Es liegt nicht in meiner Verantwortung, das zu entscheiden. Letztendlich sind es die Nebel, die dir den Zugang gewähren. Doch ich will dich ungern hier allein zurücklassen. Cranos ist in den letzten Tagen schwächer geworden und meine und Ians magische Kräfte scheinen den Schutzzauber nicht ausreichend zu stärken. Und von Avalon aus kann ich dich nicht vor dem dunklen Zauber beschützen.«

Esmé starrte ihn an. Nicht du wirst mich beschützen – dachte sie – sondern ich dich! So ist es den Lichtelfen prophezeit worden.

Esmé senkte den Blick.

»Was hast du?«, fragte Raven besorgt.

»Nichts«, antwortete Esmé. »Wir sollten zu deinem Großvater gehen und ihn nicht länger warten lassen.«

Sie merkte wie Raven sie anschaute. Er schien zu spüren, dass sie ihm etwas verheimlichte. Doch sie konnte es ihm unmöglich erzählen. Noch immer nicht.

Raven ging zur Tür. Er zögerte. Doch dann drückte er den verschnörkelten Knauf nach unten.

»Lass uns gehen«, sagte er. »Sein Kaminzimmer befindet sich im Westflügel.«

Der lange Flur schimmerte in gedämpftem Licht. Entlang des Flures brannten beidseitig Kerzen, und Esmé sah, dass ihnen jemand entgegenkam.

»Hi«, begrüßte sie Quinlan. »Wir hatten bisher noch keine Gelegenheit, uns kennenzulernen. Ich bin Quinlan.« Und mit einem breiten Lächeln auf den Lippen streckte er ihr seine Hand entgegen.

Esmé erwiderte sein Lächeln und stellte sich vor.

Er war der Einzige, der ihr gegenüber entspannt und locker wirkte. Als Esmé seine Hand berührte, spürte sie nichts Ungewöhnliches.

»Wir sind auf dem Weg zu Cranos«, sagte Raven.

Quinlan wandte sich weiter an Esmé. »Na dann. Ich muss mich für meine Familie entschuldigen. Sie kann manchmal ganz schön nervig sein. Ich hoffe, sie strengen dich nicht zu sehr an.« Er schmunzelte und schob eine Augenbraue hoch. »Viel Spaß noch!« Und dann verschwand er drei Türen weiter in einem Zimmer.

Esmé ging mit Raven weiter. »Dein Bruder ist nett«, sagte sie.

»Und leichtfertig. Er nimmt sein Schicksal viel zu locker. Aber ich denke, wenn er auf Avalon war, wird auch er es verstehen.«

»Hat Avalon dich verändert?«, fragte Esmé vorsichtig.

Raven schaute sie von der Seite an. »Die Magie Avalons verändert jeden.«

Schweigend erreichten sie den Westflügel, und Esmé nahm den zarten Duft von Rosen wahr. Ein langer Flur erstreckte sich im flackernden Laternenlicht vor ihr. Fünf Türen gingen davon ab, und zwischen den gläsernen Laternen auf dem Steinboden stand ein Rosenbukett.

Das Kaminzimmer befand sich hinter der zweiten Tür rechts. Die Tür war offen.

Als sie eintraten, schürte Cranos gerade die Glut.

Die schweren Vorhänge waren zugezogen, und an den Wänden brannten Kerzen in acht eisernen Wandleuchtern. An jeder Seite vier.

Sie gingen zu ihm.

Cranos wandte sich ihnen zu. »Obwohl es schon spät ist, muss ich mit euch reden«, sagte er und schaute zu Esmé. »Ich weiß, dass du einen langen Tag hinter dir hast. Aber … ich muss den Grund erfahren, warum du hier bist.«

Cranos warf ein Holzscheit in die Glut, und Esmé schaute in die aufwirbelnden Funken.

»Ich sehe, dass eine Lichtelfe dich begleitet«, stellte Cranos schließlich fest. »Hat sie dir von der Vergangenheit erzählt? Von Amaduria? Von der heiligen Insel Avalon und der neuen Bedrohung durch den Dämon der Finsternis?«

Esmé nickte und sah dabei zu Raven. In Cranos' Gegenwart fühlte sie sich unbeholfen. Sie wusste überhaupt nichts von den Mysterien dieser anderen Welt.

Raven schien ihr Unbehagen zu spüren. »Großvater! Esmé hat Visionen, und ich glaube, dass sie das Schicksal der Wächter von Avalon betreffen«, half er ihr. »Sie haben eine Bedeutung für uns, aber …«

»Du verstehst sie nicht?«, unterbrach ihn Cranos.

Raven nickte. »Ihre Visionen betreffen mich«, fügte er hinzu.

Cranos griff nach dem Lorgos und trat nachdenklich zur Seite.

Dann wandte er sich abermals an Esmé.

»Deine Aura ist die einer Lichtelfe. Und ich spüre deine magischen Fähigkeiten. Dennoch sehe ich noch menschliche Verankerungen in dir.«

Wieder nickte Esmé. Yávem setzte große Hoffnung in seine Weisheit, und das, was er in ihr erkannte, überzeugte sie davon.

»Meine Vision ist der Grund, warum ich hier bin«, begann sie. »Auch der Lichtelfe bleibt die Bedeutung meiner Bilder verborgen. Sie war es, die mich zu euch geführt hat.«

Cranos stützte sich auf den Stab. »Bitte erzähle mir von

deiner Vision. Um sie zu verstehen, muss ich es von dir hören.«

Und Esmé begann Cranos von ihren Visionen zu berichten, insbesondere von der letzten, die ihr den Steinkreis gezeigt hatte.

Als sie endete, war für einen langen Augenblick nur das Knistern des brennenden Holzes zu hören. Cranos wandte seinen Blick nicht von Esmé ab.

Er schien nachzudenken, und Esmé glaubte ein Aufleuchten in seinen Augen zu sehen.

»Der magische Todespfeil der schwarzen Alben«, murmelte er. »Ein mysteriöses Wesen aus Amaduria … das könnte ein Hinweis sein. Ein Hinweis auf das, was Skarok mit seinem Zauber vor unseren Augen verbirgt.«

Raven schien zu verstehen. »Auch Melvin Belenus hat davon gesprochen«, sagte er und begann unruhig auf und ab zu gehen. »Esmé kann Dinge sehen, die den Wächtern verborgen bleiben. Aber was bedeutet der Steinkreis? Hat der etwas mit Avalon zu tun?«

»Das glaube ich nicht«, entgegnete Cranos, und Esmé horchte auf.

»In der Vision glaube ich den jahrhundertealten magischen Steinkreis der schwarzen Alben zu erkennen.«

Esmé bemerkte, wie Raven erschrak.

»Das Thondan-Tor, das Gwydion und Arvalus verschlossen haben?«

Cranos nickte. »Der Steinkreis befindet sich auf einer nördlichen Orkney Insel und ist für Menschen wegen der steilen Felsklippen unerreichbar.«

»Aber die Magie dort ist erloschen«, sagte Raven aufgebracht. »Nur die Magie Avalons kann das Tor wieder öffnen. Und die Seelen der schwarzen Alben – die Seelen seines Heeres – sind noch immer in Tamelos gefangen. Nur Skarok konnte den Bann der Wächter bisher brechen.«

»Ich weiß.« Cranos klang betrübt. »Und doch ist das das Bild aus der Vision. Ich habe keine Zweifel.«

Als Esmé das hörte, spürte sie sofort wieder ihre Angst. Der Steinkreis war mehr als ein bloßes Symbol, er existierte wirklich. Sie merkte, wie der Boden unter ihren Füßen schwankte. Die Vision hatte eine reale Bedeutung. Sie würde Raven nicht retten können.

»Was hast du?«, fragte Raven, der sie am Arm ergriff. »Willst du dich setzen?« Schnell zog er einen Lehnstuhl heran, und Esmé ließ sich nieder.

Sie brauchte einen Moment, und dann geschah etwas. Sie spürte den Elfenatem von Yávem, den die Lichtelfe ihr einhauchte. Doch diesmal prickelte es viel stärker zwischen ihren Augenbrauen. Es fühlte sich an, als würde die magische Berührung ihre Seele mit der Vergangenheit verbinden.

Und ihr wurde klar, dass sie gegen ihre Angst ankämpfen musste. Dass sie damit nur ihre Intuition blockierte.

Wenn sie Raven retten wollte, musste sie das Rätselhafte aus der Vision begreifen. Und das war die mysteriöse Gestalt. Was hat sie zu bedeuten? Und woher war sie gekommen?

»Die Gestalt. Sie ist …«, flüsterte sie leise und starrte in das glimmende Feuer.

»Was ist mit ihr?«, hörte sie Raven fragen. Er klang nervös.

»Am Anfang sah sie ganz anders aus.«

Cranos trat einen Schritt näher. »Wie?«

Esmé starrte noch immer in die orangerote Glut. In dieser Farbe hatten ihre Augen geleuchtet. Und dieser seltsame Baum, der Stamm, aus dem sie heraustrat. Die Äste und Zweige auf ihrem Kopf. »Sie wurde nicht so geboren …«, erklärte Esmé leise.

Cranos und Raven horchten auf.

»Ich habe gesehen, dass ihr Körper mit einem Baum verbunden war. Sie war eins mit ihm. Ein Zauber hat ihre Seele eingesperrt. Sie ist auf der Suche.«

Cranos schaute sie an, und Esmé begegnete seinem erstaunten Blick. Sie war sich ganz sicher.

»Sie war eins mit dem Baum«, wiederholte Cranos nachdenklich.

Esmé nickte.

»Die Priesterinnen von Avalon der Alten Zeit waren eins mit der Natur. Verschmolzen in ihrem Leben mit dem Rhythmus der Urkraft ihrer Göttin.« Grübelnd wandte er sich ab und ging ein paar Schritte. Der Lorgos schlug dumpf auf den Steinboden.

Esmé schaute ihm nach.

Erwartungsvolles Schweigen lag in dem Raum, bis Cranos weitersprach.

»Vor langer Zeit gab es eine Priesterin in Avalon. Sie bekam ein Kind von einem Druiden aus dem Norden von Amaduria. Ein Mädchen. Obwohl es nicht sein durfte, wurde sie auf Avalon geboren. Doch dann musste die Priesterin Avalon verlassen und nahm ihr Kind mit nach Amaduria.« Cranos räusperte sich. »Aber das geschah alles, bevor das magische Land in die Ferne rückte. Zu Anbeginn der Dunklen Zeit.«

»Das … kann nicht sein«, entgegnete Raven. »Das ist über zweihundertfünfzig Jahre her.«

»Ich weiß«, antwortete Cranos. »Sie hätte zwei Jahrhunderte überdauern müssen, in denen Amaduria unerreichbar war. Doch damals gab es kaum noch Leben dort. Das Land war zerstört. Alles war düster und traurig.«

Esmé zog die Stirn in Falten. Sie spürte, dass seine Worte ihr aus einer Vergangenheit erzählten, die sie wieder erkennen sollte. Doch sie erinnerte sich nicht.

Cranos schaute Esmé aufmerksam an.

»Es gibt noch einen anderen Grund, warum ich euch zu mir gerufen habe.« Er ging zum Kamin und legte ein weiteres Holzscheit auf.

Es schien ihm schwerzufallen, die richtigen Worte zu finden.

»Evolet hat vorhin mit mir gesprochen. Ihre Vision mit der Reiterin... und dem Adler am Strand...« Sorgenvoll wandte er sich an Esmé. »Evolet hat dich in ihrer Vision gesehen. Deshalb war sie in Berehaven, und deshalb hat sie dich erkannt.«

Esmé verstand das nicht. Doch als Raven sich abrupt hinsetzte und seinen Großvater bleich anstarrte, wurde ihr ganz mulmig.

»Was hat das zu bedeuten?«, fragte Raven mit zitternder Stimme. Er wich Esmés Blick aus, und sie kam sich plötzlich verloren vor.

»Ich weiß es nicht genau. Aber in der Vision hat Evolet keine Lichtelfe gesehen. Sondern Esmé als Mensch«, antwortete Cranos. Er versuchte hoffnungsvoll zu klingen.

Esmés Herz klopfte. »Was genau hat Evolet gesehen?« Sie fürchtete sich vor der Antwort.

»Sie hat gesehen, wie der schwarze Adler eine Reiterin angriff...« Ravens Stimme klang merkwürdig fremd.

»…und sie stürzte zu Boden. Die Wellen trugen sie mit sich fort.«

Cranos schüttelte den Kopf. »Nur solange du schwach bist, droht dir Gefahr durch den Dämon der Finsternis. Dein menschlicher Körper schwächt dich.«

Esmé hörte diese Worte nur als Rauschen in ihrem Ohr. Eisiger Schrecken sickerte durch ihre Glieder. Unweigerlich dachte sie an die Prophezeiung. An Yávems Worte. Doch Evolets Vision zeigte ihr ein eindeutiges Bild.

»Vielleicht… ist der Sturz auch nur sinnbildlich gemeint…«, entgegnete sie zögernd. Ihre Stimme war kaum zu hören. »…und zeigt, dass ich versagen werde, in dem was ich tun soll.«

Cranos blickte sie verwundert an. »Was sollst du tun?«, fragte er.

Auch Ravens Augen waren jetzt auf sie gerichtet.

Angespannt schaute Esmé auf ihre Hände. Sie musste es ihnen sagen. Yávem hatte sie darum gebeten.

»Die Lichtelfen glauben an eine Prophezeiung«, begann sie stockend. »Die besagt, dass es einst eine Lichtelfe geben wird, die mit einem der Wächter von Avalon verbunden ist. Sie wird so lange in der menschlichen Welt verborgen bleiben, bis die Zeit ihrer Bestimmung anbricht. Yávem sieht in mir die Auserwählte und…« Esmé schaute zu Raven. Sie hoffte inständig, dass Yávem sich darin nicht täuschte. »…meine Bestimmung ist es, Raven zu retten. Mit ihm bin ich verbunden.«

Raven starrte sie an. In seinen braunen Augen stand Verwirrung. Doch im nächsten Augenblick reagierte er ganz anders, als sie es erwartet hatte.

»Aber… das entspricht dem, was die Hohepriesterin

von Avalon in mir gesehen hat«, sagte er. »Es ist vorherbestimmt. Ich bin der Schlüssel für eine magische Verbindung zwischen den Wesen des Lichtes und der Blutlinie Merlins. Und Melvin Belenus sprach von einer noch nie dagewesenen Verbindung.«

Erstaunt schaute Esmé ihn an. Die Prophezeiung der Lichtelfen glich dem, was Raven erfahren hatte? Aber warum offenbarte ihnen dann die Vision von Evolet und ihre eigene solch gegensätzliche Bilder?

Esmé bemerkte ein Lächeln auf Cranos Lippen und schaute ihn fragend an.

»Das erklärt deine Verwandlung, Esmé«, sagte er. »Denn niemals zuvor hat es so etwas Magisches gegeben – dass Wesen des Lichtes in die menschliche Welt geboren werden und sich dann verwandeln. Und es erklärt, warum Amaduria näher rückt und die vier Tore sich wieder öffnen.«

»Das heißt aber auch, dass wir Esmé beschützen müssen, bis ihre Verwandlung abgeschlossen ist«, warf Raven ein. »Uns bleibt nicht mehr viel Zeit. Wirkt der Schutzzauber auch für sie?«

Aber Esmé kam ihm zuvor.

»Yávem beschützt mich«, wandte sie ein. Sie sorgten sich um ihre Sicherheit? Der Todespfeil brachte Raven in Gefahr, nicht sie. »Aber warum sehe ich Ravens Tod in meiner Vision?« Sie klang verzweifelt. »Warum kann er meine Warnungen nicht hören?«

»Visionen können manchmal trügerisch sein«, antwortete Cranos. »Voller Rätsel und geheimnisvoller Bilder. Du darfst nicht an dir zweifeln.«

Esmé starrte auf die Steinfliesen. Das hatte ihr Yávem

auch gesagt. Aber wie sollte sie ihre Angst um Raven niederkämpfen, wenn sie ihn sterben sah?

Raven war aufgestanden. »Ich werde sie nicht hierlassen«, sagte er energisch. »Wenn sie mit den Wächtern nach Avalon kommt, werden die Nebel auch sie durchlassen. Sie ist mit unserem Schicksal verbunden. Es wird sich weisen, wie die Prophezeiung sich erfüllt.«

Cranos nickte. Dann sah er Raven lange an. Doch er schwieg.

Geschwächt stützte er sich auf seinen Lorgos und nickte noch einmal, diesmal fast unmerklich.

Doch Esmé hatte es gesehen.

»Ich werde mich jetzt zurückziehen. Es ist beinahe Mitternacht. Morgen brechen wir gemeinsam auf nach Avalon«, sagte er, und während der letzten Worte blickte er gedankenverloren zu Esmé.

Auch sie stand auf. Ein seltsames Gefühl ergriff sie, als sie in seine Augen schaute. Verheimlichte er ihnen etwas?

»Gute Nacht«, sagte sie schließlich nur.

Und Cranos senkte den Kopf. Als er das Kaminzimmer verließ, stützte er sich stärker auf den Stab, als er es vorhin getan hatte.

Für einen Moment blickte Raven seinem Großvater nach, wartete bis er in der Tür verschwand. Dann wandte er sich Esmé zu. Sie stand direkt neben ihm.

»Auf Avalon wird sich alles weisen«, sagte er. »Ich kann mein Schicksal nicht ändern. Bitte versprich mir, dass du vorsichtig bist. Unterschätze nicht den Zauber des schwarzen Alben und die des Druiden. Versprich es mir!«

Esmé nickte. »Ich verspreche es«, antwortete sie. »Aber du machst mir Angst. Was denkst du?«

Raven wich ihrem Blick aus. Sollte er es ihr sagen? Er wusste, dass er sie tief in seinem Inneren schmerzlich liebte. Und genau dieses Gefühl machte ihm Sorgen, denn damit war er angreifbar. Er hatte eine Schwäche. Esmé. Er wusste nicht, wie er seine Liebe zu ihr verbergen sollte. Ihr Schicksal war miteinander verwoben. Aber was war mit seinem Herzen? Hatte die Hohepriesterin seine Gefühle für Esmé gesehen? Die, die er wahrhaftig für sie empfand und die nicht Teil einer Prophezeiung waren oder einem Zauber entstammten?

Er wusste nicht, wie er das Esmé sagen sollte und wich ihrer Frage aus. »Du musst versuchen etwas zu schlafen.«

Doch Esmé berührte ihn am Arm. »Verändert das Wissen über meine Verwandlung deine … deine Gefühle für mich?« Er konnte spüren, wie die Worte sie quälten.

»Ich … weiß es nicht!«, sagte er leise und nahm ihre Hand. »Ich denke nicht. Was uns verbindet, ist mehr als die Prophezeiung der Lichtelfen sagt, und es ist mehr als die Hohepriesterin von Avalon gesehen hat.«

Aber die weiteren Worte blieben ihm im Hals stecken. Worte, denen sie seine Befürchtungen hätte anhören können. Traurig schaute er in die erloschene Glut.

»Es ist dieses Gefühl der Geborgenheit, das ich bei dir fühle«, flüsterte Esmé. »Es erreicht mich sogar in meinen Träumen, gibt mir Kraft und hat mich letztendlich zu dir geführt.«

Raven schaute ihr in die strahlend grünen Augen. Strich ihr über das lange Haar.

»Du bist zuversichtlich, weil du nicht weißt, welche Gefahr von dem Dämonen der Finsternis und dem Druiden ausgeht. Die Magie Skaroks ist in den letzten Jahren mächtig geworden. Ich habe es selbst erlebt.« Eindringlich schaute er sie an. »Sei einfach vorsichtig, ok?«

Er sprach nicht weiter und nahm sie stattdessen in seine Arme. Fest drückte er sie an sich. »Ich will nicht, dass dir etwas zustößt«, vertraute er ihr an.

Das Feuer im Kamin war erloschen. Nur noch die Kerzen an der Wand flackerten unruhig.

Er spürte ihren Körper. Zart und zerbrechlich.

Ihre Wärme durchdrang für einen Moment all seine Sorgen.

»Ich … liebe dich«, gestand er ihr. »Schon seit unserer ersten Begegnung.« Viel zu lange hatte er daran gezweifelt. Nur weil er die Worte der Hohepriesterin nicht verstanden hatte.

Esmé drückte sich noch fester an ihn.

»Ich liebe dich auch, aus tiefstem Herzen«, ihre Stimme war nur ein Hauch von einem Flüstern.

Sein Herz klopfte. Sanft berührte er Esmé an ihrer schmalen Schulter und schob sie von sich. Er blickte in ihre grünen Augen, die rein und klar waren, wie ein Stern, der auf die Erde gefallen war. Strahlend schön.

Er berührte ihr Gesicht, strich über ihre leicht eröteten Wangen.

Dann berührten seine Lippen ihre Stirn. Diesmal fühlte es sich vertrauter an. Er schloss die Augen. Und sein Kopf lehnte an dem ihren. Stirn an Stirn.

Die Minuten verstrichen und beide umgab ein Gefühl unendlicher Geborgenheit.

Ihre Lippen berührten sich in einem Kuss. Lang ersehnt und unwiederbringlich verschmolz die jahrhundertelange Sehnsucht ihrer Trennung in diesem Augenblick.

Raven betrat sein Zimmer. Noch immer spürte er ihre Haut an seinen Lippen.

Leise schloss er die Tür und erschrak.

Das Zimmer war ungewöhnlich kalt und dunkel. Ohne Licht zu machen, begab er sich zu seinem Bett und ließ sich erschöpft auf die Matratze sinken.

Was war das?

Die Matratze war eisig kalt. Wie gefrorenes Eis, nur weicher. Und unerwartet versetzte es ihm ein Brennen in der Brust. Er wollte aufstehen. Zurück zu Esmé. Doch er konnte sich nicht mehr bewegen und schien auf seiner Matratze anzufrieren.

In seinem Kopf begann es zu arbeiten. Er musste klar denken.

Konnte Skarok den Schutzzauber durchbrochen haben? Er schaute sich um, doch die Dunkelheit war undurchdringlich.

Er wollte rufen, doch kein Laut drang aus seinem Mund.

Hier war niemand. Bis auf den Nachtfalter, der lautlos über seinem Kopf flatterte.

Ein brauner Bärenspinner.

Esmé saß auf ihrem Bett, löschte die Kerze auf dem Nachttisch und zog die samtroten Bettvorhänge zu. Nur durch einen schmalen Spalt in der Höhe ihres Kopfes spähte die Dunkelheit herein. Ein kalter Luftzug vom offenen Fenster bewegte die Vorhänge hin und her.

Esmé kuschelte sich in die warme Bettdecke, aus der der Duft von Sandelholz stieg. Das Glücksgefühl des Kusses hielt noch immer an, sie fühlte sich geborgen und zuversichtlich. Sogar Cranos hatte ihr geraten, nicht an der Prophezeiung zu zweifeln.

Sie nahm einen tiefen Atemzug und drehte sich auf die Seite.

Aber eines hatten sie in ihrem Gespräch nicht klären können. Was hatte es mit der mysteriösen Gestalt auf sich? Sie blieb ein Geheimnis, und Esmé wurde das Gefühl nicht los, dass sie mehr über diese wusste. Aber sie konnte sich nicht erinnern.

Cranos hatte die Gestalt mit der Alten Zeit in Verbindung gebracht. War es möglich, dass auch die Gestalt das Wissen über Avalon in sich trug?

Esmé spürte immer deutlicher, dass ihre Seele mit Erinnerungen aus der Vergangenheit behaftet war. Einer Vergangenheit im magischen Land Amaduria. Wenn dem so war, dann ähnelte ihr das Wesen in gewisser Weise. Mit dem Unterschied, dass jene dem Zauber der dunklen Mächte erlegen waren, und Esmé sich in eine Lichtelfe verwandelte.

Esmé rief sich noch einmal ihre erste Vision ins Gedächtnis. Sie versuchte sich an das genaue Aussehen des fremden Wesens zu erinnern. Doch sie sah immer nur das schwarze Gewand, die orangerot funkelnden Augen. So sehr sie sich auch anstrengte, das Bild von ihr als Waldfrau kam nicht zurück.

Dann hörte Esmé plötzlich ein Geräusch. Ein Rascheln.

Sie schlug die Augen auf und sah für den Bruchteil einer Sekunde die Gestalt aus dem Steinkreis. Regungslos stand sie in der Dunkelheit – direkt vor der Vorhangöffnung. Doch als Esmé genauer hinsah, war sie verschwunden.

Nur der samtrote Stoff bewegte sich geräuschlos im Luftzug.

Ihr Herz begann zu pochen. Was hatte das zu bedeuten?

Mit einem Mal war Esmé hellwach. Sie stand auf und ging zum Fenster. In ihrem Zimmer war niemand. Alles war ruhig, und nur das Rauschen des Meeres war in der Stille der Nacht zu hören.

Hatte sie sich das nur eingebildet?

Von Yávem war nur der Hauch eines Lichtelfenzaubers zu spüren. Und Esmé redete sich ein, auf Rocca Lovo in Sicherheit zu sein. So hatte Raven es ihr gesagt.

Schnell schloss sie das Fenster. Sie verriegelte beide Fensterflügel und schlüpfte wieder ins Bett. Dann zog sie ihre kalten Füße heran. Esmé war todmüde. Erschöpft schlief sie ein und fand nicht einmal mehr Zeit, um über alles nachzudenken, was heute geschehen war.

Doch schon in der Morgendämmerung erwachte sie wieder. Sie hatte die Augen noch geschlossen, als sie deutlich eine Stimme hörte. Jemand rief nach ihr!

Erstaunt richtete sie sich auf. Hinter den zugezogenen Vorhängen war es warm und nur ein schwacher Lichtschein drang zu ihr.

Sie stand auf und ging barfuß zum Fenster. Über dem Meer lag ein leichter Nebel, der sich seinen Weg bis an den Strand bahnte. Langsam krochen Nebelschwaden über die Düne. Möwen kreischten über der Bucht. Doch niemand war zu erkennen. Esmé war sich sicher, dass die Stimme von draußen gekommen war.

Schnell streifte sie ihren dicken Wollpullover über und schlüpfte in eine Hose. Als sie sich umdrehte, stand Yávem vor ihr.

»Sie ist zu dir gekommen«, sagte sie zu Esmé.

»Wer?«

Doch schon ahnte sie die Antwort.

»Die Gestalt aus meiner Vision? Die Frau in dem dunklen Gewand?«

Yávem nickte.

Esmés Herz begann schneller zu schlagen. Trommelte mahnend in ihrer Brust. »Aber dann ist sie gefährlich«, überlegte Esmé laut.

Doch Yávem schüttelte den Kopf. »Ich kann sie sehen. Von ihrem Körper ist nur ein schattenhaftes Bild in der Nähe. Ein Spiegelbild ihrer selbst.«

Esmé stutzte.

»Das ist ein alter Zauber. Ein Spiegelzauber«, erklärte Yávem. »Seltsam, dass sie deinen menschlichen Namen kennt.«

»Aber …« Der Einwand lag Esmé auf den Lippen. Sie hatte es Raven versprochen. Doch sie schwieg. Yávem würde sie nie in Gefahr bringen.

»Ich werde bei dir bleiben. Ihr Spiegelbild kann nichts gegen die Magie der Lichtelfen ausrichten.« Yávem trat zum Fenster und blickte hinunter an den nebelverhangenen Strand. »Wir sollten herausfinden, wer sie wirklich ist.«

Esmé nickte und zog ihre Schuhe an.

Leise huschte sie durch den langen Flur hinunter bis zur Haustür. Das Haus schien noch zu schlafen. Niemand hatte sie bemerkt.

Der Schlüssel an der Haustür steckte von innen und vorsichtig, ohne ein Geräusch zu machen, schloss sie den einen Flügel auf.

Als sie nach draußen trat, fühlte sich die kühle Morgenluft angenehm klar an, trotz der heraufziehenden Nebelschwaden.

Sie schaute nach Osten. Schon bald würde die Sonne aufgehen.

Eiligen Schrittes lief Esmé den schmalen Trampelpfad hinunter zum Meer. Ein wenig mulmig war ihr schon zumute. Doch sie vertraute Yávem.

Der Nebel wurde dichter und erschwerte ihr die Sicht. Kaum konnte sie das Wasser sehen. Lediglich das ruhige Rauschen der Wellen wies ihr die Richtung zum Strand.

Dann hörte sie wieder ihren Namen. Deutlicher als beim ersten Mal drang er aus dem Nebel. Und Esmé erkannte die Stimme.

Nach allen Seiten drehte sie sich um. Noch immer war nichts von dem verzauberten Spiegelbild zu sehen.

Esmé spürte weichen Sand unter ihren Füßen. Blind im Nebel watete sie weiter. Dorthin, woher sie glaubte die Stimme zu hören. Deutlich spürte sie die Gegenwart von Yávem, die sie wie ein schützender Schleier umgab.

Allmählich, Schritt für Schritt, entfernte sich Esmé vom Haus. Langsam wurde es ihr unheimlich. Eine dumpfe Stille umgab sie. Nur ihr Atem und das sanfte Plätschern der Wellen waren zu hören. Der Nebel war jetzt so dicht, dass an ihrem Gesicht, in ihren Haaren und an ihrem Pullover überall Tautropfen hängen blieben. Doch sie zwang sich zur Ruhe. Yávem war bei ihr.

Esmé bemerkte ein Prickeln im Nacken. Jemand kam hinter ihr aus dem Nebel auf sie zu. Schnell drehte sie sich um. Und Esmé sah, wie eine Gestalt ihren Arm hob, und sogleich fuhr ihr eine starke Böe ins Gesicht, die kalt ihren Körper erfasste. Doch Esmé blieb stehen, hielt den Windstoß aus.

Anmutig schritt die Gestalt weiter auf sie zu. Der dunkle Umhang flatterte bei jeder ihrer Bewegungen wie in Zeitlupe.

Ein Schauer durchfuhr Esmé, trotz der Gegenwart von Yávem. Auch wenn es nur ein Spiegelbild war, wirkte es überzeugend echt. Deutlich erkannte Esmé die Gestalt aus ihrer Vision wieder.

Der Spiegelzauber kann dir nichts anhaben, hörte sie Yávem lautlos sagen. Sie stand unsichtbar neben ihr. *Geh ihr entgegen!*

»Ich soll was?«, flüsterte Esmé leise. Trotz der ermutigenden Worte schlotterten ihr die Knie. »Ich hoffe, du hast recht.«

Die ersten Schritte fielen ihr schwer. Der Sand schien

unter ihren Füßen nachzugeben. Doch sie sammelte sich und ging weiter.

Nach nur wenigen Schritten standen sich die beiden direkt gegenüber, und Esmé blickte erstaunt in ein vollendet makelloses Gesicht. Sie war jung! Schwarz glänzende Haare flossen ihr bis über die Schultern, umrahmten ihr unnatürlich blasses Gesicht.

Und für einen winzigen Augenblick glomm in ihren Augen ein matter blauer Schimmer. Esmé hatte das Gefühl, tief in ihre Seele zu blicken. Sie glaubte einen Funken von Sehnsucht zu erkennen.

Doch dann holten Esmé die böse funkelnden Augen zurück in die Gegenwart. Das Rot war unverkennbar. Esmé blieb erstaunlich ruhig, fühlte eine ungeahnte Stärke in sich. »Wer bist du?«, fragte sie. »Wie soll ich dich nennen?«

»Das ist nicht wichtig«, antwortete das Spiegelbild mit kristallklarer Stimme. »Aber wer bist du? Waren es deine Gedanken, die mich letzte Nacht riefen? Ich konnte dich nicht sehen. Daher wurde ich neugierig, wer mich so dreist herausfordert.« Wieder blitzten ihre Augen auf, wie das Züngeln einer Flamme in der Dunkelheit.

»Mir war nicht bewusst, dass meine Gedanken dich erreichen.« Esmé war erstaunt. »Es lag nicht in meiner Absicht, dich zu rufen.«

Wieder funkelten die Augen der magischen Erscheinung. »Woher weißt du von mir?« Ihre Stimme war nun ernst und der kristallklare Ton verschwunden. Hinter ihren Worten brodelte Zorn. »Hat sie es dir gesagt?«

Und abermals fuhr Esmé ein kalter Windstoß ins Gesicht, denn das Spiegelbild hatte in seiner Erregung den Arm gehoben. Doch Esmé hielt dem wieder stand.

»Nein!«, entgegnete Esmé. »Ich habe dich gesehen. Also – wie soll ich dich nennen?«

Doch anstatt einer Antwort lachte das Spiegelbild nur bitter auf. Das Lachen grollte wie Donner über den Strand. Düster und bedrohlich.

»Nagaina«, sagte sie ausdruckslos. Und verbarg ihr Gesicht für einen Augenblick im Nebel. Dichte graue Schwaden hüllten ihr Gewand ein. Viel stärker als der Nebel, der Esmé umwaberte.

Dann blickte Nagaina plötzlich zu den nebelverhangenen Dünen hinauf. »Warum bist nicht allein zum Strand gekommen?«, fragte sie misstrauisch.

»Aber das bin ich doch.« Esmé war überrascht. Sie war sich sicher gewesen, dass sie niemand im Haus bemerkt hatte. Schnell schweifte ihr Blick über die Dünen. Sie konnte niemanden sehen.

Nagaina aber wandte ihre Augen nicht von den Dünen. »Seit wann gehörst du zu den Wächtern?«, fragte sie hart, ohne Esmé anzuschauen. »Bis vor Kurzem habe ich nichts von deiner …«, schnell korrigierte Nagaina ihre Wortwahl: »… von eurer Existenz gewusst.«

Esmé hatte nicht vor, ihr darauf zu antworten.

Sie hüllte sich in Schweigen.

Verächtlich funkelte Nagaina sie an. Dann schaute sie wieder zu der Düne, und Esmé spürte, wie sie wütend wurde.

Mit einem Schwung schleuderte sie ihren Umhang herum und unzählige schwarze Krähen schwirrten laut krächzend daraus hervor. Sie flogen über die Düne, kreisten hoch oben und stürzten sich dann in den Sand.

Das Spiegelbild von Nagaina lächelte.

»Ich habe die Macht Raven zu töten… genau wie die anderen Wächter von Avalon. Die Jahrhunderte sind vergangen. Die Zeit ist reif für eine neue Herrschaft«, sagte sie.

Dann zog sie ihren Umhang zusammen und trat einen Schritt auf Esmé zu. Esmé spürte ihren eiskalten Atem. »Die Lichtelfe und du, ihr solltet verschwinden, wenn es euch schmerzt, deren Vernichtung mitanzusehen.«

Esmé erschrak.

»Raven!«, formten ihre Lippen lautlos, und alles krampfte sich plötzlich in ihrer Brust zusammen. Sie konnte nichts mehr sagen, all ihre Kraft verschwand, als sie die kalten hasserfüllten Worte hörte. Esmé strauchelte nach hinten. Der Sand unter ihren Füßen gab ihr keinen Halt.

Nagaina erstarrte für einen Augenblick. Dann schien sie zu begreifen. Sie lächelte spöttisch und hob die Hand, um Esmé zu berühren. Doch im nächsten Augenblick wich sie zurück.

»Der Schmerz in deiner Brust schwächt dich«, sagte sie langsam. Und aus jedem Wort sprach mehr Rachsucht. »Du liebst einen der Wächter. Den einen, den ich töten werde.« Dann wandte sie sich von Esmé ab. Sie drehte sich um, und der dunkle Umhang schwebte über den Sand.

Esmé konnte sich kaum bewegen. Die Kälte, die Nagaina umgab, kroch ihr in alle Glieder. Dann hörte sie ihre drohende Stimme.

»Geh! Wenn du es noch kannst«, befahl Nagaina kalt. »Ich kann dich nicht bekämpfen, solange die Lichtelfe bei dir ist. Doch ihr besitzt nicht die Macht, mich aufzuhalten.«

Nagaina blickte über ihre Schulter und kniff ihre Augen zusammen. »Geh! Bevor es zu spät ist!«

Dann wirbelte sie herum, und es schien, als dränge das Geräusch von galoppierenden Pferden aus der Ferne an ihr Ohr. Esmé blickte auf.

Doch sie sah nur, wie der Nebel sich verdichtete. Die grauen Schwaden formten sich zu einem Tier, das sie an ein Pferd erinnerte. Dessen lange Mähne wallte nach unten, und in einer eleganten Bewegung schwang sich Nagaina auf den Nebelkörper.

Sie schaute noch einmal zu Esmé.

Und Esmé spürte den hasserfüllten Blick.

Dann verschwand sie mit den grauen Nebelschwaden über dem Meer, und Esmé hörte Stimmen, die sich näherten.

Noch einmal hörte sie Nagaina, deren Lachen düster über dem Meer verklang.

Esmé sank kraftlos zu Boden.

Sie starrte in den Sand. Nichts war mehr zu sehen von Nagaina. Nicht einmal deren Fußspuren. Esmé zitterte am ganzen Körper. Ihr war so kalt.

Über der Düne hörte sie weit entfernt Raven ihren Namen rufen. Er suchte nach ihr.

Doch Esmé hatte nicht die Kraft, ihm zu antworten.

Ihre Stimme war nur noch ein sterbendes Flüstern. »Yávem?«, wisperte sie. »Bitte hilf mir!«

Die Antwort der Lichtelfe ließ zwei schwere Atemzüge auf sich warten. Dann kniete Yávem neben ihr. Ihr Gewand umfloss den kalten Sand.

Esmé spürte die warme Hand auf ihrem Rücken. »Nagainas Spiegelbild ist weg«, sagte sie. »Hab keine Angst.

Deine Liebe zu Raven ist stark, stärker als ich dachte. Ich habe deine Gefühle für ihn … unterschätzt. Aber jetzt weiß ich es. Sie übersteigen meine Kraft in dir … deshalb warst du mit einem Male so schwach, als Nagaina seinen Tod erwähnte.«

Esmé atmete schwer. Ihr Brustkorb hob und senkte sich. Doch kaum drang Luft in ihre Lungen.

Fassungslos starrte sie in Yávems gütige grüne Augen.

Sie hatte versagt.

Der eisige Steinkreis

Esmé hörte Schritte näher kommen. Sie schaute auf. Quinlan kam in großen Schritten die Dünen herabgesprungen.

»Geht es dir gut?«, rief er von Weitem. Er klang besorgt. Kaum nahm er Notiz von Yávem.

Dann kniete er sich vor Esmé. Erst jetzt sah sie, dass sein Gesicht blutverschmiert war. Fragend schaute sie ihn an.

»Warum bist du mir gefolgt?« Esmé konnte den Vorwurf nicht verbergen. »Sie hat dich bemerkt und ist wütend geworden!«

Verzweifelt blickte Esmé aufs Meer hinaus. Die Kälte des feuchten Sandes drang immer tiefer in ihren Körper. Sie fror erbärmlich. Yávems Wärme reichte längst nicht, um den Schmerz in ihr zu bannen.

Quinlan streifte seine Jacke ab und legte sie Esmé über die Schultern. Zuerst wehrte sie sich dagegen. Doch als sie das Kleidungsstück anfasste, spürte sie deren seltsame Berührung. Es war keine gewöhnliche Jacke. Sie fühlte sich an wie eine Decke aus Pulverschnee. Wattig. Erstaunlich warm. Obwohl nur dünner Stoff durch Esmés Finger glitt.

Erstaunt schaute sie Quinlan an.

»Sie ist magisch«, sagte er und kniete sich in den Sand.

»Und sie hat mich vor dem Krähenschwarm beschützt. Die spitzen Schnäbel konnten sich nicht durchhacken.«

Seine kurzen struppigen Haare waren zerzaust. Ein langer Kratzer verlief quer über seine Wange.

Sie zog die Jacke vor ihrer Brust zusammen.

»Hast du gehört, was Nagainas Spiegelbild gesagt hat?«, fragte sie ihn versöhnlicher. Sie sah in seine braunen Augen und wusste, dass er sie nur beschützen wollte.

»Sie hat einen Spiegelzauber benutzt?«

Esmé blickte ihn an und nickte.

Einen Augenblick musterte er Yávem, die noch immer schwieg. »Habe ich. Ich habe alles gehört«, antwortete Quinlan.

»Das ist Yávem …«, stellte Esmé sie ihm vor und bemerkte, wie besorgt die Lichtelfe aussah. Ihre Augen hatten an Glanz verloren, genau wie der Lichtschleier, der sie sonst umgab.

Quinlan begrüßte sie unsicher und lächelte.

Dann stand er auf. Behutsam nahm er Esmés Hände und hob sie aus dem kalten Sand. Er war viel stärker als Raven.

»Du musst dich aufwärmen. Lass uns zurückgehen. Ian und Raven suchen nach dir. Du bist weit vom Haus weggelaufen.«

Esmé starrte ihn an. Das hatte sie nicht bemerkt.

Sie versuchte zu stehen, doch ihre Beine zitterten noch immer. Sie brauchte Quinlans Arm, um sich abzustützen.

»Sind wir außerhalb des Schutzzaubers?«, fragte sie vorsichtig und merkte wie auch Yávem sie an der Hüfte stützte.

Quinlan bejahte.

»Deshalb konnte sie dich verletzen?«

Doch anstatt ihr einen Vorwurf zu machen, hob er nur die Schultern. »Jetzt weiß ich wenigstens, dass ich sogar die Gedanken ihres Spiegelbildes hören kann. Dass sie in meiner Gegenwart nicht unbemerkt denken kann, hat sie wütend gemacht.«

Und Esmé glaubte ein Schmunzeln auf seinen Lippen zu sehen.

Dann … spürte sie eine vertraute Hand.

Raven!

Sofort ließ Quinlan Esmé los, und Raven hielt sie fest. Er war außer sich.

»Was ist passiert? Was macht ihr so weit weg von Rocca Lovo?«

Sein Blick wanderte hastig von Quinlan zu der Lichtelfe. Dort blieben seine Augen einen Moment ruhen.

Yávem machte eine kurze Verbeugung und senkte ihren Blick.

Raven nickte. Esmé hatte sie Yávem genannt, erinnerte er sich. Seine Augen suchten nach ihr.

Die Nacht war für ihn eine Qual gewesen. Der Zauber, der mit dem Bärenspinner in sein Zimmer gedrungen war, hatte seine Sinne getrübt. Völlig unbeweglich, regungslos und stumm war er geworden. Wie gebannt durch einen fremden Willen hatte er sich dem dunklen Zauber fügen müssen, indem er auf seinem kalten Bett ausharrte.

Doch mit dem Morgengrauen hatte er die Taubheit überwunden. Der Falter war verschwunden. Raven hatte es geschafft sein Zimmer zu verlassen, um nach Esmé zu schauen. Doch ihr Zimmer war leer gewesen.

»Du hast sie gefunden«, rief Ian von der Düne. Er blieb

einen Moment stehen und kam dann heruntergerannt. Er verneigte sich vor Yávem.

Dann ging er direkt auf Quinlan zu. »Ich habe nach dir gesucht! Wie konntest du dich so weit entfernen?«, fragte er ihn.

»Nagaina … sie hat nach mir gerufen!«, flüsterte Esmé, um Quinlan zu helfen. Allmählich wich die eisige Blässe aus ihrem Gesicht.

Ian schaute sie an. »Wer ist Nagaina?«, fragten er und Raven gleichzeitig.

»Die Frau. Die magische Gestalt aus meinen Visionen.« Mit jedem Wort klang Esmé sicherer. »Als ich heute Morgen aufgestanden bin, habe ich gehört, wie sie meinen Namen rief.«

»Und da gehst du allein an den Strand?«, hakte Ian sofort nach. Damit sprach er aus, was auch Raven dachte. Sein Blick fiel auf die Lichtelfe und wütend ging Ian auf und ab. Er hinterließ ein tiefes Spurenwirrwarr im Sand und traute sich nicht Yávem in die Augen zu schauen.

»Ich war nicht allein!«, gab Esmé ihm zur Antwort.

Quinlan stellte sich Ian in den Weg. »Das stimmt!«, sagte er und warf Yávem ein Lächeln zu. »Außerdem war es nur ein Spiegelzauber. Aber ich konnte ihre Gedanken hören.«

Raven starrte seinen Bruder an. Quinlan hatte ihre Gedanken gehört und damit die Gefahr erkannt, während er, betäubt von dem Bärenspinner, nichts ausrichten konnte? Skaroks Magie war unberechenbar.

»Bei dieser Begegnung hätten wir ohnehin nichts ausrichten können, glaubt mir«, fuhr Quinlan fort. »Deshalb bin ich Esmé unauffällig gefolgt und habe mich hinter den

Dünen versteckt. Ich konnte ja nicht ahnen, dass sie sich so weit von Rocca Lovo entfernt. Doch jetzt wissen wir, das Nagainas Zauberkraft nichts gegen Lichtelfen ausrichten kann.«

»Ihr Spiegelbild konnte nichts ausrichten«, korrigierte ihn Ian streng.

Mittlerweile hatte sich der Nebel vollkommen gelichtet. Die Sonne ging über dem Meer auf und schickte warme Strahlen auf die Erde.

Raven hielt Esmés Hand fest.

Das war ein gezielter Angriff. Alles war geplant gewesen.

Skarok musste es geschafft haben, den Schutzzauber für den braunen Bärenspinner zu durchbrechen. Damit hatte er Raven mit dem Eiszauber belegen können und ihn für eine gewisse Zeit außer Gefecht gesetzt.

Und das Druidenmädchen hatte sich an Esmé herangewagt.

Sie waren hier nicht mehr sicher.

Sein Blick wanderte zu Yávem. »Kann Nagaina von der Prophezeiung wissen?«, fragte er nachdenklich. »Hat sie es deshalb gewagt, Esmé zu begegnen? Ich verstehe es nicht.«

Yávem schüttelte den Kopf. »Ich habe gesehen, dass es nur ihr Spiegelbild war und sie ohne den Todespfeil gegen Lichtelfen machtlos ist. Und da nur Esmé in der Lage ist, Nagaina in ihrer Vision zu sehen, habe ich gehofft, bei ihrer Begegnung mehr zu erfahren. Denn wenn Cranos recht hat, verbindet uns das Wissen über Avalon mit ihr. Aber … offensichtlich habe ich mich getäuscht.«

Raven horchte auf. Und sah auch, wie Esmé blasser wurde.

Yávem hatte sich getäuscht?

Doch bevor sie es ihnen erklären konnte, hörte Raven wie sein Bruder sich räusperte.

»Nagaina wird Esmé schwächen …«, erklärte Quinlan. Raven sah, wie er Esmé einen entschuldigenden Blick zuwarf.

»Sie weiß von Esmés Gefühlen für Raven … wie groß ihre Liebe zu ihm ist. Das wird sie ausnutzen.«

Raven starrte seinen Bruder an. »Woher willst du das wissen?«, fragte er, obwohl er die Antwort kannte. Er befürchtete es längst.

»Ich konnte es hören«, sagte Quinlan ungewohnt ernst. »Nagaina war so erregt darüber, dass die Gedanken in ihrem Kopf kreisten. Obwohl sie meine Gegenwart bemerkt hatte.«

»Es tut mir leid!«, flüsterte Esmé. »Sie hat gesagt, dass sie die Macht besitzt, dich zu töten. Ich hatte einfach Angst, denn genau das habe ich in der Vision gesehen.«

Als Raven ihre Worte hörte, nahm er sie in den Arm. Ihre Liebe hatte sie angreifbar gemacht.

Er wusste nicht, was er sagen sollte.

Dann entdeckte er Cranos.

Schwach stand er oben auf der Düne. Seine grauen Haare flatterten im Wind. Gebeugt stützte er sich auf den Lorgos.

Ian rannte los, gefolgt von Quinlan.

»Großvater?«, entfuhr es Raven besorgt. So hatte er ihn noch nie gesehen.

Der Saum seines Umhanges war feucht.

Er sah aus, als wäre er am Meer umhergeirrt.

Raven versetzte es einen Stich. Von nun an waren sie

auf sich allein gestellt. Sie mussten unverzüglich nach Avalon. Vielleicht konnte der Zauber von Avalon ihn wieder stärken.

Cranos sah verzweifelt aus. Verwirrt schaute er sich ständig immer wieder um. Rastlos.

Erst als Raven zusammen mit Esmé und Yávem zu ihm traten, sprach er ein verständliches Wort.

»Ich kann Evolet nirgends finden«, sagte er mit bebender Stimme.

Und genau in diesem Augenblick weiteten sich Ians Augen.

»Ich spüre ein heftiges Brennen in der Brust«, sagte er.

Dann blickte er zu Raven.

»Spürst du das auch?«, fragte er und seine Stimme klang entsetzt.

»Nein«, antwortete Raven verstört. »Ich fühle nichts, absolut nichts. Was ist los?« Sein Blick wurde eindringlicher. »Bist du sicher?«

»Ja! Er ist hier, oben am Haus. Irgendwas … ist seltsam.«

»Aber … das ist unmöglich … der Schutzzauber!« Raven ergriff Panik. »Wer? … Ist es Skarok?«

Ian nickte.

Ravens Gedanken rasten. Er befürchtete das Schlimmste.

»Geh!«, drängte ihn Esmé.

Auch in ihren Augen sah er die Verzweiflung.

»Evolet!«, schrie er entsetzt und rannte los. Doch seine Schnelligkeit glich der eines gewöhnlichen Menschen, nicht der des Wächters von Avalon, der er war.

Abrupt blieb er stehen.

Was ging hier vor sich? Seine Gaben schienen blockiert: Weder spürte er Skaroks Gegenwart, noch konnte er sich übernatürlich schnell bewegen. Was hatte das zu bedeuten?

Zusammen mit Ian und Quinlan rannte er die Düne hinauf, so schnell es ging.

Esmé blieb bei Cranos.

Sie sah, wie seine knochigen Finger mit dem Holz des hellen Stabes verschmolzen. Sie spürte seine Bestürzung, und sie ahnte das Unvorstellbare.

Zusammen mit der Lichtelfe erreichten Esmé und Cranos erst Minuten später den Vorhof von Rocca Lovo. Esmé hatte Kraft gebraucht, um Cranos zu stützen. Zum Glück war Yávem bei ihnen gewesen.

Als Raven aus der Tür gestürmt kam, bestätigte sich ihre Ahnung wie ein Schlag ins Gesicht.

Von Evolet fehlte jegliche Spur.

Sie war verschwunden.

In Windeseile waren die drei Brüder durch das Haus geeilt, um nach Evolet zu suchen. Doch sie hatten sie nirgends gefunden.

Mit jeder Sekunde die verstrich, sank ihre Hoffnung.

Wortlos drehte sich Raven wieder um und verschwand im Haus.

Cranos stand wie versteinert neben Esmé.

Auch er schwieg. Esmé hielt es kaum noch aus.

Wieso wusste keiner, was geschehen war?

Dann hörte sie Cranos' Stimme. Sie klang verändert, als wäre sie in den letzten Minuten über die Maßen gealtert. Sie verstand kaum, was Cranos zu ihr sagte.

»Bitte geh mit mir in den Garten. Hinter das Haus«, bat er sie.

Esmé nickte.

Sie schaute sich nach Yávem um. Sie stand hinter ihr. Ernst und sorgenvoll. Und es schien Esmé, als ob sie vor Traurigkeit immer weniger strahlte.

»Ich komme mit dir«, sagte Yávem.

»Was passiert hier?« Esmés Stimme zitterte. »Wo ist Evolet?«

»Ich weiß es nicht. Doch das, was ich fühle, beunruhigt mich zutiefst.«

Esmé starrte sie an. »Was …?«, fragte sie, doch dann sah sie, dass Cranos schon um die Ecke verschwand. Sie musste ihm folgen.

Esmé rannte ihm hinterher.

Sie sah, dass die Lichtelfe neben ihr war, doch sie spürte kaum ihre Gegenwart. Verdutzt schaute sie Yávem an.

Doch Cranos' Unruhe lenkte sie ab. Aufgeregt durchforstete er jeden Weg, die verwachsenen Beete. Stocherte mit dem Lorgos im Rosengarten.

Er war nicht mehr er selbst. Seine Hände zitterten.

»Hier muss irgendwas sein«, sagte er zu Esmé und drehte sich wieder um.

Aber da war nichts. Evolet konnte doch nicht spurlos verschwinden.

Esmé schaute Cranos an. Wonach suchte er?

Dann fiel ihr Blick auf ein Rosenbeet. Süßer, milder Duft stieg ihr entgegen. Die Blüten waren dunkelrot, fast schwarz. Und ihre makellose Schönheit zog alle Aufmerksamkeit auf sie. Die Blütenblätter bildeten einen samtweichen Teppich. Blüte an Blüte. Kein grünes Blatt ragte dazwischen. Und doch störte Esmé etwas an dieser vollendeten Schönheit.

Sie konnte ihren Blick nicht abwenden.

Wallend auf und ab schien sich der Rosenteppich zu bewegen. Wie ein See aus Blut. Und dann sah sie es.

In der Mitte verwelkten fünf Blüten. Esmé überkam eine Gänsehaut.

Die Blüten berührten etwas Schwarzes.

Dann spürte Esmé, wie die Kälte sie erfasste. Jene gefürchtete Kälte, die ihren Atem gefrieren ließ.

Sie erkannte die Feder von einem Adler. Einem schwarzen Adler. Und sie war viel größer als die eines gewöhnlichen Greifvogels.

Esmé zögerte einen Moment. Sie wollte danach greifen.

»Berühre sie nicht!«, hörte sie Yávem sagen. Sie klang voller Sorge.

Schnell zog sie ihre Hand zurück und dachte unweigerlich an den schwarzen Sog, der sie während ihrer Vision ergriffen hatte. Sie konnte dessen kalte Magie fühlen.

Esmé merkte, dass Cranos neben ihr stand.

»Skarok!«, flüsterte er. »Er und der verzauberte Adler haben Evolet entführt.«

Esmé starrte ihn entsetzt an.

Cranos beugte sich über die Rosen und zog vorsichtig die Feder heraus, die sich in den Dornen verhakt hatte. Sofort fielen die fünf verwelkten Blüten zu Boden.

Und als er die Feder in der Hand hielt, schloss er schmerzerfüllt seine Augen.

»Nein!«, wisperte er leise und seufzte. »Evolet… sie ist schwach. Ihre Kräfte schwinden. Sie haben sie zu dem magischen Steinkreis auf der Orkney Insel gebracht. Das Thondan-Tor.«

Er schwankte. Der Lorgos allein war ihm keine Stütze

mehr. Esmé griff nach seinem Arm und versuchte ihm Halt zu geben, ohne dabei die Adlerfeder zu berühren.

»Wie ist so etwas möglich?«, fragte sie stockend. »Wie konnte der Dämon den Schutzzauber durchbrechen? Und was ist mit Ravens Fähigkeiten? Warum ist er so geschwächt?«

Doch Cranos antwortete nicht. Sein Gesicht wirkte eingefallen. Fahl und grau waren seine Augen, sie hatten ihr saphirblaues Strahlen verloren und ein grauer Schatten lag auf seinen Pupillen.

»Hilf mir ins Haus.« Seine Stimme kratzte, und im nächsten Augenblick ließ er die verzauberte Feder fallen.

Esmé stand verloren am offenen Fenster. Sie starrte aufs Meer hinaus, das nichts mehr von der Bedrohlichkeit vom Morgen hatte. Das Sonnenlicht brach sich funkelnd darin. Ein Windhauch fuhr ihr durch die Haare, doch sie nahm ihn kaum wahr. Auch spürte sie nur ganz schwach Yávems Gegenwart.

Den Tag, an dem sie mit den Wächtern, Evolet und Quinlan nach Avalon gegangen wäre, gab es nicht mehr. Stattdessen waren die Stunden von Furcht und Chaos geprägt. Alles hatte sich verändert.

Sie dachte an Raven. Nachdem Cranos ihm die Feder gezeigt hatte, war er mit seinen beiden Brüdern in den Turm geeilt. Und sie wusste, dass es keinen anderen Weg für sie geben würde, als Evolet aus dem magischen Steinkreis zu befreien. Die Zeit lief ihnen davon.

Wie war es dem Dämon der Finsternis nur möglich gewesen, Evolet zu entführen?

Sie hatte keine Antwort darauf. Sie konnte sich nicht vorstellen, wie er aussah oder dass es einen Adler geben sollte, der Federn trug, die so lang waren wie ihr Arm.

Sie fühlte sich hilflos. In ihrem Kopf bohrte sich ein Schmerz durch die Schläfen. Und für einen Moment schloss sie die Augen. Machtlos und überfordert. Erst die Begegnung mit Nagaina am Strand, dann Ravens nachlassende Gaben, die Entführung von Evolet. Sie fühlte sich taub für jedwede Empfindung.

Hatte sie deshalb diese berstenden Kopfschmerzen?

Sie fühlte sich, als würde ihr eine Vision bevorstehen. Doch das war eigenartig. Eigentlich sollte sie diese Art der Kopfschmerzen längst hinter sich gelassen haben.

»Was geschieht mit mir?«, fragte sie Yávem leise. »Ich kann nur einen Hauch deines Lichtelfenzaubers wahrnehmen.«

Du bist geschwächt, hörte Esmé ihre vertraute Stimme. Sie blieb unsichtbar. *Doch du musst es jetzt sehen. Ich kann Nagainas magische Kräfte fühlen … verstehe sie aber nicht.*

Esmé ging erschöpft zum Bett und ließ sich nach hinten auf die weiche Matratze fallen. Sie wartete. Ihr Blick war starr nach oben gerichtet, in den samtroten Himmel des Bettes. Doch sie sah nichts. Starrte in die Leere.

Dann spürte sie einen heftigen Stich. Die Kopfschmerzen füllten ihre Augen mit Tränen. Alles verschwamm. Doch sie konnte keine Bilder sehen.

Esmé spürte, wie es ihr die Kehle zuschnürte. Ohne die Vision konnte sie Raven nicht helfen. Warum sah sie nichts mehr?

Angestrengt versuchte sie, nicht zu denken. Ihre Angst beiseitezuschieben. Sie durfte nicht zweifeln. Egal, was geschehen war.

Sie rollte sich auf die Seite und wischte die Tränen ab.

Dann fielen ihr die Lider zu.

Sie schaute sich um, und ihre Pupillen bewegten sich schnell hin und her.

Zuerst sah sie nur Dunkelheit. Doch dann lief sie durch einen geheimnisvollen Wald. Nein, sie rannte, und der dichte Wald schien ihr einen Weg zu bahnen. Knochige Stämme bewegten sich zur Seite. Baumkronen flüsterten magische Worte, die sie im Vorbeigehen nicht verstand. Sie rannte weiter. Herunterhängende Lianen wanden sich zu einem Tunnelbogen und ließen sie passieren.

Mit dem nächsten Schritt stand sie auf einer Hochebene. Flach und gerade erstreckte sich eine Lichtung vor ihr. Esmé schaute sich noch einmal um, doch der Wald hinter ihr hatte sich zurückgezogen.

Dann hörte sie plötzlich ein Wimmern. Es klang schmerzerfüllt. Gebrochen. Esmé fuhr herum. Vor ihr erhob sich ein Steinkreis. Übermannshohe Menhire ragten in den Himmel. Wieder hörte sie das Wimmern. Und Esmés Augen schweiften über den Steinkreis. Suchten überall.

Und dann sah sie sie. Gefesselt. Sie lehnte kraftlos mit dem Rücken an einem Stein. Evolet. Und an ihren Händen … doch was war das? Plötzlich umfloss Esmé in ungeheurer Geschwindigkeit Wasser. Kaltes Wasser. Es wurde immer mehr, und sie verlor das Gleichgewicht. Esmé wollte wegrennen, doch der Strudel kam direkt unter ihren Füßen hervor, als würde sich die Erde öffnen, um sie zu verschlingen. Mit aller Kraft versuchte Esmé, sich daraus zu befreien. Das Wasser reichte ihr schon bis zur Hüfte. Eisige Kälte stach ihr in die Beine. Dann spürte Esmé, wie etwas ihren Knöchel umschlang. Wie eine Hand. Immer fester drückte sie zu, und dann wurde Esmé in die Tiefe gezogen. Wasser umspülte ihren Kopf. Immer tiefer und tiefer sank sie in die eisigen Fluten.

Esmé konnte nichts sehen. Wild ruderte sie mit den Armen, bis sie sich nicht mehr bewegen konnte. Die eisige Kälte lähmte sie. Doch immer weiter wurde sie nach unten gezogen. Ihr Hals war wie zugeschnürt und sie konnte nicht mehr atmen. Stille. Endlose Stille. Wohltuend, und der Schmerz ließ nach.

Dann war alles vorbei.

Nach Luft schnappend erwachte Esmé. Die Augen weit aufgerissen. Sie hustete, als hätte sie sich verschluckt. Ihr Herz raste, und sie musste sich aufsetzen.

»Was… was war das? Ich verstehe nicht… was du mir damit sagen willst. Woher kommt das viele Wasser?«, fragte sie keuchend.

Esmé zog die Decke um ihre Schultern. Ihr war kalt, und sie zitterte.

Für einen langen Augenblick war es seltsam still im Raum. Nur ihr schneller Atem war zu hören.

Dann wurde der Raum von dem grellen Schein der Lichtelfe durchflutet. Yávem trat zu ihr ans Bett.

»Ich wollte dir etwas ganz anderes zeigen«, antwortete sie. »Doch ein Kyrillfluch stört die Vision an dich. Der Fluch ist von Nagaina und nutzt die Kraft des Wassers, um unsere Verbindung zu entzaubern, damit ich nicht mehr durch dich sehen kann.«

»Aber was hat das zu bedeuten?« Esmé zitterte immer mehr.

»Ich denke, Nagaina hat bei eurer Begegnung gemerkt, wie mächtig du einst werden wirst. Sie kann fühlen, wenn jemand mit der Magie Avalons verbunden ist. Und das bist du. Die Verbindung wird immer stärker werden. Deshalb versucht sie dich zu schwächen.« Ihre Stimme wurde leiser. »Oder zu töten. Genau wie es Skarok schon versucht hat. Es ist sein Hass, den sie in sich trägt.«

Yávem strich sich mit einer eleganten Handbewegung

die blonden Haare aus dem Gesicht. »Was hast du vorher gesehen?«

»Einen lebendigen Wald und…«, doch weiter kam sie nicht. Sie zitterte immer mehr und wusste nicht, was schlimmer war. Die Wahrheit, oder dass sie schon wieder von dieser Eiseskälte ergriffen wurde, die seit dem Gefühl des Ertrinkens nicht mehr aus ihrem Körper wich.

Dann spürte sie Yávems Hand. »Was ist los mit dir?«, fragte sie besorgt. »Ist dir wieder kalt?«

»Ja!«, hauchte Esmé, und ihre Zähne schlugen aufeinander.

Schnell setzte sich Yávem zu ihr aufs Bett. Sie schlang ihre Arme um sie. »Die Magie der schwarzen Alben«, flüsterte sie. »Wie konnte ich mich nur so täuschen? Ich habe in Nagaina etwas anderes gesehen. Nie hätte ich dich sonst in Gefahr gebracht.« Sie drückte Esmé fester an sich. »Es tut mir leid.«

Esmé konnte spüren, wie niedergeschlagen und verzweifelt Yávem war. Sie legte ihren Kopf an ihr seidenes Gewand und schloss die Augen.

»Mir ist so kalt«, flüsterte sie.

Yávem nickte traurig. »Ich kann dir hier nicht helfen, Esmé. Du musst weg von hier. Weg von Raven!«

Esmé schlug die Augen auf und schob mit aller Kraft Yávem von sich weg. »Aber die Prophezeiung! Wie soll ich Raven retten, wenn ich nicht bei ihm bin?«

Yávem senkte ihren Kopf.

»Ich denke, dass Nagaina einen seltenen Zauber benutzt«, flüsterte sie und griff nach Esmés Hand. »Es ist merkwürdig. Aber nur Raven verliert seine magischen Fähigkeiten. Ian nicht. Und du bist geschwächt. Nur schwer kam die Vision vorhin zu dir, und wieder gelangte so die Magie der dunklen Mächte in deinen menschlichen Körper.«

Esmé schaute sie fragend an. Sie verstand es nicht.

»Die Druiden kannten in der Alten Zeit einen Schwächezauber, der sich aus der Liebe nährt.«

»Und ... was bedeutet das?«, fragte Esmé verwirrt.

»Solange ihr beide euch nahe seid, zusammen an einem Ort, verliert Raven seine magischen Fähigkeiten als Wächter. Er wird schwach wie ein sterblicher Mensch. Und du wirst an der dunklen Magie in deinem menschlichen Körper zugrunde gehen. Deine Seele ruft nach deinem Lichtelfenkörper. Aber so, wie die Dinge jetzt stehen, kannst du deine Verwandlung nicht vollenden.«

Esmé schluckte. Die Sekunden verrannen, und sie fror und fror. Und jetzt bohrte sich noch ein bitterer Schmerz durch ihre Brust, direkt in ihr Herz. Yávem wollte sie von Raven trennen.

»Es gibt keine andere Möglichkeit, Esmé«, beschwor die Lichtelfe sie. »Nur so können wir den Schwächezauber bannen. Wir müssen es zumindest versuchen.«

Doch Esmé konnte sich nicht aus ihrer Betäubung befreien. Sie wollte nur noch aufgeben, um den bitteren Schmerz und die eisige Kälte nicht mehr zu spüren. Sie war zu schwach. Sie hatte es selbst gesehen. Woher sollte sie jetzt noch Hoffnung nehmen?

Esmé spürte, wie die Lichtelfe sie erschrocken an den Schultern packte.

»Ergib dich nicht dem Schmerz! Kämpfe gegen die Kälte in dir!«, drängte sie. »Der Dämon der Finsternis ist mächtig. Nagaina ist seinem Bann verfallen, genau wie der Druide. Amaduria fällt für alle Ewigkeit in eine dunkle Zeit, wenn die Wächter den Kampf gegen sie verlieren. Ich glaube noch immer an die Prophezeiung der Lichtelfen. Du bist die auserwählte Lichtelfe. Lass nicht zu, dass sie dich zerstören!«

Esmé hörte ihre Worte, die so voller Hoffnung klangen. Doch sie fühlte sich unendlich kraftlos. Sie spürte das seidene Gewand an ihrer Wange, als die Lichtelfe sie umarmte. Esmé seufzte.

Yávem strich ihr über den Kopf. Der helle Schein um sie herum begann noch heller aufzuleuchten und hüllte Esmé in einen Schleier.

Sie spürte ein Kribbeln zwischen den Augenbrauen. Yávems Brustkorb hob und senkte sich. Der Elfenatem, dachte Esmé und schloss die Augen.

Sie spürte, wie er versuchte in jede Zelle ihres vergifteten Körpers zu gelangen. Doch Esmé konnte den Elfenatem kaum in sich aufsaugen, und ihr wurde klar, dass Yávem recht hatte. Sie musste diesen menschlichen Körper verlassen, solange der dunkle Zauber nicht ihre Seele berührte.

Esmé öffnete die Augen. Sie konnte sehen, dass Yávems heller Schein verblasst war. Sie hatte all ihr magisches Licht gegeben, um Esmé Kraft zu spenden.

Dann ließ Yávem sie los.

Die Lichtelfe stand auf und ging zum Fenster. Ihr Gang war schwerer, nicht mehr so schwebend.

Esmé sah zu ihr.

Sie wirkte nachdenklich.

»Ich nehme dich mit nach Avalon durch die magischen Nebel. Dort kannst du von dem dunklen Zauber befreit werden«, sagte sie, ohne sich umzudrehen. »Auf Avalon kannst du deine Verwandlung beenden.« Dabei blickte sie geistesabwesend in die Ferne.

Esmé horchte auf. Die magischen Nebel?

Plötzlich erinnerte sie sich. Nur einmal hatte sie das geträumt.

Damals hatte sie nicht darüber nachgedacht, weil sie es nicht verstanden hatte. Doch jetzt ergab es einen Sinn. Der Schmerz verlassen zu werden, dieser Schmerz war mit den seltsamen Nebelschwaden zu ihr gekommen.

Ihre Träume hatten versucht, sie darauf vorzubereiten. Darauf, was jetzt mit ihr geschah. Alles war tatsächlich vorherbestimmt. Sie musste es nur annehmen. Egal, wie schmerzhaft sie es empfand.

Esmé versuchte aufzustehen, doch ihre Knie waren zu weich. Sie richtete sich auf.

»Yávem?«, sagte sie leise. »Ich werde der Bestimmung folgen. Auch wenn ich Angst davor habe.«

Die Lichtelfe drehte sich zu ihr um.

»Du hast Angst davor?«, fragte sie in einem merkwürdigen Ton und trat zu ihr.

Esmé nickte. »Ich habe Angst davor, Raven zu verlieren.«

Yávem ging unruhig hin und her. Und Esmé schien es, als ob ihre Augen wieder heller strahlten.

»Jetzt verstehe ich, warum du Ravens Tod so seltsam gesehen hast. Die schwarzen Scherben und Splitter…«, wisperte die Lichtelfe. »Deine Angst überlagert die Vision und lässt dich genau das sehen. Das wovor du am meisten Angst hast.«

Esmé wurde hellhörig. Dann gab es Hoffnung, wenn

die Vision ihr nur ihre tiefsten Ängste vorgaukelte. »Ich werde die Angst überwinden und an die Prophezeiung glauben«, versprach sie. Ihre Stimme kratzte. Und mit zitternden Beinen stand sie auf.

Yávem musste sie stützen.

»Dein menschlicher Körper wird schwächer«, sagte Yávem.

Esmé nickte. »Raven muss davon erfahren. Er ist im Turm.«

»Aber wir müssen uns beeilen. Uns fehlt die Zeit für große Erklärungen.«

Sie stützte Esmé, und noch ehe sie sich versah, standen sie vor der Tür zum Turm.

Esmé schaute Yávem erstaunt an. »Wie ist das möglich?«

»Auch wenn du noch einen menschlichen Körper besitzt, ist deine magische Seele gewachsen. Deine Zauberkraft mit meiner vereint reicht aus für das magische Fliegen.« Sie lächelte. »Das spart Zeit.«

Yávem und Esmé betraten den Turm. Ein Windzug pfiff sofort durch die geöffnete Tür, und die Kerzen flackerten. Schnell zog Yávem die Tür heran.

Esmé schaute sich um. Die inneren Gemäuer des Turmes waren nicht verputzt und ihr Blick fiel direkt auf die jahrhundertealten Backsteine. Eine schmale Wendeltreppe führte nach oben.

Yávem ging voran. Sie hielt Esmé an der Hand und zog sie mit sich. Leise knarrten die Stufen.

Hier konnte Esmé die Magie der Wächter spüren. Das Gefühl der Beklemmung machte sich wieder in ihr breit. In Gegenwart von Raven hatte sie sich bereits daran gewöhnt – doch hier glich es einem reißenden Strudel.

»Der Turm ist für die Wächter der magischste Ort außerhalb Amadurias. Und außerhalb Avalons«, erklärte ihr Yávem.

»Müssen wir deshalb die Treppen steigen?«

Yávem lächelte. »Ja. Aber nur weil, du noch keine Lichtelfe bist. Im dem Turm befindet sich die Belissphäre der Wächter. Mit deren Zauber können sie reisen. Aber dein menschlicher Körper wehrt sich gegen die Magie und blockiert in der Nähe der Sphäre das magische Fliegen.« Sie schaute nach oben. »Du hast es gleich geschafft. Nur bis zur ersten Tür.«

Nach den nächsten zwei Stufen standen sie vor einer schweren Holztür. Yávem öffnete sie, und die Scharniere quietschten laut.

Sie traten ein, und das Erste, was Esmé sah, war ein silbern glänzender Schrank. Er war begehbar und die Tür stand offen.

Auf den vorderen metallenen Regalböden lagen verschiedene Waffen: Pfeil und Bogen, dessen Pfeile statt einer Spitze eine Art feuervogelähnlichen Kopf aufwiesen, zwei lange glänzende Schwerter, die neben der Schwertscheide lagen und eine Armbrust. Weiter hinten lagen noch mehr Waffen aufgereiht. Offensichtlich stammten einige davon aus vergangenen Jahrhunderten. Jede der Waffen schien es in den unterschiedlichsten Ausführungen zu geben.

So etwas hatte Esmé noch nie gesehen.

Jede nachfolgende Generation von Merlin hatte hier ihre Kampfwaffen aufbewahrt, und so überdauerten sie die Zeit. Alle schienen noch einsatzbereit. In einem hinteren Regal entdeckte Esmé zwei Ritterrüstungen.

Für einen Moment versuchte sie sich Raven vorzustellen. Was würde er tragen, und mit welchen Waffen würde er gegen die dunklen Mächte kämpfen, die seine Schwester entführt hatten?

Im nächsten Augenblick trat Raven aus den Tiefen des Wandschrankes hervor. Der Schrank schien nach hinten viel tiefer zu sein als Esmé von hier erahnte.

Abrupt blieb er stehen.

Er trug eine Art Schutzrüstung, die wie eine zweite Haut seinen Oberkörper bedeckte. Er schien bereit zu sein zum Aufbruch.

Auf der Vorderseite der braunen, wie mit Teflon beschichteten Rüstung, prangte ein dunkelroter Feuervogel, dessen langer Schweif über die Taille und vermutlich bis auf den Rücken reichte. Esmé konnte es nicht genau erkennen.

»Was ist passiert?«, fragte er erschrocken und eilte auf Esmé zu. »Was ist mit dir passiert?«

Raven griff nach ihrer Hand. Sie war kalt. Ihre schlanken Finger fühlten sich fremd an. Er konnte nicht glauben, was er da sah. Esmé stand vor ihm. Blass, ihre Haut wirkte fahl und ihr Gesicht eingefallen. Ihr Körper zitterte, ihre Lippen waren spröde, die Augen von einem dunkelblauen Rand umgeben. Nur für einen kurzen Moment der Nähe leuchteten ihre grünen Augen auf.

»Uns bleibt nicht mehr viel Zeit«, antwortete sie mit schwacher Stimme. »Ein Zauber Nagainas schwächt uns beide. Deshalb hast du deine Fähigkeiten verloren und ich kann mich nicht verwandeln.« Sie schluckte den Kloß in ihrem Hals hinunter. »Wir … haben nur eine Möglichkeit!«

Mittlerweile waren Ian und Cranos herangetreten. Als sie Esmé sahen, verstummten sie. Betroffen blieben sie in der Tür des Waffenschrankes stehen.

»Uns bleibt nur ein Ausweg«, flüsterte Esmé Raven zu. Sie sah nur ihn.

»Welcher?« Seine Stimme klang heiser.

»Deine Fähigkeiten werden wiederkehren, wenn …«, sie schaute nach unten, um nicht weinen zu müssen, »… wenn ich nicht mehr in deiner Nähe bin. Wir müssen uns trennen.« Schnell flossen die Worte über ihre Lippen.

Erschrocken wandte sich Raven an Yávem. »Was hat das zu bedeuten?« Noch immer spürte er Esmés kalte Finger. Es gelang ihm nicht, sie aufzuwärmen.

»Esmé hat recht«, antwortete Yávem. »Es bleibt kein anderer Ausweg. Ihr müsst euch trennen. Ich nehme sie mit nach Avalon. Dort kann ich sie retten. Wenn wir es rechtzeitig schaffen, dann wird sie sich verwandeln, und du wirst deine Fähigkeiten zurückbekommen. Nur so können wir den Zauber von Nagaina brechen, und ihr habt eine Chance, Evolet zu retten. Deine Schwester braucht deine magischen Kräfte als Wächter.«

Raven nickte. Behutsam strich er Esmé eine Haarsträhne aus dem Gesicht. Er hatte es befürchtet. »Auf Avalon bist du in Sicherheit. Die magischen Nebel gewähren dir Schutz.« Raven versuchte zuversichtlich zu klingen. Nachdenklich strich er sich über den Kopf. »Wie viel Zeit bleibt uns noch, bis der Zauber sie zerstört?«, fragte er Yávem leise, damit es Esmé nicht hörte. Doch sie schloss die Augen.

»Ein Tag. Vielleicht zwei.«

Raven spürte, wie Esmé zusammenzuckte.

»Zwei Tage höchstens«, stimmte Cranos ihr zu. »Und viel länger wird Evolet auch nicht aushalten. Ich fühle, dass sie immer schwächer wird. Die Magie des Steinkreises entzieht ihr ihre Lebensenergie.«

»Was habt ihr vor?«, fragte Yávem die Wächter.

Quinlan kam gerade aus dem hintersten Winkel des Wandschrankes hervor. Er trug auch eine Schutzrüstung, die gleiche wie Raven, mit dem Feuervogel, und hatte eine Armbrust in der Hand.

»Wir brechen noch heute auf«, antwortete er ihr und kam näher. »Ich werde Raven und Ian auf die Orkney Inseln begleiten, auch wenn heute der Tag ist, an dem auch ich nach Avalon gehen sollte.« Fest entschlossen stemmte er die Armbrust auf seine Hüfte.

»Wir betreten noch heute die Belissphäre«, schloss sich Raven an. »Auf der Insel gibt es einen Ausgang. Ganz in der Nähe der Steilküste.«

Yávem nickte.

»Nähert euch dem Thondan-Tor durch das Reich der Waldfeen, dem geheimnisvollen Feenwald. Der Feenwald wird in dieser Nacht dort sein, damit ihr ungesehen über die Hochebene gelangt. So werdet ihr zu den fünf Menhirstatuen gelangen, die dem Steinkreis vorgelagert sind.«

Cranos trat einen Schritt nach vorn. »Woher weißt du, dass der Wald dort sein wird? Es ist ein magischer Wald, und die Feen verändern ständig seine Lage in der irdischen Welt. Das tun sie seit zwei Jahrhunderten. Seit sie aus Amaduria vertrieben wurden.«

»Esmé hat den Wald in einer Vision gesehen«, antwortete Yávem. »Der Wald wird euch Schutz bieten.«

Raven und Quinlan nickten.

»Aber wie soll Esmé an den See gelangen?«, fragte Raven besorgt. »Die Belissphäre nimmt nur die Nachkommen Merlins in sich auf. Und der menschliche Weg dauert zu lange. Das wird sie nicht schaffen.« Noch immer hielt er ihre Hand in seiner.

»Ich nehme sie mit mir. Verhülle sie mit einem Zauber, der uns an den See bringt.«

»Das wird Skarok bemerken«, gab Ian zu bedenken, der bisher geschwiegen hatte. Auch er trug bereits seine Schutzrüstung, genau wie seine Brüder mit dem Feuervogel auf der Brust. »Wenn du dich mit einem menschlichen Körper schnell durch Raum und Zeit bewegst, wird das nicht unbemerkt bleiben.«

»Ich kann es schaffen«, entgegnete Yávem. »Demgegenüber sind Skarok, Umbra van Urgh oder Nagaina auch nicht in der Lage uns völlig unbemerkt zu folgen. Wir müssen es riskieren. Am See werde ich die Barke rufen, und sobald wir auf dem Wasser sind, ist Esmé in Sicherheit.«

Esmé spürte, dass Yávem nicht den geringsten Zweifel hegte. Sie glaubte an die Prophezeiung. Und das gab ihr Kraft.

Wenn sie weg waren, würden Ravens magische Kräfte zurückkehren. Dann konnten die Brüder Evolet befreien.

Fest drückte sie ihre kalten Finger in der Hand von Raven zusammen. Behutsam strich er mit dem Daumen über ihre weiße Handfläche.

Es war so weit. Sie musste jetzt gehen. Zärtlich spürte sie seine Lippen auf der Stirn.

Doch der Kuss fühlte sich seltsam an. Sie konnte seine Wärme, seine Haut nicht spüren. Ihr menschlicher Körper entzog sich bereits zunehmend ihrer Kontrolle. Es wurde höchste Zeit. Sie mussten sich jetzt wirklich trennen, bevor es zu spät war.

»Wir sehen uns auf Avalon!«, flüsterte Esmé leise und nickte dann Yávem zu. Sie war bereit.

Die Lichtelfe stützte Esmé am Arm, drehte sich mit ihr um und schon im nächsten Augenblick fiel die Tür ins Schloss.

Zurück blieb eine bedrückende Stille. Die Wächter von Avalon und Quinlan waren allein und für einen Moment des Verlustes ließ Raven den Schmerz zu. Doch Cranos brach das Schweigen.

»Es wird schwer sein, Evolet aus dem magischen Steinkreis zu befreien, zumal Skarok nur darauf wartet, dass ihr zum Thondan-Tor kommt«, begann er. »Wenn er einen Wächter innerhalb des Steinkreises tötet, dann geht dessen Magie direkt auf ihn über, und er wird das Tor öffnen können.«

Raven schaute ihn erschrocken an. Das hatte Cranos ihnen bisher verschwiegen.

Cranos sprach weiter. »Evolet wird mit Sicherheit von einem magischen Ritual gefangen gehalten. Auf keinen Fall dürft ihr den Steinkreis zu früh betreten. Unterschätzt die Magie des Steinkreises nicht. Darin gibt es optische Täuschungen.«

Raven bemerkte wie Cranos während dieser Worte schwankte. Er schaute ihn an, und ihre Blicke trafen sich. Raven fühlte den Schmerz, den sein Großvater empfand, weil er Evolet nicht beschützt hatte. Er war zu schwach.

In den letzten Stunden hatte Cranos sich sehr verändert. Seine Augen waren beinahe schwarz vor Trauer, seine Haare viel grauer als vorher, und seine sonst so stolze Haltung war gebückt.

Noch nie hatte Raven ihn so gesehen.

»Du kannst ihren Schmerz fühlen, nicht wahr?«, fragte er seinen Großvater.

Cranos schaute Raven traurig an. Dann nickte er.

Raven wandte sich ab. Sie würden ihre Schwester befreien. Die Wächter von Avalon durften keine Schwäche zeigen.

Esmé stand mit Yávem in dem verwilderten Garten vor dem Turm der Wächter.

Esmés Hand lag in der der Lichtelfe wie ein weicher Gegenstand, aus dem alle Wärme entwichen war.

Yávem schaute sie ernst an. »Lass auf keinen Fall meine Hand los«, sagte sie. »Wir werden innerhalb von Minuten an den See in Britannien gelangen. Du musst dich die ganze Zeit festhalten, sonst verirrst du dich in der Zwischenwelt.«

Esmé nickte.

»Vertraue mir. Und denke an gar nichts. Versprochen?«

Esmé drückte Yávems Hand fester.

Yávem ging einen Schritt den Weg entlang und zog Esmé hinter sich her. Esmé versuchte mühsam sich aufrecht zu halten, doch es fiel ihr schwer. Sie verlor allmählich das Gefühl in ihren Beinen. Ihr Oberkörper fühlte sich an wie ein schwerer Stein, den sie nicht tragen konnte.

Noch zwei Schritte folgte sie der Lichtelfe. Dann glaubte sie zu schweben. Immer schneller nach oben. Zuerst sah sie noch den Garten, das Haus, das Meer. Doch dann rauschte die Erde als Sturm an ihr vorbei. Und die Zeit.

Esmé schloss die Augen, denn ihr wurde schwindelig. Fester drückte sie die Hand von Yávem.

Eine einzigartige Leichtigkeit umgab sie. Esmé traute sich zu blinzeln. Sie fühlte sich wie ein Schmetterling, der über eine smaragdgrüne Wiese flog. Unendlich leuchtete das Grün um sie herum, wohin sie auch schaute.

Und dann sah sie unter sich einen blauen Schimmer. Er stach schillernd aus dem Grün hervor, wurde allmählich größer, und Esmé glaubte eine Wellenbewegung darin zu erkennen. Yávem hielt direkt darauf zu. Und mit dem nächsten Atemzug formierten sich die Umrisse eines Ufers wie schattenhafte Puzzleteile.

Raven drängte seine Brüder zum Aufbruch. Die Dunkelheit kroch bereits vom Meer auf die Halbinsel.

Er ging zurück in den Wandschrank und nahm sein Schwert in die Hand. Auf der silbernen Klinge waren die Worte camulos parjânos eingraviert. In der alten keltischen Sprache bedeutete das »mächtiger Wächter«. Dann griff er zu der ledernen Schwertscheide. Auch sie wurde von Generation zu Generation weitergegeben. Raven fuhr mit der Hand über das dunkelbraune Leder.

Dann schaute er zu Ian.

Er war zu dem hinteren Regal gelaufen und holte drei warme Umhänge.

»Gegen die Kälte auf den Orkney Inseln«, sagte er, als er Ravens Blick bemerkte. »Das Leder stammt von Manmoras und das warme Innenfell ist aus der Wolle eines Yäkjogs aus den schneebedeckten Nordbergen in Amaduria.«

Raven nickte.

Er hatte weder die kolossalen Manmoras des Berolah Ödlandes, noch die nordischen Yäkjogs schon einmal gesehen. Nur aus Zeichnungen kannte er die Tiere. Soweit er sich erinnern konnte, ähnelte die Statur eines Manmoras einem Elefanten, nur ohne Rüssel. Die Tiere besaßen ein rötliches struppiges Fell, und aus dem Maul ragten ihnen schwarze Stoßzähne, die nach innen gebogen waren. Dagegen waren die Yäkjogs klein. Ihr reinweißes zotteliges Fell wärmte sie in der Eisregion, und meist hatten sie hellbraune Mähnen. Die männlichen Tiere trugen kurze Hörner, die wie eine Krone auf ihren Köpfen prangten.

Als Ian wieder nach vorn kam, hing er sich seinen Bogen und den Köcher um. Die Pfeilspitzen leuchteten perlmuttfarben. Es waren die Pfeile der Wächter, belegt mit der Magie des heißen Lichtes.

Quinlan stand schon an der Tür. Ian warf ihm seinen Yäk-Umhang zu. Und Raven griff nach seinem Schild.

Dann eilten die drei die schmale Wendeltreppe hinab. Stufe um Stufe näherten sie sich der Gewölbekammer. Raven spürte, wie sein Herz pochte. Sie brachen in eine ungewisse Begegnung mit dem Dämon der Finsternis auf. Dessen magische Kräfte waren stark und er hatte zwei machtvolle Verbündete gefunden. Umbra van Urgh, den Druiden, und Nagaina, das Druidenmädchen.

Cranos war schon im Gewölbe. Die Fackel in seiner Hand flackerte.

Er wollte ihnen noch die Wand zur Belissphäre öffnen und sich von seinen Enkelsöhnen verabschieden. Doch sie brauchten keine Worte.

Er umarmte Ian fest und lange. Dann trat Quinlan zu ihm. Er legte ihm die Hand auf die Schulter und blickte ihn wortlos an. Dann nickte er und zog ihn zu sich heran.

Quinlan und Ian warteten im Fackelschein.

Raven schnürte es den Hals zu. Es widerstrebte ihm, seinem Großvater noch einmal in die schmerzerfüllten Augen zu sehen. Er trat auf ihn zu und umarmte ihn. Die dünnen Haare berührten ihn an seiner Wange.

»Wir werden Evolet befreien«, flüsterte er. »Das verspreche ich.« Der Dämon wird sie nicht zerstören. Nicht wenn ein bedeutender Wächter es verhindern kann, dachte Raven.

Dann löste er sich aus der Umarmung.

Cranos hob seine Hand. Er zögerte, als hätte er Angst ihn zu berühren. Raven kam es vor, als ob seine Augen in eine unendliche Leere schauten. Sein Blick schien seltsam fern.

Cranos' Hand zitterte, und er zog sie zurück.

Dann nickte er, trat zur Wand und fuhr mit der Hand über den Granitquader. Die große rechteckige Steinwand öffnete sich.

Raven blickte gespannt zu Quinlan, der zum ersten Mal mit der Belissphäre reiste. Doch er blieb gelassen, blinzelte nur gegen die hellen Strahlen.

Als Erster übertrat Ian die Granitschwelle. Quinlan folgte ihm.

Raven aber drehte sich noch einmal zu Cranos um und warf ihm einen letzten Blick zu. Cranos lächelte zaghaft. Und Raven lächelte zurück. Sein Großvater war ein guter Lehrmeister gewesen und hatte sie, so gut es ging, darauf vorbereitet. Jetzt mussten sie dem Schicksal der Wächter begegnen. Er wandte sich in das grelle Licht und trat in die Belissphäre. Der Sog hob ihn sanft nach oben.

Laue Luft blies Esmé entgegen. Vor ihr lag ein See mit kristallklarem Wasser. Hohes Schilfgras säumte das stille Ufer.

Unter ihren Füßen spürte Esmé feste Erde.

Dann schaute sie sich um. Ein Windhauch fuhr durch das hohe Schilfgras, als kündigte er ihre Ankunft an.

Ein grauroter Himmel spiegelte sich auf der glatten Wasseroberfläche.

Esmé bemerkte, dass Yávem ihre Hand losgelassen hatte. Die Lichtelfe blickte starr auf den See hinaus und rührte sich nicht. Die blonden Haare hingen ihr lang über ihren Rücken und ein schwacher Lichtschein umgab sie.

Esmé spürte, wie sie selbst schwankte. Ihre Beine waren schlapp, fühlten sich taub an, und es grenzte an ein Wunder, dass sie sie überhaupt noch trugen. Erschrocken blickte Esmé auf ihre Fingerspitzen. Sie hatten eine bläuliche Farbe angenommen, und sie zitterte.

Dann wandte sich Yávem ihr zu. »Die Barke wird gleich hier sein. Sie bringt uns hinüber in das heilige Land Amadurias. Nach Avalon.«

Esmé nickte. Obwohl sie kaum noch ein Gefühl für ihren Kopf hatte.

Allmählich zogen Nebelschwaden über dem See auf.

Bleich wallten sie über das Wasser und krochen an Land. Die magischen Nebel, dachte Esmé.

Und auf der sich kräuselnden Wasseroberfläche tauchte ein kleines Boot auf. Es schien wie aus dem Nichts mit dem Nebel über den See zu kommen und steuerte direkt auf sie zu.

Eine unheimliche Stille umgab sie. Kein einziger Ruderschlag war zu hören.

Esmé schaute wie gebannt auf die Barke.

Ein heller Umhang aus Seide verhüllte den grazilen Körper der Ruderin, und sie hatte die Kapuze über den Kopf geschlagen. Nur ihr Kinn lugte hervor, und hellblonde Haarlocken fielen auf ihre Brust. Esmé vermutete, dass sie eine Lichtelfe war. Geräuschlos tauchte sie die Paddel ins Wasser ein. Dann glitt die Barke lautlos ans Ufer.

Yávem begrüßte die Ruderin mit einer kurzen anmutigen Verbeugung mit den Händen vor ihrer Stirn.

Dann reichte sie Esmé die Hand.

Dankbar griff Esmé danach und ließ sich in die wackelige Barke helfen. Sie setzte sich auf den schmalen Holzsitz in der Mitte. Yávem nahm neben ihr Platz, und Esmé konnte sich an sie anlehnen. Ohne Zeit zu verlieren glitt die Barke zurück in das klare Wasser, bewegte sich lautlos im Takt der Ruderschläge zur Mitte des Sees.

Esmé spürte den Zauber, der über dem See lag. Sie fühlte sich geborgen und verspürte den Drang, diesen Körper endlich zu verlassen.

Immer dichter hüllte sie der Nebel ein. Esmé konnte das eben verlassene Ufer nur noch erahnen. Ringsum verteilten sich undurchdringliche Nebelschwaden. Die kühle und feuchte Luft benetzte ihre bleiche Haut.

Ein paar Atemzüge vergingen in der Stille des Sees. Dann stand Yávem auf. Sie hob seitlich ihre Arme und streckte die Hände in den magischen Nebel. Esmé musste sich festhalten, obwohl die Bewegung in der Barke kaum zu spüren war.

Die weiten Ärmel ihres Umhangs hingen lang herunter und schienen mit dem Gewand zu verschmelzen. Einen kurzen Moment lang verharrte Yávem in dieser Gebärde. Dann senkte sie langsam ihre Arme. Die Geste hatte etwas Gebieterisches, und nur einen Augenblick später lichteten sich die dichten Nebelschwaden.

Esmé stockte der Atem.

Vor ihnen ragte eine strahlend grüne Insel auf. Die magischen Nebel und das Ufer auf der anderen Seite waren verschwunden. Beinahe unwirklich. Direkt am See lag ein schmaler bewaldeter Ufersaum, dahinter erhob sich ein Berg. Er strahlte in einem rötlichen Schimmer, und an einigen Stellen war die Felswand glatt und gerade. Es sah aus, als ob sich darin Schatten befanden, wie Umrisse zweier Eingänge, die sich zwischen drei Türmen befanden.

Esmé erblickte zum ersten Mal Avalon.

Auch hier schien eine Sonne. Und sie spürte, dass es die gleiche Zeit sein musste, wie auf der anderen Seite des Ufers.

Langsam kamen sie näher.

Jetzt erkannte Esmé drei schmal aufragende Türme mit runden Spitzdächern vor dem Felsgestein. Jeweils zwischen ihnen befanden sich zwei Säulen. Im Licht der untergehenden Sonne strahlte das Gestein in einem warmen Orangeton und vermischte sich mit dem Grün der Weiden. Deren dünne Stämme wuchsen neben den Säulen in die Höhe. Lange Äste hingen wie eine Pforte über den merkwürdigen Schatten.

Dann glitt die Barke in den gelben, feinkörnigen Sand. Schilfgras säumte das Ufer an dieser Stelle Avalons. Und damit wusste Esmé, dass sie schon einmal hier gewesen war. In ihren Träumen.

Das alles kam ihr so vertraut vor.

Der Nebel, der Strand, das Ufer – sie hatte das Gefühl, nach Hause zu kommen. Und plötzlich verschwamm alles vor ihr. Sie krampfte ihre Finger in den Holzsitz. Doch sie konnte sie kaum spüren. Zwar ließ das eisige Kältegefühl nach, aber sie hatte kein Gefühl mehr für ihren Körper.

Wie durch einen Schleier nahm Esmé eine weitere Lichtelfe wahr, die am Ufer stand. Ihre Lider begannen zu flackern, und sie hörte Yávems Stimme nur noch aus der Ferne. Wortfetzen drangen zu ihr. »... gib nicht auf ... Geist von Avalon wartet ... kämpfe!« Dann hörte sie andere Stimmen, verstand aber nichts mehr. Und noch bevor sie Avalon betrat, fiel sie in einen tiefen Schlaf.

Taubheit und Schmerz wichen von ihr. Sie war angekommen. Nach so vielen Jahren hatte sie es geschafft, an den heiligen Ort zurückzukehren.

Esmé blinzelte. Sie war umgeben von einem hellen smaragdgrünen Strahlenmeer. Unter sich spürte sie eine warme Steinplatte, auf der sie lag. Sie fühlte, wie das bekannte Gefühl der Geborgenheit sie durchströmte. Es umgab sie und war gleichzeitig in ihr.

Beruhigt schloss sie die Augen.

Sie war auf Avalon.

Ihre Körperhülle fühlte sich an wie geschmeidiges Papier. Ein warmes Kribbeln ging von ihren Füßen aus, erstreckte sich über ihre Beine und Arme bis zu ihren Händen. Ihr ganzer Körper schien nur aus Empfindungen zu bestehen.

Ihre Lichtelfenseele hatte den menschlichen Körper verlassen und sich damit von der Magie des Dämons befreit.

Langsam öffnete sie die Augen und drehte ihren Kopf zur Seite, erst nach links und dann nach rechts.

Ringsum sah sie aufrecht stehende Steine, die tief in der Erde verankert waren. Menhire. Vorsichtig setzte Esmé sich auf. Sie lag auf einem Steinaltar, und die Menhire bildeten einen Kreis darum.

Esmé spürte, dass all die Energie, die sie umgab, von den langen Steinen ausging. Lichtstrahlen, die sich wie Ströme dort bündelten, wo sie lag. In der Mitte des Steinkreises.

Aber dann verblassten die smaragdgrünen Strahlen. Esmé blickte an sich herab und sah, dass sie ein ebensolches Gewand trug, wie die anderen Lichtelfen auf Avalon. Lang glitt es über ihre Beine. Sie wollte aufstehen, stützte ihre Hände ab und bemerkte, wie ungeheuer leicht sie sich fühlte. Erstaunt berührte sie ihre Finger, dann die Fingerspitzen. Sie fühlten sich an wie samtweiche Blütenblätter.

Dann hörte sie eine Stimme, die aus den Menhiren zu ihr drang. Aus jedem einzelnen langen Stein klangen reine Worte, die sich rhythmisch aneinanderreihten.

»Yriaril borodum sa meryn
Domarestu shre savanatu.

Lamar da veh
Sheventalama da vreh.

Mariéryl amgar sindurah
Samana kanchana me dhari
Nataraya vantama naméh.«

Esmé verstand die Worte und deren Bedeutung.

»Zwei Jahrhunderte mussten vergehen,
Bis die Lichtelfen die Prophezeiung verstehen.

Die einst vor Tausenden von Monden,
Gab Hoffnung in den dämonischen Stunden.

Die Magie der Wesen des Lichtes
Vereint mit dem Geist von Avalon,
Zu beschützen des Wächters Lebensbaum.«

Esmés Verwandlung war vollendet. Die Kraft des Geistes von Avalon, die in dem Steinkreis floss – entstanden durch die Magie der Wächter, gestärkt durch den Zauber der Priesterinnen der Alten Zeit und jüngst vereint mit den Wesen des Lichtes – hatte ihre Heilung vollbracht.

Esmé bemerkte einen Druck auf ihrem rechten Unterarm.

»Ihr werdet von nun an dieses Zeichen tragen!«, hörte Esmé es aus den langen Steinen sprechen.

Sie schaute auf ihren Arm und sah, wie auf der Innenseite ein dunkelgrüner Kreis auf ihrer Haut entstand. Um den Kreis bildeten sich erst sechs und daran noch einmal sechs Lotusblätter heraus. Ein doppelter Blütenkranz.

Dann formte sich in der Mitte des Kreises ein sechseckiger Stern aus zwei Dreiecken. Ein Hexagramm.

Das Symbol für die Vereinigung der Blutlinie Merlins mit den Wesen des Lichtes – auf dass Amaduria gerettet werde und die Zeit der Dämonen vorbei sei.

Esmé stand auf, und ihre Hände berührten den Steinaltar. Sie erblickte unzählige Bilder, als ob sie auf einer unsichtbaren Leinwand abgespult wurden. Unendlich schnell aneinandergereiht – wie ein Zeitraffer aus der Vergangenheit.

Alles begann mit Zerstörung. Pfeile mit schwarzen Steinspitzen trafen Lichtelfen. Sie verglühten im Schweif ihres Lichtes. Unzählig viele. Immer und immer wieder. Trauer und Furcht in den fahlen Gesichtern. Dann die Wesen des Waldes, die sich in den magischen Wald zurückzogen. Ein Geheimnis bewahrend. Dann der steinerne Altar in dem magischen Steinkreis. Der Altar, auf dem sie jetzt saß. Und aus einer smaragdgrünen Sonne trat eine Lichtelfengestalt hervor. Das Gesicht kam ihr bekannt vor. Es war sie selbst. Ein heller Lichtstrahl, der sich aus ihr formte und den Steinkreis verließ. Ein neugeborenes Baby mit grünen Augen – von dem Lichtstrahl umgeben. Dann ihre menschliche Mutter, das Krankenhaus, Yávem. Die Lichtelfe streckte ihre Arme aus und griff nach ihr. Berührte sie an der Stirn. Der Elfenatem.

Weitere Bilder folgten: aus ihrer Kindheit, ihrem Zuhause, dem Garten in Loughrigg, Eric und ihr Vater … Und immer in der Nähe – Yávem, die nie von ihr gewichen war. Ihr ganzes Leben lang.

All diese Ereignisse bis hin zu ihrem Erwachsenwerden, den Visionen und ihrer Rückverwandlung sah Esmé als Zuschauer ihres eigenen Lebens.

Der Kreis hatte sich geschlossen.

Sie war auf Avalon, im Steinkreis, dort wo die Prophezeiung begonnen hatte.

Esmé spürte einen Luftzug, der ihr langes Haar erfasste. Und im nächsten Augenblick sah sie … ein kleines Mädchen.

Zögernd ging sie einen Schritt auf das Bild vor ihren Augen zu.

Es war wie die anderen Bilder. Real und doch magisch.

Esmé konnte das Mädchen beobachten. Es hatte langes schwarzes Haar. Sie war vielleicht vier Jahre alt und spielte am Ufer von Avalon. Esmé ahnte, wen sie da sah. Nagaina. Die Tochter der Priesterin. Und in ihrer Hand hielt sie den Zweig einer Trauerweide.

Das Bild blieb stehen, und Esmé konnte ihren Blick nicht von ihr abwenden. Sie starrte in ihre blauen Augen. Die Sekunden verrannen.

Dann wurde es still. Unheimlich still, und Esmé schloss die Augen.

Jetzt sah sie das Druidenmädchen Nagaina. Sie schritt über eine Hochebene am Meer. Wellen tobten unterhalb der Steilküste und die Gischt schoss bis nach oben.

Und mit einem Mal gelang es Esmé durch Nagainas Augen zu sehen. Es war so, als ob sie wie ein Schatten in sie hineinkroch, fortan alles mit den Augen des Druidenmädchens betrachtete.

Nagaina drehte sich um. Und Esmé konnte sehen, wie jemand einem schwarzen Pferd wild die Sporen gab. Sie preschten vor bis zum Abgrund. Dort blieben sie abrupt stehen. Der Reiter schaute nach oben. Über ihm kreiste ein Adler. Der Vogel war riesig, seine Spannweite musste mehr als drei Meter betragen.

Plötzlich wurde Nagaina unruhig. Sie wirbelte herum und starrte finster über das tobende Meer.

Erschrocken schlug Esmé die Augen auf und wich unwillkürlich einen Schritt zurück. Die Bilder waren verschwunden. Nur die Abenddämmerung kroch über die Felswand.

Aus den langen Steinen erklang die Stimme.

»Ihr besitzt viele magische Fähigkeiten als Lichtelfe. Aber seid vorsichtig. Wenn Euer Geist auf Reisen geht, dann bleibt das nicht unbemerkt von den Wesen, die Ihr auf diese Weise erreicht. Nagaina könnte verhindern, dass Ihr wieder in Euren Lichtelfenkörper zurückkehrt. Ihre Magie ist über die Jahrhunderte gewachsen.«

Esmé schaute auf das Gras unter ihren Füßen. Ihr Lichtelfengewand schleifte über dem Boden. Sie war barfuß.

Dann nickte sie. Wieder einmal musste sie lernen, mit ihren magischen Fähigkeiten umzugehen.

Sie spürte, wie sich die Stimme in die Menhire zurückzog. Aber bevor sie vollends versiegte, hörte sie noch einen Namen. »Nimaron«, sprach die Stimme mit den letzten Wortfetzen, »... wird Euch begleiten!«

Dann war es still. Und Esmé wusste, sie folgte nun ihrer Bestimmung.

Über der Orkney Insel brach eine sternenklare Nacht an. Als Raven, Ian und Quinlan aus der Belissphäre traten, blies ihnen eine meeresfrische Kälte entgegen.

Raven schaute sich um. Die jahrhundertealte Pforte war hier ein Dolmen. Links und rechts ragten je zwei mannshohe Steine aus der Erde. Und quer darüber lang eine gigantische Steinplatte.

Er berührte das Gestein. Es war von Moos bewachsen, die Oberfläche brüchig und porös, aber dennoch massiv.

Raven folgte seinen beiden Brüdern. Sie waren nur wenige Schritte von ihm entfernt und standen an der Klippe, die über sechzig Meter senkrecht in die Tiefe abfiel. Unten schlugen die Wellen gegen die Felsen.

»Es gibt zwei Wege, um über die Ebene zu gelangen«, sagte Ian. »Der eine führt direkt über die Hochebene zum Thondan-Tor und der andere wohl durch den magischen Feenwald, den ich aber nicht sehe.«

Raven schaute über die Ebene. In der Dunkelheit konnte er die Ausdehnung nur erahnen. Irgendwo weit hinten musste sich der magische Steinkreis befinden. Er fühlte den brennenden Schmerz in seiner Brust. Skarok war in der Nähe.

»Wir befolgen den Rat der Lichtelfe«, antwortete er. »In der Dunkelheit sind wir hier ungeschützt.«

Quinlan und Ian nickten wortlos.

Schweigend brachen sie auf und folgten einem Pfad entlang der Klippen, ohne dabei das geringste Geräusch zu machen. Nur ihr Atem blies in die Dunkelheit. Raven zog sich die Kapuze seines Umhangs über den Kopf und hängte sich seinen Schild über den Rücken. Das Yäkjogfell wärmte ihn. Er musste sich sehr anstrengen, um sich dem langsamen Tempo seiner beiden Brüder anzupassen. Nachdem er endlich seine magischen Gaben zurückerlangt hatte, strotzte er geradezu vor Stärke. Gern wäre er schneller gerannt, um dem Unausweichlichen zu begegnen.

In seinem Kopf herrschte eine gespenstische Leere. Er verdrängte die Gedanken an Esmé, denn er wusste, dass sie in Sicherheit war. Anders war es nicht zu erklären, dass er seine Fähigkeiten wieder hatte. Nagainas Zauber war gebannt.

Nach nur wenigen Metern standen sie plötzlich vor zwei Bäumen. Wie aus dem Nichts waren sie aufgetaucht.

Ihre bizarren Silhouetten hoben sich nebeneinander vor dem dunklen Himmel ab, und ihre knochigen Stämme mit der rissigen Borke bildeten eine Art Eingang. Dahinter war die Dunkelheit noch schwärzer. Keine Bäume waren zu sehen. Nur ein schwarzes Loch ohne den Funken eines Lichtes. Wie Arme ragten die Äste aus den Stämmen, und die silbriggrünen Blätter raschelten leise im Wind. Es klang wie ein Läuten.

»Die wandernde Pforte des magischen Feenwaldes«, flüsterte Quinlan. »Ich habe darüber gelesen.«

Raven nickte und zögerte einen Moment.

Fragend schaute er zu Ian.

»Wir gehen einfach durch«, flüsterte sein Bruder. »Ich kann Evolet nicht spüren. Nicht einmal ihre Nähe. Nur die Magie des schwarzen Alben. Uns läuft die Zeit davon.«

Raven nickte. Dann suchte er den Himmel nach dem Adler ab. Doch nur die Sterne funkelten still auf ihn herab.

»Ich gehe zuerst«, sagte Quinlan und drehte sich um.

»Wir bleiben hinter dir«, antwortete Ian.

Sie passierten die knochigen Stämme. Die Erde war mit Moos überzogen, das weich unter ihren Tritten nachgab. Nur zwei Schritte gingen sie hinein, und plötzlich befanden sie sich inmitten unzähliger Bäume. In einem tiefen und scheinbar undurchdringlichen Wald, der der schwarzen Dunkelheit gewichen war. Bäume, so weit das Auge reichte, die aussahen wie Buchen oder Eichen. Aber ihre Blätter waren größer, durchscheinend grün, und ihre Äste bewegten sich wie liebende Arme. Der magische Wald hatte sich ihnen geöffnet.

»Wir folgen dem Fluss«, sagte Ian und zeigte auf das kristallklare Wasser im grünen Unterholz, gesäumt von Bäumen, deren Wurzeln mit dem Wasser verschmolzen und deren Blätter die Baumstämme wie ein Mantel einhüllten.

Vorsichtig bahnten sie sich einen Weg durch das Buschwerk. Immer wieder schaute sich Raven um. Die Bäume hatten mehr Leben in sich, als sie sehen konnten. Sein Nacken kribbelte. Er fühlte sich beobachtet.

Sie liefen weiter, und die Zeit verstrich. Er hatte das Gefühl, dass sie immer tiefer in den Wald gingen. Überall waren lebendige Bäume. Nirgends schimmerte eine Lichtung durch die Stämme. Und es war unmöglich, die Richtung zu bestimmen, in der sich das Thondan-Tor befand.

Er setzte seine Kapuze ab. Die Luft im Wald war angenehm warm und erinnerte ihn an einen sommerlichen Morgen.

Nur langsam kamen sie voran. Gerade als sie merkten, dass das Gelände leicht anstieg, begann das Wasser zu murmeln. Der Schimmer der weißen Gischt leuchtete im Morgengrauen, dort wo der Fluss einen kleinen Wasserfall hinunterfloss.

Raven kniff die Augen zusammen. Schimmerten dort die ersten Sonnenstrahlen durch das Grün der Blätter? Die Nacht hatte doch gerade erst begonnen?

Ein Schmetterling flatterte direkt vor Quinlans Nase. Er blieb stehen.

»Der magische Wald scheint seine eigenen Zeitgesetze zu haben«, flüsterte Ian. »Die Sonne geht auf.«

Quinlan drehte sich um. »Passt auf, wo ihr hintretet«, sagte er. »Ohne die Waldfeen kommen wir hier nicht raus. Wir brauchen ihre Hilfe.«

Raven wollte weitergehen, schaute aber in diesem Moment nach unten.

Eine Wurzel zog sich schlängelnd wie eine Schlange zurück. Es kam ihm vor, als wich sie vor ihm zurück, damit er nicht auf sie trat.

Und wieder hatte er das Gefühl, dass die Bäume verborgene Augen besaßen, in ihren knotigen Gesichtern. Selbst die Äste und Blätter schienen ihnen nachzusehen, sobald sie daran vorbeigingen. Langsam liefen sie weiter, jeden Schrittes bedacht. Der Waldboden unter ihren Füßen war weich und sie folgten dem Fluss immer tiefer in den Wald. Sie waren schon eine Ewigkeit über Wurzeln gestiegen als plötzlich seltsame flüchtige Geräusche durch das

Unterholz zogen. Die Laute klangen wie einzelne Wortfetzen bis ein wohlklingender Gesang ertönte. Von Ast zu Ast schwang er näher und säuselte wie ein Windhauch durch die Blätter.

Ian schaute nach oben. Über ihnen ringelten sich schlangendicke Äste wie Lianen um die Kronen der umstehenden Bäume. So als würden sie eine Brücke bauen.

»Die Waldfeen kommen«, flüsterte Quinlan leise und zeigte nach oben. »Die Schmetterlinge!«

Über ihnen flatterte eine Vielzahl von hellblauen Schmetterlingen, und sie hörten Worte in einer merkwürdigen Sprache.

Quinlan trat näher zu Raven und Ian. Sie stellten sich im Kreis auf. Rücken an Rücken. »Ich kann die Waldfeen verstehen«, sagte Quinlan und schien selbst darüber erstaunt zu sein. Es waren Silben, die der alten keltischen Sprache sehr ähnlich waren.

»Sie heißen uns willkommen«, übersetzte Quinlan.

Dann glitten die Schmetterlinge, einer nach dem anderen von den Baumkronen herab. Flatterten durch die Äste und wirbelten, formiert in einer Säule dicht über dem Boden, direkt vor Quinlans Augen.

Immer schneller – bis sie sich in eine Waldfee verwandelten.

Eine weibliche Gestalt stand vor ihnen. Sie war kleiner als Quinlan, und ihr Körper strahlte in einer blassen hellblauen Farbe. Ihr Kleid war durchscheinend und verschmolz mit ihrem Körper. Sie hatte rotbraune Haare, die ihr über den Rücken fielen und den samtweichen Moosboden berührten.

»Cuie ambru galanus esta prope«, flüsterte sie.

Quinlan konzentrierte sich auf die Worte. »Sie spricht über den Dämon der Finsternis. Er ist in der Nähe«, übersetzte er für Raven und Ian, die sich ihr ebenfalls zugewandt hatten.

Die Waldfee hob ihre feingliedrigen Arme und wies in die Richtung, in der sich der magische Steinkreis, das Thondan-Tor, wohl befand.

»Dubos druida est cata quem turcos catarius iam pridem ex supremus mutro nocts obeliscus – is druco … tames is non debere anemu intrare.«

Quinlan räusperte sich. »Skarok ist mit seinen magischen Gefährten, dunklen Zauberern schon seit letzter Nacht am Tor …«, übersetzte Quinlan weiter, »… doch die Bäume, unsere Hüter, versperren ihm den Weg in unser Reich.«

»Wissen die Waldfeen etwas über unsere Schwester?«, fragte Ian. Er schloss seine Hand fester um den Bogen über seiner Schulter.

Doch die Waldfee senkte traurig den Kopf und schwieg.

Raven wurde unruhig.

Sie mussten sich beeilen. Er hatte das Gefühl, dass sie schon viel zu lange in dem magischen Feenwald waren. Die Sonne schien schon über die Baumkronen.

Esmé schaute sich um. An das rote Felsgestein, das den Steinkreis beinahe einbettete, schloss sich ein dichter Hain an. Die Bäume hatten kurze, schuppenartige Stämme und ihr Kronendach wirkte wie ein verzauberter Durchgang. Ein Portal umsäumt von Ästen mit hellgrünen, spitz zulaufenden Blättern. Von der anderen Seite kam Yávem auf sie zu.

Esmé lächelte und lief los. Die ersten Schritte als Lichtelfe fühlten sich an, als würde sie über die Erde schweben. Zwar berührten ihre Füße das Gras. Aber es kam ihr vor, als liefe sie über federweiche Wolken. Esmé verließ den Steinkreis und betrat das Portal. Direkt unter seinem Baumkronendach war Yávem stehen geblieben und streckte Esmé beide Hände entgegen.

Esmé ging zu ihr, und als sie vor ihr stand, senkte Yávem den Kopf und verbeugte sich. »Beinahe wäre es zu spät gewesen«, sagte sie zu Esmé. »Der dunkle Zauber hat Euren menschlichen Körper in Eis verwandelt. Aber die Magie Avalons konnte Eure Lichtelfenseele retten. Wir sind gerade noch rechtzeitig gekommen.«

Esmé schaute sie an. Für einen Moment erschien es ihr merkwürdig, wie Yávem mit ihr sprach. Aber dennoch vertraut. Sie versuchte sich zu erinnern. Ihre Ankunft auf Avalon. Natürlich. Sie war auf der Barke zusammengesunken.

»Aber… ich hatte das Gefühl zu schwach zu sein«, sagte Esmé. Sie schaute auf ihre lilienweißen Hände und erst in diesem Augenblick verstand sie, was geschehen war.

Sie hatte ihren menschlichen Körper bei ihrer Ankunft losgelassen. Ihre Seele hatte diese Hülle verlassen und war mithilfe des Geistes von Avalon in ihre wahre Lichtelfengestalt geschlüpft.

Lächelnd blickte Esmé Yávem an.

»Der Geist von Avalon hat mir Nagaina gezeigt«, flüsterte Esmé. »Ich sah sie als Kind. Am Ufer von Avalon. Und dann reiste mein Geist zu ihr. In die Gegenwart.«

Yávem schaute sie an. »Ihr besitzt die Gabe der Geistwanderung?«, fragte sie erstaunt.

Esmé nickte. Sie war zu Nagainas Geist gereist. Es war ihr vorgekommen, als schwinge sie wie ein Vogel übers Wasser. Dann war ihr Geist, wie beim Eintauchen des Vogels in die Wasseroberfläche, in Nagainas Körper eingedrungen.

»Ich weiß, was ich zu tun habe«, fuhr Esmé fort. »Könnt ihr mich zu Nimaron bringen?«

»Nimaron wird dich begleiten?«

Wieder nickte Esmé.

»Es gibt nur wenige Lichtelfen, die nach der Dunklen Zeit die Gabe der Geistwanderung besitzen«, sagte Yávem leise. »Und Nimaron ist eine davon. Ich werde Euch zu ihr bringen. Meine Aufgabe wird eine andere sein.«

Esmé blickte sie ernst an. Doch Yávem sagte nichts weiter.

Dann liefen sie nebeneinander durch das grüne Portal, dessen Blätter in der Dämmerung in einem unwirklichen bläulichen Licht schimmerten. Der Weg führte sie zu einem drei Meter breiten Felsdurchgang. Wie eine Schlange wand er sich durch das Gestein, das im Licht bläulich schimmerte. Esmé fuhr mit der Hand über die glatten Wände, die sich anders anfühlten als alles, was Esmé bisher kannte – nachgebend und doch fest.

Nach einer Weile gelangten sie auf die andere Seite des Berges. Jetzt erkannte Esmé, dass die merkwürdigen Schatten Höhleneingänge waren, umgeben von den drei runden Türmen. Ihr Weg führte direkt auf den ersten Turm zu.

»Das Höhlenschloss der Lichtelfen auf Avalon«, hörte Esmé Yávem sagen. Die Türme schienen mit dem Felsgestein zu verschmelzen, und die Weiden wuchsen direkt aus dem Fels. »In den Höhlen sind unsere Gemächer. Dort findet Ihr auch Nimaron«, erklärte Yávem weiter.

Esmé ging durch den tunnelartigen Durchbruch des Turmes. Und es war, als würde sie dabei den Eingang zu ihrer Erinnerung durchqueren. Wie ein Bienenschwarm strömten sie in ihr Gedächtnis.

Das Höhlenschloss. Die Gemächer – eines für jede Lichtelfe. Und Esmé wusste, welches sie vor langer Zeit bewohnt hatte.

Dann betrat sie die vordere Höhle. Yávem folgte ihr.

Nichts hatte sich verändert.

Die Wände funkelten in einem sonnenklaren Licht. In der Mitte wand sich eine Treppe nach oben. Auch von ihr ging ein helles Strahlen aus. Stufe für Stufe.

Mit einem Nicken gab Esmé Yávem zu verstehen, dass sie allein nach oben fand. Sie wusste, dass sie bis zur vorletzten Wendelbiegung gehen musste. Dort würde sie Nimaron in ihrem Gemach treffen.

Esmé hielt sich an dem runden Geländer fest. Wie sonnengewärmte Feuersteine fühlte es sich an. Glatt und geschmeidig. Schließlich stand sie vor einer Tür. Durchscheinend apfelgrüne Edelsteine funkelten daran und bildeten ein Lotusblatt. Es gab keine Klinke, und Esmé berührte behutsam die Edelsteine. Nachdem sie das Blatt mit den Fingern umkreist hatte, öffnete sich die Tür ohne ein Geräusch, und Esmé trat ein.

In dem Raum hing weißer Dunst. An der gegenüberliegenden Wand sah Esmé Nimaron.

»Ich habe Euch bereits erwartet«, sagte sie mit ihrer unverkennbaren Stimme und drehte sich zu ihr um.

Sie trug ein beigefarben schimmerndes Gewand. Den Saum verzierten gestickte Goldfäden. Ihre langen blonden Haare umrahmten ihren Körper. Die Haarspitzen berührten ihre Hüften.

Unwillkürlich senkte Esmé ihren Blick und verbeugte sich zur Begrüßung. Um den Kopf trug Nimaron einen schmalen Silberreif, und an ihrer Stirn glänzte ein grüner vierstrahliger Sternendiopsid.

Als Esmé wieder aufschaute, stand Nimaron strahlend schön vor ihr.

»Ich brauche Eure Hilfe!«, sagte Esmé. Ihre Stimme klang bittend. »Nagaina trägt das Wissen Avalons in sich. Sie wurde nicht mit diesem Hass geboren. Und ich besitze die Gabe zu ihr zu reisen.« Nimaron nickte, und Esmé fuhr fort. »Ich muss versuchen sie daran zu erinnern. Ich muss sie davon abhalten, das zu zerstören, woher sie stammt. Sie darf den Todespfeil der schwarzen Alben nicht benutzen, um die Wächter von Avalon zu zerstören.«

»Ihre Seele sehnt sich nach Avalon«, sinnierte Nimaron. »Nur Ihr seid in der Lage dies zu sehen. Findet dieses Samenkorn in Naginas Seele und lasst es erblühen. Eure Gedanken werden es Euch zeigen. Nur Ihr könnt diese Aufgabe erfüllen.«

»Aber Ihr müsst mich begleiten!«

»Das werde ich. Ihr werdet die Magie Avalons in Euch fühlen. Die Magie vieler Jahrhunderte wird Euch stark machen.«

Nimaron legte ihre Hand auf Esmés Schlüsselbein. Und Esmé spürte die Geschmeidigkeit der Berührung. Spürte den Rhythmus, in dem ihr Herz schlug.

Dann ließ sie Esmé los.

»Der Dämon hat gewiss versucht Nagainas Wissen über Avalon auszusaugen. Nur so konnte er die Wurzeln ihrer Vergangenheit zerstören und ihre Erinnerungen auslöschen.«

Esmé schaute Nimaron ernst an. »Ich muss es versuchen. Einst sah ich in ihren Augen Hoffnung und Zuversicht.« Esmé dachte an die Begegnung mit Nagaina am Strand. Für einen kurzen Augenblick hatte sie den matten Schimmer blauer Augen gesehen.

»Versprecht mir nur, vorsichtig zu sein, auf dem Weg Eurer Bestimmung. Unterschätzt die Magie der dunklen Mächte nicht. Auch Nagaina unterliegt dem bösen Zauber. Schon viele Jahre lang.«

»Ich werde auf der Hut sein«, versprach Esmé.

Dies war ihre einzige Möglichkeit Raven zu retten. Nur so konnte sie ihm von Avalon aus beistehen. Sie musste es versuchen.

Sie wollte sich zum Gehen wenden, doch Nimaron war noch nicht zufrieden. »Hat Euch der Geist von Avalon mit Eurem Namen angesprochen?«, fragte sie rätselhaft.

Esmé schaute sie verwundert an und verneinte.

Nimaron griff nach ihrer Hand und betrachtete lange das Zeichen auf Esmés Unterarm. »Dann werdet Ihr ihn erfahren, wenn die Zeit dafür gekommen ist.«

Vom obersten Plateau des Berges überblickte Esmé die Weite des Sees, der Avalon umgab, und dachte an Nagaina. Neben ihr stand Nimaron.

Das Wasser wogte sanft im nachtblauen Licht und verschmolz in der Ferne mit den magischen Nebelschwaden. Ein silberblaues Licht hüllte die heilige Insel ein, so als würde der Mond Avalon erhellen – doch sie sah ihn nicht. Esmé schloss für eine Sekunde die Augen und nahm diesen Anblick in sich auf.

Im Schein des Lichtes lenkte sie ihre Aufmerksamkeit zu einem Brunnen. Er war aus roten Backsteinen rund gemauert.

Langsam ging sie näher, als Nimaron mit ihrer Hand in dessen Richtung wies.

Seit sie das Höhlenschloss der Lichtelfen verlassen hatten, schwieg sie, und Esmé nahm ihre lautlosen Worte als deutliche Stimme in ihrem Kopf wahr – sie übertrug ihr ihre Gedanken.

Sie stand vor dem magischen Quellbrunnen von Avalon.

Unter ihren Füßen spürte sie weiches Gras, das warm ihre Zehen streifte. Mit den Händen berührte sie die Backsteine des Brunnens und lehnte sich nach vorn. Doch sie musste sich auf die Zehenspitzen stellen, um über den

Rand zu blicken. In diesem Augenblick hörte sie deutlich Nimarons Worte: »Wenn Ihr in den magischen Brunnen schaut, erblickt Ihr auf dessen Wasseroberfläche nicht jedes Mal Euer Ebenbild.«

Esmé blickte zu Nimaron und verharrte einen Augenblick. Sie hatte noch nicht hineingeschaut.

»Das Wasser wird auch als das allsehende Gesicht bezeichnet. Die Hohepriesterin von Avalon nutzt die Magie des Brunnenwassers, um Kontakt zu anderen Wesen aufzunehmen. Das erfordert hohe Konzentration. Doch uns zeigt das Wasser Bilder oder Ereignisse der Gegenwart.«

Esmé nickte. Dann beugte sie sich über den Rand.

Sie schaute hinein. Das spiegelglatte Wasser gab nur den silberblauen Schein der Nacht wieder. Und Esmé dachte wieder an Nagaina.

»Zeig mir Nagaina!«, forderte sie das magische Wasser auf.

Das Wasser kräuselte sich und wurde wieder glatt. Esmé kniff die Augen zusammen. Dann konnte sie Nagaina darin sehen.

Das Druidenmädchen lehnte an einer Menhirstatue. Sie war allein. Weder der Dämon noch der Druide waren in ihrer Nähe. Esmé wusste, dass es der Eingang zum Thondan-Tor war. Fünf der Menhirstatuen waren dem Steinkreis vorgelagert. Yávem hatte davon gesprochen.

Die Dunkelheit der Nacht umgab Nagaina. In ihrem schwarzen Gewand war sie kaum zu erkennen.

Dann hörte Esmé ihre düstere Stimme. Seit ihrer Begegnung am Strand hätte sie diese Stimme überall erkannt.

»Wie kannst du es wagen, schon wieder in meine Gedanken einzudringen?«, fragte Nagaina. »Ich dachte, ich hätte mich deutlich ausgedrückt?«

»Die Vergangenheit vor zwei Jahrhunderten verbindet uns«, erwiderte Esmé. »Daher vermag ich es, in deine Gedanken einzudringen. Avalon verbindet uns.«

Nagainas Augen funkelten böse. Doch dann stellte sie sich hinter die Menhirstatue und wandte sich vom magischen Steinkreis ab.

»Was willst du?«, flüsterte sie.

»Lass mich dir zeigen… woher du kommst. Wo du geboren wurdest. Tief in dir liegt es verborgen.«

Esmé sah durch das magische Wasser, wie Nagaina wütend die Stirn zusammenzog. »Woher willst du wissen, was ich tief in meinem Inneren empfinde?«, konterte sie. »Das ist doch nur ein kläglicher Versuch Raven zu retten. Es ist zu spät. Obwohl du meinen Zauber gebrochen hast, wird die Magie des Thondan-Tores die Wächter von Avalon vernichten. Evolets Lebensenergie stärkt bereits die Seelen im Abgrund des Vergessens. Mit jedem Atemzug werden sie stärker, und die Wächterin schwächer. Ich werde Raven mit dem Todespfeil töten, damit der Dämon die Seelen seines Heeres befreien kann.«

Esmé krallte ihre Finger in die Backsteine. Sie sah wie selbstzufrieden Nagaina lächelte.

»Du kannst es nicht aufhalten!«

Esmé brauchte Kraft, um ganz bei Nagaina zu bleiben. Sie schwankte. Doch dann spürte sie ein Kribbeln zwischen den Augenbrauen, so wie sie es auch als Mensch gespürt hatte. Nimaron stand immer noch neben dem Brunnen. Und Esmé wusste, dass sie es war, die ihr Kraft gab. Von Lichtelfe zu Lichtelfe.

Esmé durfte nicht auf Nagainas Worte eingehen. Sie musste ihrer Bestimmung folgen.

»Ich … kann deine Sehnsucht sehen«, sagte Esmé leise. »Eingesperrt in deinem Herzen. Vermauert durch den Hass des Dämons und des Druiden. Es ist nicht dein Hass, den du gegen die Wächter hegst. Sondern der des Dämons. Sie haben dich vergiftet, weil sie deine Zauberkraft brauchen, um ihr Werk zu vollenden. Für eine neue Dunkle Zeit über Amaduria.« Esmé wurde mit jedem Wort energischer.

»Wovon redest du?« Nagaina klang mit einem Mal nachdenklich.

Esmé lächelte. Ihre Hand glitt über die Wasseroberfläche, ohne sie zu berühren. »Lass mich es dir zeigen!«, sagte sie und trat einen Schritt zurück.

Langsam entfernte sie sich von dem Quellbrunnen. Sie konnte Nagaina im magischen Wasser nicht mehr sehen, aber ihr Geist reiste zu ihr.

Esmé schaute über das Plateau. Den See. Sah den Nebel und dann verschmolz in einem Schweif aus Nebel und brechender Welle alles miteinander. Ihr ganzer Körper begann zu kribbeln. Bis in die Fingerspitzen fühlte sie die Magie Avalons durch ihren Körper fließen.

Esmés Augen blieben weiterhin auf Avalon gerichtet. Ihr Geist gab dieses magische Empfinden an Nagaina weiter. Alles was sie sah und fühlte, sollte Nagaina ebenfalls sehen und fühlen.

Esmé folgte Nimaron einem schmalen Pfad hinab. Es war ein Strauch, den sie zuerst berührte. Er wuchs an den Felsen links von ihr. Behutsam strich sie über die Blätter. Spürte das Leben darin, wie es durch die feinen Blattadern pulsierte.

Dann ging sie weiter. Gräser wuchsen zu beiden Seiten des Pfades, die wie sonnengereifter Weizen aussahen. Als Esmé mit ihrer Hand darüberfuhr, schien es, als würde sie sanft in eine Welle eintauchen. Und die Gräser schmiegten sich in einer Woge an ihre Hand. Überall spürte sie deren Atem.

Der Pfad führte sie auf das untere Plateau. Esmés Blick fiel auf die rötlich schimmernde Felswand. Nimaron ging neben ihr, bis sie an die Felsspalte gelangten. Hier berührte Esmé den Efeu, der sie verdeckte. Sie spürte den Geist von Avalon dahinter, wie eine tosende Welle erfasste der vereinte Zauber ihren Körper. Und in diesem Augenblick bemerkte Esmé, wie Nagaina ihre Augen schloss. Das Druidenmädchen sah ihre Mutter. In ihrem langen Priestergewand kniete sie auf dem Boden.

Esmé schwieg. Sie ließ ihre Empfindungen auf Nagaina wirken. Worte hätten das nie übertreffen können. Doch sie gab ihr keine Verschnaufpause und ging weiter.

Der Pfad wurde jetzt breiter. Er fiel nicht mehr so steil ab und breitstämmige Bäume säumten den Weg. Esmé hörte, wie die Magie Avalons wie ein Windhauch durch die Blätter säuselte und das Echo raunte durch die Baumkronen, erzählte von der Alten Zeit. Von den Priesterinnen.

Esmé blieb kurz stehen. Sie sah die Priesterinnen der Alten Zeit, die im Steinkreis während eines Rituals feierlich die mondlose Nacht und die Nacht des Vollmondes begingen. Im Kreis knieten sie vor dem Altar nieder, um die Kraft der Göttin zu empfangen. Das Letzte, was sie erblickte, war ein Schimmel, der anmutig über die angrenzende Wiese galoppierte. Beinahe schwebte er über den

Boden. Seine Mähne wallte sanft über den Hals und sein Schweif schwang durch die Luft.

Danach spürte Esmé, wie unruhig Nagaina wurde. Aufgebracht lief sie hin und her. Schlug mit der Hand gegen die Menhirstatue. Sie wirbelte herum, und Esmé erschrak. Ihre Erregung traf sie heftig. Sie spürte wie Nagainas Herz bald aus der Brust zu springen drohte. Sie fluchte. Und dann begann sie zu murmeln. Worte, die Esmé nicht verstand. Bedrohliche Silben, die ihr bekannt vorkamen. Schneller und schneller drangen die Worte aus Nagainas Mund.

Perforatum. Makaosa. Netruma.

Esmé durchfuhr ein Schauer. Eiskalt. Das hatte sie schon einmal gehört.

Schnell verließ sie Nagaina.

Ihr Geist kam zurück in ihren Lichtelfenkörper. Gerade noch zur rechten Zeit, bevor Nagaina es verhindern konnte.

Raven schaute ungeduldig nach oben in die Strahlen der hochstehenden Sonne. Sie waren noch immer in dem magischen Wald und er sorgte sich zunehmend um seine Schwester. Daher wandte er sich an die Waldfee. »Die Wächter von Avalon danken den Wesen des Waldes für ihre Hilfe.«

Er drängte zum Weitergehen.

Die Waldfee lächelte ihn stumm an. Doch dann hörte er ihre Stimme in seinem Kopf. *Meine Gedanken werden bei Euch sein,* sagte sie, und Raven schaute sie verblüfft an. *All unsere Hoffnung liegt in Euch. Unser Fuentes-Tor nach Amaduria ist offen. Doch wir betreten unser Land erst, wenn der Dämon besiegt ist.*

Anmutig schwebte die Waldfee über den moosbedeckten Boden, und die Brüder folgten ihr. Der Waldboden dämpfte ihre Schritte, während die knochigen Baumstämme sich zur Seite neigten, so als würden sie den Weg aus dem Wald freigeben. Die Schneise, die sich öffnete, füllte sich sogleich mit dem hellen Dunstschleier der Sonnenstrahlen und wortlos schritten sie hindurch, näherten sich dem Thondan-Tor.

Endlich erreichten sie den Rand des magischen Waldes. Und obwohl sich weder die Bäume lichteten, noch ein Steinkreis zu sehen war, wusste Raven, dass das Thondan-

Tor ganz in der Nähe war. Ein brennender Schmerz pochte in seiner Brust. Das hatte er vorher im Wald nicht gespürt.

Vor einem eichenähnlichen Baum blieb die Waldfee stehen. Schweigend wies sie auf einen Pfad, den die Wurzeln im selben Augenblick freigaben, als Raven hinschaute. Mit einem dankenden Blick verabschiedete er sich von ihr. In ihren Augen spiegelte sich das Grün des Waldes. Die Fee nickte ihnen noch einmal zu, und mit einer Handbewegung flatterten aus ihr unzählige Schmetterlinge nach oben in das Blätterdach, und sie war verschwunden.

Raven folgte seinen Brüdern, die bereits den Pfad betreten hatten. Nach wenigen Schritten passierten sie zwei Bäume mit knochigen Stämmen. Sie traten heraus in die Dunkelheit. Über dem Meer schimmerte ein schmaler Silberstreifen, der das Aufgehen der Sonne ankündigte.

Raven stutzte für einen Augenblick, doch dann verstand er, was passiert war.

Der magische Wald hatte tatsächlich seine eigene Zeit. Ihnen war es vorgekommen, als hätten sie einen Tag darin verbracht. Hier draußen war in der Zwischenzeit die Nacht vergangen.

Als Raven sich umblickte, waren die beiden Bäume verschwunden. Spurlos. Und mit ihnen der magische Feenwald. Sofort schlug ihnen feuchtkalte Luft entgegen. Und ihr Atem stieg in sichtbaren Wölkchen in die Morgendämmerung. Über der Orkney Insel lag ein diesiger Nebelschleier.

Aufmerksam schaute sich Raven um. Ian und Quinlan blieben stehen. Vor ihnen ragte die erste der fünf Menhirstatuen in den Himmel.

Raven kniff die Augen zusammen. Die Menhirstatuen

waren im Abstand von zwei Metern in einer Linie angeordnet und wiesen den Weg direkt in den magischen Steinkreis, dessen Magie in dreizehn hohen Steinen gebündelt war. Hier wollten ihre Gegner sie vernichten.

Vom Meer zogen Wolken über die Ebene und verdunkelten den Sonnenaufgang. Der Steinkreis lag in magischen schwarzgrauen Nebel gehüllt, und weder Ian noch Raven konnten Evolet darin entdecken. Über dem Thondan-Tor lag tödliche Stille.

Quinlan wagte sich weiter vor, bis zur nächsten Menhirstatue. Die hohen Steine reichten über fünf Meter in den Himmel. Sie waren so breit, dass Quinlan dahinter in Deckung gehen konnte.

Raven folgte ihm.

Auf den Statuen entdeckte er seltsame Inschriften, Runen und Symbole. Auf der ersten war ein Dolch und ein Schwert zu erkennen. Noch immer war es still. Bedrohlich still.

An der nächsten Menhirstatue blieb Raven stehen. Nur die Umrisse von Schulter, Hals und Kopf waren angedeutet und er erkannte das Symbol für Krieg und Zerstörung. Ein Drachenkopf – verknüpft in einem endlos spiralförmig nach rechts und links gedrehten Band – einem keltischen Knoten.

Die schwarzgrauen Nebelschwaden begannen sich zu lichten. So als ob das Thondan-Tor ihnen etwas zeigen wollte.

Ravens Atem ging schneller, und dann endlich sah er sie. Der dunkle Nebel hatte Evolet freigegeben. Für einen kurzen Moment.

Raven zuckte zusammen. Das was er sah, war nicht

seine Schwester. Ihr lebloser Körper lehnte an einem Menhir. Sie war gefesselt. Wie ein violettes Magnetfeld leuchteten die Fesseln an Hals, Handgelenk und Hüfte und den Füßen. Kraftlos hing sie an dem Stein. Ihre Arme waren zur Seite ausgebreitet, und ihre Hände hingen schlaff nach unten. Ihr Kopf fiel nach vorn, und die Haare waren zerzaust. Sie rührte sich nicht.

Raven starrte mit zusammengekniffenen Augen auf Evolet. Die Magie der schwarzen Alben zog ihr das Leben aus dem Körper. Sie erschien ihm so fremd. Das kniehohe Gras, bedeckt mit Morgentau, berührte ihre leblosen Beine. Doch dann plötzlich hörte Raven einen Hilfeschrei. Schrill und voller Pein. Ihre Stimme klang verzerrt. Aber es war Evolet.

Raven fuhr herum, Ian stand direkt hinter ihm. Zusammen mit Quinlan.

»Hast du das gehört?«, wisperte er. Er wollte sofort losrennen.

Ian nickte. Doch er hielt Raven zurück.

»Bleib hier!«, flüsterte er. »Die Magie des Steinkreises ist tückisch und täuscht uns. Absichtlich zeigt sie uns Dinge, damit wir unbedacht hineintreten. Erinnere dich daran, was Cranos gesagt hat.«

Raven schaute ihn an und lehnte sich an die Menhirstatue. Kalt fühlte sich der Stein an.

»Du hast recht«, antwortete er. »Ich habe mich täuschen lassen. Das ist genau das, was der Dämon will.« Noch immer dröhnte der Hilfeschrei in seinem Kopf. Und er wusste nicht, ob es tatsächlich Evolet war oder nur ein dämonischer Zauber.

Quinlan trat näher. »Er nutzt gnadenlos unsere Schwäche aus. Evolet.« Dann wandte er seinen Blick von ihr ab. »Aber sie …« Quinlan verstummte. Langsam drehte er seinen Kopf zur Seite und horchte.

»Was ist los?«, flüsterte Ian und schaute ihn an.

»Es ist merkwürdig«, antwortete Quinlan leise. »Aber ich kann Nagaina hören. Ihre Gedanken.«

Suchend schaute Quinlan über die Hochebene.

»Sie muss hinter den Bäumen dort sein.« Mit einer Geste zeigte Quinlan auf eine Baumgruppe. Nur wenige Meter von dem Steinkreis entfernt standen dickstämmige Laubbäume verhüllt im Nebelschleier der Orkney Insel. »Doch ich kann sie nicht sehen.«

»Das sind geisterhafte Bäume«, flüsterte Ian. »Ich habe davon gehört. Druiden benutzten sie in Amaduria als Versteck. Sie machen dich unsichtbar, verbergen dich hinter ihrem Stamm, den Ästen und Blättern.«

»Was denkt sie?«, fragte Raven.

Quinlan horchte einen Moment angespannt. »Es sind nur Gedankenfetzen, die ich höre«, sagte er und wiederholte sie: »Priesterin … hasse dich … niemals vergeben.«

Raven runzelte die Stirn.

»Das verstehe ich nicht. Aber einer von euch muss diese geisterhaften Bäume im Auge behalten.« Er schaute noch einmal in deren Richtung. Doch durch den Nebelschleier konnte er nichts erkennen, außer die verschwommenen Umrisse der Stämme. »In Esmés Vision trat sie hinter einem Baum hervor. Also achtet darauf. Und verhindert, dass sie den Todespfeil auf mich richtet.«

»Was hast du vor?«, fragte Quinlan.

»Raven betritt als Erster das Thondan-Tor«, antwortete Ian an seiner Stelle.

»Sei auf alles gefasst, was dich darin erwartet«, warnte Ian ihn und war dabei vollkommen ruhig. Raven spürte seine Stärke. Er erinnerte ihn in diesem Moment an Cranos. Gab ihm seinen Glauben – den Glauben an die Macht der Wächter.

»Quinlan und ich bleiben außerhalb des Steinkreises. Wir geben dir Deckung vor Skarok und Nagaina. Kümmere du dich um den Druiden.«

Raven zog seinen Mantel aus und nahm sein Schild auf. Das Symbol der Wächter prangte darauf.

Noch einmal nickte Raven seinen Brüdern zu. »Achtet auf den Adler!«, flüsterte er und trat genau drei Schritte nach vorn zur nächsten Menhirstatue, an deren Kopf nur ein Mund angedeutet war.

Hier erfasste ihn der eisige Sog aus dem Steinkreis. Er wusste, dass er im Thondan-Tor beiden begegnen würde. Dem Dämon und dem Druiden, die darin mächtiger waren als außerhalb.

Für einen Moment hielt er inne. Er überlegte kurz und schaute zu dem Menhir, der ihm am nächsten war.

Dann gab er seinem Drang nach und rannte urplötzlich los. Wie ein Blitz durchbrach er die Kältewand, die den Steinkreis umhüllte.

In dessen Mitte blieb er stehen. Sein Atem stockte bei der eisigen Luft. Erstaunt stellte er fest, dass das kniehohe Gras nicht vom Frost erstarrt war.

Er hatte schon nach der ersten Sekunde das Gefühl, dass er gefror. Sein Kopf schmerzte von der klirrenden Kälte.

Undurchdringlicher Nebel umwaberte Raven. Umschlängelte ihn wie eine schwarze Schlange. Schnell warf er Evolet einen kurzen Blick zu. Sie lehnte unverändert an dem Menhir. Bewegungslos. Mehr als dreißig Meter von ihm entfernt. Sie bemerkte nicht einmal seine Gegenwart.

Dann sah er sie nicht mehr, weil der dunkle Nebel sie einschloss.

Sein Atem wurde schneller. Der Schmerz der Kälte stach in seiner Lunge. Er spürte eine Strömung. Vor ihm. Meter entfernt stieg aus der Erde ein Strudel auf. Er drehte sich und die schwarze Nebelschlange kroch in den Strudel hinein. Größer und größer wuchs der Strudel empor, um dann den Druiden auszuspeien.

Zwanzig Meter vor ihm stand Umbra van Urgh, und der verbliebene schwarze Nebel floss davon in die Menhire.

Der Druide trug eine Rüstung und einen dunklen Umhang, den eine goldene Fibel in Form eines dreieckig geflochtenen Knotens zusammenhielt. Er saß auf einem Rappen, der unruhig auf und ab tänzelte.

Über seinem Kopf trug er eine übergroße Kapuze, die sein Gesicht verbarg. Lediglich rot aufblitzende Augen waren zu sehen.

Raven blieb stehen.

Der Druide zügelte sein Pferd, sodass es sich auf seine Hinterbeine stellte.

»Deine Schwester ist schwach«, grollte seine Stimme durch die eisige Kälte. Dann zog er sein Schwert. »Der Geist von Avalon kann sie hier nicht schützen. Sie trägt noch nicht einmal den Ring der Wächter.«

Raven ließ ihn nicht aus den Augen. Mit kalten Händen umklammerte er den Griff seines Schwertes. Er zog es aus der Scheide und hielt es vor sich, das Schild eng an den Körper gepresst. Die eisige Kälte kroch in seine Muskeln.

Oder zog die Magie des Tores auch seine Lebenskraft aus ihm heraus?

Entschlossen blickte er seinem Gegner in die Augen, ohne ihm etwas zu entgegnen.

Die Eiseskälte schien Umbra van Urgh nicht anzugreifen, und er gab seinem Pferd die Sporen.

Dann preschte er auf Raven zu. »Heute wirst du sterben! Genau wie die anderen Wächter von Avalon!«, schrie er.

In dem Moment zischte ein Pfeil in den Steinkreis. Wie ein Feuervogel, dem eine Flammenspur folgte, und traf den Rappen an seiner Schulter. Es war Quinlans Pfeil und der Druide reagierte sofort. Er sprang von seinem taumelnden Pferd und öffnete mit einer Handbewegung die goldene Fibel. Sein schwarzer Umhang löste sich mit einem Flattern in den schwarzgrauen Nebelsog auf, der auch das magische Pferd geisterhaft in einem der Menhire verschwinden ließ.

Jetzt waren beide ebenbürtig.

Raven hielt sein Schwert fester und trat einen Schritt nach vorn. Schnell kam ihm der Druide entgegen. Sein Gesicht war ruhig. Kalt wie das Eisen seiner aufblitzenden Schwertklinge.

Unerwartet hob der Druide den Arm, und Raven traf ein starker Schlag, der ihn nach hinten katapultierte. Mit voller Wucht wurde er gegen einen Menhir geschleudert.

Sein ganzer Körper schmerzte. Er schaute zur Seite und blickte in die Augen von Evolet. Sein Aufprall hatte den Steinkreis erschüttert. Flehend schaute sie ihn an, und ihre blauen Lippen formten lautlos die Worte: »Hilf mir!«

Raven drehte sich weg. Wut stieg in ihm auf. Bittere

Wut. Umbra van Urgh kam näher. Auf seiner Rüstung erkannte Raven das Abbild eines schwarzen Adlers, dessen Flügel die Arme des Druiden bedeckten. Die roten Edelsteine seiner Halskette funkelten wie seine Augen.

Hastig rappelte sich Raven auf, griff nach seinem Schwert und rannte in ungeheurer Schnelligkeit auf den Druiden zu. Nun war er es, der den Druiden mit seiner Willenskraft nach hinten schmetterte. Raven schaute auf einen der hinteren Menhire, stellte sich van Urgh daran vor, und im nächsten Augenblick krachte der Druide rücklings dagegen. Doch schnell war er wieder auf den Beinen und rannte auf ihn zu.

Raven blieb stehen. Fester drückte er sein Schwert in seine Hand, um die Kälte aus seinen Muskeln zu pressen. Dann holte er aus. Sein erster Schwertschlag traf hart auf die Klinge seines Gegners. Umbra van Urgh würde kämpfen bis zum bitteren Ende. Raven gelang es, den Hieb zu parieren. Aber die Wucht des Aufpralls ließ ihn zwei Schritte nach hinten taumeln.

Schwertschläge donnerten über die Ebene, und die Luft erzitterte. Raven fasste fester zu. Der Schwertgriff brannte in seiner Hand. Doch jeder seiner Schwertschläge saß. Raven spürte, wie Melvin Belenus ihm Kraft und Präzision verlieh. Geschickt ging er in Deckung und wehrte die Schläge seines Gegners ab. Der Druide kämpfte erbittert. Dann hob er seinen Arm, doch Raven war schneller. Seine Zauberkraft schleuderte Umbra van Urgh nach hinten. Aber weniger weit als beim ersten Mal. Er fiel auf die Erde.

In dieser Sekunde schaute Raven nach oben, suchte den Himmel nach dem Adler ab. Er spürte, dass Skarok ihn beobachtete. Doch vergebens. Nirgends eine Spur von ihm.

Dann zischte ein neuer Pfeil von Quinlan über seinen Kopf, der nur knapp den Druiden verfehlte. Umbra van Urgh war rechtzeitig zur Seite gesprungen. Der Feuervogelpfeil bohrte sich brennend in die Erde, wo ihn der schwarzgraue Nebel und die Eiskälte erstickten.

Erneut griff der Druide Raven an. Der Schwertschlag hallte durch den Steinkreis, und Raven spürte die ungeheure Kraft, die noch immer in Umbra van Urgh steckte. Die roten Edelsteine an seiner Halskette leuchteten jetzt heller.

Raven versuchte zu parieren, sich schnell zu bewegen. Doch die Magie des Thondan-Tores raubte ihm allmählich die Kraft. Trotz des Kampfes gelang es ihm nicht, die eisige Kälte aus seinen Muskeln zu verdrängen.

Der Druide hob den Arm und Raven erfasste ein Stromschlag, der ihn viele Meter nach hinten warf. Hart kam er auf dem Rücken auf, blickte nach oben. Der nächste Atemzug schmerzte, und er sah, wie sich über ihm die Wolken verdunkelten.

Das hatte er schon einmal gesehen. Über dem Meer in Irland. Doch jetzt schützte ihn kein Schutzzauber vor dem Dämon der Finsternis.

Die Wolke senkte sich.

Aus den Augenwinkeln sah er einen Schatten. Schnell drehte er sich zur Seite und spürte, wie die Klinge ihn nur knapp verfehlte. Das Eisen bohrte sich in die Erde neben ihn.

Dem folgte ein wütender Schrei.

Raven stützte sich auf sein Schwert und stand auf. Er taumelte. Doch er parierte den nächsten Schlag. Er musste nachdenken. Der Druide schien in dem Steinkreis nicht zu ermüden. Er dagegen schon. Prüfend berührte er mit den Fingern seinen Ring.

Es stimmte. Seine Kraft ließ nach. Er spürte die Magie Avalons bereits weniger stark.

Stattdessen pulsierte hinter ihm die graue Wolke.

Er drehte sich um, obwohl das gefährlich war. Doch der Druide ließ ihn gewähren. Die Wolke hing nur noch knapp über dem Gras. Sie drehte sich um sich selbst, und Raven zuckte zusammen, als plötzlich ein schwarzer Adler daraus emporschoss. Dann verdichtete sich die Wolke zu einer dämonischen Gestalt.

Skarok.

Wie aus Stein gehauen stand der Dämon vor ihnen. Erhaben und mächtig. Schlohweiße dünne Haare flossen über seine Schultern. Er war jung, stellte Raven fest, kaum älter als Ian – die Gestalt, die der Dämon angenommen hatte, verriet nichts von seinem wahren Alter. Sein Blick war düster, seine Augen tiefschwarz.

Ein Schrei und ein Schwertschlag von Umbra van Urgh holten Raven in seinen Kampf zurück. Der Druide hatte ihn von links angegriffen, aber Raven hatte zu spät reagiert. Scharfer Schmerz bohrte sich in sein Bein. Seine Schutzrüstung hatte die Schwertklinge nicht vollkommen abwehren können.

Raven fiel zu Boden.

Er lag in der Nähe eines Menhirs und sah Ian außerhalb des Steinkreises.

Er würde es nicht schaffen, den Druiden allein zu bekämpfen.

Seine Wunde brannte. Und nur zitternd kam er wieder auf die Beine. Zwei weitere Schwertschläge konnte er abwehren, aber seine Schnelligkeit ließ nach. Immer öfter taumelte er nach einem Hieb.

Schneeflocken fielen vom Himmel. Beim nächsten Schlag blickte er sich zu Skarok um. Der Dämon reckte seine Arme in den Himmel. Er trug unter seinem schwarzen Umhang nicht einmal eine Rüstung. Nur ein dünnes Hemd, unter dem man seine Muskeln spielen sehen konnte.

Wieder zischte ein brennender Feuervogelpfeil durch die Luft. Versuchte Quinlan den Adler zu treffen?

Den nächsten Hieb spürte Raven bis ins Mark seiner Knochen. Er taumelte nach hinten und bemerkte, wie Ian in den Steinkreis rannte, aber im nächsten Augenblick wieder verschwand. Ian griff Skarok an. Er hatte seinen Bogen gespannt und schoss im Rennen einen Pfeil nach dem anderen ab. Wieder betrat er den Steinkreis und war im nächsten Augenblick daraus verschwunden.

Skarok lachte düster. Sein Lachen ging in beschwörendes Rufen über.

Unverständliche Worte murmelte er, die wie eine Zauberformel klangen. Immer düsterer wurde seine Stimme, bis sich aus den langen Steinen Geistergestalten wanden. Aus jedem einzelnen Menhir schwebten sie heraus. Das Heer des Dämons der Finsternis. Albengeister. Raven hatte auch sie schon einmal gesehen.

Mit ihren Händen versuchten sie Ian zu greifen. Doch ihre Reichweite war eingeschränkt. Ihre Beine blieben mit den Steinen verhaftet.

Das geschlossene Thondan-Tor hielt ihre Seelen noch immer im Abgrund des Vergessens zurück.

Für einen Moment hielt Ian inne.

Sein Blick traf sich mit dem von Raven, der den Kopf schüttelte.

Die Pfeile, die sich beim Auftreffen in einen brennenden Strahl verwandelten, konnten dem Dämon nichts anhaben. Sie drangen nicht in seinen Körper ein, sondern prallten daran ab und verglühten.

Im Steinkreis konnten sie Skarok so nicht besiegen.

Ein weiterer Pfeil zischte durch die Luft. Ian sprang rechtzeitig zur Seite und verschwand nach draußen. Der Pfeil bohrte sich in den Schnee und verwandelte sich in eine Schlange. Skarok kämpfte mit Schlangenpfeilen. Trafen sie auf, kroch daraus eine Schlange weiter. Doch den Schlangen war es nicht möglich die kreisrunde Linie der Menhire zu überschreiten.

Mit seinem Schild wehrte Raven den nächsten Schlag ab. Funken sprühten. Und wieder ging er in Deckung, denn das Kreischen der Albengeister fuhr ihm durch die Glieder.

»Hilf mir! Ich sterbe«, schrie verzweifelt eine Stimme, die aus den Menhiren drang und Raven glaubte seine Schwester zu hören. Doch dann griffen die Albengeister nach ihm. Er musste weg von den Menhiren. Seine Kräfte schwanden rapide. Seine Füße waren eiskalt, und in der Nähe der Steine fiel ihm das Atmen schwer.

Von rechts näherte sich ein Schatten. Dann spürte Raven einen brennend heißen Schmerz in seiner Schulter.

Ihm stockte der Atem. Er fiel auf die Knie und sah wie Blut den Schnee rot färbte. Jetzt hörte es auf zu schneien. Schwere Schritte knirschten, und Raven drehte seinen Kopf zur Seite.

Skarok kam näher. Raven konnte seinen Hass fühlen. Und er merkte, wie die Magie des Steinkreises sich tiefer und tiefer in seinen Körper bohrte, ihn schwächte. Er war schon viel zu lange in dem Steinkreis.

»Du sollst der Wächter sein, der die Magie von Avalon zusammenhält?«, höhnte Skarok. »Ich hätte nicht gedacht, dass es so einfach ist. Umbra hatte recht. Euch anzugreifen, bevor die Magie euch vier vereint, ist das Ende der Wächter von Avalon. Das Ende der Blutlinie Merlins!«

Ravens Blick wanderte zu Evolet. Erschrocken schaute sie ihn an.

Sollte der Todespfeil aus Mohador ihn jetzt im Thondan-Tor töten, ginge seine Magie und die Lebensenergie von Evolet auf Skarok über. Damit könnte der Dämon auch Ian und Quinlan vernichten und das Tor öffnen.

Der Druide trat heran. »Nagaina ist noch immer verborgen. Ihr Baum bewegt sich nicht«, sagte er grimmig. »Wie lange will sie noch warten? Lass es mich beenden!«

Skarok schaute zu der geisterhaften Baumgruppe. »Nein!«, rief er zornig. »Es muss der Todespfeil sein, der ihn tötet. Dein Schwert vermag es nicht!«

Dann fuhr Skarok wütend herum. Ein Feuervogelpfeil zischte durch die Luft. Und in der nächsten Sekunde war ein lauter Flügelschlag zu hören.

Quinlan hatte den Adler verfehlt.

Der aber schlug ein zweites Mal mit den Flügeln. Aus seinen langen Federn schwebten Tausende von schwarzen Greifvögeln über dem Steinkreis. Jetzt war es unmöglich, den einen von ihnen zu erkennen und zu töten. Quinlan schoss trotzdem und der Feuervogelpfeil holte gleich mehrere von ihnen herunter. Schwarze Federn fielen auf den schneebedeckten Boden und verwandelten sich in staubige Asche.

»Kümmere dich um ihn«, hörte Raven Skarok sagen und sah, wie der Dämon voller Zorn auf Quinlan zeigte. »Schaff ihn in den Steinkreis und töte ihn, bevor er meinen Adler trifft!«

Der Druide stampfte los. Er musste auf die andere Seite des Steinkreises.

Der Dämon wandte sich ab.

Ein grollender Donner ließ die Hochebene erzittern. Er rief nach ihr.

»Nagaina!«, schrie der Dämon noch einmal. Doch noch immer zeigte sie sich nicht.

Wütend pfiff Skarok und wies mit einer Armbewegung in Richtung der geisterhaften Bäume.

Raven zitterte. Die Sekunden kamen ihm wie eine Ewigkeit vor. Hastig blickte er zwischen Skarok, dem Druiden und der geisterhaften Baumgruppe hin und her.

Bis sein Blick an einem der verzauberten Stämme hängen blieb. Der Stamm war schwarz. Zu schwarz. Und er begann sich zu bewegen. Wie Stoff in einem Windhauch flatterte er bis er sich in eine Gestalt verwandelte. Nagaina.

In ihrer Hand hielt sie den todbringenden Pfeil mit dem goldenen Bogen. Doch sie schaute nicht in den Steinkreis zu ihm, sondern ihre Aufmerksamkeit war nach hinten, weit in die Ferne der Hochebene gerichtet.

Raven starrte sie an. Sie rührte sich nicht. Einzig ihr schwarzes Gewand wehte im Wind des Meeres.

Über ihr erschien drohend ein schwarzer Adler. Der Adler des Dämon. Und er wurde immer größer. Mit jedem Flügelschlag.

Keiner der anderen Vögel war ihm aus dem Steinkreis gefolgt.

Er kreischte laut auf und schwebte über Nagaina. Doch sie reagierte nicht. Wie gebannt schaute sie an den Horizont.

Raven suchte nach Quinlan.

Hatte er den Adler gesehen? Gleich wäre Umbra van Urgh bei ihm.

Quinlan zögerte keinen Moment. Er spannte seine Armbrust, und bevor der Adler eine weitere Runde über Nagaina fliegen konnte, zielte er auf den Greifvogel. Sein Pfeil schnellte eine Feuerspur hinter sich herziehend über den Steinkreis. Zielsicher bohrte er sich in den großen schwarzen Körper.

Ein entsetzliches Kreischen war zu hören. Nicht nur von dem Adler. Auch die Albengeister schrien auf. Der Adler stürzte nach unten. Direkt vor Nagainas Füßen blieb er leblos liegen.

Raven sah, wie das Druidenmädchen erschrocken einen Schritt zurückwich.

Er reagierte sofort. Noch einmal versuchte er aufzustehen. Rutschte mit dem Fuß zur Seite und spürte Wasser an seinen Knien. Der Schnee schmolz.

Ein verzweifelter Aufschrei des Dämons fuhr ihm durch die Glieder. Doch Raven stand auf und stützte sich auf sein Schwert. Er musste hinaus aus dem Steinkreis und rannte los. Seine Wunde brannte immer stärker. Kaum noch spürte er die Magie Avalons in sich.

Er sah, wie Skarok mit einer Armbewegung schwarzgrauen Nebel entfachte, der blitzschnell emporstieg und sich in einen Rappen verwandelte.

Skarok sprang auf. Legte seinen Kopf an dessen Hals und preschte los.

Doch Nagaina war in der Zwischenzeit bis an den Steinkreis herangetreten. Offenbar hatte der tote Adler sie daran erinnert, was sie tun sollte.

Raven blieb stehen. Er hatte noch fünf Schritte bis zu einem Menhir. Doch Nagaina hielt den Bogen mit dem todbringenden Pfeil auf ihn gerichtet und betrat das Tor.

Sein Herz klopfte schneller. Suchend schaute er sich um.

Ian war bei Evolet. Das Magnetfeld um sie herum war verschwunden, und sie lag zusammengekauert auf dem Boden. Sein Bruder kämpfte gegen einen Pfeilhagel aus Schlangen.

Ravens Blick flog zu Nagaina. Sie zögerte. Den gespannten Bogen noch immer auf ihn gerichtet.

Aus dem Augenwinkel sah er, wie Quinlan seine Feuerpfeile abschoss. Er hinderte den Druiden beharrlich daran, den Steinkreis zu verlassen. Die Albengeister schrien unaufhörlich: »Töte ihn! Befreie uns!«

Nagaina kam auf ihn zu.

Ein Pfeil traf den Dämon mit einem brennenden Strahl. Und diesmal schien er verwundbar zu sein. Dunkle Flecken färbten sein Hemd. Sein magisches Pferd strauchelte. Doch Skarok riss seine Arme nach oben und reagierte mit einem heftigen Sturm auf Ian und Evolet. Ian schaffte es kaum sich und seine Schwester am Boden zu halten. Er wandte sich von Skarok ab und beugte sich über Evolet, ohne noch einen weiteren Pfeil auf den Dämon abzufeuern.

Skarok ließ die Luft erzittern. »Nagaina!«, schrie er. »Jetzt!«

Seine Stimme dröhnte laut in Ravens Kopf.

Und dann wurde es hell. Ganz hell. Über dem Ozean schien erneut die Sonne aufzugehen. Doch das Licht schien viel heller als das Licht der Sonne.

Ein Strahlenmeer erhellte die Spitzen der Menhire wie goldene Kuppeln, die die Albengeister in die Steine drängten. Geblendet von der Helligkeit.

Raven schaute zur Steilküste. Aus dem Strahlenmeer trat Yávem hervor und kam schwebend näher.

Ihr seidenes Gewand glänzte in der düsteren Umgebung wie eine Perle in einer kargen Vulkanlandschaft. Und für einen Moment herrschte Verwunderung im Thondan-Tor. Kein Schreien. Kein Sturm.

Raven sah, wie Ian Evolet aus dem Steinkreis schaffte.

Yávem blieb vor dem Steinkreis stehen.

»Skaaarook!«, rief sie laut und dabei verlor ihr Schein etwas an Helligkeit. Majestätisch hob sie einen perlmuttfarben glänzenden Bogen, dessen Lichtstrahlen weit in den Steinkreis hinein reichten.

Als der Dämon seinen Namen hörte, drehte er Yávem den Rücken zu. Er gab seinem Pferd die Sporen und ritt durch den Steinkreis zu Nagaina.

»Töte Raven endlich!«, schrie Skarok. Dann jagte er an ihr vorbei und eilte mit gespannten Bogen auf die Lichtelfe zu.

Dabei wirbelte der Dämon schwarzgrauen Nebel auf, um die Sicht im Steinkreis zu erschweren.

Raven konnte Nagaina nicht mehr sehen. Schnell drehte er sich um – er musste raus aus dem Tor – und hörte, wie sich der Pfeil des Todes mit einem unvergleichlich schallenden Surren aus dem goldenen Bogen löste.

Ein Schrei, der aus jedem einzelnen Menhir zu kommen schien, ließ die Erde unter ihm beben. Risse spalteten die mächtigen Steine, und Fels bröckelte.

Auf der anderen Seite sank Umbra van Urgh im grauen Nebel zusammen. In seiner Brust steckte der Pfeil des Todes aus Mohador.

Sogar von hier aus konnte Raven sehen, wie im Nebelschleier die einzelnen blutroten Granatedelsteine an seiner Halskette verglühten.

Hufe erschütterten die Erde.

Aus dem Nebel schoss Skarok hervor. Er ritt auf Nagaina zu.

Raven spürte, dass sie für ihren Verrat würde sterben müssen. Doch dann vernahm er einen schrillen Klang.

Mit einem Klirren wie von Glas verließ der Lichtelfenpfeil seinen Bogen, schnellte über den Steinkreis, sekundengleich mit dem Pfeil von Ian.

Zwei Pfeile bohrten sich in Skaroks Körper, bevor er Nagaina erreichte – der Pfeil der Lichtelfen von hinten und der Feuervogelpfeil der Wächter in seinen Kopf.

Skarok zerschellte in tausende schwarzglänzende Splitter und Scherben, und sein Rappe verschmolz mit dem schwarzgrauen Nebel. Die Splitter und Scherben schwebten in der Luft, bis seine Magie vollständig erlosch und die Menhire sie in sich aufsogen.

Raven spürte, wie der Sog auch seinen Körper erfasste. Die eisige Kälte verschwand aus seinen Zehen, Füßen und Beinen. Wie ein Strudel verließ eine wabernde Masse seinen Körper.

Gleich fühlte er sich besser. Stärker.

Auf der grasbedeckten Erde lag einige Meter entfernt

der kleine, koboldähnliche Körper des schwarzen Alben. Raven trat näher.

Der Dämon suchte seinen Blick. Raven schaute in die gelben Augen, die langsam erloschen und mit ihnen die dunkle Magie im Thondan-Tor. Nichts war mehr zu spüren von dem Zauber, der eisigen Kälte und den Albengeistern.

Der wahre Körper des schwarzen Alben war grau. Sein Gesicht zerfurcht, wirr bedeckt von weißem Haar.

Unwillkürlich streckte Raven die Hand aus. Er wusste, was zu tun war. Er hatte es bei Gwydion und Arvalus gesehen.

Doch konnte er es nicht allein tun. Dazu brauchte er Ian. Den anderen Wächter, der einen Ring trug.

Raven spürte wieder die Magie Avalons durch seine Adern fließen. Fühlte Melvin Belenus' Nähe und führte die Hand, an der er den Ring trug, in einer kreisrunden Bewegung über den Dämon. Ein Bannkreis. Er würde ihn nicht verlassen können, bis er mit Ian nach Tamelos aufbrach.

Raven schaute auf. Ian und Quinlan kümmerten sich um Evolet. Schon mit dem nächsten Atemzug stand er bei ihnen.

Seine Schwester lag mit geschlossenen Augen im Gras. Ian kniete neben ihr.

»Wie geht es ihr?«, fragte Raven und kniete sich daneben.

Ians blutverschmierte Hände ruhten auf Evolets Körper.

»Die Magie der schwarzen Alben hat sie verlassen«, antwortete Ian. »Aber sie ist verletzt. Über die Schnittwunde am Bauch hat sie viel Blut verloren.«

Raven sah die klaffende Wunde, aus der schwallweise

Blut ausgetreten sein musste. Evolets Bauch oberhalb des Nabels war verkrustet, und ihr Pullover blutgetränkt.

»Sie ist noch immer ohne Bewusstsein«, murmelte Quinlan. Er stand auf und lief unruhig auf und ab.

»Kannst du sie heilen?«, fragte Raven Ian leise. Dann nahm er Evolets schlaffe Hand in die seine. Es schmerzte ihn, seine Schwester so zu sehen. Sie war totenbleich im Gesicht. Die Haare klebten ihr an der Stirn, auch hier klaffte eine Wunde. Ihr Atem floss nur noch langsam durch ihren Körper. Was hatten sie ihr angetan, um an ihre Lebenskraft zu kommen?

Fragend blickte Raven zu Ian. Doch Ian schwieg. Er schaute ihn nicht einmal an.

Seine Hände lagen bewegungslos auf der Wunde am Bauch, und er hielt die Augen geschlossen. Die Minuten vergingen. Weder Quinlan noch Raven wagten es, Ian in seiner Konzentration zu stören.

Dann endlich nahm Raven eine erste zarte Bewegung ihrer Finger wahr und sah wie sich die Wunde an Evolets Bauch langsam schloss. Die aufgerissene Haut wuchs wieder zusammen.

Ian berührte die aufgequollene Schnittwunde an Evolets Stirn. Auch sie verschloss sich unter seinen Händen, ohne eine Narbe zu hinterlassen. Dann hob sich Evolets Brustkorb. Ein erster tiefer Atemzug drang durch ihre Lungen. Ein zweiter folgte.

Raven lächelte.

Er spürte, dass sie ihre Hand fester in seine drückte. Langsam öffnete sie die Augen. Zuerst sah Raven nur ein Blinzeln. Sie versuchte zu sprechen, aber nur ihre Lippen formten sich zu lautlosen Worten.

»Es ist alles gut«, beruhigte sie Ian. »Lass dir Zeit!«

Plötzlich rannen Tränen aus ihren blauen Augen, bahnten sich einen Weg über ihr schmutziges Gesicht. Evolet wandte sich zu Raven und sah ihn erschrocken an. Und Raven konnte ihren bitteren Schmerz fühlen. Er beugte sich über sie und strich ihr behutsam über den Kopf.

»Er tut es für dich«, sagte er. Doch Evolet schüttelte nur den Kopf.

»Was …?«, fragte Quinlan nervös und kniete sich neben seine Geschwister.

»Großvater«, flüsterte Evolet mit schwacher Stimme. »Großvater … bitte!«, flehte sie und schloss die Augen aus denen unzählige Tränen der Trauer rannen.

Raven senkte seinen Kopf über ihrer Brust. Fühlte ihren unregelmäßigen Herzschlag.

»Cranos ist gestorben«, sagte Ian leise. »Eben in diesem Augenblick.« Er griff nach Quinlans Hand. Jetzt berührten sie sich alle vier und schlossen den Kreis.

»Er hat Evolet seine letzte Kraft und Magie gegeben, damit sie wieder zu uns zurückkehrt«, sagte Ian ernst.

Raven schloss für einen Augenblick die Augen und dachte zurück. Cranos war nach seinem Vater Gwydion ein mächtiger Wächter und einflussreicher Magier gewesen. Er hatte ihm das Leben gerettet, als er vom Baum gefallen war. All die Jahre hatte Cranos seine Enkelkinder bewacht, sie beschützt und auf ihr Erbe vorbereitet. Ihr Großvater war es gewesen, der ihnen von Amaduria erzählt hatte, von den Geheimnissen der Nebel, die Avalon umgaben.

Die Erinnerungen huschten durch Ravens Gedanken. Sein Großvater hatte ihnen allen nahegestanden. Mehr noch als sein Vater. Er hatte sie alle vier begleitet, in der Zeit, da sich ihre Gaben und Fähigkeiten entwickelten.

Betroffen schaute Raven Evolet an. Auch sie hatte Cranos vor dem Dämon beschützt. Schon als sie die Belissphäre betraten, hatte er es geahnt. Sein seltsamer Blick. Sein Zögern. Cranos hatte sein Schicksal gekannt.

Trotz der Trauer war das saphirblaue Leuchten in Evolets Augen zurückgekehrt.

»Er hat mich gerettet«, flüsterte sie. Ihre Stimme klang noch schwach. »Im Thondan-Tor war er bei mir, um den Zauber des Dämons von meiner Seele fernzuhalten. Sonst wäre ich verloren gewesen.«

Evolet wollte sich aufrichten, und Raven stützte sie.

»Bleib noch sitzen«, sagte Ian. »Du wirst die Kraft brauchen, wenn wir nach Avalon gehen.«

»Avalon?« Evolet schaute Ian an.

»Ja«, antwortete er ihr. »Raven und ich sind nun die verbleibenden Wächter, und unsere Aufgabe ist es, dich und Quinlan nach Avalon zu begleiten. In vier Tagen ist Vollmond. Die Zeit für eure Unterweisung.«

»Du wirst Großvater dort wiedersehen«, fügte Raven hinzu. »Ich fühle es.«

Fragend schaute Evolet ihn an. »Was meinst du damit?«

»Der Geist von Avalon wird ihn dir zeigen«, flüsterte er seiner Schwester zu.

Quinlan setzte sich neben sie. Die Erleichterung stand ihm ins Gesicht geschrieben.

»Was ist auf Rocca Lovo passiert?«, fragte er nach einer Weile. »Wie konnte dich Skarok unbemerkt entführen?«

Evolet schaute ihn an. Sie brauchte eine Weile um nachzudenken.

»Der Morgen war seltsam gewesen …«, begann sie. »Ich kann mich erinnern, dass es unheimlich still im Haus war und ich in den Garten gelaufen bin. Dort traf ich Ilana bei den Rosenbeeten und ging zu ihr. Sie hat nichts gesagt, sondern nur gelächelt. Dann hat sie mich an der Schulter berührt und ich fühlte plötzlich eisige Kälte in mich einströmen. Ich sah sie an und in ihrem Gesicht blitzten gelbe Augen. Ihr Gesicht war wie aus Eisen. Ich wollte nach euch rufen, aber meine Stimme gehorchte mir nicht. Ich war wie gelähmt. Dann rauschte es über mir. Ich spürte Krallen an meiner Schulter, und etwas Großes zog mich nach oben. An mehr kann ich mich nicht erinnern. Als ich wieder zu mir kam, lag ich an einem Menhir. Um mich herum war nur schwarzgrauer Nebel.«

»Das verstehe ich nicht. Wie konnte Skarok den Schutzzauber durchbrechen?«, fragte Quinlan ratlos.

»Es war nicht das erste Mal«, antwortete Raven, und alle schauten ihn an. »Er hat es schon vorher versucht, mit einem braunen Bärenspinner. In der Nacht davor. Der Falter hat in meinem Zimmer auf mich gewartet.«

»Was für ein brauner Bärenspinner?«, fragte Evolet.

»Das erzähle ich dir später.«

»Aber …?« Sie legte ihre Stirn in Falten.

Ian stand auf. »Ich denke, der Dämon hat gespürt, dass Cranos immer schwächer wurde«, erklärte er und begann, auf und ab zu gehen. »Großvater hat seine magischen Kräfte in dem Maß verloren, wie wir stärker wurden. Seit wir von Avalon zurück sind, habe ich das beobachtet. Ich verstehe nur nicht, warum die Magie des Schutzzaubers nicht auf Raven oder mich übergegangen ist.«

»Weil sich die Magie von Avalon noch nicht vollkommen in uns vereinen konnte«, antwortete Raven. »Der Dämon hat den richtigen Zeitpunkt gewählt. An den Tagen zwischen Neumond und Vollmond waren wir am schwächsten.«

Quinlan war aufgestanden. »Jetzt verstehe ich es«, sagte er. »Die Jahrhunderte nach der Dunklen Zeit dienten einem Zweck.« Er lächelte, und Raven schaute ihn fragend an. »Verborgen in den magischen Nebeln konnte sich der Zauber von Amaduria mit dem der Lichtelfen, der Wächter und der Priesterinnen vereinen. Und als die Prophezeiung der Lichtelfen sich erfüllte, kam Amaduria näher. Denn genau für diese Tage zwischen Neumond und Vollmond brauchten wir Hilfe. Zwei Jahrhunderte lang hat sich das magische Land darauf vorbereitet, vier Wächter zu vereinen, um wieder zum Leben zu erwachen.«

Evolet schaute ihren Bruder erstaunt an. Der Kampf im Thondan-Tor hatte ihn verändert. Seine Leichtfertigkeit war verschwunden. Vor ihr stand ein starker Mann, der schon bald ein Wächter sein würde.

Sie sah, wie Ian ihm ein zustimmendes Lächeln schenkte. Stolz stand in seinen Augen, als er nickte. Es war genau so, wie Quinlan gesagt hatte.

Raven wusste, dass Quinlan recht hatte. Er sehnte sich nach Esmé. Und doch wusste er nicht, wie stark ihn die Liebe einer Lichtelfe in seiner Zukunft als Wächter berühren durfte.

Sein Blick fiel auf Yávem. Sie stand in dem erloschenen Thondan-Tor bei Nagaina.

»Wir sollten zu ihnen gehen«, sagte Raven, um sich von seinen Gedanken an Esmé abzulenken. Ian, Quinlan und Evolet schauten in den Steinkreis.

Raven reichte seiner Schwester die Hand. »Kannst du aufstehen?«, fragte er.

Evolet nickte, und Raven half ihr auf die Beine. Sie schwankte und stützte sich an seiner Hüfte ab. Quinlan kam ihnen zu Hilfe. Sie nahmen Evolet in die Mitte und gingen los.

Raven wandte sich an Quinlan. »Du musst bei ihr bleiben, bis wir zurück sind. Ian und ich werden den Dämon in den Abgrund des Vergessens verbannen. Danach gehen wir nach Avalon.«

Die Geschwister betraten das Thondan-Tor. Die mächtigen Steine erstrahlten jetzt in einem ganz anderen Licht. Hell und leuchtend. Die Sonne über dem Meer beschien das Tor. Strahlte das Moos an den Steinen an, während sie über die grasbedeckte Erde schritten.

Yávem sprach mit Nagaina. Noch immer umgab die Lichtelfe ein heller Schein.

»… es war ihre Bestimmung«, hörten die vier Geschwister ihre kristallklare Stimme. »Nur sie vermochte es, dich so zu sehen, wie du geboren wurdest.«

Raven sah, wie Nagaina seinem Blick auswich. Sie hatte all ihre Überlegenheit verloren. Das dunkle Gewand hing schlaff an ihr herunter. Nagaina schaute auf ihre matschigen Stiefel. Neben ihr lag der matt schimmernde goldene Bogen des Dämons.

Nagaina blickte Yávem an. »Wer … bin ich?«, fragte sie flüsternd. »Sie hat mir einen Ort gezeigt, den ich kannte. Ich habe meine Mutter gesehen und …« Nagaina sprach nicht weiter. Ihr ganzer Körper zitterte.

»Deine Mutter war eine Priesterin von Avalon«, antwortete Yávem. »Vor langer Zeit wurdest du dort geboren. Dein Vater war ein Zauberer. Kurz nachdem du geboren wurdest, verließ deine Mutter Avalon und ging nach Amaduria – zu deinem Vater. Er war ein Freund des Druidenstammes der van Urgh.« Yávem schwieg für einen Moment.

Doch Nagaina rührte sich nicht. In ihrem Blick lag eine beängstigende Leere.

»Ich kann dir nicht sagen, was in den Jahren geschehen ist, in denen Amaduria entrückt ist. Die Lichtelfen wussten nichts von deinem Überleben, bis Esmé dich in einer Vision gesehen hat. Zu der Zeit warst du schon bei Skarok und dem Druiden.«

Nagaina senkte blass ihren Kopf. Und Raven wartete gespannt auf eine Reaktion von ihr.

»Umbras Vater hat mich gefunden. Im Kiratannenwald«, sagte sie. »Ich habe rote Lushaibeeren gesammelt für die Waisenkinder in Johor.«

»Johor liegt im Norden von Amaduria«, überlegte Ian verwirrt. »Waisenkinder der Druiden?«

Nagaina schaute ihn an und nickte zaghaft.

»Was ist dann passiert?«, fragte Evolet gespannt.

»Er bat mich für zwei Tage auf seinen Sohn zu achten. Und das tat ich. Denn auf seinem Schild erkannte ich das Wappen der Burg von Johor. Als er zurückkam, war er nicht allein. Skarok war bei ihm, und er sah mich an. In seinen Augen brannte ein loderndes Feuer, dem ich nicht widerstehen konnte.«

»Er sah in dir das Wissen über Avalon«, schloss Raven. »Eine machtvollere Verbündete gegen die Wächter ließ sich für ihn nicht finden. Du warst perfekt. Eine Druidin mit dem Wissen von Avalon in sich.«

Nagaina schien es kaum zu ertragen. Schnell wich sie seinem Blick aus. Doch Raven spürte die Leere in ihr, die der Zauber des Dämons hinterlassen hatte.

»Es ist vorbei«, sagte Yávem und blickte zu Quinlan, der bei dem leblosen Körper des Umbra van Urgh stand. Er lag am Rand des Steinkreises.

Dann schaute sie fragend zu Raven und Ian.

»Der Druide ist tot«, antwortete Ian. »Der Todespfeil hat ihn getroffen, und seine Seele ist erloschen.«

Doch Yávem war noch nicht zufrieden. »Der Lichtelfenpfeil hat den Dämon nicht getötet. Nur entzaubert.« In ihrem Gesicht stand Sorge.

»Ich habe ihn in einem Bannkreis gefangen«, sagte Raven. »Wir bringen ihn nach Tamelos, denn seine Seele kann nicht getötet werden, solange die Körperlosen im Abgrund des Vergessens sind.«

»So ist es schon einmal geschehen«, flüsterte die Lichtelfe, noch immer bedrückt. »Zwei Wächter – vereint mit dem Geist von Avalon – sie trugen zwei Ringe als Symbol ihres Zaubers.« Sie schwieg. Aber Raven wusste genau, was sie damit sagen wollte.

Wieder waren sie nur zu zweit. Die Magie von Avalon hatte sich noch nicht in den vier Wächtern vereint, die nötig war, um die Dämonen der Finsternis für die Ewigkeit zu verbannen. Vier Tage schienen abermals die Ewigkeit zu verhindern.

»Der Dämon und sein Heer aus schwarzen Alben scheint wie ein Fluch über Amaduria zu liegen, der sich nicht bannen lässt«, überlegte Yávem.

»Doch nicht einmal in der Alten Zeit hat es vier Wächter gegeben, in denen die Magie Avalons vereint ist«, sagte

Ian ernst. »Und nun ist die Zeit nach den Dunklen Tagen vorbei, genau wie die Jahrzehnte der hoffnungsvollen Prophezeiungen. Mit uns beginnt eine Neue Zeit für Amaduria. Merlin selbst hat es mir gesagt.«

Yávem nickte ehrfurchtsvoll und neigte ihren Kopf nach unten. »Das Volk der Lichtelfen wird Euch stets vertrauen«, sprach sie und wandte sich dann an Nagaina. »Ich nehme dich mit nach Avalon.« Sie reichte ihr die Hand. »Dort kannst du dich erholen.«

Sein Kopf war zur Seite geneigt und das Gesicht verzerrt zu einer seltsamen Fratze. Die Augen des Druiden starrten weit aufgerissen und erstarrt ins Leere.

Die goldene Rüstung war blutverschmiert. Zerkratzt. Und an der Stelle, an der der Todespfeil der schwarzen Alben ihn durchbohrt hatte, klaffte ein zerfetztes Loch im Eisen. Seine Arme lagen bewegungslos ausgebreitet auf der Erde. In der rechten Hand hielt er noch immer sein Schwert.

Raven spürte Erleichterung, als er den toten Druiden so liegen sah. Die einst rot funkelnden Edelsteine, waren verblasst und die magische Kette hatte sich von seinem Hals gelöst.

Raven erhob seine Hand. »Die Halskette zerstöre ich in den Fluten des Ozeans«, sagte er. Durch die Macht seiner Gedanken hob er den Gegenstand des Paktes in die Luft. In einem Moment war das glänzende Metall noch zu sehen und im nächsten schoss ein Aschestrom auf die Steilküste zu. Dort versanken die staubigen Überreste in der aufspritzenden Gischt.

Raven und Ian richteten gleichzeitig ihre Hände, an denen sie die Ringe trugen, auf den toten Druiden. Sie sprachen kein Wort.

Raven schaute noch einmal in seine Augen, die erloschen waren. Dann verging der Druide unter der Magie Avalons zu schwarzem Nebel, der in den nächststehenden Stein im Thondan-Tor verschwand.

»Wartet am Dolmentor auf uns«, sagte Ian zu Quinlan und Evolet. Sie standen in der Nähe der Menhirstatuen. »Wir öffnen das Thondan-Tor für die Verbannung des Dämons. So kann der Bannkreis geschlossen bleiben.«

Raven trat an den Menhir, der der letzten Menhirstatue am nächsten war und Ian stellte sich genau an den gegenüberliegenden langen Stein. Gleichzeitig berührten sie die Menhire, die in der Verlängerung mit den fünf Statuen genau eine Linie bildeten. In diesem Augenblick begann sich das Tor zu öffnen.

Das Silber und Blau ihrer Ringe blitzte auf. Ein greller Lichtstrahl drang aus Ravens Ring und verschmolz mit dem blauen Strahl seines Bruders. Breiter und breiter werdend umschloss er den Bannkreis, der den Dämon festhielt.

Die Wächter traten zu dem Dämon. Für einen Augenblick glaubte Raven, die toten Augen des schwarzen Alben schauten ihn ein letztes Mal hasserfüllt an. Dann aber fielen die fahlgrauen Lider zu. Der silberblaue Lichtstrahl schnürte sich immer enger um den Koboldkörper, bis dieser zerfiel und sich daraus der schwarze Wirbel seiner dunklen Seele erhob. Gefangen in der vereinten Magie Avalons.

Die langen Steine des Thondan-Tores fingen an zu leuchten, als würden sie aus der Mitte von einer weißen Sonne angestrahlt.

Ian formte mit seiner Hand einen halben Bogen nach rechts, und Raven tat es ihm gleich, nur dass er seine

Hand nach links bewegte. Der silbergraue Lichtstrahl formte sich zu einer Kugel, die des Dämons dunkle Seele einschloss. Lautlos zirkulierte der schwarze Wirbel in seinem Gefängnis.

Die Wächter ließen die Kugel vor ihnen schweben.

Es schien, als würden die mächtigen Steine sich drehen. Langsam im Uhrzeigersinn um die Achse in ihrer Mitte. Das Thondan-Tor begann sich zu öffnen. Mit jeder magischen Bewegung der Steine ein Stück weiter. Geräuschlos.

Raven schaute nur auf einen der Menhire. Er war geformt wie eine Säule mit abgehauenen Kanten. Seine Spitze war flach. Je länger Raven auf den Menhir starrte, desto deutlicher sah er seine Augen. Rechteckig gehauen. Eine rundliche Nase, wie die eines Clowns. Und unter ihr ein verzerrter Mund, der schrie. Der Schrei verdichtete sich zu Worten. Worte, die Raven verstand.

Das Gesicht hatte sich eine Vierteldrehung im Steinkreis bewegt, und jetzt standen die Wächter vor einem Steinbogen.

Grauer Nebel verhüllte alles, was sich dahinter verbarg.

»Wir müssen uns beeilen!«, flüsterte Raven. »Wir benutzen ein fremdes Tor. Zwar haben wir die Macht es zu öffnen. Doch bis sich die Steine einmal um ihre Achse gedreht haben, müssen wir es wieder verschließen. Sonst ist es zu spät, und es bleibt passierbar.«

»Woher weißt du das?«, fragte Ian stirnrunzelnd.

»Der Stein hat es mir gesagt!« Raven hoffte, dass Ian ihm glauben würde.

Ian nickte.

Schweigend gingen sie durch den Steinbogen. Einen halben Meter breit waren die Steinplatten, rissig und bröckelnd. Die Lichtkugel schwebte vor ihnen, wie ein Irrlicht, das zu Hause angekommen war.

Raven schaute sich um. Hinter dem grauen Nebel erahnte er die Ruinen einer alten Burg. Unter seinen Schritten lagen die Trümmer eingestürzter Wände. Hier und da waren sie zu Sockeln aufgetürmt.

Nur langsam kamen sie voran. Immer wieder rutschten sie über die lockeren Steine. Das Tor der schwarzen Alben befand sich mitten im Albenland. Verlassen und trostlos, umgeben von dichten Nebelschwaden, die kaum spürbar vor den Wächtern zurückwichen.

Doch plötzlich hörte Raven die Stimme von Melvin Belenus. Sie war unverkennbar. »Rufe nach ihm! Du weißt, was du tun musst«, sagte er.

Raven ahnte, wovon er sprach, denn seit sie Amaduria betreten hatten, geisterte nur ein Name durch seinen Kopf. Ein Name, den er nie zuvor gehört hatte. Melvin Belenus hatte ihn vor Jahrtausenden gesehen. Den einen Wächter, der in der Lage ist, den Herrscher der Feuerberge zu rufen. Raven wusste nicht einmal, ob es ihn wirklich gab oder ob es eine Legende war. Gesehen hatte er ihn bereits. Er war das Symbol seiner Blutlinie. Der Feuervogel.

»Der Nebel des Albenlandes scheint undurchdringlich«, hörte er Ian sagen.

Ernst schaute Raven seinen Bruder an. Sie mussten das Land passieren, dann über das Murtanmeer, ein dunkles verzaubertes Meer. Erst danach würden sie die Pelapurga Berge in Tamelos erreichen. Ohne Hilfe würden sie es nicht rechtzeitig schaffen. Der Nebel schien sie hier festzuhalten.

Raven trat einen Schritt nach vorn.

»Vanu!«, rief er kaum hörbar. »Vanu – komm zu dem einen, der dich zu rufen vermag!«

Raven spürte den verwunderten Blick seines Bruders im Nacken, doch er sagte nichts.

Die Stille des Nebels umschloss sie. Skaroks Seele schien in der Kugel zu tanzen. Doch Raven schenkte dem keine Beachtung. Er wartete.

Plötzlich durchbrach ein leuchtend orangeroter Vogel den Nebel. In der Größe eines Pferdes schwebte er über ihren Köpfen. Die Farben der Feuerflamme und der Glut vereinten sich in seinem Federkleid und verbreiteten einen sanften goldenen Schimmer im grauen Nebel.

Raven hielt den Atem an. Er konnte seinen Blick nicht von ihm abwenden.

Das war Vanu – der Herrscher der Feuerberge. Er existierte wirklich.

Sein langer Schweif leuchtete warm wie glimmende Glut. An den Flügeln züngelten kleine rote Flammen.

Geschmeidig ließ sich Vanu vor Raven nieder. Stand mit seinen messingfarbenen Krallen fest auf den Ruinen der Burg.

Raven zögerte einen Augenblick. Vanus Blick suchte nach dem seinen und fand ihn. Er schaute in die blau aufflammenden Augen des Feuervogels und dabei erfasste ihn ein vertrauter Instinkt.

Raven trat zu ihm. Er spürte die Sehnsucht in sich, ihn zu berühren. Langsam hob er den Arm und fuhr ihm sacht über das Gefieder am Hals. Es fühlte sich warm und seltsam weich an.

Vanu senkte den Kopf, und sein goldener Schnabel berührte Raven an der Schulter.

»Bring uns nach Tamelos«, flüsterte Raven.

Und Vanu zeigte mit einer Kopfbewegung auf seinen Rücken.

Raven drehte sich zu Ian um, der vor Erstaunen nichts sagen konnte.

»Steig auf und halte dich an seinen Federn fest«, sagte Raven.

Ian kam heran. Vor ihm schwebte die Lichtkugel, in der der schwarze Wirbel zur Ruhe gekommen war.

»Ich habe immer geglaubt, er sei nur ein Symbol unseres Zaubers. Unserer Macht als Wächter von Avalon«, sprach er leise zu Raven. »Aber es gibt ihn wirklich.«

Raven nickte, und noch einmal berührte er die feinen gelbrotorangenen Federn, um sich zu vergewissern, dass der Feuervogel keine Illusion war.

Vanu erhob sich in die Luft, durchdrang den Nebel im Albenland und stieg mit lautlosen Flügelschlägen höher und höher.

Raven und Ian saßen hintereinander im flaumigen Gefieder. Ohne das flammende Federkleid zu berühren, schwebte die Lichtkugel hinter dem orangeroten Hals.

Unter ihnen glitt in Windeseile das Land der schwarzen Alben vorbei. Raven konnte kaum etwas durch den Nebel sehen. Dann überflog Vanu das Murtanmeer. Das Meer unter ihnen war tiefschwarz. Ab und an war eine Wellenbewegung zu sehen, aus der ein heller Schemen auftauchte. Raven wusste wenig über die Wesen des Grenzmeeres zu Tamelos. In der Ferne tauchten bereits die schneebedeckten Gipfel der Pelapurga Berge auf.

Der Abgrund des Vergessens war nicht mehr weit. Sie flogen gerade über die senkrechte Felswand, die sich wie aus dem Nichts aus dem Meer emporhob. Sie erstreckte sich weit ins Hinterland und ging dort in das Bergmassiv über. Über graues Gestein ohne jegliches Leben flogen sie hinweg. Dann sah Raven ihn wieder. Den Abgrund des Vergessens – im Schatten der Pelapurga Berge.

Wie damals war die Welt fahlgrau. Und noch immer drang kein Licht an diesen Ort.

Ian klammerte sich unwillkürlich fester an Vanus Federn. Vanu setzte zur Landung an. Unter seinem Flügelschlag wirbelte Staub aus dem Geröll.

Von dem Feuervogel strömte ein goldener Schimmer in die fahlgraue Unterwelt Amadurias. Raven sprang in einem Satz von seinem Rücken. Er wollte den Ort der Leere so schnell wie möglich wieder verlassen.

Mit einem Wink zeigte er Ian das schwarze Loch, das einige Schritte entfernt im Ascheboden klaffte.

Gemeinsam traten sie nahe an den Abgrund. Die Asche knirschte unter ihren festen Tritten. Doch diesmal war es anders. Raven fühlte sich sicherer im Glutschimmer von Vanu.

Die Wächter hoben ihre Arme, und die Lichtkugel schwebte direkt über dem schwarzen Abgrund. Die Seele Skaroks wirbelte umher, als würde er verhindern wollen, wieder hinabsteigen zu müssen. Er hatte zwei Jahrhunderte gebraucht, um den Zauber der Verbannung zu lösen.

Doch es war zu spät. Die Magie Avalons hatte ihn seiner Zauberkraft beraubt und drängte ihn abermals in den Abgrund des Vergessens. Dorthin, wo das körperlose Heer auf ihn wartete. Tiefer und tiefer sank die Lichtkugel, die für einen Moment die Schwärze des Lochs in ein zerklüftetes Gesteinsmaul verwandelte.

Die Wächter warteten einen Augenblick in der trostlosen Stille von Tamelos. Es blieb totenstill. Dann zischte der helle Lichtstrahl der Magie Avalons nach oben und kroch zurück in die Ringe von Ian und Raven.

Keinen Moment länger blieben sie an diesem Ort. Rasch sprangen Raven und Ian auf Vanus Rücken und der Vogel erhob sich lautlos in die Dunkelheit.

In Windeseile brachte er die beiden zurück zum Thondan-Tor im Albenland. Der graue Nebel war noch immer undurchdringlich. Der Feuervogel landete direkt vor dem Steinbogen, und Ian stieg von seinem Rücken. Er verneigte sich ehrfürchtig vor dem Herrscher der Feuerberge und trat durch den Steinbogen.

Raven glitt über seinen ausgestreckten Flügel nach unten und strich Vanu noch einmal über das Gefieder. Dankend fuhr er ihm über den Kopf.

»Wir werden uns wiedersehen«, sagte er. Und er sah in seinen blau flammenden Augen, dass er recht hatte. Seine Silhouette spiegelte sich darin.

Vanu schien zu nicken.

Als Raven seinem Bruder durch den Steinbogen folgte, verbreitete sich ein letztes Mal der goldene Schimmer über ihnen. Dann verschwand der Herrscher der Feuerberge im Nebel.

Einen Moment später spürte Raven das Gras im Thondan-Tor auf der Orkney Insel unter sich. Er schaute nach vorn und sah, dass der Menhir mit dem bizarren Gesicht seine Ausgangsposition vor der letzten Menhirstatue im Steinkreis soeben erreicht hatte. Sie hatten es rechtzeitig geschafft. Die Magie Avalons hatte durch die Berührung der beiden gegenüberliegenden Menhire das Thondan-Tor genau für eine magische Umdrehung geöffnet. Jetzt war es wieder verschlossen. Auf unbestimmte Zeit. Denn die Vergangenheit hatte gezeigt, dass die Ewigkeit nicht ewig währt und der Zauber des Dämons nicht bis in die Unendlichkeit gebannt werden konnte.

Epilog

Esmé stand am Ufer des Sees. Die Sonne strahlte über Avalon, und sie fühlte in sich eine tiefe Ruhe.

Sanft plätscherten die Wellen an Land, als Vorboten der Barke, die ihr jeden Augenblick aus dem magischen Nebel entgegen kommen musste.

Yávem hatte Nagaina bereits in die Obhut der Priesterinnen gebracht. Ihr, nach allem was geschehen war, das erste Mal wirklich zu begegnen, war seltsam gewesen. Sie hatte gespürt, wie unwohl sich Nagaina in ihrer Gegenwart gefühlt hatte. Nagaina hatte ihr kaum in die Augen schauen können. Aber Esmé wusste, dass sie mehr miteinander verband, als eine jahrhundertealte Vergangenheit. Es war ihr gelungen, Nagainas Seele von dem Zauber des Dämons zu befreien. Und sie wusste, dass die Zeit kommen würde, in der sie erfuhr, was mit Nagaina geschehen war, und wer sie wirklich war.

Der Nebel begann sich zu lichten, und in der Mitte des Sees tauchte aus den Nebelschwaden die Barke auf. Esmé erkannte die Silhouette am Bug: Raven! Reglos und stolz stand er in dem Boot; er trug einen Umhang und hatte die Kapuze über den Kopf gezogen. Er hatte die magischen Nebel von Avalon geteilt. Ian saß neben Evolet in der Mitte, und Quinlan hatte hinten Platz genommen.

Esmés Lichtelfenherz pochte schneller, bis die Barke

knirschend das Ufer erreichte. Sie stand nur wenige Meter von der Anlegestelle entfernt am Strand. Ihre Knie begannen zu zittern. Verlegen schaute sie auf ihre nackten Füße, die unter dem langen Gewand hervorlugten.

Dann suchte ihr Blick wieder nach Raven.

Er sprang als Erster aus der Barke, hielt das Boot am spitz zulaufenden Bug fest, damit Ian, gefolgt von Evolet und der Ruderin aussteigen konnten. Zuletzt stieg Quinlan über die schmale Bootwand und legte ein Schild ans Ufer.

Auch er trug wie sein Brüder einen langen Umhang, der seine Rüstung und die Waffen bedeckte. Evolet war in einen warmen Poncho eingehüllt.

Endlich fand ihr Blick den seinen. Ravens braune Augen strahlten, als er Esmé am Ufer stehen sah, und kaum ahnte man noch etwas von seinem erbitterten Kampf. Er lächelte und zog seinen Umhang enger um sich.

Doch er hielt sich im Hintergrund und erlaubte erst seinen Geschwistern, Esmé zu begrüßen.

Esmé spürte die warmen Sandkörner unter ihren Füßen, als sie ihnen entgegentrat. Den Wächtern jetzt zu begegnen, fühlte sich anders an. Das seltsame Gefühl, das sie als Mensch in ihrer Gegenwart empfunden hatte, war verschwunden. Auch sie umgab nun die Magie Avalons, und sie spürte die Verbindung zwischen ihnen. Es kam ihr vor, als würde Avalon erleichtert lächeln, nachdem die vier das heilige Land betreten hatten.

Evolet schien es die Sprache zu verschlagen, als sie Esmé gegenüberstand. Mit großen Augen schaute sie sie an und dann verneigte sie sich vor ihr. Esmé griff verlegen nach ihren Händen. Ihre Finger waren schmal geworden.

»Ich bin froh, dich zu sehen«, sagte Esmé. Sie war erleichtert, dass sie den dunklen Zauber überlebt hatte, aber in Evolets Augen überschattete Traurigkeit ihr Strahlen.

Sanft strich sie Evolet über den Handrücken und schenkte ihr so einen zarten Hauch des smaragdgrünen Lichtes, das sie mit Geborgenheit einhüllte. Als Evolet sie erstaunt anschaute, wusste Esmé, dass sie den Lichtelfenzauber gespürt hatte.

Esmé lächelte.

Dann wandte sie sich an Ian und Quinlan, die hinter ihrer Schwester standen. Auch Ian verneigte sich, und Esmé tat es ihm gleich. Dann schaute sie in seine ernsten Gesichtszüge, in denen ebenfalls Trauer stand. Es sah müde aus und doch erleichtert, hier zu sein.

»Die Wesen des Lichtes vereint mit den Wächtern von Avalon«, sagte er ernst. »Ich kann deinen wärmenden Zauber in meinem Herzen fühlen.«

Esmé bemerkte, wie er zögerte. Doch er sagte nichts weiter, und so nickte sie ihm nur zu. Sie hörte, wie Quinlan sich räusperte, und sie schaute auf.

Für einen Augenblick sah sie in seine Augen, spürte darin seine warmherzige Fürsorge, aber er war ernster geworden seit ihrer letzten Begegnung. Doch dann entdeckte sie ein Schmunzeln auf seinen Lippen, und sie lachte erleichtert auf.

»Du warst großartig«, lobte Quinlan sie. »Ich hätte nie gedacht, dass es möglich ist, Nagainas Vertrauen zu gewinnen.« Dann trat Quinlan einen Schritt zur Seite. »Danke«, flüsterte er und wandte sich von ihr ab. Esmé spürte sein plötzliches Unbehagen. Betroffen schaute sie ihm hinterher. Er folgte Ian und Evolet, die sich auf den Weg zu den Hütten machten.

Gern hätte sie ihn danach gefragt, doch sie spürte, dass er ihr nichts sagen würde.

Raven kam näher, und Esmé fühlte seine vertraute Gegenwart. Sie ging ihm entgegen, hinunter an das schmale sandige Ufer. Über dem See zogen sich geheimnisvoll die Nebel zusammen. Sachte fuhr ein Windstoß durch das Seegras, das leise raschelte.

Dann stand sie vor ihm. Raven setzte seine Kapuze ab. Er hatte seine Haare zu einem Zopf gebunden. Sie sehnte sich nach seiner Berührung. Liebevoll schaute sie ihn an. Seine Augen waren ihr so vertraut, voller Wärme, und es spielte keine Rolle, dass sie jetzt eine Lichtelfe war. Ihre Seele war die gleiche und sie waren miteinander verbunden. Raven zögerte nicht länger und schloss sie wortlos in seine Arme. Esmé schmiegte sich an ihn, spürte die tief vertraute Geborgenheit in sich, und bevor sie ihre Augen schloss, sah sie, wie der Nebel näher glitt und sie willkommen hieß. Wie ein Band umschlang er sie beide.

In der Ferne ertönten die Glocken von Glastonbury, deren dumpfer Klang zu ihr drang. So hatte sie es als Mensch geträumt.

Raven strich ihr über das kastanienbraune Haar, das ihren Rücken hinabfloss. Spürte ihr seidenes Gewand. Er fühlte, dass sie sich verändert hatte, obwohl ihre Gesichtszüge noch immer ihrem einst menschlichen Aussehen glichen.

»Ich spüre deine Berührung in meinem Herzen«, sagte er. Er konnte es nicht anders beschreiben. Esmé umgab ein zarter Schleier heller Strahlen, die sich in einem aufleuchtenden grünen Schimmer verwoben, und es kam ihm vor, als dränge ein Teil davon in sein Herz.

Behutsam löste er sich aus der Umarmung. Strich ihr eine Haarsträhne aus dem Gesicht und berührte dabei ihre Wange. Ihre Haut fühlte sich samtweich an.

»Die Prophezeiung der Lichtelfen hat sich erfüllt«, sagte er ernst und blickte in ihre Augen, die wie grüne Diamanten im Sonnenlicht strahlten. Daran hatte sich nichts geändert.

»Und ich bin zu meinem Volk zurückgekehrt«, antwortete Esmé. »Endlich kann ich mich an die Vergangenheit erinnern. In der Dunklen Zeit kam ich nach Avalon. Zweihundert Jahre später wurde ich wiedergeboren, um die jahrtausendealte Prophezeiung zu erfüllen. Der Geist von Avalon hat mich in die Welt der Menschen gesandt.«

Raven nahm ihre Hand. »Warum sind wir uns so vertraut?«, fragte er. »Warum habe ich das Gefühl, mehr als nur in diesem Leben mit dir verbunden zu sein?«

»Lichtelfen sind unsterblich. Und auch ich fühle, dass uns eine vergangene Zeit in Amaduria verbindet. Doch jene hat mir der Geist von Avalon noch nicht gezeigt.«

Raven nickte. »Die Zeit wird kommen, in der wir es verstehen.«

Er lächelte und bemerkte, wie ihr Blick an seiner Fibel haften blieb, die seinen Umhang zusammenhielt. Auch darauf war das Symbol der Wächter zu sehen. Er spürte, wie sie für einen Augenblick darin versank. Er ließ sie gewähren.

Dann hob Esmé ihre Hand und fuhr sanft mit den Finger über das Schmuckstück, berührte den Kopf des Feuervogels.

»Das Loran-Tor hat sich geöffnet«, sagte sie abwesend. »Durch mich ist die Kraft der Liebe, des Vertrauens und der Geborgenheit zum Volk der Lichtelfen zurückgekehrt.« Dann schaute sie ihn an. »Wir werden nach Amaduria gehen.«

Und Raven wusste, die Zeit nach den Dunklen Tagen hatte ein Ende gefunden. Ihr Schicksal hatte sich erfüllt, und die vier Wächter waren fortan die Hüter der Magie Avalons, des heiligen Landes von Amaduria.

»Amaduria wird zu neuem Leben erblühen«, antwortete Raven. »Vier Tore haben sich geöffnet, und die Waldfeen sind bereits an die Quelle des Selangore zurückgekehrt. Unter unserer Macht wird das Thondan-Tor weiter verschlossen bleiben und die körperlosen Seelen der schwarzen Alben in den Abgrund des Vergessens bannen.«

Raven aber wusste nicht, was ihnen die Zukunft für sie beide bringen würde. Esmé war eine unsterbliche Lichtelfe und er ein Wächter von Avalon. Waren sie weiterhin füreinander bestimmt?

Und als ob Esmé verstand, was er soeben dachte, hob sie ihre Hand und berührte ihn sanft an seiner Wange. Sie glaubte an eine gemeinsame Zeit in Amaduria.

Erst jetzt entdeckte Raven das Hexagramm auf ihrem Unterarm.

»Ist das das Zeichen, welches du als Lichtelfe trägst?«

Esmé nickte. »Es ist das Symbol der Vereinigung. Damit Amaduria seine Zukunft antreten kann.«

Raven hielt ihren Arm fest und schaute lange auf das Zeichen. Tief in sich fühlte er, wie sehr er Esmé liebte. Und beiden war klar, was ihr Schicksal war. Sie lebten für das Leben des jeweils anderen und für die Zukunft von Amaduria.

Über Avalon lag der Schimmer der Nacht. Der volle Mond schien auf das heilige Land und der See glänzte silbern. Sie standen auf dem Plateau vor der roten Felswand, als eine Priesterin Quinlan und Evolet für ihre Unterweisung nach unten in die Hütten holte. Der magische Nebel wallte auf und verschmolz in der Ferne mit dem See, der Avalon vollkommen umgab. In der langen Geschichte der Wächter von Avalon geschah es zum ersten Mal, dass zwei Wächter in der Phase des vollen Mondes unterwiesen wurden. Die Magie des Steinkreises würde heute eine andere sein, und die Geschwister mit gegensätzlichen Zauberkräften stärken.

Währenddessen schritt Esmé zu dem magischen Quellbrunnen. Sie fühlte, wie die Magie Avalons sie durchströmte. Das Mondlicht veränderte das Wasser darin zu einem blausilbernen Spiegel, als sie sich über den Backsteinrand beugte. Das Wasser zeigte keine Bewegung und ließ sie in die rätselhafte Tiefe des Brunnens blicken, ohne ihr Ebenbild zu zeigen.

Dann formten sich die ersten Blätter darin. Lange spitz zulaufende Blätter sprossen aus Knospen hervor. Eines nach dem anderen – sie wurden größer, schmiegten sich mit anderen Blätter zusammen, und gruppierten sich schließlich an einem Ast. Der Ast wuchs aus einem knochigen Stamm, und da waren noch mehr Bäume. Sie schienen sich anmutig zu bewegen. Esmé beugte sich weiter über den Rand, um zu sehen, was sich im Wald verbarg. Ein Schatten war hinter die Baumstämme gehuscht – gefolgt von einem hellen Schimmer.

Nach einer Weile traten sie hervor. Pferde, deren schneeweiße Leiber sich geschmeidig durch die stämmigen Bäume bewegten, die sie wie Hüter umgaben. Ihre langen Mähnen aus leuchtend tizianfarbenen Haar umfloss mit jeder Bewegung ihre schlanken Hälse.

Doch es waren keine Pferde. Auf der Stirn ragten spiralförmig gewundene Hörner aus Perlmutt in die Höhe, die in allen Nuancen des Regenbogens schimmerten. Esmé hatte noch nie so reine Wesen in solch einer Schönheit gesehen. Vollkommen und zauberhaft. Ein schützender Schleier wob sich durch die Bäume und umgab jedes einzelne von ihnen. Dann wandte sich ein strahlendes Wesen Esmé zu, als würde es sie geradewegs durch das magische Quellwasser anschauen. Große dunkle Augen blickten sie an, und Esmé hörte ein Wort: Aylórian – rief das Tier und stellte sich dabei auf die Hinterbeine. Seine Hufe funkelten hell, und Esmé stockte der Atem. Sie sehnte sich danach, das Wesen zu berühren, ihm sanft über die Mähne zu fahren. Doch das magische Wasser trennte sie. Sie waren irgendwo – verborgen in den lebendigen Bäumen, umgeben von dem schützenden Schleier. Noch einmal hörte sie den Wohlklang des Wortes. Es war ein Name. Aylórian. Und zart wie ein Windhauch berührte der Name ihre Seele.

Dann kräuselte sich das Wasser im Quellbrunnen, und

die Tiere waren verschwunden. Zum ersten Mal erblickte Esmé ihr Ebenbild darin – im Licht des vollen Mondes über Avalon.

Fortsetzung in Band 2

Der Fluch des Suadus

Das magische Land Amaduria droht an dem Erbe des Dämons der Finsternis zu zerbrechen. Im Königreich Ruadhan verfinstern die dunklen Nebelschleier aus Mohador das Land.

Als Evolet das schreckliche Schicksal des jungen Königs Easar vorhersieht, scheint der Fluch des Suadus jede Hoffnung auf eine Neue Zeit zu zerschlagen. Und plötzlich sehen die Wesen des Lichtes düstere Schatten über Avalon. Trotz aller Warnungen folgt Aylórien dem Ruf der Flussnymphe Boann, der Hüterin des magischen Wasserkristalls.

Was hat es mit den Nebeln aus Mohador auf sich und welches Geheimnis verbindet die vier Königreiche von Amaduria?

Können die Wächter von Avalon die Bedrohung durch den Fluch abwenden und der Versuchung der Zauberer aus Dembaal widerstehen?

Ahnentafel der Erben Merlins

Die alte Zeit

Merlin, Der große Zauberer und Prophet	420 bis 804 n. Chr.
↓	
(Sohn) **Melvin Belenus** Der erste Wächter von Avalon	790 bis 955 n. Chr.
↓	
(Sohn) **Bran Smertrios**	910 bis 1060
↓	
(Tochter) Hafren Gráinne	986 bis 1098
↓	
(Sohn) **Juna Danuvios Sutton**	1030 bis 1178
↓	
(Sohn) **Morcant Lenus Sutton**	1150 bis 1297
↓	
(Sohn) **Donal Rigisamus Sutton**	1270 bis 1418
↓	
(Sohn) **Darin Galatas Sutton**	1390 bis 1534
↓	
(Sohn) **Skkylar Grannus Sutton**	1510 bis 1655
↓	
(Sohn) **Donal Mabon Sutton**	1630 bis 1774
↓	

Anbruch
der dunklen Zeit um 1700

(Sohn) **Gwydion Merlin Sutton**	1750 bis 1896
↓ (Sohn) Arvalus Sutton	1750 bis 1896

Zwei Wächter und zwei Ringe

Die Jahrhunderte
nach der dunklen Zeit

(Sohn) **Cranos Talisien Sutton**	14. September 1870
↓	
(Sohn) William Sutton	1968
↓	
(Sohn) Ian Talisien Sutton	10. Mai 1989
(Sohn) **Raven Belenus Sutton**	12. September 1990
(Sohn) Quinlan Lenus Sutton	16. März 1992
(Tochter) Evolet Aine Sutton	18. Februar 1993

Vier Wächter und vier Ringe

Danksagung

Ein liebevoller Dank gilt meinem Mann und meinen drei Kindern, die meinem Schreiben immer mit Verständnis und Rücksicht begegnet sind und mich so oft bereitwillig mit meinen fiktionalen Freunden teilten. Danke für die schönen Stunden, in denen wir uns über die Ereignisse in Avalon und Amaduria unterhalten konnten.

Für ihre unermüdliche Hilfe und Unterstützung möchte ich mich bei meiner Lektorin Mona Gabriel bedanken, ohne die ich Amaduria nie entdeckt hätte. Ich danke ihr für ihre wertvollen Hinweise und Tipps, die ich alle in mich aufgesaugt habe.

Mein Dank gilt außerdem Marion Zimmer Bradley, die mich in meiner Jugend mit ihrem Roman »Die Nebel von Avalon« verzauberte und mir die Welt der Artussage näherbrachte. Ihre Erzählungen haben mein Bild von Avalon geprägt und mich zu meiner eigenen Geschichte inspiriert.

Und schließlich ein Dank an alle Musiker, die mich inspiriert haben – Dave Gahan, Lana del Rey, VAST, Ludovico Einaudi, Janin Devi und The xx – vor allem aber Loreena McKennit – deren keltische Musik mich sehr berührte und mich der keltischen Geschichte näherbrachte.